JN145399

近代作家の基層

文学の〈生成〉と〈再生〉・序説

半田美永

和泉書院

恩師重松信弘博士と、
お世話になりましたすべての師友に――。

〔目次〕

Ⅱ　作家の跫（あしおと）〈評論・エッセイ〉

Ⅲ 熊野・伊勢〈紀行・インタビュー・講演録〉……二八七

序章——文学の〈生成〉と〈再生〉

私は、これまでの人生の大半を他郷で過ごしてきた。一方、少年のころより、古典に親しみ、漢詩に関心をもつようになった。それは、母方の伯父の影響であり、父の家庭教育のせいであったかもしれない。だが、私は、そのどちらの分野においても専門的に勉強をしたわけではなかった。今日まで変わらずに続けてきたのは、本を読むことであり、多少の文章を書き続けてきたことだけである。中学校の担任の先生は、保護者懇談の折に、母に対して私が小児科の医者になるよう、その道に進むように勧めたと聞く。だが、そのような道を歩むこともなかった。今から思えば、その時の大人の忠言がよかったのか、そうでなかったのか、私にはわからない。

大阪に出て天王寺にある予備校に通い、校長の白山桂三先生に出会った。進路について考えるきっかけを与えてくださった恩人である。生家を離れて、はじめて下宿したのが一八歳の時であり、その後のほとんどの時間を、私は郷里から離れて生きてきたことになる。すこし気取っていえば、漂流するおのれの魂の行方を、割合に早くから冷ややかに見つめていたのかも知れないと思う。後に、教員となり、高校生の進路指導にあたる立場にあったとき、この時期の体験が役立ったと思うことがある。

たまに帰省する和歌山県の実家の近くには根来寺（ねごろじ）（現・岩出市）があり、その境内には和歌山市内から移築された立派な蒼古な建物があった。一乗閣（いちじょうかく）と名乗る、その建物は、かつての和歌山県会議事堂であり、明治四四年八月、数え年四五歳の夏目漱石が「現代日本の開化」と題して講演を行なった建物である。新義真言宗根来寺の山号を「一乗山」と称した。かつての県会議事堂は、昭和三七年に根来寺境内に移築され、その時「一乗閣」と名付けられたのであった。当時、すでに著名な作家として知られた漱石の講演には、多くの聴衆があつまり、その時の様子を伝える新聞には、「其数無慮二千」(『紀伊毎日新聞』明治四四年八月一六日付「雑報」欄)とある。およそ二〇〇〇人が集まり、階上階下は人、人、人であふれたと。その講演の一節に次のようにある。

我々の遣(や)っている事は内発的ではない、外発的である。

これを一言にしていえば現代日本の開化は皮相上滑(うわすべ)りの開化であるという事に帰着するのである。

明治以降の日本の早急な近代化(欧米化)を批判的に捉えた漱石の見識は、今日の世相を解説する際にしばしば引用されるところである。我が国の近代化は、必要に迫られて進化したものではなく、外圧的に進められたものであったというのである。この言辞に注目した磯田光一氏は、漱石以来「日本の知識人たちは、日本人の西洋模倣を批判し続けてきた。」と指摘する。しかし、外発的な開化がそれほど悪いものであったかとする磯田氏は、「文学における西欧化が、外発的な次元にとどまっていたという幸運ゆえに、日本の私小説は『方丈記』や『徒然草』につながる伝統を見失わずにすんだのである。」(「『内発的開化』の悲劇」)というのである。つまり、伝統的な基層としての「和魂」があり、そのうえに融合した「洋才」との結実が、志賀直哉の私小説の開花をもたらしたという。

また、学際的な視点から鶴見和子氏は、漱石の提示した問題に言及している。鶴見氏は、社会学者のタルコット・パーソンズに着目し、彼は「内発性と外発性とを、二者択一の型としてとらえた。」(「内発的発展論へむけて」)と指摘する。漱石は、それを対立するものとして理解し、日本の外発的発展を批判的にとらえた。パーソンズよりも五〇年も早い漱石の慧眼を鶴見氏は称えながら、日本の外発的な発展にも意味があり、それは先発国、後発国に関わらず、「発展」の類型、型として理解できるという。鶴見和子氏の言説は、さらに次のように続いてゆく。

もしわたしたちが、時間をかけ、その気になって、外来のものと、在来のものとを、たたかいあわせ、あるいはむすびあわせることをとおして、双方を創りかえてゆくことができれば、その時に、後発国においても、内発的開化は可能になるであろう。

鶴見和子氏は、漱石の指摘を敷衍（ふえん）的に理解し、それこそが発展の過程の構造であると鋭く意味づけているのである。そうでなければ、我が国の近代化は、漱石のいう「皮相上滑り」の様相を呈したまま終わることになる。そして、「洋才」の基層には、もちろん「漢才」があることを忘れてはならない。

＊

本書で確かめようとしたのは、洋の東西のカテゴリーを超え、個と個、あるいは個の内部における矛盾と葛藤、公と私、それらのぶつかり合いの中で崩壊し、再生する、新しい世界の構築されるすがただったように思う。書きながら、考えながら、私の乏しい本書の中身は、そのような試みに耐えられるか否か、全く自信がない。あるはずもないが、近代文学を考察の対象としながら、私自身のなかでは、そのような課題を追い求め続けていたことだけは言えるかと思う。

日本の近代化や文化の基層を考える際には、〈風土〉へのまなざしも有益な示唆が潜んでいる場合がある。私は、一九八〇年代前後から〈紀伊半島〉に埋蔵される歴史的文化的遺産に着目し、それを文学分野から考究してきたが、物語（神話）・伝承・歴史・民俗・宗教など、その波及する世界は広汎である。日本の国の成り立ちと深く関わる伊勢神宮をはじめ、ひとの深部に沈潜する祈りや再生、よみがえり、鎮魂（たましずめ）、死生観などは、風土とひととの関わりを通じて、生活習慣の中に分かちがたく存在している。

また熊野古道は、なぜ古代からこんにちまで、多くの人びとを魅了するのだろう。熊野詣は、ストレス解消といった、癒しの旅などではなく、まさに肉体の酷使、艱難辛苦の果ての旅であり、常に生と死とが隣接する旅だったのであるという（池田雅之「神話と伝説から見た熊野――物語と歴史の出合うトポス」）。対岸の果てには、浄土があるとされ、インドの観音信仰と中国の蓬莱信仰とが、日本古来の常世信仰とむすびつく風土が、熊野にはある。補陀洛山寺にまつわる渡海の実践とは、死後のよみがえりへの祈りであり、海は、再生への通路として考えられてもいたのである。

伊勢神宮の二〇年サイクルの遷宮とは、神威に対する儀礼であり、常に新しいお住まいをご用意するのがひとの勤めであるとする考え方がある。二〇年経つと、神威が衰えるからその復活のために遷宮をするのではない。神の威厳は永遠である。宮遷（みやうつし）とは、神威のよみがえりのためにするのではない。神に対する私たちの畏敬の念の顧みであり、不変のいのちと平和と発展への祈りがこめられた営みであると考えるのである（鎌田純一）。村むらの神社仏閣にも同様のことがいえるだろう。村おこし、地方の再生とは、失われた私たちの内なる神を思い起こすことなのだ。村の祭りは、その象徴であり、地方を離れた若者も、その輪に加わり御輿をかつぐのである。

文学とは、われわれの、そのような生のありようと、一体どのように関わりあうのだろう。古来、文学作品には、私たちの生活がどのように反映されているだろうか。

例えば、中国最古の詩集『詩経』を繙いてみよう。同書は、孔子の編纂として伝承されるもので、西周から東周にかけてうたわれていた作品三〇五編が収録されている。紀元前一〇世紀から前七世紀にかけての作品群であり、日本の古代歌謡（万葉集など）より、はるかに昔のことである。その冒頭に掲げられた「大序」には、「詩は、志の之〈ゆ〉く所なり。心に在るを志と為し、言に発するを詩と為す。情は中〈うち〉に動き、而して言に形〈あらは〉る」とある。つまり、「詩歌」とはひとの「志」が表現されたものだという。心のうちにある間は「意志」であるが、それが言葉として表現されると「詩」になるというのである。ひとのうちなる意志は、情となって動き出し、その表現が言葉として現れたとき、それが詩となり、うたとなるという。そのような基本的な考え方は、我が国にも伝わっている。

古今和歌集「序」には、「やまとうたは、人の心を種として、万〈よろず〉の言の葉とぞなれりける。」とある。日中両国を代表する詩文の「序」には、まさに共通する詩歌の特質が述べられていて、興味深いものがある。江戸時代の本居宣長は、源氏物語の作品世界を「もののあはれ」と表現したが、これは日本的な美意識を借りて、詩歌の特質の変奏を、物語を論じるときに用いた国風の文学論であった。学生時代に、源氏研究の重松信弘先生から教わった近世国学者たちの歌論に嵌め込まれた、唐風と国風のモザイク模様が私には興味深かった。源氏物語をはじめ、平安朝の作品は少なからず唐風の影響を受け、それが近世の国学者たちにも本文批判の態度や注釈の基本的態度となって表れているのである。例えば、宣長と秋成のように、それぞれの立ち位置によって、作品を理解する仕方も相違する。このことは、新鮮な発見だった。

＊

ところで、『詩経』ではさらに「之〈これ〉を言ひて足らず、故に之を嗟嘆す。之を嗟嘆して足らず。故に之を永歌す。之を永歌して足らざれば、手の之を舞ひ、足の之を踏むを知らざる也」と続く。心に動く情感を言葉によって表現できないときには、「嗟嘆〈さたん＝嘆き〉」が加わり、嗟嘆で表現できなければ、「永歌〈えいか＝声を伸ばしてうたう〉」する。だが、いくら声を出して永くうたっても満たされないときには、手を振り足を踏み鳴らして自然に踊り出す。舞踊とは、詩の究極の身体表現なのだ。村の祭りの踊りや御輿とは、私たちの祖先から伝えられてきた「詩」（＝「志」）の究極の表現だと解してもよいのではないか。神事に発せられるひと・ひと・ひとの声や叫びには、それぞれのうちなる神の饗応する世界がこだまするように、私には思われる。

『詩経』やその後の多くの漢詩には、人間の多様な〈情〉の世界がうたわれている。そこには、日常の生活を通じて発せられた〈嗟嘆〉が哀しく、またおおらかに表現されている。

『詩経』に収録される著名な「碩鼠」には、理不尽な領主を害獣に喩えた民衆の怒りが静謐な筆に乗って描き出され、娘の結婚を寿ぐ「桃夭」や、恋情をうたう「静女」などをよむと、世紀を超えて人びとの心に迫り、感興をかきたてる世界にどれほどの違いがあるのかと、あらためて思う。詩には、孔子のいう「思い邪無し」（詩には、邪念が無い）

という気持ちが、いっそう明らかに浮かびあがってくるのである。他にも、多くの漢詩の世界には、家族（母・父・兄弟・姉妹）、友情、愛情、離別、旅（漂流）、邂逅、再会、そして自然、故郷などが素材として採り上げられている。あるいはまた、時には人為の範疇をはるかに超えた自然の猛威に人びとは曝されることがある。

『詩経』「小雅・十月之交（じゅうげつしこう）」に地震を詠んだと思われる詩がある。

はためく雷（いかずち）電（いなずま）に／天が下安からず令（よ）からず／百（もも）の川沸きあがり／山の頂（いただき）崩れ落ち／高い岸は谷となり／深い谷は丘となる／哀しや今の人／なぜについぞ懲り止めぬ

（引用は目加田誠訳『詩経・楚辞』〈中国古典文学大系・第一五巻、平凡社〉による。）

これらの詩を通読し、その前後の作品をよむと、天変地異とは古代中国においては、王道の衰えによる民の疲弊を象徴していることがわかる。このような変風の詩は、周王朝の衰弱と人倫の乱れとを結びつけて、うたいあげられたのである。目加田誠氏によれば、「雅とは正であり、正は政に通ずる」とされ、「王政の興廃する所以を述べたもの。」と説明される。

我が国にも古来、「変風」を描く作品がすくなからずあるはずだが、近代文学に描かれる震災では、一九二三（大正一二）の関東大震災のことがある。直近では、未曽有の３・１１があり、その前には１・１７を私たちは体験した。戦後の室戸台風に続く、第二室戸台風では、田舎の私の家屋はゆすぶられ、雨戸が吹き飛ばされ、天井からは壁土が舞い降りた。中学生のころであった。祖父は、「オー、オー」と奇妙な声を出していた。低く尻上がりのその叫び声は、台風の神を追いやるのだと祖父は言った。その記憶は、今でも折にふれ、よみがえることがある。

関口安義「『羅生門』一〇〇年」と題する講演（第四七回解釈学会全国大会）は、「３・１１」以降の視点で、「羅生門」を読み解こうとしたものであった。津波と福島原発事故とを体験して以後、「芥川を見る眼は、より深まった気がする」と関口氏は述べる。

関口氏によれば、芥川龍之介の震災に関する文章では、絶望を戒め、否定的精神の奴隷となってはいけないと、真に建設的な提言をしており（「或自警団員の言葉」）、今日の日本人にたいする提言としても有効なものだと意味づけている。芥川文学を、虚無、孤独、苦悩、不安などの固定観念から開放し、従来の視点とは真逆の、負の世界に遭遇して、明るく、積極的で希望的であろうとした芥川像を導き出した関口氏の視点は、同時に資料の発掘とそれらの精緻な読み解きが、いかに重要であるかということを教えている。

長谷川櫂『震災歌集』『震災句集』も、紀貫之の「仮名序」を引用しながら「大震災は日本という国のあり方を変えてしまうほどの一大事である。しかし、詩歌はそれに堂々と向かい合わなくてはならない。いつかは平安の時代が来るだろう。その平安の時代にあっても何が起ころうと揺るがない、それに堂々と対抗できる短歌、俳句でなければならない。」とある。古代中国の詩文によれば、天災は人災であり、それは政道と深く関わっていた。民衆の苦しみは、天譴（てんけん）であり、やがてその国は衰亡するのである。だが、こんにちの文学作品では、厄難をひとの意志によって克服し、希望的な未来を信じる姿勢が窺われ、精神史の変容がみられるのである。芥川は「自然は唯冷然と我我の苦痛を眺めている」といったという（前掲、関口氏）。我々は、ひとを飲み込む自然に対して、互いに助け合い、意志的に対処すべきであり、責任を他に帰すべきではない。そういう哲学が近代文学には芽生えているのでないか、と私には思われる。

*

世に学界というものがあり、それぞれに専門の学会が存在する。近代や現代の文学に関する学会もある。だが、作品や作家の研究は、それら学会の独占企業ではない。読みや研究の深浅や着眼は、文学研究の場合、特に個人的な営為に帰せられることが多い。自然科学の分野では、研究代表者がおり、チームで取り組む調査や研究が普通だが、文学研究はそういうものではない。年表作成や事典の取り組みでさえ、一人ひとりの努力に任されることが多いのである。また、どのような人気作家であっても、創作の内奥は孤独に耐え、その作品は、悩みに悩んだ揚句の産物であるに違いない。文学とは、書き手にも読み手にも、孤独な試練を与えるものであるらしい。

私にも、かつては学会や研究会に参加し、刺激を受けた時期があった。そして、先学の素晴らしい学術的内容に近づきたいと思った。しかし、ある時期から、近代文学に関する学術論文には、作品のいのちが息を潜め、その魅力が伝わらないものがあるのに気づいた。一体、何のための研究なのか。論文を読むより、作品それ自体を読む方がはるかにおもしろい。研究によって、作品が封印され、作家の魅力や可能性を限定してしまうこともあるのではないか。そんなことを思うようになってから、もう二〇年を越える歳月が流れた。

本書に集めた文集には、私の関心によって書かれた貧しいながら、しかしある傾向が現れていることに気づく。それは、それぞれの作品に底流する〈さけび〉〈いかり〉〈かなしみ〉〈くるしみ〉〈よみがえり〉〈よろこび〉〈いのり〉など、などであり、それらの作品には、異質な世界との衝撃によって壊れ、そして〈再生〉するさまが描かれていた。それらは、ことばを介在することによって、また別の様相を見せることもある、その世界とは、作家の内奥の孤独や苦悩や哀しみとのたたかいから発せれるものであるだろう。作品は、やはり作家の産物なのだと思うようになった。作家と作品とは不分離ないのちを共有し、作品によって、作家もまた深化（進化）成熟しているからだ。

作品に秘められたいのちをひきだす、ひきだすことができた。その時、〈作家は死んでいい〉と、ロラン・バルト風に今、私も思う。一方、難しい理論は、作品をよむ妨げにもなる場合があるだろう。理論に整合しない作品は、ダメな作品だと思う錯覚が、いかに傲慢な読者を作ってきたか。作家や作品を研究するための基礎資料の必然とは、このような「よみ」のために存在するのであって、徒に紙数を増やし労を費やすためにあるのではない。近代文学の「書誌」学は、いつかどこかで誤解され曲解されてきた部分があるように思う。まだ、まだ、作品をよみ、作家を知るための、基礎的書誌の欠如している現状、個々の作家や作品を知るために、私たちは、私は、努力しなければならないと感じている。

＊

本書に収録した文章は、相当長い期間の折りふしに書かれたものである。それらを、Ⅰ　論文一二編、Ⅱ　評論・エッセイ一五編、Ⅲ　熊野・伊勢に関する紀行文、エッセイ、インタビュー、講演録など七編、Ⅳ　阪中正夫作品【小説・放送台本】に分類して配列した。これらは、折りにふれ関心をもった作家や作品を対象に、また依頼されて怱々と書き上げたものもある。

　読み返して、羞恥にも等しい自分史がよみがえるが、それらが世に裨益（ひえき）する内容だとはもとより思ってもいない。文学研究の道を歩みだし、今日まで歩んだ生のあかしを、自身に突きつけてみようと思うのみである。

　副題となった〈生成〉と〈再生〉とは、ほかならぬわたくし自身のためであったかもしれないと思う。そして、〈基層〉とは、人や人格や、また山河や海や、大地を形成する根幹となるもので、万物を支える〈基〉を知りたいとする欲求から来ているように思われる。私にとって、文学研究とは、歴史と人間への関心であり、わたくし自身の生の源泉への遡及と等しかったのではないか。私にとって文学とは、人間を培う学問であり、そこは穏（おだ）しき世界などではなく、異質な個と個とがぶつかり合う実存の世界であり、そこを、いかに再生の場とするかという、その実例を、作品を通して探ることに関心があったということになる。

　作品を読み、考えることによって、読者自身は鍛えられ、よみがえることがある。当然のことを、今さらのように思い出している。思えば、あたりまえのことを、あたりまえに続けてゆく毎日が、どれほど有難く、またむずかしいことなのか。わたくしにとって、原稿を書き続けるということは、そのような気持ちを確かめることでもあった。多くの先学のお仕事に支えられて、ようやくたどり着いた指標のひとつが、この書物だった気がする。

参考文献

夏目漱石『私の個人主義』〈講談社学術文庫〉（一九七八年八月一〇日、講談社）
磯田光一『磯田光一著作集５』（一九九一年四月二〇日、小沢書店）
鶴見和子『内発的発展論の展開』（一九九六年三月二五日、筑摩書房）
半田美永『文人たちの紀伊半島　近代文学の余波と創造』（二〇〇五年三月三一日、皇學館出版部）
池田雅之編著『共生と循環のコスモロジー　日本・アジア・ケルトの基層文化への旅』（二〇〇五年六月二〇日、成文堂）
長谷川櫂『震災歌集』（二〇一一年四月二五日、中央公論新社）
長谷川櫂『震災句集』（二〇一二年一月二五日、中央公論新社）
佐藤保『漢詩をよむ　中国のこころのうた』（二〇一四年四月一日、ＮＨＫ出版）
鎌田純一『慎みて怠ることなかれ』（平成二七〈二〇一五〉年六月二七日、神社新報社）
関口安義「『羅生門』一〇〇年」（『解釈』平成二七〈二〇一五〉年一〇月一日）

（書き下ろし）

＊本書では、文献の奥付は原則として、原典の表記のママ（和暦・西暦）としたが、必要に応じて〈西暦・和暦〉を注記した。なお、本書中の文章の形式や年号の表記に関しては初出を原則としたため、全体として統一を欠く場合があるが、各論文・評論・エッセイ等の中では統一した。初出は、各文章の末尾に記載したが、本書収録にあたり、すべてに加筆・修正を施した。必要に応じて、加筆・修正の年月日を記載した。

Ⅰ　近代作家の基層

第一章　文学にみる西方志向

――折口信夫『死者の書』の場合――

はじめに

ニイチェは宗教を「衛生学」と呼んだ。それは宗教ばかりではない。道徳や経済も「衛生学」である。それらは我々におのずから死ぬまで健康を保たせるであろう。「東方の人」はこの「衛生学」を大抵涅槃の上に立てようとした。老子は時々無何有（むかゆう）の郷（さと）に仏陀と挨拶をかわせている。

――芥川龍之介『西方の人』昭和二年[1]――

昭和初期に折口信夫は、それまでの「芸術」や「文学」を中心とした歴史の研究が、その後、「神道史の研究にも合致することになつた」としるしている[2]。この表明は、民俗学者・国文学者としてのそれまでの業績に加えて、神道研究者としての自覚が表明された言葉として興味を引く。

歌人・作家としての迢空・折口信夫には、歌集『海やまのあひだ』（大正一四年刊）、第二歌集『春のことぶれ』（昭和五年刊）、第三歌集『水の上』（昭和二三年刊）、没後に出版された『倭をぐな』（昭和三〇年刊）、詩集『現代襤褸集』（昭和三二年刊）等、多くの作品が遺されている。また小説『死者の書』（昭和一八年刊）は、第一歌集『海やまのあひだ』とともに、伊勢、熊野の基層を形成する風土の発露としての文学的表象を考えるうえに、重要な作品であると私は考えている。つまり彼の遺した作品やその学問的業績は、それぞれが個別的に、或いは単体として存在しているのではなく、横糸のように絡み合い、また時空を突き抜ける垂直の糸と交織しつつ、総合的なカルマを形成し、折口信夫の原初的な叫び（アニマ）を発光させていると考えられるからである。

彼は、昭和二八（一九五三）年九月三日、数え年六七歳で亡くなるまで、生涯にわたり「古代の美しい幻影と、生きてゐる苦しい現実との調和」を、その生活の主題としたといわれる。[3] 折口信夫に内在する「幻影」と「現実」とが如何に調和され、それらが作品に結実したのか、その課題を解く鍵が、彼の大和から伊勢へ、そして熊野から西方へという視点の変遷に観られるとするのが本稿の論点である。

（一）妣（はは）の国への通路としての〈熊野〉

釋迢空（折口信夫）の処女歌集『海やまのあひだ』（大正一四年五月、改造社）に収録された「奥熊野二三首」は光と闇とが交錯し、彼の内面世界が表出する。歌人の内面の不安と夢が大海原の波のように揺曳するのである。これらの作品二三首は、明治四五年（大正元年）にまとめられた私家版歌集『安乗帖』一七七首の中にも加えられ、折口短歌の光源となっているのは周知のことである。

この『安乗帖』には、熊野への行程がしるされているが、それによれば、彼らは、伊勢神宮に参拝した後、鳥羽から磯部に出て、下之郷より乗船、安乗（あのり）に向かっている。その後、鵜方、浜島、田曽等を経由して引本へ着き、船津から花の木峠を越え、山中の木樵小屋に野宿。そして、引本から再び乗船して、尾鷲へ。尾鷲から木本を経て鬼が城、花の窟等を見学して、新宮へと向かう。もちろん熊野古道が整備される以前のことで、記録に残る教え子二人（伊勢清志・上道清一）を伴った遭難の場所は奈辺であったか。

平成二五（二〇一三）年一一月三〇日（土）、尾鷲市の三重県立熊野古道センターで行われたシンポジュウム「東紀州を訪れた文学者たち」に際して、私は折口信夫を中心に講座を任されたが、そのコーディネーターを務めた川端守同センター長から、折口の遭難した場所はあのあたりではなかったかと教えられた。その指さす方向は、引本の港に続く山並であった。「遭難しているから本人にも場所がわからない。だから（筆者注：折口の日記等に）地名が記載されていないのです」。明快な説明である。熊野古道センターは奥熊野への入口に建つ。およそ一〇〇年前の折口信夫は、この昏のシルエットに包まれていた。小高い丘に建つ古道センターの玄関先から遠望した港湾は、夕闇が迫り黄闇の中で、二人の教え子たちと熊野の木霊と対話していたのかも知れないと、ふと思った。そして、海はそのすぐ近くに迫っていたのである。

写真① 西湖の夕映え（著者撮影）

この時、私は二ヶ月前の九月に、異国で体験した夕映えの景色を思い起こしていた。それは西湖（中国浙江省杭州）の船上から眺め観た壮大な夕日であり、果てしない宇宙の空間に沈みゆく涅槃そのものの景色であった（写真①参照）。すべてを消滅させる絶対的な静寂――そしてその年の暮れにも、私は昆明湖（北京西方頤和園）の凍てつく水面の遥か向こうに、陽炎のように沈んでゆく夕日を眺めることができたのである。氷面が映し出されて影を曳く大陸の壮大な時空は、太古のトルファンへの道のりを思い浮かばせた。

ところで、奈良當麻寺の二上山の間に沈む夕日と阿弥陀如来信仰との関り―死者は如来の弟子となるという意味において、戒名に〈釋〉を冠する風習が当地当麻にはある。それらの夕日と熊野の黄昏。この時、折口信夫

（＝釋迢空）を思い浮かべたのは、決して偶然ではなかったようにも思えるのである。
難解とされる『死者の書』の主舞台が當麻寺とそこから遠望できる二上山であり、作品の後半においては、その主人公は熱心な阿弥陀信仰者、ついには心願成就を成し遂げる中将姫である。
さて、まず若き日の迢空・折口信夫の体験から、その心的世界を確認しておきたい。そのためには、明治四五年八月（二六歳）の熊野への旅程に幻視した「妣の国」に触れなければならない。「奥熊野二三首」中には、次のような一首がある。

青うみにまかゞやく日や。とほゞ〵し　妣が国べゆ　舟かへるらし

「妣（はは）」とは亡くなった母のことである。折口は「妣が国へ・常世へ——異郷意識の起伏」[4]において「妣が国」と「常世」の概念を説いているが、それについては先に触れたことがあるのでここでは繰り返さない[5]。青々と熊野の海に眩しく輝く日が照っている。その海上遥か、遠くにある妣の国に舟が帰ってゆくらしいという。
谷川健一は「孤独の実相——古代人の「妣の国」[6]」で「妣の国」を「失われた楽園」に喩えて、次のように説明している。

夫と妻、弟と姉、つまり、男と女との間が不和になり、葛藤、疎外のあげく、破局がおとずれるというところから日本の悲劇は誕生する。イザナギ、イザナミの確執から現世と他界との断絶がはじまるが、それがもっとも端的に顕われるのはトヨタマヒメの物語である。海の彼方からやってきた異属の女が、信仰上の違いから夫の許を去っていく物語は、民族渡来の南の原郷への郷愁につながる。妣の国に見られる「失われた楽園」へのなげきと思慕が日本神話の神代の巻をつらぬくライトモチーフである。

そして、谷川健一はこの「妣の国」が日本人の心にかきたてる「哀愁」は古代以来普遍的に受け継がれ、芭蕉の慟哭の中にも、それはあると指摘する。例えば「俤や姨ひとり泣く月の友」の句のように—。

若き日の折口信夫は、熊野灘に浮かぶ一隻の舟から、このような「妣が国」を想起した。或いは幻視した。それは「他界」と「現世」との往還を可視するに足る〈場〉としての〈熊野〉が、既に折口の体内に胚胎していたことを暗示していよう。そういえば、彼の代表作のひとつ「葛の花　踏みしだかれて、色あたらし。この山道を行きし人あり」は、沖縄から壱岐の島に立ち寄った時の作という説があるが、山本健吉は「実は熊野での作」と断定している（『新潮日本文学辞典』一九八八年一月、新潮社）。また一九八四（昭和五九）年一一月七日、「文芸の志」と題した歌人前登志夫の講演会（於皇學館大学）終了後、「葛の花」の歌は熊野での作だということを、私は直接前登志夫から聞いていたのである。

知られるように折口信夫は旅の多くを重ねた人であり、蓄積された体験の表象として、その作品の〈場〉に拘る必要はないのかも知れない。だが、その内的な表現の光源となるもの、それ自体が、この伊勢から熊野への旅であったということは注目してよいのではなかろうか。次ぎの作品にも注目したい。

　　山めぐり　二日人見ず　あるくまの蟻の孔に、ひた見入りつつ

熊野山中で、二日間も人に会わないという、遭難の体験をうたったものである。明治四五年（大正元年）の折口年譜には「引本を経て船津に出る途中、山中で道に迷い、二日間絶食して彷徨」としるされている。また、自撰年譜には「此時、教育の意義を痛感する。」とも書き込まれている。この作品は、『迢空自筆　うみやまのあひだ』（昭和三九年一月、所蔵者の安藤英方により限定版として複製刊行された）によれば、下の句には「蟻の孔にも　見入りつつ哭く」とあったのである（写真②参照）。慟哭する程の、当時の心細く不安な心を、初稿から窺い知ることができるだろう。

写真②　自筆「うみやまのあひだ」

この時の「教育の意義」とは、一体何を意味するのか。沈黙か、或いは何らかの会話が、不安と恐怖の中であったに違いない。教え子二人を伴う熊野山中からの生還が、強い印象として残り、そのことが教育体験となって、以後の人生観に影響を及ぼしたということになるのだろうか。折口信夫の遭難体験、或いは揺曳したかも知れない死の幻影は、歌のアニマを呼び寄せ、民俗学者・教育者、そして創作者としての折口信夫（釋迢空）誕生の契機となったのではなかったか。そのような生死を彷徨う体験の中で、折口信夫の「妣の国」を理解することができる。

（二）『死者の書』に描かれる〈闇〉と〈光〉

折口信夫の祝詞への着目。そして神道起源への言及。さらに「みこともちの思想」から比丘尼の役割と観音信仰への着眼、さらに彼の関心は熊野の向こうにあるとされる〈西方浄土〉へと連なる。その一連の思考を整理する意味で、『死者の書』（昭和一八年刊）の中身を確かめてみようと思う。作品の題名は、古代エジプトの宗教書からとられている。つまり『The Book of the Dead』と英語表記され、これらの書は、死者とともに墳墓に納められて、死後の恐怖を避けるために、呪文などが書かれていたと言われる。作者の折口信夫は、自著の創作過程に触れ、倭・漢・洋の死者の趣きが重なってくるようで愉快だったというようなことを述懐している。(7)

また、歌集『遠やまひこ』（昭和二三年三月、好学社）に収録された「死者の書」二七首の冒頭歌に「『死者の書』とどめし人のこころざし―。遠いいにしへも、悲しかりけり」とある。古代人も現代人も、死に臨む人の心には共通のものがあることを確かめようとしていたのである。折口信夫が小説『死者の書』で採択したのは、古代日本の歴史に関わる事績であった。ここに万葉集に収録される周知の作品がある。大津皇子（六六三～六八六）が皇位継承をめぐる謀反の嫌疑を受け、その罪を問われたときの歌である。

大津皇子、死を被(たまは)りし時に、磐余(いはれ)の池の堤(つつみ)にして涙を流して作らす歌一首

百伝(ももづた)ふ　磐余の池に　鳴く鴨を　今日のみ見てや　雲隠りなん

（万葉集巻三・四一六、『新日本古典文学大系』一九九九年五月、岩波書店）

歌意は、「（百伝ふ）磐余の池に鳴く鴨を見るのも今日を限りとして、私は死んで行くのか。」となる。[8] 大津皇子は天武天皇の第三皇子で、『日本書紀』によれば、天武天皇が朱鳥元年（六八六）九月九日に崩じた後、翌月の一〇月二日に皇位継承に関わる大津皇子の謀反が発覚する。皇子は逮捕され、翌三日に訳語田(おさだ)（奈良県櫻井市）の舎で死を賜ったとされる。時に皇子は二四歳であった。

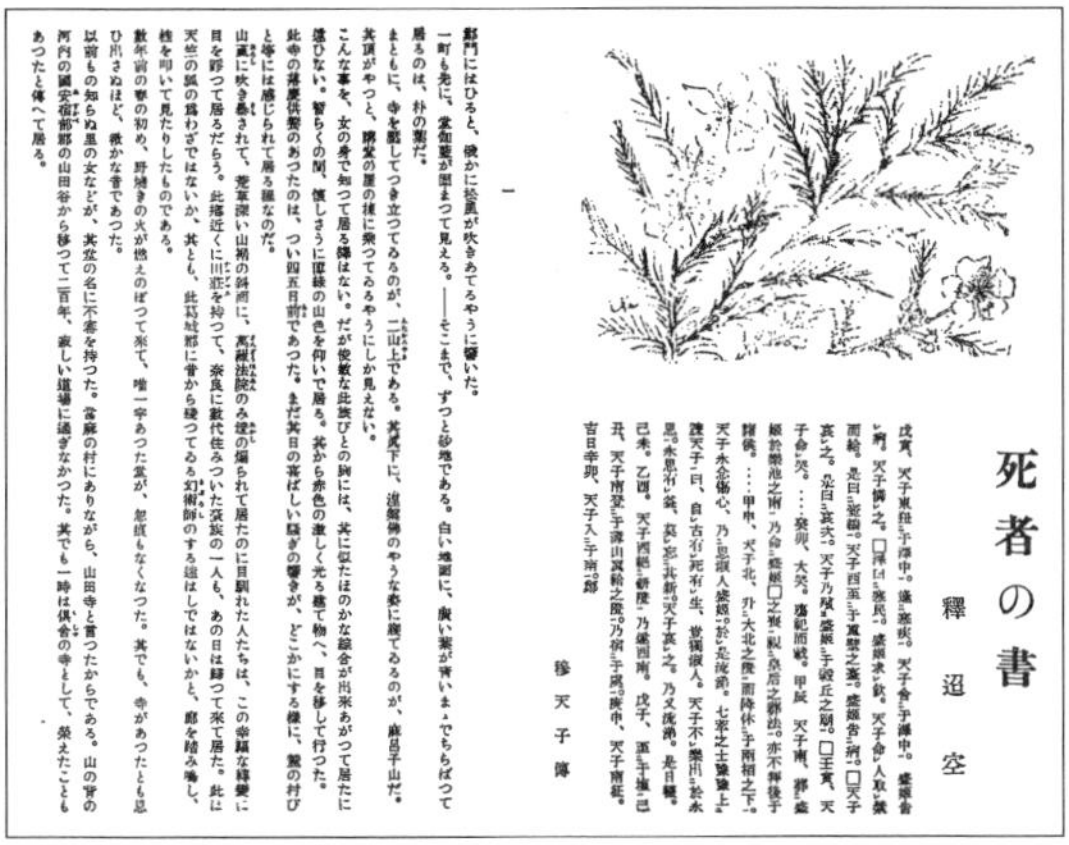
死者の書　釋迢空

穆天子傳

一

郎門にはひると、俄かに松風が吹きあてるやうに響いた。

一町も先に、堂伽藍が固まつて見える。――そこまで、ずつと砂地である。白い地面に、廣い葉が青いまゝでちらばつて居るのは、朴の葉だ。

まともに、寺を壓してつき立つてゐるのが、二上山である。其尾下に、涅槃佛のやうな姿に寢てゐるのが、麻呂子山だ。其頂がやつと、講堂の屋の棟に乘つてゐるやうにしか見えない。

こんな事を、女の身で知つて居る筈はない。だが俊敏な此旅びとの胸には、其に似たほのかな綜合が出來あがつて居たに違ひない。暫らくの間、懐しさうに[illegible]の山色を仰いで居る。其から赤色の激しく光る建て物へ、目を移して行つた。

此寺の落慶供養のあつたのは、つい四五日前であつた。まだ其日の喜ばしい騒ぎの響きが、どこかにする様に、麓の村びと等には感じられて居る頃なのだ。

山颪に吹き曝されて、荒草深い山裾の斜面に、萬法藏院のみ堂の構られて居たのに目馴れた人たちは、この幸福な轉變に目を睜つて居るだらう。此境近くに山莊を持つて、奈良に數代住みついた貴族の一人も、あの日は歸つて來て居た。此は天竺の狐の爲わざではないか。其とも、此葛城郡に昔から棲つてゐる幻術師のする迷はしではないかと、廊を踏み鳴し、柱を叩いて見たりしたものである。

數年前の春の初め、野焼きの火が燃えのぼつて來て、唯一宇あつた堂が、忽痕もなくなつた。其でも、寺があつたとも思ひ出さぬほど、微かな昔であつた。

以前もの知らぬ里の女などが、其堂の名に不審を持つた。當麻の村にありながら、山田寺と言つたからである。山の背の河内の國安宿部郡の山田谷から移つて二百年、寂しい道場に過ぎなかつた。其でも一時は倶舎の寺として、榮えたこともあつたと傳へて居る。

写真③　初出「死者の書」冒頭（昭和14年）

折口信夫『死者の書』の冒頭は、如上の出来事を題材に書き始められる。この作品は、最初、昭和一四年一月から三月にかけて雑誌『日本評論』に掲載された（写真③参照）。作品の舞台は大和。時代は古代、いわゆる万葉の時代である。作中、大津皇子をモデルとした滋賀津彦、そして藤原南家郎女(なんけいらつめ)、大伴家持、恵美押勝らが登場する。雑誌に掲載された初出本文と、その後加筆修正された単行本の本文との間には異同があるが、本稿では単行本所収の本文に拠る。全集もこの本文を採用しており、両方の本文を比較すると、加筆修正本文の方が、文章も、文法的にも正確、また修辞も丁寧に修正され、風景描写などもパノラマをみるような壮大さや余韻を感じさせるように工夫されている。もっとも作品の冒頭は初出本文（雑誌掲載本文）と単行本本文とには相違があり、初出本文では大和と河内にまたがる地・二上山が舞台となり、奈良右京にある家

を出た郎女の物語として語り始められる。そしてこの地は、大津皇子の葬られた地なのだ。

以下、概略をしるすと次のようになる。

ある日、春と秋の彼岸の中日、二上山の男嶽と女嶽の峰の間に夕日が沈んでゆく。その夕日の光りの中に、藤原南家郎女（通常は中将姫と呼称される）は、かつての〈俤びと〉を幻視する。翌年の春、やはり彼岸の中日、彼女はその恋人にあこがれ、一人で家を出た。野を彷徨い、二上山麓の當麻寺までやって来た彼女を見かけて、寺びとたちは大騒ぎとなった。そこは女人禁制の結界だったのだ。寺域に踏み込んだこの姫の扱いをめぐって、寺では大変な騒ぎとなったのである。

その一方で、藤原南家では、行方不明となった姫のことで大騒ぎとなっていた。神隠しにあったに違いないと信じた南家では、選ばれた長老と九人の姫たちが〈御魂呼ひ（みたまよばひ）〉という行に出る。その行の〈こう　こう　こう〉という声に反応したのが、作品中の滋賀津彦であった。

単行本所収本文は、この滋賀津彦の目覚めの場面から書き起こされている。つまり、先に確認した、あの大津皇子の御魂だったということになる。そして、彼は長い長い眠りから覚めてゆくのである。

次に、その冒頭の一節を引用する。

> 彼（カ）の人の眠りは、徐（シヅ）かに覚めて行つた。まつ黒い夜の中に、更に冷え圧するものゝ澱んでゐるなかに、目のあいて来るのを、覚えたのである。
>
> した　した　した。耳に伝ふやうに来るのは、水の垂れる音か。たゞ凍りつくやうな暗闇の中で、おのづと睫と睫とが離れて来る。
>
> 膝が、肱が、徐ろに埋れてゐた感覚をとり戻して来るらしく、彼の人の頭に響いて居るもの――。全身にこはゞつた筋が、僅かな響きを立てゝ、掌・足の裏に到るまで、ひきつれを起しかけてゐるのだ。

さうして、なほ深い闇。ぽつちりと目をあいて見廻す瞳に、まづ圧しかゝる黒い岩の天井を意識した。次いで、氷になつた岩牀。両脇に垂れさがる荒岩の壁。した〳〵と、岩伝ふ雫の音。

時がたつた――。眠りの深さが、はじめて頭に浮んで來る。長い眠りであつた。けれども亦、浅い夢ばかりを見続けて居た気がする。うつら〳〵思つてゐた考へが、現実に繋つて、あり〳〵と、目に沁みついてゐるやうである。

あゝ、耳面刀自。

甦つた語が、彼の人の記憶を、更に弾力あるものに、響き返した。

（略）

自然に、ほんの偶然強ばつたまゝの膝が、折り屈められた。だが、依然として――常闇。

をゝさうだ。伊勢の国に居られる貴い巫女――おれの姉御。あのお人が、おれを呼び活けに來てゐる。

姉御。こゝだ。でもおまへさまは、尊い御神に仕へてゐる人だ。おれのからだに、触つてはならない。そこに居るのだ。ぢつとそこに、踏み止つて居るのだ。――あゝおれは、死んでゐる。死んだ。殺されたのだ――忘れて居た。さうだ。此は、おれの墓だ。

繰り返しになるが、作中の「彼の人」とは滋賀津彦となづけられ、実は、天武天皇の第三皇子・大津皇子がモデルである。また「耳面刀自」となづけられたのは、藤原鎌足の女であり、不比等の妹のことで、大友皇子（弘文天応）の妃と伝えられる方である。また作中の伊勢の国に居られる貴い巫女というのは、大津皇子の同母姉大伯（大来）皇女を表している。彼女は一四歳で伊勢斎宮に入侍して、一三年間伊勢の地におられたが、大津皇子の死後帰京されたという。

その皇子の死を悲しむ皇女の歌が万葉集巻二に収録されている。六首のうち、二首を詞書とともに引用する。

大津皇子の屍を葛城の二上山に移し葬りし時に、大来皇女の哀傷して御作りたまひし歌二首

うつそみの人なる我や明日よりは二上山をいろせと我が見む（一六五）

磯の上に生ふるあしびを手折らめど見すべき君がありといはなくに（一六六）

歌意は「大津皇子の遺体を葛城の二上山に移葬した時に、大伯皇女が悲しんで作られた歌二首。この世の人である私は、明日からは、二上山を弟として眺めることでしょうか。（一六五）、岩のほとりに生えている馬酔木を手折りたいと思うが、見せてあげたいあなたがいるというのではないのに。（一六六）」（『新日本古典文学大系万葉集』一』一九九九年五月、岩波書店）となる。

弟の大津皇子に再び会うことのできない姉の大伯皇女が、その悲痛を歌う有名な万葉歌である。このような古代の悲話を背景にして、折口信夫の『死者の書』の冒頭が起筆されている。そこには、〈闇〉〈常闇〉といった語が頻繁に使われ、埋葬された古層の地中を暗示する。折口信夫は、「妣の国」と「常世」とを分かち、「常世」はもと「常闇」であったという説をたてている。[9] 作品冒頭において、己が己であることを忘れる程の深く長い眠りから覚めた滋賀津彦は、耳面刀自の記憶とともに、現実に引き戻されるのである。しかし、そこはまだ〈常闇〉の世界なのである。彼が、漸く〈光〉を取り戻すのは「ををさうだ。」と呟き「伊勢の国に居られる貴い巫女―おれの姉御」を想起したときである。

作品冒頭の、滋賀津彦の長い眠りからの目覚めに焦点を当てるとき、〈闇〉から〈光〉への転換があり、その契機となっているのが、姉の居る「伊勢の国」であった。また、この作品の大部分は、先に紹介したように、藤原南家郎女の物語である。従って、この作品の主人公は郎女であり、また戦後出版された『死者の書』（昭和二二年七月、角川書店）には、山越阿弥陀図が挿入され、作者による「山越しの阿弥陀像の画因」が添付されている。山の間から半身を現して来迎する阿弥陀如来と聖衆を描く絵である。

この物語は老婆の独り語りで閉じられるが、それは郎女が〈俤人〉に寄せる思慕の情をえがいたものであった。その情と心願が叶い、俤人は、郎女姫の眼前に数千体の菩薩となって浮き出てきたというのである。當麻寺に伝わる中将姫をモデルに、その伝承を取り入れながら、この物語は綴られてゆく。彼女は信心厚く、その功徳で仏に出会い、蓮華の糸で曼荼羅を織り上げて極楽往生したと伝えられる。冒頭の大津皇子の魂が藤原郎女に思いを馳せ、當麻寺の姫を訪ねる物語と考えれば、それは悲恋の幻想譚とも読めるに違いない。

しかし作者の真の意図は、もう少し別のところにあったようだ。作品に付された「山越しの阿弥陀像の画因」（以下、画因と省略）には、折口の考えが詳しく説明されている。つまり、我が国に渡来した文化が、渡来当時の姿を保持しているかのようで、いつしか内容は我が国生得のものと入れ替わっているという。その一例として、山越しの阿弥陀像について書きたくなったというのである。従って、作者・折口の真意を忖度すれば、『死者の書』には、そういう阿弥陀像への、日本人の対し方が書き込まれたと考えて差し支えない。

（三）〈日想観〉と〈化尼(けに)〉

換言すれば、仏教の日本化という問題が『死者の書』には提示されており、ここで「画因」にしばしば説明される〈日想観〉及び〈化尼〉という言葉に着目しなければならない。『死者の書』第一七章には、彼岸の中日、秋分の日の夕刻の景色と郎女の様子が描写されている。その箇所を引用する。

> 男嶽(ヲノカミ)と女嶽(メノカミ)との間になだれをなした大きな曲線(タワ)が、又次第に両方へ聳つてゐる、此二つの峰の間の広い空際。薄れかかつた茜の雲が、急に輝き出して、白銀の炎をあげて来る。山の間(マ)に充満して居た夕闇は、光りに照らされて、紫だつて動きはじめた。さうして暫くは、外に動くもののない明るさ。山の空は、唯白々として、照り出さ

れて居た。肌　肩　脇　胸　豊かな姿が、山の尾上（オノヘ）の松原の上に現れた。併し、俤に見つづけた其顔ばかりは、ほの暗かつた。今少しく著（シル）く、み姿顕したまへ――。

郎女の眼前に現れた阿弥陀菩薩のみ姿。〈俤人〉は、彼岸中日、西方の日没を拝する姫の前に、ついにその姿をみせたのである。しかし、そのお顔は、ほの暗くて判然とはしなかった。「画因」にいう〈日想観〉による阿弥陀如来は、このような姿で現前する。

日想観とは、つまり浄土を観想するための、西方の日没信仰である。折口信夫は、〈日天様のお伴〉の風習を例に、各地に伝わる春秋の中日の信仰を説明している。その為の山籠もりの様子が、郎女の描写に活かされたのではないか。その信仰は、娘盛りや女盛りの人たちが中心的な担い手であったという。また、「画因」には、〈化尼〉のことも説明されており、それは菩薩やその代わりのものが、尼の姿をしてこの世に現れた姿だともいわれる。作品の終盤に登場する語り部の老女も、この化尼の役になっていると、折口は告白している。実は、この『死者の書』を書く動機が、作者自らが、この化尼の役割を担おうとするところにあったのかもしれないと思われるのである。

本地垂迹の信仰形態が我が国にある。衆生済度のために仏が姿を変えてわが国の神として現われたとする信仰で、「権現」という名号はこの信仰から生まれた。例えば、天照大神の本地は大日如来であり、熊野権現のそれは阿弥陀如来であると説明される（岩本裕『日本仏教語辞典』一九八八年五月、平凡社）。在来の信仰と渡来の仏教が融合し、世界で見られるような宗教戦争から日本が免れた理由は、この本地と垂迹の考え方であった。神仏習合、もしくは神仏混淆という考えかたは奈良時代に始まり、明治の廃仏毀釈まで続いたと考えるのが通常である。神仏同体の考え方に基づき、日本固有の神々と仏・菩薩とが同じ場所に祭祀されたのである。伊勢神宮近くには「神宮寺」などの名称が残されているのも、その一例であろうか。また、八百万が坐す日本には、「合祀」という言葉がある。

本地垂迹とは、仏・菩薩が垂迹、すなわち迹を垂れて衆生救済の為に、神や人間の姿となって現れたとする考え方である。日本固有の神々は、仏が衆生を教化し苦しみから救うために現れたとするのである。煩悩の苦しみから衆生を救い、そこから脱却させて悟りの境地に導くこと、そうすることによって人々は安楽の地に至ると考えるのである。このような考え方は、奈良時代に始まり、平安末期から鎌倉時代にかけて確立していったとされる。あたかもそれは、所謂〈蟻の熊野詣〉の時代と重なり、熊野権現が阿弥陀如来の垂迹として信仰を集めてゆく事例に確かめることができる。『平家物語』や『梁塵秘抄』等に見られる熊野信仰などは、この典型的な例として、日本古典文学に記録されている。

さて、折口信夫『死者の書』に挿入された四点の「山越しの阿弥陀像」によって、この作品は〈日想観〉による阿弥陀信仰を背景にして書かれたことがより明らかとなる。そして、「画因」によれば、この日想観には「日想観往生」という考えがあり、多くの篤信者の魂が西方の波に憧れて海底深く沈んでいったという。よく知られる四天王寺西門が、その夕日を拝する場であった。『梁塵秘抄』巻第二「極楽歌六首」には、「極楽浄土の東門は、難波の海にぞ対へたる、転法輪所の西門に、念仏する人参れとて」と謳われている。彼岸の中日に、遥か西方の「東門」に向かって極楽往生を祈願した〈場〉としての「西門」は、平安時代末期に既に存在していたことが確認できる。興味深いのは、このような風習が、熊野の補陀落渡海にもみられることである。補陀落渡海の目的は、もちろん観音浄土に往生する目的であって、補陀落山寺の伝承がよく知られている。

行き着く先は、西方にある極楽東門だとされるが、そのような行為を折口信夫は、それぞれ自らが「霊のよるべ」、すなわち信頼して身を任せることのできる絶対的な場を求める行為だと捉えている。決して、信仰に追い詰められた行為ではないと理解するのである。そして彼岸の落日を拝む風習と、落日を追い海に没入する行為は、根源は同じだと解釈している。いずれも、往生祈願の信仰があり、それに根差した行為だというのである。

ところで、「私の女主人公南家藤原郎女」と作者の折口信夫がいう、郎女が何度か見たあの二上山（写真④参照）の

写真④　當麻寺から遠望した二上山（著者撮影）

山上の幻影こそ、古代の人々がともに見た、古代の幻想であったと「画因」に書きしるされている。そして、それは仏教以前から、我々の祖先が伝承してきた幻想であり、あの阿弥陀像は、その具現化された姿であったと説明されているのである。先に、折口は渡来の文化と、それらが融合していつしか日本特有の内容を持つようになった独自の文化の例として、阿弥陀像のことを説明していた。『死者の書』は、このような独自的な日本文化の様相を、古代から伝承される史実を織り込みながら、自作のなかで確かめようとしたのである。

『死者の書』には、神仏一体や本地垂迹の考え方も取り入れられ、日想観や化尼、また入水にまつわる水への信仰も意識されている。この物語は、古層に象徴される〈闇〉の大和に淵源し、中将姫の當麻寺周辺が主たる舞台となっている。一方、〈光〉の伊勢が意識され、その奥行の〈熊野〉へと通じる要素をも有している。そしてまた、さらに西方極楽浄土への、古代びとのまなざしとも重なり合うのである。

『死者の書』に描かれる阿弥陀信仰と、現実に、伊勢から熊野への沿道に、今も点在する観音石仏や観音坐像とその信仰。折口信夫の壮大な古代学と文学とが饗応する物語は、日本古来の信仰と、その伝承の具現化であった。彼の文学作品は、まさに若き日の熊野体験から発した、思考と学問の成果であり、決して余技で済まされるものではないのである。

おわりに

冒頭に紹介した「神道に現れた民族論理」には、「私は、神道といふ語が世間的にできたのは、決して、神道の光栄を発揮する所以ではないと思ふ」としるして、日本民族の原型を知るためには「祝詞」を研究しなければならないと、折口信夫は提言している。そして、今日、神道起源と信じられていることが、仏教や儒教や道教であったりすることに言及し、それらの影響を受ける以前のいわゆる「みこともちの思想」に注目するのである。

古代、天皇の命を受けて任国に赴いた官人、国の司を「みこともち」と言う。彼らは、つまり、「神言」の伝達者であり、後世の比丘尼が、その役割を担っていると折口は指摘する。熊野比丘尼は、さらに観音信仰と結び付き、後に一種の不老不死の物語を生み出してゆくが、その原型が熊野にあるとする折口信夫の嗅覚を辿れば、積み重ねられた彼の古代学の基層には、伊勢から熊野への奥行、さらにはその遥か彼方には予兆としてある海からの光源が大きく存在するように思われるのである。

大和国原は歌人の前登志夫の作品世界を支え、現代短歌における大きな収穫のひとつとなったが、そこは一言主や役行者の躍動する世界であり、神や鬼の支配する異界でもあった。山の彼方は死者の棲まう世界であるが、だからこそ折口の〈常世〉は、はじめ古層深くに存在する〈常闇〉の世界だったのである。滋賀津彦（大津皇子）の眠りを覚ます「一条の光」[10]は、大和国原の天上から垂直に死者を射すが、さらにその覚醒を確かなものとするのは〈伊勢〉からの〈光〉にほかならない。その脊梁として存在する〈熊野〉は、海の彼方との往還を可能にする〈場〉なのである。『死者の書』一編は、大津皇子の魂を、西方浄土に弔うための、折口信夫による鎮魂の書であった。それは、古代の魂を現代に蘇らせ、懇ろに供養する精神と無縁ではない。そういう意味で、この作品は歴史小説の形式をとりながら、近代文学史上、比類のない作品となったのである。芥川龍之介が西方にキリストの像を追慕して、遂に自己を救済できなかった現実を思えば、中将姫に纏わる當麻曼荼羅縁起は、大津皇子の悲劇を融和する働きかけをなしつつ、折口信夫その人の蘇生と結びついているように思われるのである。

注

（1）引用した芥川龍之介の文章は岩波文庫『西方の人』（一九九一年一〇月、岩波書店）所収の「東方の人」による。同作品は、昭和二年八月に、雑誌「改造」に発表された。執筆は、昭和二年七月一〇日とある。この文章の後半で芥川は「野蛮な人生はクリストたちをいつも多少は苦しませるであろう。太平の草木となることを願った『東方の人』たちもこの例に洩れない」としるしている。この文章を執筆した数日後、同月二四日、三五歳で自死。キリストに心寄せをする芥川龍之介の若い晩年の宗教的な苦悩の告白が見られる。中村真一郎は、この文章について「キリストを人間的に、現代の感覚で再現している点では、実にすぐれているとしても、信仰告白の文章とはどう読んでも、理解することは不可能」であるとしている（同書「解説」）。同時代を生きながら、「古代」から現代を見た折口と、その対極にあった芥川の差異が窺われて興味深い。なお、ここに用いられた「東方の人」とは、イエス・キリストに対して「釈迦・孔子」など「東洋の聖人」を指す（日本近代文学大系38『芥川龍之介集』昭和四五年二月、角川書店、参照）。

（2）折口信夫「神道に現れた民族論理」（『神道学雑誌』第5号、昭和三年一〇月）。

（3）佐藤春夫「折口信夫の人と業績と」（角川書店『昭和文学全集』の「解説」参照。引用は臨川書店『定本　佐藤春夫全集』第二四巻より）。

（4）折口信夫「妣が国へ・常世へ――異郷意識の起伏」（『國學院雑誌』第26巻5号、大正九年五月）。

（5）半田美永編『伊勢志摩と近代文学』（一九九九年三月、和泉書院、所収「釈迢空『海やまのあひだ』の基層」）参照。

（6）谷川健一「孤独の実相――古代人の『妣の国』」（『新潮』平成一五年一〇月《特集折口信夫歿後五十年》）参照。

（7）折口信夫「山越しの阿弥陀像の画因」（『八雲』第三輯、昭和一九年七月に初出）。

（8）『別冊太陽　万葉集入門』（二〇一一年四月、平凡社）参照。口語訳は、同書収録、毛利正守訳による。

（9）注4に同じ。
（10）中公文庫『死者の書　身毒丸』（一九九九年六月、中央公論社）に付された川村二郎「解説」の中に、大津皇子の覚醒を「超越の感覚」といい、それを促すのは「暗い室内に天井からさしこむ一条の光」であるという。天若日子の神話との関連が連想されるが、本稿では〈光〉の淵源を〈伊勢〉との関わりで考察した。

〔付記〕　本稿に引用した折口信夫の文章は新編『折口信夫全集』全三七巻、別巻三巻（一九九五年〜一九九九年、中央公論社）に拠った。但し、漢字は通行の字体に統一し、ルビは適宜省略した。「死者の書」については中公文庫『死者の書　身毒丸』所収の本文と「山越しの阿弥陀像の画因」を参考にした。なお本稿は、平成二四（二〇一二）年六月二日に、皇學館大学で催された国際熊野学会での講演資料を基に作成したものである。その後出版された『伊勢から熊野へ――折口信夫の足跡と神道観』（皇學館大学講演叢書第一五二輯、平成二五年一一月、皇學館大学出版部）とは、要旨の部分で重複する箇所があるが、今回新たに加筆修正を施した。なお、「死者の書」についての考察は、これまでにも多く出され、特に石内徹編『釈迢空「死者の書」作品論集成』全三巻（一九九五年三月、大空社）には優れた論考が収録されているが、本稿では〈伊勢〉〈熊野〉の視点を通して、あらためて私見を述べさせて頂いた。執筆にあたり、それぞれのご専門の分野から貴重なご教示を賜りました先生方に、末筆ながら衷心より謝意を捧げます。資料に関して、井口日奈さんの助力を得ました。

（国際熊野学会『熊野学研究』第三号、平成二七年七月一五日発行。原題「文学にみる西方浄土への憧れ―折口信夫「死者の書」の場合―」）

第二章　歌集『海やまのあひだ』の基層
――迢空の揺曳と覚悟――

（一）　書名について

不思議な書名をもつ歌集である。海は、山になることはできず、やまは、海になることはできない。海のものとも知れず、山のものとも知れない不測の精神。漂う魂のゆくえは、あるいはその希求する心は、独り折口信夫（釋迢空）の予測できない定位の脆さに基づいている。それゆえにこそ、書名は「あひだ」でなければならない。

歌集『海やまのあひだ』（大正一四年五月、改造社）に付された「この集のすゑに」は、鷗外の訳文集『蛙』（大正八年五月、玄文社出版部）の「序文」を引き、「自在を失うた」「私」を自省する。鷗外は、その「序文」に、次のように書く。

書は、何故に蛙と題するか。プロワンスの詩人ミストラルの作ナルボンヌの蛙が偶然巻頭に蹲つたがためである。／しかし偶然は必ずしも偶然でない。文壇がトロヤの陣なら、わたくしもいつの間にかネストルの位置に押し進められた。其位置は久恋の地ではない。わたくしは蛙の両棲生活を継続することが今既に長きに過ぎた。帰りなむいざ、帰りなむいざ。気みじかな青年の鉄椎の頭の上におろされぬ間に。

ここに記された「両棲生活」への思いとは、例えば、「わたくしは医を学んで仕へた。しかし曾て医として社会の問題に上つたことはない。（略）わたくしの多少社会に認められたのは文士としての生活である。」（「なかじきり」大正六年九月）という述懐に象徴されるように、ここには、その生活の総体として、晩年の鷗外の自嘲風な感慨が籠められている。とすれば、《諦念》《あそび》《かのやうに》などの表現を用いることによって、自らの基本的な生の有り様を韜晦（とうかい）した鷗外の、「久恋の地」とは何だったのか。「帰りなむいざ、帰りなむいざ。」と目指した鷗外の、進むべき方向とは、何処にある世界であったのだろう。

ところで、迢空・折口信夫は、この鷗外の「序文」に「学問に立ち戻ろうと言つた語気を」（「この集のすゑに」）見いだしたという。

鷗外のいう「トロヤの陣」とは、ホメロスの詩「イリアス」に描かれる伝説的なトロイア戦争を指す。それを現今の文壇に譬えた彼は、自らをネストルの位置に置いた。即ち、ホメロスの叙事詩「イリアス」「オデュッセイア」に登場するピュロスの王である。饒舌な老人ながら温和で常識のある王として描かれ、ここには、ついにトロイアの城の攻略を断念するという鷗外の寓意が籠められている。鷗外の寂しみとは、むしろ「ネストルの位置」に置かれた、あるいは置かれてあるという自己の歩みの結路の認識としてあり、折口の理解とは微妙にずれるものがある。

そしてまた、このような鷗外の自己認識は、いずれにも自己を決し得ない生涯にわたる性癖として、そのドイツ留学の時点よりすでに痕跡として残されているのである。

折口自らの体験として語られる、学者仲間に立ちまじると文学者肌が目立ち、文学者の群れにゆくと、あまりにも自在を失った学究臭さが省みられたとする回想は、鷗外の心情を忖度・解釈したポーズを見せながら、実はその学問・文学の質の差を垣間見せてもいる。すなわち、鷗外博士の口吻を借りた折口の「両棲生活」には、当時の鷗外が背負う断念・倦怠の気分とは異なり、彼自身の、「自在なる発生」を予測させる明るさが漂う。少なくとも、「帰り」ではなく、「行く」精神の自在が封じ込められているように思われる。そこには、《未来》を予測させる時間の歩幅が存在するのである。

鷗外博士は、『蛙』一部を以て、その両棲生活のとぢめとして、文壇から韜晦した。愚かな枝蛙は、最後の目をみつめるまで、往生ぎはのわるい妄執に、ひきずられて行くことかも知れない。（「この集のすゑに」）。

折口信夫の口吻には、やはり鷗外のそれとは異質の、未来を凝視し、揺曳する内的世界が謳われている。歌集『海やまのあひだ』は、不可知の世界を秘めた青春の書であった。

（二）「あひだ」の精神

さて、釋迢空『海やまのあひだ』に付された「この集のすゑに」には、この歌集の作者が遭遇した「あひだ」の精神が語られているのを知る。歌人としての迢空と、学者としての折口信夫が混在した「あひだ」という意味ではなく、その両者が混在して、何かと対峙する相が語られているのではないか。例えば、大和の魑（すだま）が対峙する明治近代という時代――その「あひだ」を呼吸する人間の魂の喘ぎである。

それは、まず、八、九歳のころからの回想に始まり、作歌を通じて交わりのあった恩師、歌人、友人、そして教え子や仲間たちとの日々、それらが、この歌集成立までの時間を梃子（てこ）に説明される。「わたしの文学は畢竟、枝蛙の芸道である」としながら、「新詩社」にも「あら、ぎ」にも与（くみ）しなかった、これまでの自己を語る迢空の「寂しさ」とは、鷗外晩年の精神の内実とは異なるものである。彼のいう「枝蛙」とは、「権威」に抗し得る「力」の姿態、あるいは、その「力」を予覚しつつ、世を渡る人の風姿として表現されている。だからこそ、迢空は、歌の「本領」を力説し、「これから」に込められた予感を反芻しつつ、来るべき「歌」の次代を信じようとするのである。

以下、ここに主張される力点は、三点に絞られる。

① 歌の句読法

②　歌の様式の固定からの開放
③　求心的な発想をもつ歌の発生

迢空は、短歌を、「われわれの愛執を持つ詩形」と表現し、その「古典としての歌から、自在な詩形の生れて来る事が、信ぜられてならない」という。彼の短歌に見られる句読点は、「自身の呼吸や、思想の休止点」を示す必要のために打たれたし、歌に内在する「拍子」に苦心した結果、「四句詩形」の発想が生まれたのであるという。短歌の「自在なる展開」を願う迢空は、「求心的な発想」、つまり「われわれの内側の拍子」の表現様式としての、短歌の、「永久」的な「生命」を探っているのであった。

そして、「この集のすゑに」は、「皆さん。私の焦慮を察して、この企てに、と申してお気にめさぬなら、どうか、次の時代の実現の為に、お力をお貸し下さい。」と閉じられている。ここに刻まれた「焦慮」とは、新しい歌の発生を信じる迢空の、現在から未来への時間の「あひだ」に存在した。

先に引用した「往生ぎはのわるい妄執」には、短歌文芸の蘇生を信じる迢空の「妄執」があり、その文芸の基底を支える学問へのまなざしもある。「この集のすゑに」には、彼一流の韜晦のポーズが秘められている。そして、歌集『海やまのあひだ』は、まさに、彼における「妄執」への出発の書でもあった。

（三）『歌集』の成立

歌集『海やまのあひだ』の成立に関しては、これまで多くの調査や報告が出されているが、その成立に関する基礎的な調査は、長谷川政春「『海やまのあひだ』論」（『國文學』昭和五二年六月）に詳しい。その報告に従って整理すると、ほぼ次のようになる。すなわち迢空三九歳の年、大正一四年五月三〇日の奥付をもつ『海やまのあひだ』（改造社刊）以前に、彼は、すでに三種類の自筆歌集を有していた。あらためて、それらを列挙すれば次の如くである。
①『安乗帖』《収録歌数一七七首》（大正元年十二月に成立）＝一本。
②『ひとりして』《収録歌数三八八首》（大正二年に成立）＝四本。
③『うみやまのあひだ』《収録歌数二〇二首》（大正四年夏に成立）＝数本。

このうち、②は①を含み、大正二年に作成され、そのうち友人たちに三本が配布され、残りの一本は著者が所蔵し、増補されて大正四年夏以降に完成したと考えられるという。③は、現在安藤英方所蔵本しか存在せず、その複製本が、昭和三九年一月に明治書院より刊行されている。大正一四年に、改造社から公刊された自選の処女歌集『海やまのあひだ』以後、昭和四年五月には、改造文庫本『海やまのあひだ』が出版されるが、この時、著者は多少の加筆を行い、全集本の底本には、この改造文庫本が用いられた。

書名については、紀州藩の国学者加納諸平の私家集『柿園詠草』（安政元年）の語句の影響が指摘されている（池田彌三郎「折口信夫集解説」、『日本近代文学大系46　折口信夫集』昭和四七年四月、角川書店）。『柿園詠草』には、「熊野のむらむら海山をめぐりける時」という詞書をもち「熊野群作」を収録する。この歌集への折口の親炙と高い評価は、山本嘉将著『加納諸平研究』（昭和三六年一一月、初音書房）にも説かれている。迢空の熊野への関心が、加納諸平を通じて喚起され、その世界への旅立ちとなったとすれば、彼の《海やまのあひだ》とは、やはり具体的には熊野の渓谷と海とを指すものであったに相違ない。

折口信夫を奥熊野に誘った同時代の書物として、伊良子清白の詩集『孔雀船』（明治三九年五月、左久良書房）、あるいは田山花袋の紀行文集『南船北馬』（明治三二年九月、博文館）が指摘されている（西村亨編『折口信夫事典』大修館書店、昭和六三年七月）。『孔雀船』に収録された「安乗の稚兒」（『文庫』明治三八年九月に初出）は、『安乗帖』の書名を想起させるが、私は、ここに収められた迢空の一首に関心をもっている。

安乗の兒　おないどしなる五六人　岩に居てさすわが道のかた

折口の旅の途上の実際は、このような安乗の子供たちとの出会いもあっただろう。しかし、清白の「安乗の稚兒」の示す世界とは程遠い、一見これは稚拙な作にみえる。なぜなら、「志摩の果安乗の小村／早手風岩をどよもし」で始まる伊良子清白の「安乗の稚兒」には、志摩の激しい海に向かって、「恐怖をしらず」に対座する「稚児」の悠然とした姿と、その姿を包みこむ景色を「いみじくも貴き景色」と表現する詩人の発見と、まなざしがある。すなわち、詩人清白によって、ここ〈安乗の小村〉は、俗塵を離れた神聖な《場》として昇華されていた。

右に引用した迢空の短歌作品は、叙景歌としては、即興の未熟な作品である。が、一方、ここに詠み込まれた《兒》には、彷徨する者の行く方を示す《霊力》の如きものが感じられる。それは、清白の作品との遭遇によって誘引された迢空の「安乗の稚兒」の把握の仕方であったのではないか。それは、この世における《まれびと》との出会いの風景を想起させられるほどのものである。

さらに、『海やまのあひだ』に収録された「奥熊野」一二三首中には、右の短歌は削除され、『安乗帖』には存在しない次の作品が置かれていることに注目したい。

大海にただにむかへる　志摩の崎　波切(なきり)の村にあひし子らはも

ここには、『安乗帖』から『海やまのあひだ』への推移、すなわち歌人・迢空の誕生する過程が暗示されているように私は思う。清白の詩「安乗の稚兒」の描く「貴き景色」を把握する心的状況に近く、「安乗の稚兒」の詩人とは微妙にずれる迢空の風格が現出しているように感じられるからだ。しばしば指摘される《寂しさ》、《幽けさ》という気分のみではなく、迢空の向かう方向を示唆する屈折点としての場が、詩の世界の中にある。

（四）　伊勢・志摩から熊野へ

折口信夫は、明治四三年に釋迢空の号を用い始めている。彼の、伊勢・志摩への旅は元号の改められた大正の年の八月、教え子の伊勢清志、上道清一の二人を伴っていた。この旅の成果が、歌集『安乗帖』一七七首として、結実する。その歌集の冒頭には、「大正みものおもひの年　志摩より熊野路の旅にのぼる　八月の十三日より廿五日までその間十三日　従ひたるもの伊勢清志・上道清一」とあり、以下、その時の行程が記されている。それは、次のようなものである。

○宇治山田（参宮）―鳥羽―磯部（伊雑宮のたそがれ）―下の郷より船―安乗
○安乗―國分寺（國分松原）―鵜方―御座―濱島―田曽
○田曽―相賀―奈屋―神前―引本
○引本―船津―八町瀧―檜笛圃（花の木峠）―山中―木樵小屋
○大杉谷におつる大川―山中―木樵小屋
○―船津―引本―尾鷲ゆきの船に乗りおくる―尾鷲
○尾鷲―木本―鬼个城―花岩屋―阿多和―小川口―玉置口
○玉置口―瀞八丁―船にて宮井―楊枝村遠望―新宮
○新宮―三輪崎―那智―勝浦―田邊
○田邊―船山（斧原生待居る）
○船山―田邊―南部―岩代峠―切目―印南―鹽谷―御坊―天田橋―田端君家

○田端君家
○吉原―比井―和歌浦―和歌山―大阪

右の旅の行程には、田山花袋の紀行文集『南船北馬』との類似が指摘されている（藤田叙子「釋迢空『安乗帖』と田山花袋『南船北馬』―『海やまのあひだ』成立の一過程」、『芸文研究』45号、昭和五八年一二月）。明治三一年三月に、花袋は、志摩・熊野への旅に出発する。二見から鳥羽、磯部を通り、安乗、大王崎、御座、濱島、五ヶ所などを巡り、さらに紀伊長島から南紀を経て、田辺から和歌浦へと向かう。その旅程は、「志摩めぐり」「北紀伊の海岸」「熊野紀行」「月夜の和歌浦」と題する紀行文となり、『南船北馬』（明治三二年九月、博文館）に収録された。

藤田論文は、この間の二人の旅程がかなり類似していることを地図の上で確認し、さらには、花袋の旅上体験に対する迢空の関心を指摘している。つまり、この旅程において花袋が体験した「北紀伊の海岸」における若い郵便脚夫との出会いの風景である。人通りのない夕暮れの峠道で出会った若い郵便脚夫とともに、花袋は峠を越えて行く。都会に憧れる少年と、都会に絶望して山道を旅する二十代後半の花袋と――。その心の交響を、花袋は、次のように書いている。関連する部分を、あらためて引用してみよう。

思へ人々、このさびしき海と山との間（あひだ）を、とぼとぼとして過ぎ行く二人の胸にはいかに異れる感のみちわたりたるかを。一人は若き血胸に漲りて、頻りに将来を夢みつゝあるに、一人ははかなく苦かりし過去の経験を思ひて、ほとほと絶望の思（おもひ）に沈みつゝあるにあらずや。／あはれこの二人の姿

少年の口から発せられる熊野の風土は、花袋にとってまさに異国の詩趣に満ちていた。さらに、林立した人家百軒ばかりの長島の町へ到着したときの心持ちを、花袋は、次のように書き留めている。

われはこの少年の導（だう）を得て、その夜は町にても最も古く最も親切なりといへる嵐屋（あらしや）といへる大なる一旅館にやどりたるが、和らかき布団、古風なる行燈、質朴なる僕など、一つとしてわが旅の心を慰むるに足らざるものなか

りき。／あゝこの忘られぬ少年

折口は、後年「青年時代の花袋氏が行き逢ふ人も稀な熊野路の旅に道づれになつた若い郵便脚夫と再度道にわかれて、淋しい旅行をつゞけたあの頃の心もち（＝南船北馬）がこの『一握の藁』に到つて蘇つて来た。」（「一月の文壇（中）」、『日刊不二新聞』大正三年一月二八日）と、深い感慨を込めてしるしている。さらに、「明治文学論」（昭和一九年四月、國學院大學での講義）では、この熊野での郵便脚夫の記述を指して、「しみじみとした、明るい憂鬱」が、「われわれの心を動かした。そして、いまも思い出すごとに心を揺する」としるすのである。折口信夫にとって、あの田山花袋の体験は、遠い記憶の中に印象づけられ、奥熊野へと誘う心的な要因となっていたのである。

（五）「光充つ真昼」の意味

折口信夫（釋迢空）の《旅》を説明する時、よく引かれる「妣が国へ・常世へ――異郷意識の起伏（その一）」（『国学院雑誌』第二六巻第五号、大正九年五月）の中に、次のような一節がある。

十年前、熊野に旅して、光充つ真昼の海に突き出た大王个崎の尽端に立つた時、遥かな波路の果に、わが魂のふるさとのある様な気がしてならなかつた。此をはかない詩人気どりの感傷と卑下する気には、今以てなれない。此は是、曾(かつ)ては祖々の胸を煽り立てた懐郷心（のすたるぢい）の、間歇遺伝（あたゐずむ）として、現れたものではなからうか。

これより先、「異郷意識の進展」（『アララギ』第九巻第一一号、大正五年一一月）と題する文章が、折口にある。そこには、次のような表現がある。

数年前、熊野に旅して、真昼の海に突き出た大王个崎の尽端に立つた時、私はその波路の果に、わが魂のふるさとがあるのではなからうか、といふ心地が募つて来て堪へられなかつた。これを、単なる詩人的の感傷と思はれたくはない。これはあたゐずむから来た、のすたるぢい（懐郷）であつたのだと信じてゐる。

私は、この文章を比較して、「真昼の海に突き出た大王个崎の尽端」が、「光充つ真昼の海に突き出た大王个崎の尽端」（傍点、半田）と追記されているのを知り、その添加された箇所に気を引かれている。すなわち、熊野への旅の途上、あの「大王个崎」の真昼の情景が、時を経て「光充つ」場として、折口に蘇生しているのだ。光の充ちる場とは、ここでは「わが魂」を揺さぶる契機として作用している。彼の「妣が国」「常世」の発想は、この「光」への無意識的な心寄せによって胚胎し、やがて自覚的に生育しているように思われるのである。

「妣が国へ・常世へ―異郷意識の起伏」には、「妣が国」と「常世」の概念が説かれている。「妣が国」とは、「われわれの祖たちの恋慕した魂のふる郷」であり、「万人共通の憧れ心をこめた語」であるという。なぜ「父の国」とは呼ばないのか。折口は、そこに「母権時代の俤」と、「異族結婚（えきぞがみい）」の「悲劇風な結末」とを挙げ、特に、後者の理由を有力視する。離縁して帰った母への思い、訪れ難い異族の村への思慕が、若い心に印せられ、植え付けられた人々の経験の積み重ねが、「行かれぬ国」「値（あ）ひ難い母」への「懐郷心」となって、我々の意識下に引き継がれているのであるという。

それでは、「常世の国」とは何か。「ほんとうの異郷趣味（えきぞちしずむ）」と折口がいう「常世」への憧れについて、次のような記述がある。

気候がよくて、物資の豊かな、住みよい国を求め求めて移らうと言ふ心ばかりが、彼らの生活を善くして行く力の泉であつた。彼らの歩みは、富みの予期に牽（ひ）かれて、東へ東へと進んで行つた。彼らの行くてには、いつ迄もいつ迄も未知之国（シラレヌクニ）が横（よこたは）つて居た。其空想の国を、祖（オヤ）たちの語では、常世（トコヨ）と言うて居た。

言うまでもなく、折口信夫には、「妣が国」と「常世」とは別のものである。「地上の距離遥かな処」に存在し、それ故に「其処への行きあしは、手間どらねばならぬはず」だとし、後の「浦島ノ子の物語」に似通うと説明する。そして「向う」と「此方」の時間の違いに着目し、「彼地」の僅かな時間が「此地」では「巌の蝕む」程の時間の経過を体験するという。彼の「常世」の概念は、即ち「不老・不死の国土」のそれであり、「富みと長寿」の実現する空想上の国を想起するところに発している。

しかし、と折口は言う。もう一代古い処では、「とこよ」は「常夜」であった。「岩屋戸隠りの後」の「高天原のあり様」や「長鳴き鳥の常世」を連想し、彼は「常暗の恐怖の国」を想像している。そして、「ほんとうに、祖々を怖ぢさせた常夜」とは、「底知れぬよみの国」であり、「ねのかたす国」であったという。

大正一四年四月の『改造』（第七巻第四号）に発表された「古代生活の研究─常世の国」には、「大空から、海のあなたから、或村に限つて、富みと齢と其他若干の幸福とを齎（もたら）して来るものと、村人たちの信じてゐた神」としての「まれびと」の考えが開陳されている。そして、これは空想上の神ではなく、現実、古代の村人たちは、この「まれびと」が家の戸を押し、叩く物音を聞いたという。「まれびと」は、「常世」からこの世に訪れの《神》の化身として、折口の理解の中にあったようだ。それは、彼にとって、必ずしも、遠い世における夢物語ではなかった。

（六）《闇》から《光》へ

昭和二八年二月から三月末にかけて口述筆記され、翌二九年の『中央公論』に掲載された「自歌自註　海やまのあひだ」（以下、「自註」と略す）の、圧倒的な量の多さは何を意味しているのか。それは、折口の施した他の作品の自註に比して、圧倒的な重量として感じられよう。折口信夫の歌を、「自註」に寄り掛かって読むのではない。『海やまのあひだ』に関するかぎり、その「自註」は、折口作品のひとつとして、読まれてもよいのではないか。

ここには、晩年の折口が到達した学問と芸術の融合があり、すでに調和された「あひだ」の精神が説かれているのを知ることができる。彼の歌は、彼の学問の成果の発露であった。その芸術と学問とは、また彼の行動によって支えられ裏打ちされている。そして行動は、《旅》によって象徴される。沢木欣一は、「空間の旅を時間の旅に変質させて遡源したのが信夫の旅であった」（「遡源の旅——折口信夫」、『國文學』昭和五二年六月）と表現する。折口の旅は、太古への旅であり、古人の心を背負う群れの旅であり、そしてまた、異郷にふるさとを探し求めるという「逆転的な心的構造」を、沢木論文は指摘している。

折口の言説を検討する限り、「妣が国」には、訪れ難い障害が介在するが、「常世」は往還を可能にする世界である。自らが旅人となり、まれびととなって、彼は、自らの《ふるさと》（＝魂の源郷）を創成する。そこに、迢空・折口信夫の芸術と学問の特質がある。

「自注」には、次の歌が置かれている。

　　おもひでの家は　つぎ〳〵亡びゆく。長谷の寺のみ　さやは　なげかむ　「大和初瀬寺炎上」

もちろん『海やまのあひだ』に収録された一首だが、ここで折口は、諸国の旅を経てなお、「第二の故郷」として、「どうも大和の国が私の心にかゝる。」という。その一つの理由が、「次々に滅びゆくものゝ悲しさ」を併せ持つ国であるからだという。そして、その大きな現実を、長谷寺の炎上に実感して嘆いているのである。先に見た「妣が国へ・常世へ—異郷意識の起伏」に、「開化の光りは、わたつみの胸を、一挙にあさましい干潟とした。」という《近代》への批判のまなざしがある。

折口の旅は、喪失するものへの愛惜に発し、その再生の場を求めるという目的を有しているように見える。ジャンルとしての短歌も、彼にとっては、「大和の国」を思う心に等しかったのではないか。「自注」において、彼は、短歌を作るという行為を、「過去に失はれたものを取り返さうとするのと、現にまだ持つてゐないものを、想像を持つて満たさうとする」という二点から考え、折口自身は、むしろ「私の歌」は、後者が多いとしている。大切なのは、彼の短歌が、明らかに過去の遺物の再生ではなく、未知なる創造を目指しているという点である。

そしてまた「大和の国」は、『死者の書』を誘発する地でもあった。昭和一四年一月から三月にかけて、『日本評論』に連載された『死者の書』は、昭和一八年九月に改訂されて、青磁社より刊行される。古代エジプトの書を踏まえた折口信夫の、この小説には、長い眠りから覚める滋賀津彦が描かれている。作中の人物には、万葉歌に歌われる大津皇子が重ねられている。「深い闇」の世界から目覚める「彼」とは、死を賜った皇子である。

作品冒頭の部分を引用してみよう。

> 彼の人の眠りは、徐かに覚めていつた。まつ黒い夜の中に、更に冷え圧するもの、澱んでゐるなかに、目のあいて来るのを、覚えたのである。／した　した　した。耳に伝ふるやうに来るのは、水の垂れる音か。たゞ凍りつくやうな暗闇の中で、おのづと睫と睫とが離れて来る。

おのれが、おのれであることを忘れる程の深く長い眠りから覚めた彼は、耳面刀自（藤原鎌足の女がモデル）の記憶とともに、現実に引き戻される。だが、そこは、まだ「常闇」の世界であった。彼が、光を取り戻すのは、「を、さうだ。」と呟き、「伊勢の国に居られる貴い巫女―おれの姉御」を想起した時である。

伊勢に赴いた大津皇子の姉大伯皇女を想起することによって、《闇》から《光》への転換が仕組まれた『死者の書』には、「大和」「伊勢」の二重的な構造が組み立てられている。そしてこの小説には、さらに大和當麻寺の中将姫の伝承が加えられ、小説世界を、いっそう複雑なものにしている。歌集『海やまのあひだ』に収録され、その根幹をなす「奥熊野」にも、そのことが言えるのであった。そして、代表作『死者の書』の基層には、「奥熊野」で感知した、若き日の折口信夫が見た〈夢〉が揺曳しているのである。

（七）奥熊野の向こうに

歌集『海やまのあひだ』の基層には、精選された「奥熊野」一二三首がある。それらの作品を掲げてみる。

①たびごゝろもろくなり来ぬ。志摩のはて　安乗（アノリ）の崎に、燈の明り見ゆ
②わたつみの豊はた雲と　あはれなる浮き寝の晝の夢と　たゆたふ
③闇に　聲してあはれなり。志摩の海　相差（アフサ）の迫門（セト）に、盆の貝吹く
④天づたふ日の昏れゆけば、わたの原　蒼茫として　深き風吹く
⑤名を知らぬ古き港へ　はしけしていにけむ人の　思ほゆるかも
⑥山めぐり　二日人見ず　あるくまの蟻の孔に、ひた見入りつゝ
⑦二木（ニキ）の海　迫門のふなのり　わたつみの入り日の濤に　涙おとさむ
⑧青山に、夕日片照るさびしさや　入り江の町のまざ〳〵と見ゆ
⑨あかときを　散るがひそけき色なりし。志摩の横野の　空色の花
⑩奥牟婁の町の市日（イチビ）の人ごゑや　日は照りゐつゝ　雨みだれ來たる
⑪藪原に、むくげの花の咲きたるが　よそ目さびしき　夕ぐれを行く
⑫大海にたゞにむかへる　志摩の崎　波切（ナキリ）の村にあひし子らはも
⑬ちぎりあれや　山路のを草莢さきて、種とばすときに　来あふものかも
⑭旅ごゝろ　ものなつかしも。夜まつりをつかふる浦の　人出にまじる
⑮にはかにも　この日は昏れぬ。高山の崖路（ホキジ）　風吹き、鶯のなく

⑯那智に来ぬ。竹柏(ナギ)　樟の古き蔘　そよ　ひるがへし、風とよみ吹く
⑰青うみにまかゞやく日や。とほ〴〵し　妣(ハヽ)が國べゆ　舟かへるらし
⑱波ゆたにあそべり。牟妻の磯にゐて、たゆたふ命　しばし息づく
⑲わが乗るや天(アメ)の鳥船　海(ウナ)ざかの空拍つ浪に、高くあがれり
⑳たま〳〵に見えてさびしも。かぐろなる田曽(タソ)の迫門(セト)より　遠きいさり火
㉑わたつみのゆふべの波のもてあそぶ　島の荒磯(アリソ)を漕ぐが　さびしさ
㉒わが帆なる。熊野の山の朝風に　まぎり　おしきり、高瀬をのぼる
㉓うす闇にいます佛の目の光　ふと　わが目逢ひ、やすくぬかづく

羇旅歌（旅の歌）として見れば、これらの作品は志摩半島安乗から那智に向かう道中、船旅での風景や心情をうたったものである。具体的には、⑯以降が、那智・熊野での作ということになる。その道中、熊野古道にも足を踏み入れている。

それにしても、⑯以下の作品に漂う、「まかゞやく」明るさや、「たゆたふ命」、そして「佛の目の光」に触発されるやすけさとは、一体、何を意味するのだろう。「安乗」を「志摩のはて」と呼び、海浜の「闇」に脅え、一条の光りを頼りに歩を進めた旅人は、ひたすらに奥熊野を目指していた。その行程は、さながら「常闇」を起点とし、光り輝く「伊勢」を経て「常世」を探し求める旅人のそれである。

奥熊野とは、当時の折口にとって、佛のいます「常世」であった。その意識が、さらに海の向こうに予測される浄土への憧憬となり、「熊野」は、まさに観音浄土への起点となったのではないか。「奥熊野」二三首に描かれる旅程には、「妣が国」の表現がすでにある（⑰の歌）。伊勢の海、志摩のはてに浮かぶ安乗の崎は、さらに彼の求める「はて」への旅立ちであったといえる。ここには、揺曳する精神が覚悟した世界の見取り図が、示唆的に暗示されているよう

に思われる。彼にとって、この熊野体験の意義は大きい。

（八）おわりに

以上、歌人としての迢空にとって、伊勢の地は、大和の《闇》から《光》への反転の場として機能していることを指摘した。そこは、同時に、《常世》への参入路としての「奥熊野」を自覚させ、以後の彼の学問と詩に、大きな影響をもたらした。

> 最初の歌は、志摩の安乗のものであることは、歌自身で訣る。ちやうど明治陛下の諒闇の夏であつた。心ひそかに旅するには、極めて適してゐた。この旅行は鳥羽を最初に、志摩から南北東西の牟婁郡、即、伊勢・紀伊の熊野に属してゐる地方を十日程の日数をかけて歩いたのであつた。（「自註」）

ここにいう「最初の歌」とは、「奥熊野」冒頭の「たびごゝろもろくなり来ぬ。志摩のはて　安乗の崎に、燈の明り見ゆ」を指す。歌集『海やまのあひだ』の基底には、そこに収録された「奥熊野」二三首があり、その基層は「安乗帖」一七七首の劇(ドラマ)によって支えられる。闇と光の交差する安乗の海こそが、彼のいう「深い期待」（「自註」）を内包した世界として存在した。

大和の国が、滅びゆくものの悲しさを包み、折口の学問や文学もまた、滅びゆくものへの愛惜に起点を発するものである限り、安乗崎の「燈の明り」こそ、その揺曳する心の不安を救い上げる異土からの呼びかけであったように思われる。志摩の海とは、大神への供物を献上する「御食国(みけつくに)」、すなわち、豊饒な生命の源でもある。そこは、折口信夫自身の、揺曳する精神に、覚悟をもたらすトポスとして機能したのだった。

〔付記〕本稿に引用した折口信夫の文章は、新版『折口信夫全集』（中央公論社）に拠る。なお、短歌作品に関しては、『釋迢空短歌綜集』（昭和六二年一〇月、河出書房新社）をテキストとした。引用に際しては、出来る限り常用の字体を使用したが、詩歌作品、及び固有名詞に関わる場合は、旧字体を残した。ルビは適宜省略した。尚、この度本論を成すに当たり、文中に明記し、活用させて頂いた文献以外にも、多くの先行研究から有益な示唆を受けている。特に、池田彌三郎・谷川健一『柳田国男と折口信夫』（一九九四年一〇月、岩波書店。初刊は、一九八〇年一二月、思索社）から、示唆されたところが大きい。

（『伊勢志摩と近代文学』一九九九年三月三一日、和泉書院。原題「釋迢空『海やまのあひだ』の基層」）

第三章　別離からの出発
――天田愚庵『順礼日記』攷――

はじめに

天田愚庵（あまだぐあん）（一八五四〈安政元〉年〜一九〇四〈明治三七〉年）が、京都を発って西国巡礼の旅に出立したのは、明治二六（一八九三）年九月二二日のことであった。そのために、勧進帳を出し浄財を募る準備は、同年の六月から始められた。「蓋し人に貧福の分ありと雖も、勧進の高多き時は即ち結縁の数自ら減じ、喜捨の財軽きに過ぐれば以て帰依の信と為すに足らず、故に貴賤平等金三銭三厘と定む(1)」として、これよりも多く、また少なくも受け取らなかった。愚庵の心には「随喜の誠」を尽くして、多くの人びとと平等に「菩提の縁」を結ぶ以外にはなかったのである。この時、百日の間に千五百五十人からの喜捨を受け、道中の必需品、路銀を差し引いた残金で、この『順礼日記』を印刷して方面に配布したという(2)。著者名は、天田鉄眼（てつげん）とある。

さて、『順礼日記』（以下、『日記』と表記する）には、巻頭に京都林丘寺滴水老師の題字、ついで兄弟子の息耕軒峩山の七言絶句の漢詩と青厓居士による五言律詩、そして磐城の国からは愚庵の漢詩の師・大須賀筠軒（いんけん）による「巡（ママ）礼日記序」（漢文）、また、新聞『日本』社主で子規とも親交のあった陸羯南（くがかつなん）の「西国巡（ママ）礼日記の序」が付されている。

この順礼の旅程は、「先づ伊勢の大廟に詣で、次に熊野三社に参り、然後番号に従ひ、一番より打始む」と『日記』にしるされている。その道筋は、先年、世界遺産に登録された熊野古道「伊勢路」にほぼ相当する。まだ、整備も行き届かぬ「古道」を、彼は、どのようにして歩いたのか。この『日記』に描かれる心象風景を通して、ここに籠められた天田愚庵の人と思想とについて考えてみようと思う。

（一）天田愚庵のこと

(1) 父母妹との別離

愚庵の半生は、みずからがしるす「血写経」によって知られる。同書は、明治二三（一八九〇）年五月に、懇意にしていた陸羯南に送られた。羯南は、その前年の同二二年二月一一日に、新聞『日本』を創刊、子規や青厓とともに、愚庵の作品発表の場となった。世に流布する愚庵伝記のすべては、この「血写経」を基に書かれたが、その経緯は『愚庵全集』[3]に収録された「愚庵和尚小伝」[4]にしるされている。以下、要点を引用してみよう。

> 十五歳戊辰役に従つてから、遁世出家するまでの和尚の前半生は、本書に収むる所の台麓学人の筆に成る「血写経」で明かである。支那宋朝の朱寿昌は血を刺し経を写して母の所在を求むること五十年にして蜀中で邂逅することが出来たと伝へられてゐる所から、愚庵和尚が十有八年間、幾多の辛酸を嘗めて父母の行方を尋ね歩いた伝記を「血写経」と名づけたのであつて、初め和尚が筆を執り、陸羯南に送つたのを、饗庭篁村（あえばこうそん）が書き改めて新聞「日本」に連載されたものである。和尚を伝するものは皆なこの血写経に拠って居る。（『愚庵全集』四〇二頁。以下、頁数は同書による）

右の文中「台麓学人」とは愚庵のことである。愚庵が、この「台麓」の号を用いた例を他に知らないが、比叡山の別称を、天台山、台岳、台嶺などいう。京都を発つ（た）ときの送別の際、師の滴水禅師に道筋を尋ねられて、「叡山越して近江を歴。伊勢の皇廟に参詣」と答えている。比叡山の麓が、彼の心の支柱となっているのがわかる。

愚庵の自伝『血写経』は、母を探し求めて「五十年」、ついに蜀の国で母と再会したという朱寿昌のことを踏まえたのである。北宋の詩人蘇東坡に「朱寿昌郎中、不知母所在、刺血写経求之五十年、去歳得之蜀中、以詩賀之」と賀詞のつく漢詩がある。台麓学人こと愚庵は、『血写経』の冒頭に、「東坡が詠歌せし朱氏の子は、五十にして其母を蜀中に尋得て、羨む君が老に臨んで相逢を得たるを賀せられたる時ありしが、親と妹の所在を索むること二十余年、いまだ死生の消息を得ず」と書いている。朱氏（朱巽）の子・朱寿昌は五〇年間探し求めて、ついに母に逢うことができた。

彼は、二〇年間、父母と妹を探し求めているが、いまだに手掛かりはない。「血写」とは、すなわち「血を刺して経を写す」、みずからの体の血を抜いて、その血で写経することをいうのである。強い祈願の気持ちが出た行為である。愚庵みずからが、その人生記録に、「血写経」の名を借りたのは、「二十四孝」のひとりを詠んだ蘇東坡の詩とその背景となった事績に感じ入ったからにほかならない。(5)

天田愚庵は、安政元（一八五四）年七月二〇日、磐城の国平藩城主安藤対馬守藩中、甘田平太夫真順を父に、母浪の五男として生れた。父は勘定奉行、六〇歳を過ぎ、隠居後は平遊と号した。愚庵は幼名を久五郎と言い、兄弟は多かったが夭折し、一五歳のときには長兄善蔵と妹延の二人だけであった。長兄善蔵は先妻ひで（弘化四〈一八四七〉年一〇月二九日没）の子であった。(6)

明治元年・慶応四年一月三日、鳥羽伏見の戦。六月、奥羽同盟の諸藩は、薩長軍を迎えて磐城は戦場と化した。慶応四（一八六八）年、戊辰の年に始まったいわゆる戊辰戦争は、ここ磐城の国にまで及んできたのである。久五郎は、旧幕府軍に参加した。まだ一五歳だった久五郎は、果敢にも磐城を襲った薩長の軍に立ち向かった。それは、兄の善蔵が瀕死の傷を負ったという噂を聞いたからであった。父母は、まだ若い久五郎が戦場に行くことに反対した。だが、彼はそれを振り切って出かけて行ったのである。

同年七月一三日に平城は陥落し、一一月には最後まで抗戦した会津藩主松平容保(かたもり)が降伏した。このとき、近郊の農家に疎開していた父母妹が行方不明となったのである。戦場に出かける際、母は悲しみをこらえて「陣中は人の気も暴くなるものとか、呉呉(くれぐれ)も慎みて人と争ふことなかれ、如何なる事のありとても長者の旨に逆ふ事なく其指図を守るべし、血気に逸(はや)るものならば必ず過ちあるべきぞ」（「血写経」『愚案全集』一八八頁）等と諭した。

敗戦後、謹慎が解かれた兄弟二人は再会し、近郊の中山村小野甚作方に身を寄せ、肉親捜しを始めたのである。しかし、杳として父母妹の手掛かりはなかった。そこで、兄の善蔵は「身を占者」（占い師）にやつし、「諸国修行」と称して旅立った。同行を許されなかった久五郎は「我も早く一芸を学び、心のまゝに天下を周遊する身にならばやと学問に心を傾け」（「血写経」）たのである。その二人の行動の契機が、生き別れた肉親を捜し求めることにあったのはいうまでもない。

その後、久五郎の学問と処世の態度はどのようにして培われたのか、また、その人と思想はどのようにして形成されたのか。まず、「愚庵」と命名するまでの、彼の足取りを追ってみようと思う。

(2) 上京と出会い

明治新政府の下での約二年間、久五郎は旧藩校で学んだ。だが、明治四年（一八七一）年七月一四日、廃藩置県が施行され、藩校は廃止された。この年、「甘田」を「天田」と改名、名前を「天田五郎」と改め、兄の善蔵は「天田真武」を名乗った。これを機に五郎は上京、郷土の先輩保科保（後、八坂神社宮司）の世話で、神田駿河台のニコライ堂（ロシア人ニコライの経営する神学校）にはいった。しかし、それまで藩校で学んだ郷学としての儒教教育とは相いれず、三ヵ月余りで退学。同窓で日夜議論を交わした安藤憲三らの紹介で石丸八郎を訪ねた。そのいきさつは、「血写経」には次のように書かれている。

石丸氏は越前の人にて、当時教部省に勤め、慷慨の聞え高し、石丸氏一夜五郎と四方八方の物語りせしが、其中に何か感ずることありてや、翌朝自ら伴ひて中六番町の小池詳敬の許に至りて引合し、力を添へられたしと頼みければ、小池氏は五郎に向ひ、御身仕官の望ありやと問ふ、否某し毛頭さる望候はず、天下を歴遊する事の自在なる身となり、父母の所在を尋ねんこと是のみ一生の宿願に候と、決然たる五郎の答へに、小池氏はうなづき、夫れより其家へ留められぬ。（『愚庵全集』二〇六頁。「血写経」の引用は、すべて同全集による。）

天田五郎と石丸八郎は一夜を語り明かし、翌朝、石丸は天田五郎を小池詳敬の宅に連れて行った。小池に仕官の気持ちを尋ねられた彼は直ちに否定し、ただ「天下を歴遊」して、「父母の所在を尋ね」たいと答えている。その一念が、彼の生涯を貫く行動を決定し、また思想の根底を形成したともいえる。小池家の食客となった五郎は、その後様々な人脈を得ることになる。

小池詳敬については、「西京の人にて正院の大主記を勤め、音容の柔和なること婦人の如くなれども、性行厳重にして且つ大胆なれば、如何なる暴客も此人の前にはほしいまゝに振舞ふ能はず、斯る人柄の事なれば世の豪傑に交り多し」と「血写経」にしるされている。「正院」とは明治四年の廃藩置県の後、官制改革によって設けられた最高官庁のことで、主記はそれ以前の太政官に設置された事務官の職名だったが、正院では「大主記」は最高位に置かれた。天田五郎は、そのような環境の中で、時代の形勢を敏感に感じ取り、また学問に励んだのである。

やがて小池の紹介により、山岡鉄舟（当時、新政府に出仕、後明治天皇の侍従）の門下となり、国学者落合直亮（直文の養父）に国学を学んだ。明治六（一八七三）年落合直亮が仙台志波彦神社宮司に就任すると、これに従い五郎は権宮司として赴任した。宮司の傍ら直亮が開いた国学塾中教院に学び、ここで国分青厓（漢学者・後に新聞『日本』社員）、鮎貝亀次郎（後の国文学者・歌人落合直文）らと交友をもつことになった。この年の冬、小池詳敬から石油会社株主募集のための出張のことを聞き及び、同道して東海道、山陽道を経て九州長崎まで赴いた。この長崎行が愚庵の人生に思わぬ影と光をもたらすことになる。

翌明治七年、長崎滞在中に江藤新平の「佐賀の乱」が起こり、江藤一味の嫌疑を受けたのである。彼の挙動には政治への関心の強さがあり、長旅を経て長崎までやって来たことの不審を当局に持たれたのであった。上京後に拘束され、牢につながれたが、その牢中で万葉歌人丸山作楽(さくら)に出会った。(7) 作楽は国粋風の志士と交わり国事に奔走、征韓論者で当時の政府側と対立した。一方、当時の天田五郎は意気盛んな壮士風の気概があり、征台の軍にも従い、明治七年六月半ばに帰京するまで、石門戦に参加して勇名を馳せたことがある。明治五年、作楽は内乱のかどで終身刑を受けたが、同一三年恩赦で出獄している。この二人が、牢中で政治と文学を話題に、互いの人生を語り合ったことがあっても不思議ではない。

中野菊夫『天田愚庵その歌と周囲の人々』（昭和六一年六月二五日、至芸出版社）所収「丸山作楽」の項には、「愚庵の歌に於ける師を求むるとすれば、落合直亮、丸山作楽の名が浮び出て来るのであるが、作楽が万葉調歌人として今日その位置を与へられてゐることを思ふと、作楽、愚庵、子規と、ここに愚庵を中軸とした一つの傾向が窺はれるのである」（二〇一頁）としるし、作楽と愚庵との出会いの時期について、斎藤茂吉の九州説、小泉苳三説による帰京後の国士時代などを挙げている。

郷学としての儒教や、大須賀筠軒などから学んだ漢学・漢詩の素養から、万葉調歌人としての愚庵の転換期は、この作楽との出会いによってもたらされている。今日の『日本近代文学大事典』（講談社）などの「天田愚庵」の項目には、「歌人」として説明され、文学史上子規に影響を与えた人物として、その名をとどめているのである。

(3) 鉄眼から愚庵へ

天田五郎が愚庵を名乗るのは、明治二四（一八九一）年春、三八歳のときである。それより先、山岡鉄舟の紹介で、京都林丘寺の滴水禅師の許で参禅することになるのは、同一九（一八八六）年のことであった。だが、それより更に以前、やはり鉄舟の紹介で当代きっての侠客清水次郎長の許に居り、その養子となって山本五郎を名乗った時代があることにも触れておかねばならない。次郎長の本名は、周知のように山本長五郎である。

明治九（一八七六）年春、兄の真武と連れ立ち、肉親を訪ねて奥州、北海道を巡るが空しく、厳寒の函館で喀血、翌年早々に帰京する。この年の秋、恩人の小池詳敬死去。当時、板垣退助の興した自由民権運動の同士となり西下したが、山岡鉄舟の忠告により、清水次郎長に預けられることになったのである。しばらく謹慎の後、旅回りの写真師となって父母を捜した時期もあったが、明治一四（一八八一）年三月、山本長五郎（次郎長）に請われて養子となり、山本五郎、鉄眉と号した。満二八歳のときであった。

その折りの見聞を基に『東海道遊侠伝』を著し、それが後の講談や芝居の粉本（タネ本・原作）となった。富士裾野で開墾事業にも携わったこの時期は、政治から悟道の道に転じる基礎を形成したという意味で、その後の愚庵の世界を開墾したことにもなる。その後、山本家の養子を辞し、旧姓に復した後、明治一九（一八八六）年二月、大阪内外新報社に入社する。この時期、鉄舟は五郎宛に、一通の書をしたためた。「血写経」には、次のようにある。

御身大阪に行かば西京は程近し、天龍寺の滴水禅師は世に隠れなき禅門の大徳にて我が為めにも悟道の師なり、汝事業の余暇には必ず参禅して心力を練り玉へ、若し一旦豁然として大悟する事あらば、死したる父母にも坐ながら対面すべし、汝が捜求の労つとめたりと雖も其効なければ今は早や外に向つて其跡を尋ねんより、内に反つて其人を見るに若かざるべしと。（『愚庵全集』一三二頁～一三三頁）。

こうして、天田五郎は、京都天龍寺の滴水禅師の許に赴き、師が庵を編む林丘寺で剃髪得度を受け鉄眼と称した。さらに、明治二五（一八九二）年春、みずからの草庵を清水産寧坂に完成し、滴水師より賜った偈文「莫認小智、須至大愚」に拠り「愚庵」と号した。満三八歳のときであった。翌年、秋彼岸にここを発ち、西国巡礼に出かけたのである。それは、鉄舟の書簡にあった「内に反つて其人を見る」ための旅であったに違いない。

鉄舟こそ、愚庵にとって、再生の大恩人であった。明治二一年七月一九日、山岡鉄舟座禅のまま大往生。享年五三歳。遺体は谷中全生庵墓地に埋葬されたが、葬儀の日には、清水次郎長以下、子分百余人が旅姿で参列、異彩を放ったという。(8)愚庵は参究修行の身で参列できなかった。愚庵の自伝「血写経」は、鉄舟のために書かれたのではないかという説がある。(9)

(二)『日記』に描かれる風景

(1) 伊勢路の風景

京都から草津を経て鈴鹿山の麓に至った。田村神社、鈴鹿神社に詣でる。物寂しい峠道で、さめざめと泣く二人の童女に出逢った。姉妹らしいが草履を踏み切って歩くことが出来ないという。近づくと、姉の方は小さな荷物を背負い、片手には菅笠を持っていた。親は居ない。路銀少々を与えて別れる。「如何なる者の子にかあらん」。やがて伊勢路に入る。巌をうがって安置してある観世音、また関の地蔵尊を拝しながら参宮道に入った。雷光凄まじく、雷雨を浴びながら歩く。

九月二五日、雨晴れて「秋空一碧」、一身田の専修寺に参る。真宗高田派の本山である。明けて二六日、午後山田（筆者注：現在伊勢市）に着き、外宮参拝、神楽殿の御造営中であった。それより二三十町歩いて坂を越え、内宮宇治橋を渡る。「心身自らすがすがしく二の鳥居を潜れば右の方に五十鈴川の御祓場あり、参詣の者皆こゝにて手足の塵を洗ひ清む」。ここで愚庵は和歌を詠んだ。「幾久に尽ぬ流れの五十鈴川濁らぬ御世の源ぞこれ」。幾久しく尽きない五十鈴川の清らかな水の流れ、これこそが、我が国のあるべき姿の源であるという。

愚庵の感慨は、三の鳥居より内の大杉にも寄せられている。それは、四、五人かかっても抱き抱えることのできないほどの大きさであった。「尊しとも畏しともいはん方なし」として、「皇天咫尺。日月威霊。欝々神木。万邦輯寧。」という四言一章の漢詩を作った。感極まると漢詩が口をつく。天子の威光は日月とともに増し、神木は鬱蒼として、ここではすべてのものが調和し安寧に保たれているという。彼の漢詩の素養は、生国の郷学として培われ、神林惺斎やその弟の大須賀筠軒（俳人大須賀乙字の父）らを、その師祖としている。長じてからも、彼の周辺には陸羯南、桂湖村、国分青厓（太白山人）、正岡子規など、漢詩の素養を有した多くの人材がいたのである。

廟門前には勤番の社人が居て、厳粛な雰囲気が漂っている。ここから内には平民は入れない。西行法師の「何事のおはしますかは知らねどもかたじけなさに涙こぼるる」の詠じた場は此処だったのだろうと感じ入って、五十鈴川の畔に宿を求めた。「十七夜の月、瀬々の川波に映りて、余りのありがたさ」に、一人眠らずに夜ふかしをしたのだった。

翌日の二七日、西行法師の住んだと聞く二見へ行き、案内人に頼んで西行谷の庵室の跡を尋ねた。明治維新の頃まで、禅室があり、尼僧が住んでいたが、今は取り壊されて、露を含んだ尾花が朝風にうち靡くばかりだったと愚庵はしるしている。そして「秋風に尾花踏分け我来れば墨染の袖に懸るしら露」と詠んだ。この後、宇治橋まで戻り、朝熊（あさま）山に登った。

二八日七時頃出立。宮川の上流を渡り田丸から熊野への伊勢路にはいる。原の里に宿り、風呂場の造り様の珍しさを「一見すれば仏壇かと思はる」と書きつけている。二九日は、相鹿瀬、杤原、三瀬などを歩き、野後に投宿。「亭主、情ある者なりけん、待遇振の老実なる、いといとうれし」とある。夕方雨降る。この日は七里歩いたとしるされるが、多い時には一日に一〇里以上、歩いた日もあった。明けて三〇日、滝原宮に詣でる。ここでも神宮杉が生茂っていた。愚庵は「神杉老い茂りて、いと尊し」と感じた。阿曽の村のはずれで老翁から草履を供養された。また佐幾でも女性から供養を受ける。この辺り一帯は豊作を祝う若者の花角力（すもう）で賑わっていた。ここでは、人情の篤さを感じている。さらに、この日は、荷坂峠を越えて紀州路に入った。

(2) 紀州熊野の山河

愚庵が伊勢から熊野へ向けて出立したのは一〇月一日のこと、熊野三社に詣で、満願成就したのが一八日だった。彼は、紀伊長島を発つとき、木本まで汽船に乗れと勧められたが、心願だからと言って断った。そしてまず、本宮に詣で、次に新宮、そして那智の順路をえらんだ。すべて徒歩である。順路からすれば、新宮、那智、本宮の順が便利だが、彼はそうしなかった。まず、長島から上り一八町、下り一八町の峻険な古道を歩き、尾鷲に宿した。翌日は難所の八鬼山（やきやま）を越えず、矢の川（やのこ）峠を選んだ。前日の反省から、平易な方を選んだというが、この峠も知る人ぞ知る、JRが開通するまでは名だたる難所で有名だった。

本宮への途中、鬼が城を見物し鬼を退治した坂上田村麻呂にも触れている。鬼は昔、大江山、鈴鹿山、安達原や、このような人も通わぬ有磯に住んでいたが、今はどこに住んでいるのかと、案内人が問う。風伝峠を過ぎ、北山川の瀞では「山水の趣描き筆には書きも尽さず」として、漢詩を作った。

翠屏三百曲。両岸石嶙峋。潭形澄如鏡。山光靄（もや）似春。仙人時出洞。漁客幾迷津。樹深猿覔果。舟小客垂綸。谷口種霊草。徐君此過秦。

〔翠に覆われた険しい岸壁が続く。淵は澄んで鏡のようである。辺りは靄（もや）が漂い、（今は秋なのに）まるで春のようである。仙人が洞穴に棲み、釣り客は船着き場を見失う。樹林はあまりに深く、猿はその果てを捜し求める。舟の小客は糸を垂らし、谷の入口に霊草の種を植え、秦から来た徐福は、ここを通りすぎてゆく。〕

いかにも幻想的な仙境を愚庵は感じ、それを描写した。和歌では表現できない世界を写しとったのだといえる。

本宮跡（大斎原）では、明治二二（一八八九）年八月の大洪水で流出した爪痕が生々しく残っていた。愚庵が「今猶澄み返らず」とするしたのは、明治二六年九月一六日のことであった。「此洪水は千古未聞の大水にて、水嵩七八丈も増し、殊に鉄砲水とて、川上に山崩れあり、堰き止められたる水の一度に破れて押し来れるものなれば、兎角する間もなく、古来神庫に秘めありし宝物、古記類、残らず流れ失せたりと云ふ、全村二百七十戸の内、流亡したるもの百八十戸溺死したるもの二十三人、斯る水害の後なれば、民家は今猶小屋掛けにて、目も当てられず」（『日記』）という記述がある。社殿に参ろうとしたが、川には橋もなく、荒れ果てた草むらの中に石室が二つ並んでいた。「誠や是ぞ八柱の神を残し籠めたるもの」と遥拝した。和泉式部の古跡なども流され、ほかには何もなく、夕暮れに湯峰にもどったのだった。

本宮から川舟に乗った。ここかしこに洪水の痕跡はあったが、巨岩だけは不動の姿勢であった。「熊野川瀬は変れども深淵の浅利の岩そまさしかりける」。速玉大社から神倉山に登り、那智に詣でた。天気よく滝の飛沫を浴びて、すがすがしい気持ちになる。

　底つ巌根つき貫きて普陀落や那落も摧け那智の大瀧

このように詠んだのは一〇月一九日だったが、その前日の『日記』には「扨て熊野三社の参詣は今しも済みぬ。玉垣を一重右に出れば、西国第一番と聞え給ふ那智山普照殿の御前にして是ぞ順礼の打初めなる」とある。喜々雀躍のさまが伝わってくる。京都を発ってから約ひと月、しかし愚庵の西国順礼は、ここから始まるのである。熊野三社で、彼が祈願したものは、誓願成就のための決意だったのである。

以上、伊勢参宮から熊野までを辿った[10]。見てきたように、この『日記』には、札所以外の周辺の古社寺古跡などが尋ねられており、その来歴や土地の風趣や風習、人情、自然、見聞などが微細に書き込まれて興趣が尽きない。さらに漢詩と和歌の詩情とが交織して、近代文学史上の優れた紀行文学作品となっているのである。

おわりに

愚庵の順礼の旅は、この後西国二番紀三井寺、三番粉河寺と続くが、その合間には名称和歌浦を訪い、根来寺に立ち寄り高野山へと出向く。和歌浦では「遠樹疎鐘響。蘆花送晩潮。汀沙人不見。孤鶴唳晴霄。」と詠んだ。近くの紀三井寺の鐘の音が林の間に響く。蘆の花が夕方にさしてくる潮を見送るように、静かに穂綿を揺らしている。砂浜には人影は無く、一羽の鶴が鳴きながら、晴れわたった夕空を飛んでゆく。蘆辺をさして鳴きわたる有名な古歌を踏まえての作であろう。根来寺では、前後の山や、境内の広さから、軍好みの武者法師の道場には屈強の場所だと思った。粉河寺では、堂司のはからいで宿泊、翌朝高野山に赴く。芭蕉の句碑「父母のしきりに恋し雉の声」に出会う。まさに名句だと思い、芭蕉を名人だと自覚する。高野山境内では、中門から内を巡拝しながら、世に稀なる荘厳の霊地であると讃嘆し、空海・弘法大師の大徳を改めて実感している。また、九度山の真田幸村の住居跡を尋ね、弘法大師の母堂が住まわれた慈尊院に詣でた。そして、芭蕉の句のいよいよ名句であることを実感するのである。

ところで、この『日記』の「序」を依頼された郷土磐城の大須賀筠軒は、一読して「霊仏大刹。名区勝境。山峙潮湧。雲起霧捲」がしるされた内容に驚き、その意図を聞き、やがて「済度衆生者。自存其中。」と序文に書き込んだ。一字一句は皆血で書かれ、文字は涙であると。「則可見句句皆血。字字皆涙矣。」長文の漢文で書かれた序文の日付には、「明治甲午之彼岸」とある。それは、明治二七年春三月の彼岸のことであったか。

愚庵にとって、西国巡礼への旅立ちは、遥か一五歳の時に始まっている。そして、その内なる行為への実践のため、彼は西国一番青岸渡寺を目指した。ここは、半生をかけて実現し得なかった祈願成就の可能性を秘めたトポスなのだ。「彼岸の入り日に」旅立ち、熊野からの険路を経て、「日を重ぬること九十三日、里程凡そ四百里」（『日記』）の旅であった。冬至の日に、彼は漸く苦難の旅を完遂して京都に帰った。

苔むした庭には、早咲きの七、八輪の梅の花が咲いていた。留守中、羯南の寄こした句には「旅僧の心安げや冬木立」とあった。近隣の人々は、長旅の無事を祝って集まって来た。「いと心うれし」と愚庵はしるしている。そして、仏足石歌体（五七五七七七の形式の歌）で、二首を詠んだ。そこには「父母のために。衆人のために」御仏に仕えたいという気持ちが述べられており、観世音菩薩の威光が遍く人々にあたり、救済されることの願いが織り込まれていた。

その人と処世の態度が、今も人々の心を引き付けてやまないのは、世俗的には寡欲に徹し、自己の真実に背かない生き方を貫徹したからである。こうして、人の魂が蘇り、周囲の人々にも感化を与える例を、愚庵の作品とその生き方を通して知ることができる。蛇足を添えることになるが、愚庵の生涯を俯瞰して、ただひとつ気にかかることがある。それは、彼の周辺に女性の影が無いことである。今日に伝わる彼の伝記の全てが「血写経」に係るからであろうか。本当は、どうだったのだろう。

明治三七（一九〇四）年一月一七日、午後零時一〇分、法弟の読経を聞きながら絶命。数え年五一歳。遺骨は、天龍寺の無縫塔に納められた。数日前から薬餌一切を絶ち、周辺の人びとに謝辞を述べ、草庵を処分した後の死であったと伝記は伝えている。愚庵の死は、その生き方とともに、まさに劇的というほかはない。この年の二月一〇日、日本は露国に対し宣戦布告。苦難と犠牲の上に培われた明治の高質な精神を、現代の私たちは今、再生の力学として読み返すことができないだろうか。

注

（1）『順礼日記』冒頭にしるされた愚庵のことば。「三銭三厘は食費の安かった当時のかけそば一杯ぐらいの価格である。」と、堀浩良著『歌人天田愚庵の生涯』（昭和五九年一月三一日、同朋舎出版、一九三頁）にある。なお、『愚庵全集』所収の同日記は「巡礼日記」と記載されるが、愚庵会が編集した復刻版（昭和五八年一〇月一四日）の表紙の表題には「順礼日記」とあり、中柴光康・斎藤卓児編著『天田愚庵の世界』（昭和四四年一一月一〇日、同刊行会）等に紹介された写真にも「順礼日記」と書かれているのが確認できる（但し、記の旁が〈巳〉と表記されている）。本稿では、復刻版と同じく、原本の表記（愚庵自身の筆になるものかどうか疑わしいが）に従い、ここでは「順礼日記」と表記することにした。

（2）この日記の刊行の際に寄せた陸羯南の「西国巡礼日記の序」に「奉加金の餘まれるを費用に充て印刷して諸人に頒たなんといふ」とある。日記は私家版・四六判一二六頁の小冊子で、陸羯南の主宰する日本新聞社で印刷され、明治二七年五月二一日に発行された。

（3）本稿では、『愚庵全集』（昭和九年七月一日発行、政教社出版部）所収の本文を底本とした。但し、漢字の旧字体を原則として現代の字体に改め、仮名遣いはそのままとした。また、適宜ルビを付した。なお愚庵全集の初版は、昭和三年一月一三日発行、その後昭和九年一月三日に再版が出されている。底本としたのは、初版から数えて第六版となる。

（4）「愚庵和尚小伝」は、『愚庵全集』の編者・寒川陽光（鼠骨）による。明治三一（一八九八）年秋、陸羯南は、桂湖村とともに京都の愚庵を訪ねた。この時たまたま訪問した寒川鼠骨を愚庵が羯南に紹介したのである。この頃より、湖村や鼠骨に託して、愚庵は子規に「つりがね」という柿をしばしば贈っている。子規の柿の句は、これをきっかけに多作された。

（5）もっとも、このように肉親を捜し求める「悲哀の人生」に比重を置き、書名を「血写経」としたのは、原稿を托された饗庭篁村ではなかったかという推論がある（高藤武馬著『天田愚庵―自伝と順礼日記―』昭和五九年一一月二〇日、古川書房）、七～八頁。

（6）斎藤卓児『愚庵の研究』（私家版、昭和五九年三月八日）、七頁。

（7）堀浩良『歌人天田愚庵の生涯』（昭和五九年一月三一日、同朋舎出版）所収年譜。

（8）中柴光泰・斎藤卓児編著『天田愚庵の世界』（注1）参照。但し、四八頁。

（9）高藤武馬『天田愚庵――自伝と順礼日記』（注5）参照。但し、七二頁。同書の中で、愚庵の順礼の発起は、清水次郎長の死が引き金になっているのではないか、と推論している（七三頁）。次郎長の死は、明治二六年六月一二日（享年七四歳）。巡礼への出立は、その秋であった。この年の六月、愚庵は子規を見舞った後、北海道を旅行中であった。京都への帰路、清水に立ち寄り追善供養をおこなっている。

（10）松尾心空『歌僧天田愚庵【巡礼日記】を読む』（二〇〇四年一〇月二〇日、鈴木出版株式会社）は、「京都を立った九月二十二日から十月四日に至る、伊勢神宮参詣の後、南下して湯峰に到着するまでの道中は、西国巡礼と直接の関係がないので省略した」（一四四頁）とある。本稿では、その「省略」された部分にいささか焦点を当ててみた。

〔付記〕本稿執筆に際し、引用又は参考文献はすべて本文中に（注記）した。文献の刊記は原本通り、和暦・西暦のままとした。なお、明治一七年四月に出版された『東海遊侠伝』（輿論社）は成島柳北が校閲、また自伝「血写経」の原稿は、明治二三年五月に羯南に送られ、饗庭篁村が改稿したことが知られている。後者は、内容が講談調であり、描写が第三者的に記述され、孝子譚に偏しているように思われるが、どうだろうか。

（『祈りと再生のコスモロジー――比較基層文化論序説――』《池田雅之先生古稀記念》二〇一六年一〇月一日、成文堂。原題「伊勢路を歩く行脚僧―天田愚庵『順礼日記』に籠められた〈祈り〉と〈再生〉―」）

第四章　鷗外における独逸体験と《東洋》

――『舞姫』から歴史小説へ――

はしがき

情は刹那を　命にて
きえて跡なき　ものなれど
記念(かたみ)に詩をぞ　残すなる

――『うた日記』（明治四〇年）より――

右は、『うた日記』の巻頭に置かれた「自題」と題する作品の冒頭歌。ここには表現主体者としての鷗外の姿勢が窺われる。特に佐藤春夫は、「陣中の竪琴」（『文藝』昭和九年三月、同年六月に単行本『陣中の竪琴』として、昭和書房から加筆して出版）の中で、この作品集を高く評価し、みずからの詩人としての人生を決したとまで回想している。両者に共通する表現上の特色は、刹那の感情の中に、自らの内面、あるいは秘められた《真実》を刻印する点にある。

さて、鷗外・森林太郎は明治三二年（一八九九）六月一六日、東京を離れて小倉へと赴任する。身分は陸軍軍医監・第一二師団軍医部長であった。日露戦争に先立つこと五年、満三七歳のときのことである。それまでは、東京勤務ではあるものの近衛師団軍医部長兼軍医学校長であったのだから、必ずしも明確な降格人事とは思えない。だが、鷗外自身はそれを《隠流》と呼び《西僻の陬邑》への《左遷》と感じ取ったのである。そのように感じ取らねばならぬ理由もこれまで様々に指摘され、鷗外自身にもその遠因を自覚するところがあったであろう。例えば、山下政三「森林太郎の『小倉左遷』をめぐる余話」によると、日清戦争における脚気死者の原因をめぐる石黒忠悳の引責を鷗外が担わされたとする興味ある報告があるが、ここでは本稿の文脈上、これを紹介するに留める。(1)

ところで、東京新橋駅を離れて汽車で任地へと向かう彼の胸中が『小倉日記』（同年六月一八日付）にしるされている。

《是日風日妍好（けんかう）、東海に沿ひて奔る。私に謂ふ、師団軍医部長たるは終に舞子（まひこ）駅長たることの優れたるに若かずと（略）。》

小倉への赴任については、当初鷗外は辞職を考えたが、親友賀古鶴所（かこつるど）や肉親になぐさめられて思いとどまったと伝えられる。だが、辞職の気持ちははたして彼の本心だっただろうか。また、その小倉への旅は《暗鬱な流離の旅》(2)とも表現されるが、なぜ《暗鬱》とならざるを得なかったのだろうか。一一年前の、あの独逸から帰国する豊太郎の抱く《人知らぬ恨み》や《鬱々とした感情》と比較しながら、まずこれらの問題から考えてみたい。

（一）　小倉在住の意義

小倉時代の鷗外は先人の墓地や遺跡を訪ねることが多かった。『小倉日記』や当時の体験を基にした短編「鶏」（明治四二年）「独身」（明治四三年）また「二人の友」（大正四年）などからは、鷗外の新しい出会いと、それによってもたらされる精神の蘇生が読み取れる。

ちなみに、後の歴史小説の典拠のひとつとなった『翁草』は、『小倉日記』によれば明治三一年四月二一日、つまり小倉赴任の前年に購入されている。鷗外の歴史小説三部作は第一小説集『意地』（大正二年六月、籾山書店）に収録されたが、その書名が先に著者によって「軼事篇」と名付けられていたことにも興味をそそられる。小倉の鷗外にとって軼事こそが関心の的であり、「興津弥五右衛門の遺書」（大正元年）「阿部一族」（大正二年）「佐橋甚五郎」（大正二年）三部作は、まさに軼事の発掘であった。だが、書肆の勧めにより「意地」に変更されたのは周知のことである。《意地》とは、作中人物のまさに生き方そのものであったから、鷗外は書肆の勧めに同意したに違いない。

小倉時代のみずからの心境を吐露した文章としてよく知られる「鷗外漁史とは誰ぞ」（明治三三年一月一日、「福岡日日新聞」）を読み返すと、その要点は次のようになる。その一は、小説家として処世をしているので「真面目」を認められず、名を隠すように努めたこと、そして「無数の大議論家」の復讐を受けて「鷗外漁史はこゝに死んだ」が、自分には怨みも不平もなく、「独り自ら評価している」という自恃の心境。その二は、同時代の宙外・抱月・鏡花らの新文学には感興が湧かないので味読する力が失せたと思ったが、ハウプトマンの「沈鐘」に感動を覚えたので、現今の日本文学には感動しないが、自分の感性は衰えていないと自覚し、したがって自分は「死んではいない」と思い直したというものである。

鬱屈と意地、屈折と柔軟、検証と転換――それらの精神は森鷗外の精神に内在し、また作品の人物の形象に影響を与えてゆく。換言すれば、環境に屈しない勇気としなやかさが、鷗外の人生智として蘇り、その精神が作中の人物にも反映されることになる。そして『舞姫』の鬱々とした雰囲気が、歴史小説を点綴する過程で次第に開放され、「最後の一句」（大正四年）に描かれる長女のいちや「山椒大夫」（大正四年）の安寿を介して、味爽・昧旦の気分を漂わせるようになる。

（二）　豊太郎とエリス

独逸三部作「舞姫」（明治二三年）「うたかたの記」（明治二三年）「文づかい」（明治二四年）に造形される人物も、実はそれぞれに《人知らぬ恨》を有していたのであった。

文久二（一八六二）年、江戸から遠く離れた石見（いわみ）の国（現在の島根県）津和野に、森家の長男として生まれた鷗外（本名林太郎）は、幼少のころから森家再興の担い手として期待を一身に受けて育ったという。その生家は代々津和野藩主亀井家に仕える御典医の家柄であった。だが、徳川幕府の崩壊とともに、家族は新都東京を目指したのである。鷗外が父に従って上京したのは明治五（一八七二）年六月、満一〇歳の時であり、やがて同郷で縁戚にあたる西周（にしあまね）邸に寄寓、独逸語を学び始めた。

彼における幼少期の上京の体験は、あたかも「舞姫」に刻まれた豊太郎の洋行体験に似通っている。例えば「舞姫」には次のような記述がある。

《我名を成さむも、我家を興さむも、今ぞと思ふ心の勇み立ちて、五十を踰えし母に別るゝをもさまで悲しとは思はず、遥々と家を離れてベルリンの都に来ぬ。》

母に別れて上京する幼い林太郎の心は、さまで憶測するにたらないだろうか。「舞姫」では「五十を踰え」た母を描くが、それはおそらく永久の別れを意味する。人生五十年と考えられた時代の話である。また、ベルリンにやって来た豊太郎の高揚した気持ちは次のように描写される。

《余は模糊たる功名の念と、検束に慣れたる勉強力とを持ちて、忽ちこの欧羅巴の新大都の中央に立てり。》

寂しさも心細さも、《模糊たる功名の念》に打ち消される。日本近代の夜明は、このような人物たちによって幕が開けられたのであった。鷗外・森林太郎は明治一七（一八八四）年六月、陸軍衛生制度調査、及び軍陣衛生学研究のため独逸留学を命じられた。公務の傍ら彼は多くの書物にも触れ、文学・哲学・美学・思想の世界に遊んだが、そのなかにハウプトマンの著作もあった。

ハウプトマン（Gerhart Hauptmann　一八六二〜一九四六）は、独逸の劇作家、小説家で、ゾラの自然主義を更に徹底させ、その作品は腐敗した社会や環境を描き出す。運命に翻弄され破滅する少女をモデルにした「日の出前」（一八八九年）、織工たちの憤懣を描く「はたおりたち」（一八九二年）等を発表し、日本の自然主義に大きな影響を与えたのであった。当時の森鷗外は、そのような作品に関心を示したが、一方で、ハウプトマンの作風が変化した「ハンネレの昇天」（一八九五年）を境とするロマン主義的夢幻的な象徴主義の作風により強い関心を抱くようになる。「沈鐘」（一八九六年）は、その期の作品である。そして、小倉赴任前の鷗外がこの作品を読んでいた可能性はある。

ハウプトマンの作品の特色の一は、環境・遺伝・エロス・運命等の力によって翻弄される人間の劇（ドラマ）であり、意志の力による決断、又は個の判断によって人生の発展に向かうという物語ではない。「舞姫」の太田豊太郎は、まさにそのような人物として造形されている。そしてエリスは、豊太郎以上に、運命に翻弄され苦悩する者の象徴として配置されていた。

鷗外は「舞姫」を描くことにより、つまり彼の独逸体験を通して、東洋的な《諦念》という概念を自覚的に引き出すことを体験したのである。その体験が豊太郎に反映し、帰朝という行為に活かされた。しかし、《エリス》には、そのような体験はない。絶望的な諦めと失意、そして狂人となり生を全うするしかない。その意味で、ということはハウプトマンの前期作品のように、環境に翻弄され悲劇を受け入れ破滅するしかないという意味において、《エリス》こそ《恨》をこの世に遺して潰えた少女なのである。

鷗外の歴史的な処女作が「豊太郎」ではなく、「舞姫」（＝エリス）と題された秘密は、この思想の獲得の有無に関連しているように思われる。

（三）東洋思想への傾斜

森鷗外の生涯を展望すると、その象徴的な体験は独逸留学体験と小倉赴任の体験とであったことに気づく。象徴的というのは、《闘う家長》[3]として運命づけられた彼の、進展と屈折と蘇生という、三つの体験を指している。殊に小倉時代に学んだ禅の《本証妙修》と陽明学の《致良知・事上磨練》が合一することを知り、秋山弘道著『慕賢録』（文政一四年）に収録された熊澤蕃山禁固中の詞に深く感動する。[4]その詞とは次のようなものであった。

《敬義主乎心則梳髪洗手亦為善也。敬義不主乎則九号諸侯亦是徒為耳。》

明治三四（一九〇一）年一二月五日付け、妹喜美子宛ての手紙には、この蕃山の詞が要約されて紹介されている。それは、次のようなものである。

《蕃山の詞に、敬義を以てする時は髪を梳り手を洗ふも善を為す也。然らざる時は九たび諸侯を合すとも徒為のみと有之候。蕃山ほどの大事業ある人にして此言始めて可味なるべしと雖、即是先日申上候道の論を一言にして中候者と存じ候。朝より暮まで為す事一々大事業と心得るは、即一廉の人物といふものと存候。》

「カズイスチカ」（明治四四年）に描かれる花房医学士は休暇の折、開業している父の仕事を手伝っているが、「日常の詰まらない事にも全幅の精神を傾注してゐる」父に対して、「有道者の面目に近い」ということを知り「尊敬の念を」発する場面がある。しかし、花房は患者に対しても、本来の自分は外にすべき仕事があるのではないか思う。

この作品に描かれる「父」は熊澤蕃山の道を体現する人物であり、花房はその傍観者である。覚めた目で観察する花房の態度は鷗外その人の態度に重なっている。

また、鷗外には「大塩平八郎」（大正三年）という作品もある。大坂町奉行の与力で陽明学者の大塩平八郎を作品にする際、その行動と破局とを否定的に描出しているので、作者は陽明学には心情的に共鳴はしても、平八郎のような行動的な生き方には馴染めなかったのではないかと思われる。その生き方には、「舞姫」以来《傍観者》としての特色が一貫している。

小倉時代の鷗外の関心は、陽明学、禅、易を中心に、東洋の思想に傾斜してゆく。それは小倉での自己の《安心立命を得るため》[5]であり、また《「待つ」「耐える」ということを、実人生を通して考えさせ実践させる》[6]意味があったとする指摘がある。鷗外における東洋、あるいはその思想は、みずからの心の均衡を保ち、その平衡感を誘う学問として機能している。

（四）母への手紙

小倉へ赴任した直後の母峰子宛の手紙には、《小生の小倉に来りしは左遷なりとは軍医間に申し居り決して得意なる境界には無之候》（明治三二年六月二七日付）としるされている。先にも確認したように、鷗外にとって小倉への赴任は所謂都落ちであり、確かに得意な心境とは言えなかったであろう。しかし、この母への手紙のすべてを、鷗外の真意と捉えることはできない。この母への手紙は、さらに次のように続けられる。《実に危急存亡の秋なり唯だ静まりかへりて勤務をし居るより外はなけれど決して気らくに過すべき時には無之候》――と。

小倉からの母宛の手紙は実に多い。岩波版『鷗外全集』第三五巻に収録された鷗外小倉時代の手紙は総数一一六通、そのうち母宛が七九通、親友賀古鶴所宛が一一通である。母宛の手紙が約七割を占める。柳生四郎氏は《小倉在住足掛四年、正味三十四ヶ月の間には、母あてのものだけでも二百二、四十通はあった筈である。》（「小倉時代の森鷗外未発表書簡」『文学』昭和三九年八月）と推測しておられる。これらの手紙を通読すると、鷗外自身の憤懣や人事への不平よりも、母峰子の落胆を慰撫し、その寂しさを紛らわせようとする、鷗外の優しさや気遣いを看取することもできる。実際、遠く離れた地から寄せられるわが子の便りは、逆に母の気持ちを慰める役割を果たしたかも知れない。

さらに憶測をすれば、その鷗外の手紙の背景には母への気兼ね――つまりは立身出世、栄達を希求する母への弁疏、すなわち母の落胆を慰撫し、みずからを敗者になぞらえて言い訳をする、そのような気持ちが全く混在していなかったとは言えないだろう。母の気持ちを忖度し、その気持ちに先回りして捲土重来を期すという鷗外のポーズが必要であったのではないか。そのことによって、鷗外は母に対して顔向けならぬ境地から脱出できたのである。

鷗外にとって母は絶対であった。幼少のころからの変わらぬ母への思いは、例えば「舞姫」の豊太郎の境涯を母子家庭に仕立て上げたところにも看取できよう。「舞姫」における母の死は、豊太郎の行為を戒める《諫死》というよりは、もっと深いところで鷗外の詩の真実であったに違いない。すなわち作品における《虚》と《実》は母とその死の点綴により、より深く鷗外の深層と結ばれることになった筈である。現実の母峰子は、大正五（一九一六）年まで生きた。その時、鷗外は五五歳。あの豊太郎が母の死に遭遇したのは独逸留学中のことである。この差は大きい。

（五）「白い、優しい手」と「夢の国」

鷗外に「妄想」（明治四四年）という作品がある。五〇歳を目前にした翁が千葉県日在の別荘で眼前に広がる海を眺めながら、静かに来し方を顧みる自伝的小説である。二〇代の伯林での日々、得意と焦燥、高揚と寂寞――為事と読書、勉強と懐疑――それらに交錯して彼を襲う郷愁と飢えとは、当時の彼の内部で闘っていた。次のような文章がある。

《時としてはその為事が手に附かない。神経が異様に興奮して、心が澄み切つているのに、書物を開けて、他人の思想の跡を辿つて行くのがもどかしくなる。自分の思想が自由行動を取つて来る。自然科学のうちでも最も自然科学らしい医学をしてゐて exact な学問といふことを性命にしてゐるのに、なんとなく心の飢えを感じて来る。生といふものを考へる。自分のしてゐる事が生の内容を充たすに足るかどうだかと思ふ。》

心の空虚を充たそうとして彼は多くの書物を読み漁った。ハルトマン、スチルネル、シヨオペンハウエル――《自分は小さい時から小説が好きなので、外国語を学んでからも、暇があれば外国の小説を読んでゐる。どれを読んでみてもこの自我が無くなるといふことは最も大いなる最も深い苦痛だと云つてゐる。ところが自分には単に我が無くなるといふこと丈ならば、苦痛とは思われない》。むしろ翁は肉体の痛みを思い、切腹や薬物での死の苦しみを想起するのである。《自我が無くなる為の苦痛は無い》と断定する彼は、自分は野蛮人かも知れないと思いつつ《併しその西洋人の見解が尤もだと承服することは出来ない》というのである。

三好行雄氏の注釈によれば、ここに「自我（主体性）の確立を根本理念とする西欧的近代的思想（倫理）と我の超克＝自我の放棄を最高の理念とする東洋的（武士道的）思想との対立が語られている」[7]とある。伯林での鷗外は、当地で蠢きだしたこの自我との葛藤と闘っていた。短絡して考えれば、豊太郎がエリスを獲得することが西洋的倫理の体現であった。豊太郎は、最終的には、己を虚しくして東洋への帰途についたのである。現実の鷗外もまた、留学三年の期限が過ぎた。医学を究め、師や書物を求めるためには便利な独逸を後にしたのである。

《自分はこの自然科学を育てる雰囲気のある、便利な国を跡に見て、夢の故郷へ旅立つた。それは勿論立たなくてはならなかつたのではあるが、立たなくてはならないといふ義務の為に立つたのではない。自分の願望の秤も、一方の皿に便利な国を載せて、一方の皿に夢の故郷を載せたとき、便利の皿を弔つた緒をそつと引く、白い、優しい手があつたにも拘わらせず、慥（たしか）かに夢の方へ傾いたのである。》

日本に帰った鷗外の後を追って、独逸から少女が訪日した事実もよく知られている。今では、その実在の少女のモデル探しにも、漸く終止符が打たれようとしている感がある。[8] 帰国後の鷗外は、やがて母の勧める別の女性と結婚することになる。そして、独逸から持ち帰った科学の種は、ついに鷗外の手を経て花を咲かせ、実を結ぶことはなかった。

《地位と境遇とが自分を為事場から撥ね出した。自然科学よ、さらばである。》

小倉への赴任は、鷗外と自然科学とを離別させた。「衛生談」（明治三六年）に《軍医部長と云ふものになりました。それからは（略）学問の方と云つては、新著の西洋雑誌を読むくらゐに過ぎませぬ》とある。作品「妄想」の末尾において主人の翁は、自然科学で大発明をし、また哲学や芸術で大きい作品を生み出す境地に立てば、現在に満足したであろうと語り、自分にはそれができなかったという。そして、過去を回想しつつ翁の《炯々たる目が大きく睜られて、遠い遠い海と空に注がれてゐる》としるされている。

むすび

現実の鷗外・森林太郎は、医学を勉強するために独逸に留学した。その異文化体験は、彼の精神の根幹を揺さぶるほどのものであっただろう。エリスの物語りは、当然、その過程で生まれたのである。エリスのモデル探しは、それほど重要ではないと私は考えてきたし、今もそう考えている。その少女の身分の貴賤に関係なく、言えることは、豊太郎はともかく、鷗外は、その独逸女性と結ばれたかったということである。だが、当時の社会の仕組みや家庭環境が、それを許さなかったのである。

彼のやさしさや柔軟な精神は、西欧の考え方をも受容しながら、やがて医学を勉強するには便利な国を後にして、帰国することになる。帰国後の鷗外は、自然科学に未練を残しながら文学の方向へと傾斜する。その歩みの過程に、東洋から西欧へ、そして西欧から東洋へという比重の推移を見出すことができる。結果的には、鷗外の文学は、自らに課した課題の検証とその精神的平衡感覚の獲得を志向したことになろう。

晩年の歴史小説や史伝小説には、小倉時代の鷗外の体験が大きく影響している。それらは世の中に埋もれている人物や資料を発掘し、彼の好みのテーマや人物に作り変えることであった。作品の人物の多くは、日々の生活に満足し、安心立命の境地で人生を全うする生き方を示している。その境地は、鷗外の志向する精神世界を象徴しつつ、鷗外その人のものとはなり得なかったのではないか。

若き日に日本近代国家の牽引者としての役割を運命づけられた鷗外は、晩年に至り、作品に描かれるような人物に憧れたのであることは、既に多くの鷗外論が指摘する。栄達にも名誉にも全て無縁の生活者への心寄せは、鷗外晩年の真実であっただろう。幾種類かの鷗外年譜を確認して気づくのは、鷗外作品の数々は、母に読ませるために造型されたのではなかったのか、大正五（一九一六）年の母峰子の死去は、これまでの緊張した人生から鷗外を解放し、自由な精神を求める態度と重なってくるように思われる。その意味で、彼における《東洋》と《母》とは等質であった。

夏目漱石、二葉亭四迷、坪内逍遥などを初め、日本近代の作家たちは鷗外同様、西欧から多くを受容した。そして、今、日本は西欧的思考を見直して東洋的な生活観や、伝統的な日本文化の普遍を察知し、より良い環境と生活とを取り戻すことの必要性を感じている。日本の文化は遥かな時代に大陸からもたらされものが多い。それらが日本人の生活に根ざし、その自然観や世界観を構築してきた。西欧の文明は近代人の生活を豊かに便利なものに変えた。その両面を見据え、これからの私たちの生き方を考えることが、私たちに課された喫緊の課題である。

鷗外は和魂洋才の典型的な人物である。平成二四（二〇一二）年は生誕一五〇年を迎える。今、彼の生涯と業績を見直すことは、如上の課題を考察する上でも意義のあることだと思う。また、同年は日中国交正常化四〇年の記念の年でもある。遥かな遠い時代に中国に渡り日本に多大な恩恵をもたらした弘法大師空海や、苦難を冒して来日した鑑真和上など、また近代の魯迅、郭沫若、郁達夫など、両国の架橋としての多くの先人を私たちは記憶している。

鷗外の独逸留学を起点に、西洋と東洋の比較的考察から、今日的な課題の剔出はもちろん大切である。同時に、大陸から伝承された文化を基軸として、日本と中国、またアジアの総合的な視野から、世界の理解と融和が、今後一層必要になると思う。人々の思考や行動の基層には、積み重ねられた生活の基盤があり、相互にその内実の理解を進めることの重要性を痛感するからである。

注

（1）山下政三「森林太郎の『小倉左遷』をめぐる余話」（『鷗外』第九〇号、平成二四年一月）。なお、同氏には、鷗外小倉左遷の真相を究明した『鷗外森林太郎と脚気紛争』（平成二〇年一一月、日本評論社）の著書がある。

（2）稲垣達郎「小倉日記」（『文学』昭和二七年四月号）

（3）山崎正和『鷗外闘う家長』（河出書房新社、昭和四七年一一月）

（4）松原純一「鷗外と東洋思想―その小倉時代をめぐって―」（『国語と国文学』昭和三八年一月号）

（5）北川伊男「森鷗外の『大塩平八郎』と陽明学」（『皇學館大学紀要』第八輯、昭和四五年三月）

（6）清田文武「鷗外における小倉時代の意義―『易』との関係を中心に―」（『日本文芸論稿』第二号、昭和四三年七月）

（7）三好行雄『近代文学注釈大系　森鷗外』（有精堂、昭和四一年一月）五七頁。

（8）六草いちか『鷗外の恋　舞姫エリスの真実』（平成二三年三月、講談社）によれば、「エリーゼのフルネームは、Elise Maroline Wiegert 一八六六年九月一五日、シュチェチン生まれ。早朝四時半に産声を上げた」（二七五頁）とある。

〔付記〕本稿は、平成二三（二〇一一）年一二月三〇日、北京大学政府管理学院主催で行われた「比較行政体制考題研究」講座における講演資料に加筆したものである。原題は「森鷗外の独逸体験と東洋」。この度、貴重なご助言や、ご支援を頂いた関係各位に感謝申しあげる。

（『皇學館論叢』第四五巻第一号、平成二四年二月一〇日）

第五章　斎藤茂吉の紀伊半島・熊野

――『念珠集』の風景――

はじめに

茂吉は大正一四年八月と昭和九年七月の二度、熊野を訪れている。

山のうへに滴る汗はうつつ世に苦しみ生きむわが額より（歌集『ともしび』昭和二五年）

紀伊のくに大雲取を越ゆるとて二人の友にまもられにけり（同上）

十年まへ友にいたはられ辿りたる熊野川原に二たびぞ立つ（歌集『白桃』昭和一七年）

前二首は大正一四年の時の作、後者は昭和九年の時にできた作品である。これらの経緯は、杉中浩一郎「土屋文明の熊野八たび」（『熊野誌』第四〇号、平成六年一二月）に詳しい。また、谷口智行の近著『熊野、魂の系譜』（書肆アルス、平成二六年二月）に収録された「斎藤茂吉　大雲取の峰ごえに―霊異への接近」にも触れられているが、本稿では、茂吉の熊野行脚前夜をも含めて、その人生の襞を俯瞰的に捉えてみたい。かつて、『ふるさと文学館』第三六巻【和歌山】（ぎょうせい、平成七年二月）に「遍路」が収録された時、藤田明は「茂吉の当時の全人生がこの時の山歩きには投げ込まれたはずだが、写生文の枠は、その一端だけを示す」と解説している（「作品解説」六五七頁）。その「全人生」とは何か。「遍路」及びその周辺の文献を読み返してみよう。

（一）亡父母への思慕

(1) 留学からの帰国

知られるように斎藤茂吉は、大正一一年一月から翌年七月まで、オーストリアのウイーン大学神経学研究所に滞在、マールブルク教授の指導を受けた。この間、夏季休暇の期間中に西南独逸を歴訪、ミュンヘン大学ではシュピルマイヤー教授にも出会い、翌七月から同教授の教室に入ることになる。一方、同一二年八月には実父守屋伝右衛門の死去（七月二四日没、七四歳）を知り、また九月三日に新聞で関東大震災のことを知る。家族の安否を気遣いながら、自身は「東京の家族も友人も皆駄目だと観念した」（「日本大震災」昭和四年一〇月『改造』）という。

大正一三年一一月三〇日、マルセーユから帰途につくが、船上で青山脳病院全焼の報を受ける。同一四年一月七日帰京、余燼の残る病院の焼け跡に立つ。「焼けはてしわれの家居のあとどころ土の霜ばしらいま解けむとす」「焼けあとにわれは立ちたり日は暮れていのりも絶えし空しさのはて」（歌集『ともしび』）。

翌新年早々、在欧中に温めた研究への夢を諦め、養父を助けて病院再建の為に艱難の日々を送ることになるのである。後に随筆集『念珠集』（鉄塔書院、昭和五年）に収められる「八十吉」（初出、大正一四年一一月『改造』）及びその「跋」文は、当時の茂吉の心中をよく反映している。その一節を引用してみよう。茂吉帰国直後の、数え年四四歳の時に書かれたものである。

僕は維也納（ウインナ）の教室を引上げ、笈（おい）を負うて二たび目差すバヴリアの首府民顕（ミユンヘン）に行つた。そこで何や彼や未だ苦労の多かつたときに、故郷の山形県金瓶村（かなかめ）で、僕の父が歿した。真夏の暑い日ざかりに畑の雑草を取つてゐて、それから発熱してつひに歿した。それは大正二年七月すゑで、日本の関東に大地震のおこる約一か月ばかり前のことである。

文中の八十吉とは、茂吉の一歳年長の同郷の幼友達のことである。茂吉の実父が可愛がっていた八十吉が、村の西方を流れる川で溺死した。この話は、一二歳で歿した八十吉に触れながら、実は亡父の思い出に比重が置かれている。帰国後の災厄（青山病院の火災と事後処理）の渦中で、未だに父の墓参を果たさずにいる心境が綴られてこの随筆は閉じられている。

(2) ミュンヘンで受けた実父の訃報

随筆「八十吉」の末尾には「僕は父の歿した時、民顕（ミュンヘン）の仮寓（かぐう）にあつてこのことを想出して、その時の父の顔容を出来るだけおもひ浮べて見ようと努めたことがあつた。帰国以来僕は心に創痍（そうい）を得ていまだ父の墓参をも果たさずにゐる」とある。ここに書き込まれた心の創痍とは、帰国途上で知った青山病院の火災のことである。

ところで、まだ民顕にいた茂吉が、父の訃報に接して、八十吉の溺れる様子やその時の父の顔の様子が思い出されたというのである。その時の父は一言も発せず、着物を着換えて、幼い茂吉をにらみつけるようにして八十吉の家に行ってしまったというのである。父の死と、八十吉の死は、このとき茂吉の心中で重なり、帰国後の彼に重い翳（かげ）を落としている。更に『念珠集』の跋文によれば、ミュンヘンの大学に留学中には、専門の実験脳病理学の書物を読み、考える内容も専門的なことが多かったが、彼の下宿には馬琴の書物が置かれてあったという。

> 馬琴のものなどはこれまで読んだことのない僕が、ある時ふとそれを読んでみた。久遠のむかしに、天竺の国にひとりの若い修行僧が居り、野にいでて、感ずるところありてその精を泄しつ、その精草の葉にかかれり。などといふやうなことが書いてあつた。僕は計らずも洋臭を遠離して、東方の国土の情調に浸つたのであった。

思えば、茂吉が敬慕して止まない鷗外は、若き日に独逸留学中に実験医学に没頭しながらも「心の飢」（「妄想」明治四四年三・四月『三田文学』）を感じて哲学書を読むようになったという。『舞姫』に描かれるエリスとの恋に落ちた豊太郎が、懊悩（おうのう）の最中に受け取った母国の縁者からの手紙には、実母の訃報が綴られていた。そして、この時の茂吉には、実父の訃音が届いたのである。

こうした現実との交錯の中で、茂吉もまた明治の青春を引き継いでいるといえる。帰国直後には「かへりこし日本のくにのたかむらもあかき鳥居もけふぞ身に沁む」（歌集『ともしび』）と歌っている。夢を抱いて欧州に旅立った青春の心は、いつしか日本の魂を請い懐かしむ心を想い出している。茂吉の場合、それは亡き実父母を想起する心と深く結びついているように思われる。

(3) 随筆集『念珠集』の背景

さて「『念珠集』は所詮、貧しい記録にすぎぬ。けれどもさういふ悲しい背景をもつてゐるのである」（「跋」）と茂吉はいう。ここでいう「悲しい背景」とは、異郷で知った父の死であり、全てが「東海の生れ故郷の場面」に通ずるものであった。そして、彼は大正一四年八月、比叡山のアララギ安居（あんご）会に出席、その後高野山にのぼり、亡父の三回忌を偲ぶのである。安居会とは、アララギ派の歌人たちが、作歌のために夏に一定期間堂に籠る鍛錬の会。「安居」とは修行僧が陰暦の四月一六日から九〇日間籠居することをいう。

兄から届けられた亡父の手帳の中に、彼は大正四年に高野山から吉野山に参詣した父の記事を見出す。今回彼らが宿泊した高野山での宿泊所・北室院は、奇しくもかつての実父の泊まった宿坊だった。そしてこの時、父が亡母三回忌（母いく、大正二年三月二三日没、五九歳）の供養に高野山に参詣したのではないかと推測するのである。

大正一五年三月に記された茂吉の前記「跋」文には、「赤光」に収録された「死にたまふ母」の絶唱を思い起こさせる世界がある。「灯あかき都をいでてゆく姿かりそめの旅と人みるらんか」。そして、茂吉の熊野への旅も、決して

「かりそめの旅」ではなかったことを随筆「遍路」と、それに関連する短歌の情調から知ることができよう。

（二）　巡礼者へのまなざし

(1) 日記と作品との差異

「遍路」は『時事新報』の昭和三年一月一五日から一七日に掲載され、先に紹介した随筆集『念珠集』の「小品集」に収録された。大正一四年八月の熊野旅行に取材したもので、歌友の土屋文明と武藤善友が同行した。茂吉日記等でも、その旅程と「遍路」の執筆時期を確認することができる。昭和二年一二月一八日の項に「写生文の残り『遍路』ヲバ一気ニ書イテシマフ」とあり、執筆完了が母の歿した年の暮れであったことがわかる。なぜ「一気」なのか。当日の朝から書き始めて、「午後三時ニ終ツタ」とある。その後、気持ちがゆったりとしたとして、松坂屋に出かけて天ぷらなどを食べている。

また大正一四年七月三〇日、「叡山」の見出しで伝教大師や空海の学問や入唐について多くの紙面を割き、八月一日には日本の旧記に触れ「死びとも生きかへるらんか」と感想を述べるくだりがある。翌二日「安居会終了」。三日、叡山を下りて大津・京都・奈良へ、四日、奈良から高野山、五日、高野山泊、六日下山して高野口から和歌の浦へ、夕方乗船して翌七日の明け方四時頃に勝浦に着。朝食は船中とある。

日記によれば一行は、七日に勝浦の停車場から那智駅へ（八銭）。那智駅から馬車に乗り滝の昇り口へ至った（三五銭）。雨しきりに降る中、草鞋を履き石段を登って、那智の滝を見る。小口泊。八日、河原沿いに大杉まで歩く途中、眼病の遍路に会う。熊野川を遠望しながら、本宮に向かって進む。乗合自動車で湯峰に到着。吾妻屋旅館に投宿。この日、熊野坐神社（くまのにます）（本宮）参拝。九日、湯峰から乗船、熊野川経由新宮へ。速玉大社を拝した後、勝浦へ出て午後四時勝浦発大阪汽船で翌朝八時鳥羽着。汐合川（五十鈴川下流）で、東京までの旅賃等を文明から借りている。

日記で確認出来る行程はここまでだが、歌集『ともしび』に収録される「熊野越其二」の詞書には「大雲取小雲取を越え、本宮、湯峰を経て、熊野川をくだり、新宮より勝浦にいで、夜航船にて伊勢の鳥羽港に上陸せり。後、二見浦、伊勢神宮参拝」とあり、伊勢神宮を参拝して帰路についたことがわかる。なお、日記はこの後、八月一一日より二一日まで途絶えている。覚書スケッチ風の日記と「遍路」の内容には当然差異があり、日記に書かれている眼疾の遍路以外に、「遍路」ではもう一人の遍路が創出されている。

(2) 創作された遍路——二人の遍路

この点に着目した山崎泰「庶民の熊野信仰（近現代）」（『国文学　解釈と鑑賞　別冊』平成一九年一月）では、「もう一人の遍路を創作することでより強くエッセイの効果を出そうとしたのだろう。茂吉の万葉などの古きよき時代への思いと近代主義に対する異和感をテーマとしてこの文章はつづられているようだ」とある。「もう一人の遍路」とは、信濃の国諏訪から来た「年老いた遍路」であり、「国には妻もあり子もあつたが、信心のためにかうして他国の山中をも歩き、今日は那智を参拝して、追々帰国しようといふのであるから前途はそう艱難（かんなん）ではなかつた」と説明される。

信濃は同行の土屋文明に地縁があるから「すぐ遍路の村を知ることが出来た」と記されている。文明自身もこの時、つまり大正一三年に松本高等女学校校長から他校への転出を拒否して、家族を信州に残したまま上京していたのである。共に傷心を抱いた旅であったといえる。そして日記にも記述される〈眼病の遍路〉は、「遍路」では本人からの聴き取りの形式で、次のように描写されている。

遍路は昨日のと違つて未だ若い青年である。（中略）もとは大阪の職人であつた。相当腕が利いたので暮しに事を欠くといふことが無かつたのだが、ふと眼を患つて殆ど失明するまでになつた。そこで慌てて大阪医科大学の治療を乞うたけれども奈何にも思はしくない。そのうち一眼はつぶれてしまつた。それのみでなく、片方の眼もそろそろ見えなくなつて来た。彼はせつぱつまつて思ひ悩んだ揚句、全く浮世を棄てて神仏にすがり四国遍路を思立つた。然るに、居処不定の身となり霊場を巡つてゐるうちに、片方の眼が少しづつ見えるやうになつて来た。つまり医学の及ばぬ次元で遍路の眼は回復したというのである。そこで遍路は、信心に見切りをつけて、再び浮世の仕事を始めたのである。そうすると、「眼は二たび霞んで来てもとのやうになりかけたさうである」。そこで意を新たにまた旅に出て、此度は小口の宿を立って熊野越えをしようというのであった。茂吉一行と出会ったのは、この時である。

遍路はけれども現在の状態に安住してはゐなかつた。若い身空を働きもせず、現世の欲望をも満たさうともせずにゐることが残念でならなかつた。彼は『いまいましい』といふ言葉を使った。

この「いまいましい」という言葉に「遁世の実行家」の姿を見出した茂吉は、あの行動はカトリック教徒の労働者には出来ないと断言している。眼病に冒されての「強いられた実行」かも知れないが、「観音力にすがるところに盲目的な強みがある」という会話から、前者の遍路との違いを浮き彫りにさせている。眼病の遍路が信心に没頭するのは、より強くこの世に執着を覚えるからであろう。「覚めた人間にはああいふ苦行生活は到底できませんよ」「しかしみんな遁生菩提でも困りますからね」。

(3) 眼疾の遍路に重なる茂吉の心

この眼病の遍路と別れて一行は熊野本宮に着き熊野権現に参拝する。熊野越えの難行は一通りのものではなかった。「紀伊のくに大雲取の峰ごえに一足ごとにわが汗はおつ」「やま越えむねがひをもちてとめどなく汗はしたたる我が額より」（歌集『ともしび』）。茂吉は、その「峰ごえ」「やま越え」の心境を、このようにうたった。

この山越は僕にとつても不思議な旅で、これは全くT君の励ましによつた。然も偶然二人の遍路に会つて随分と慰安を得た。なぜかといふに僕は昨冬、火難に遭つて以来、全く前途の光明を失つてゐたからである。すなはち当時の僕の感傷主義は、曇つた眼一つでとぼとぼと深山幽谷を歩む一人の遍路を忘却し難かつたのである。然も(しか)それは近代主義的遍路であつたからであらうか。僕自身にもよく分らない。

右の文章で短編随筆「遍路」は閉じられる。明らかに、この世に執着しながら険路を歩む眼病の遍路に、茂吉は多くの心を割いている。創作されたもう一人の老年の遍路は、後者を浮き立たせる為のものだった。あるいは日記にも記載される「眼病の遍路」こそ、茂吉による創作だったのではあるまいか。「近代主義的遍路」とは、茂吉自身に象徴される、浮世に回帰することを信じて自らに負荷を課す修行者のことではなかったか。

そういう意味で茂吉の熊野大雲越の旅には、消失した病院への焦燥感を引きずりながら、高野山から抱き続けた亡父母への懺悔の思いがある。冒頭に引用した短歌の「二人の友にまもられにけり」「十年前友にいたはられ」と詠んだ茂吉には、そういう彼の内奥が表出しているように思われる。目的を果たして、茂吉は伊勢神宮を参拝する。この時、玉砂利の音とともに、神宮内苑は茂吉自身を解放する場となっている。

おわりに

紀伊半島・熊野の中でも特に難所とされる大雲取を選んだのは、茂吉にとって、それが「かりそめの旅」ではなかったからである。青山病院消失の傷心のみではなく、彼の心の襞に巣食うようにして肥大した亡き父母への懺悔に近い気持ちが働いていたのではなかったか。それは「霊異体験」のような物見遊山では済まされない。また「古きよき時代」と近代とを対置させるような観念的な次元の問題でもない。茂吉の紀伊半島・熊野を巡る旅とは彼自身が現世に抱える、重い人生の課題を払拭するためのものだった。茂吉の「近代」は、むしろ古代の神仏の息づく地で蘇生し、その精神が解放されている。「遍路」は、この熊野体験をへて「一気」加勢に書き上げられたのである。そのためには、高野山での熊野行脚前夜の内的体験が不可欠であったと思われる。

〔付記〕　斎藤茂吉の伝記的事実、注釈等に関しては本林勝夫『近代文学注釈体系　斎藤茂吉』（有精堂、昭和四九年一一月一〇日発行）を主に参考にした。なお、『念珠集』その他随筆の本文は『斎藤茂吉全集』第五巻（岩波書店、昭和四八年一一月一三日発行）所収本文に拠った。また、日記は同全集第二九巻（昭和四八年一〇月一三日発行）、歌集は同じく第二巻（昭和四八年六月一三日発行）に従った。稿を成すに当たり、参考にした先行研究文献の全ては、本文中に記載した。記して各位に御礼申し上げる。

（『おくまの』第6号、平成二七年六月二二日。原題のサブタイトルは「『念珠集』を読み返す」）

第六章　佐藤春夫「風流論」の基層

――『熊野路』の伏流水――

はじめに

私は、かつて講談社版『子規全集』の編纂の手伝いをしていたことがある。昭和四〇年代終わりから五〇年にかけての準備期間中のことで、愛媛大学の和田茂樹研究室に保管される子規資料の整理のために、二ヵ月程松山市に滞在した。当時の愛媛大学には子規研究会が活動しており、ガリ版刷りの未発表資料を定期的に公表していた。その後上京して、私は雑司ケ谷の菊池寛ゆかりのお宅に下宿をさせていただきながら、正岡子規の俳論をはじめとする、多くの作品を学ぶ機会があった(1)。

講談社文芸文庫『俳人蕪村』（平成一一年一〇月、講談社）は、そのころの縁に繋がる私的な思いと錯綜するが、そのことについては、ここでは触れない。周知の如く、子規の「俳人蕪村」は、蕪村歿後「今日に至る迄は画名却つて俳名を圧したること疑ふべらざる事実なり」と認識する子規が「余等の俳句を学ぶや類題集中蕪村の句の散在せるを見て稍其非凡なるを認め之を尊敬すること深し」というみずからの強い気持ちを表出したものである。正岡子規は俳句や和歌の革新のために、類題の和歌や句を精力的に分析した。類題とは、四季、恋、雑、公事などの区分けによる作品集のことである。粟津則雄氏は、その解説に「それは見事な蕪村論であると同時に、蕪村を介した子規自身の、美的宣言と言っていい」としるしている。

本稿では蕪村と子規、そして佐藤春夫に通底する、日本の伝統的な美意識について考えてみようと思う。

（一）　地方の歴史と生活へのまなざし

大正文壇の寵児として知られる佐藤春夫の眼が、地方の歴史や土地の生活、あるいは人びとの暮らし向きなどに向けられ、意欲的にそれらが作品の対象として浮上するのは、彼が終戦近く信州佐久に疎開したころからである。(2)牛山百合子氏作成の年譜によれば、「戦国佐久」（『文芸春秋』昭和二五年一一月）、「佐久の内裏―信濃保元記―」（『群像』昭和二九年一〇月）、「蝙蝠の家」（『別冊文芸春秋』昭和三〇年八月）などの一連の歴史小説があり、また「農婦の死」（『別冊文芸春秋』昭和二三年一一月）、「老残」（『改造文芸』昭和二四年一一月）、「女人焚死」（『改造』昭和二六年二月など、怪異性を有する作品群があり、それらは後に彼の郷里・熊野の民俗伝承に材を採った名作「山妖海異」（『新潮』昭和三一年三月）にも連なる。

殊に、戦後の彼は、地方の題材に多く関心を注ぎ、日本の歴史の奥行きに強い関心を示しているようにも見える。『日本の風景』（昭和三四年七月、新潮社）、『望郷の賦』（昭和三六年五月、修道社）、そして没後に刊行された『わが北海道』（昭和三九年六月、新潮社）などの紀行文にも、その特色がよく現れていよう。

戦後間もなく、「風流新論―西行法師に就て語る―」（『風流』第1輯、昭和二一年九月）を書き、あの二十余年前の「『風流』論」（『中央公論』大正一三年四月）を補おうとしたとき、佐藤春夫は、いみじくも西行を思い起こした。そして西行の心の中に「古人に対する傾倒」と「その願や志を継がうとする伝統尊重の心」を見いだしたのであった。彼は、西行に対して「実感に生きて観念に生きない人」という定義を付与したが、佐藤春夫の、西行への心寄せは偶然ではない。すでに、昭和一一年四月に刊行されていた『熊野路』《新風土記叢書第二編》（小山書店）では、「古園の山色と潮声」(「熊野路はしがき」)への憧憬を語り、遠く「古園」をさすらう者の寂寥を訴えている。

佐藤春夫の作品や文学観を考察する際に、注目されることの少ない『熊野路』を読み返すと、そこには、詩人の感性が捉え得た〈故郷熊野〉の本質が浮かび上がり、また春夫文学の原点が伏流しているのを覚える。そして、そこはまた、戦後に開陳される佐藤春夫文学の源流となっているのに気づくのである。

(二)　蕪村への関心

『熊野路』の中で佐藤春夫は、「わが故郷熊野といふのは現代の地方行政区画で云へば和歌山県下の東、西の両牟婁郡と三重県に属する南、北の牟婁郡を総括するものと考へて大過ない」と規定する。そして「熊野」とは、「人間が自然と闘ひながらも特別の恩寵を受けて生きてゐる」地方である、と彼は言う。佐藤春夫によれば、この地域を支えるのは「漁者(ぎょしゃ)」と「樵者(しょうしゃ)」とである。つまり「彼等は真に熊野の人間らしい生活をしてゐる生活者である」というのである。

続いて佐藤春夫は、両者に象徴される、この地方の特色を、感銘を重んずる詩的な表現と断りながら、次のように要約している。つまり、「直接に海と山とのただ中に生きたこの人々の生活にこそ熊野の地の特色が最も多くうかがはれ従つて他の地方と異る生活相も彼等によつて代表されるわけである」と。

そして『熊野路』に収録された「漁者樵者」の章の内扉には、蕪村の「秋風や酒肆に詩うたふ漁者樵者」の句が刷りこまれている(3)。佐藤春夫の『熊野路』は、このような両者の生活風景を伝える書物である。蕪村の句は、もちろん熊野での作ではない。だが、蕪村の作品を介して、佐藤春夫の「詩」は、ここでは熊野の風土と、そこに生きる生活者の風姿を凝視する。それは、彼においては蕪村の詩的世界を想起することであり、同時に、みずからの基幹とするからである。
詩的表現への回帰でもあった筈だ。ここには、佐藤春夫の「風流観」を支える「人事」へのまなざしが胚胎している

ところで正岡子規は「俳人蕪村」（『新聞日本』明治三〇年四月一三日〜同・一一月一五日）の中で、蕪村の造形する「美」の類型を「積極的美」「客観的美」「人事的美」「理想的美」「複雑的美」「精細的美」に分類している。「積極的美」では、「美」には「積極的」と「消極的」の「美」があることを説き、一年の四季のうちで、「春夏は積極にして秋冬は消極なり」とする。蕪村の句を芭蕉に比して、「蕪村が如何に積極的なるか」と断じている。「積極的」とは、ここでは「意匠の壮大、雄渾、勁健、艶麗、活潑、奇警」を指す。また「客観的美」では、古来主観的美を発揮した文学が多く見られ、後世に下るにつれて客観的美が深まってきているという子規の認識が語られる。芭蕉の作品は古来のものに比すれば、客観的美を現すことが多いが、蕪村には及ばないとする。正岡子規の「俳人蕪村」は、要するに蕪村の句に於ける「意匠の美」の特質を指摘し、「意匠の美は文学の根本にして人を感動せしむるの力」であることを強調したものであった。

殊に、子規が蕪村の作品を分析して分類した「美」の類型のうち、「人事的美」の項目は、蕪村を評価するに際して最も着目されるものである。そこには、次のような説明がなされているからである。

天然は簡単なり。人事は複雑なり。天然は沈黙し人事は活動す。簡単なる者に就きて美を求むるは易く、複雑なる者は難し。沈黙せる者を写すは易く、活動せる者は難し。人間の思想感情の単一なる古代にありて比較的に善く天然を写し得たるは易きより入りたる者なるべし。俳句の初より天然美を発揮したるも偶然にあらず。然れども複雑なる者も活動せる者も少しく之を研究せんか之を描くこと強ち難きにあらず。只俳句十七字の小天地に（中略）変化極りなく活動止まざる人世の一部分なりとも縮写せんとするは難中の難に属す。俳句に人事的美を詠じたる者少なき所以なり。（中略）人は皆之を難しとする処に向つて独り蕪村は何の苦もなく進み思ふままに

闊歩横行せり。

すなわち、正岡子規は、蕪村の句の鑑賞を通して、そこに追随を許さぬ「人事的美」の巧みを看取したのである。「人事的美」――つまり、自然を描写することは易しいが、複雑な人間社会を対象にして、ましてや、その美を活写するのは、極めて困難なことだというのである。

（三）「自然」と「人事」という概念

次に、佐藤春夫『熊野路』に描かれる内容について、検討してみることにする。以下、①〜③の番号を付し、具体的に作品の本文に即して考察を進めてみようと思う。引用は『熊野路』昭和一一年四月、小山書店）に拠る。「引用本文」末尾の頁数は同書に拠る。

①「はしがき」

「不肖春夫若年にして立てた志は浅く早く膝下を去つて都門に文を売り米塩に代へて二十余年、先年既に不惑の齢を越えて志は未だ成らぬ。古園を慕ふの情は年年転（うた）た切なるをおぼえる折から、曾祖父翁が遺稿を得たのでこれが小解に託して古園の山色と潮声とを語つて且つは徒然を慰め且つは越年の策とせんと禿筆（ちびふで）を一呵した。流寓の小文庫は参考の資料に乏しく他郷には問ひて故園に関する疑を解くべき古老をも見出し難い。」（一頁）

この頃の佐藤春夫は、不惑を過ぎて古園つまりは故郷熊野への望郷の念を断ち難かった。若い日に立てた志は未だ十分に果たしていない。古園への追慕は募るばかりである。その時、曾祖父の「遺稿」に出会い、彼は、彼なりの解釈をこれに付したのである。「遺稿」とは「木挽長歌」という。参考にすべき資料もなく、また教えを乞う古老も近くにはいない。ここには、佐藤春夫独自の解釈が書き込まれることになる。

『熊野路』の目次は次の通りである。その概略をしるすことにする。

②「目次」

熊野路はしがき／熊野路／漁者樵者〔一　木挽長歌　二　木挽長歌小解〕／浦は／勇魚とり／足引きの山は　※挿絵用写真／三輪崎湾内孔島に簇叢せる浜木綿／那智の瀧と瀞八丁／熊野海岸勝浦湾諸景／鬼ヶ城　玉の浦　潮岬／大(ママ)地浦捕鯨の図／熊野の山林美と材木場風景

※「挿絵用諸写真は著者が友人たる新宮市久保写真館主の好意に負ふもの也、明記して多謝の意を示す。」（四頁）

同書は、目次にある「漁者樵者」の原文の紹介、そしてその解釈に多くの頁が割かれることになる。いうまでもなく、「漁者(ぎよしや)」とは漁師のこと、「樵者(しようしや)」とは山林の木を伐採することを職業とする人のことである。その考察に入る前に、『熊野路』に収録される佐藤春夫の肉声「熊野路」の一節を確認しておきたい。「熊野路」は同書三頁から八頁に収録され、佐藤春夫の熊野観が凝縮された文章である。次に、一部を引用する。

③「熊野路」

（a）「ずつと南方の或る半島の突端に生れた彼は、荒い海と嶮しい山とが激しく咬み合ふその自然の胸の間で人間が微少にしかし賢明に生きてゐる小市街の傍を、大きな急流の川が、その上に筏を長長と浮べさせて押合ひながら荒しい海の方へ犇き合つて流れて行く彼の故郷のクライマックスの多い戯曲的な風景に比べて（武蔵野の一隅の）この丘つづき、空と雑木原と、田と、畑と、雲雀との村は実に小さな散文詩であつた。」（五〜六頁）

佐藤春夫は「田園の憂鬱」（未定稿は大正七年ごろ）の一節にこのような文章を挟んでいる。武蔵野を舞台とする「田園の憂鬱」を書きながら、当時の作者は遠く「南方の或る半島の突端」のことを思い浮かべていた。起伏の大きい「戯曲的な風景」の中で育った彼は、二〇代半ばには「小さな散文詩」と表現する穏やかな環境に、みずからを置いたのである。当時を思い起こしつつ、佐藤春夫は今、故郷・熊野に精神を回帰させるのである。そして、その現実を、曾祖父の遺稿に探り、ふるさとの歴史・風土・生活を捉えようとしている。次のような説明が続く。

（b）「自分が自分の故郷の地方の生活を語らうとするに当つて漁者と樵者との生活を主としてこの地方の自然と人生とを見ようとする理由はも早これ以上に縷説する要もなささうである。／もとより自分が撰んだこの角度より外にはこの地方を語るに適切な話題がないといふつもりは少しもない。それどころか神武の帝が御東征の古代から、さては牟婁の湯へ帝が鑾輿（らんよ）を進められた万葉集などに見えてゐる熊野やさては水軍が大に振うたと伝へられてゐる源平の時代、仏教の盛大と同時に熊野三山に朝廷の御帰依が浅くなかつた頃、さては吉野朝と熊野の事などを考へて、史的方面から熊野を見、語ることも必ずや有意義であり、趣味の深いものに相違ないとは思ふが、自分は己が分に応じて人間が自然と闘ひながらも特別の恩寵を受けて生きてゐるこの地方の有様を述べようと漁者と樵者とを見るのである。」（六〜七頁）

佐藤春夫の《熊野》は、歴史の変遷を辿りながら、つまりは「人間が自然と闘ひながらも特別の恩寵を受けて生きてゐる」人びとの「有様」に行き着くのである。「自然」と「人事」というふたつの概念が、ここでは投げかけられている。

（四）佐藤春夫「『風流』論」の考察

さて、大正一三年四月号の『中央公論』（第三九巻第四号、大正一三年四月）に掲載された「『風流』論」には次のような一節がある。

蕪村は飽くまでも風流な人であつた。然も、惜しむべし、彼の風流は芭蕉のものに比べてはどうしても『風流の為めの風流』であるかのやうな何物かゞある。ありすぎる。何を私は『風流の為めの風流』と呼ぶか。曰く、風流が蕪村にあつては直接自然の子ではなくなつて、別に蕪村によつて築かれたところの別個の風流世界があつた。蕪村の芸術はその彼が別個の風流世界に於てのものであり、従つて自然にとつては子ではなく孫になつてしまつてゐるやうに私には見える。蕪村の詩にはあまりに風流的回顧や、風流的空想や、風流的咏歎や、風流的力説が過剰である。「花七日もの食はずとも書画の会」言はゞ蕪村のなかには刹那の感覚以外のもの、風流的意志があまりに多すぎたのである。蕪村は能才であつた。それ故に風流の見解に就て決して誤つてはゐないとは言へ、しかもその正しく捕捉し得たところの見解を以てしても、その間に風流なるものを自然に対抗——と言つては言ひすぎるが尠くとも別に自然界以外に風流界なるものがあるかのやうな意企が姿体（ポーズ）をなしてかすかに感ぜられるのである。危い哉、蕪村は一歩を誤つたならば、終に俗人の風流、野狐の風流、富豪のお茶に堕するところであつた！。たゞよくこれを救つたところのものは、蕪村が風流的意企に相比敵するだけの風流的感覚を風流的生活を所持してゐたからである。風流的感覚なくして風流的意企を持つ！　風流にとつては思つてみただけでも怖ろしい事だ。事実、所謂月並の風流なるものは、意企によつて作られた風流的主義であつた。さうして風流はその月並のために滅びた。——風流は意志的なものなどゝいふ、新潮合評会席上の諸家の説が、どうかそんな俗流のものと五十歩百歩で無ければいゝが、真の風流は、私の考へる風流は、風流的意企といふ人間的意志をさへ既に嫌ふのだ。」[4]

ところで、佐藤春夫には戦後に書かれた「風流新論—西行法師に就いて語る—」という文章がある。雑誌『風流』第一輯（昭和二一年九月一〇日、風流堂）に掲載されたものである。その中から注目すべき部分を①〜③の番号を付して引用する。

①　風流は一つの道である。生き方である。この生き方は必ずしも我国に独自なものではなく、東西古今の賢哲に共通なものである。偶々そのわが国に於ける道統が風流と呼ばれて来たのである。

②　自分は崇徳上皇と西行法師とを考へて、惟喬親王と業平朝臣とに思ひ到つた一事である。多少身分に高下こそあれ、同じく宮廷の武人であつてすぐれた歌人たる業平と西行との聯想は決して偶然のものではない。義清が濁世の紛糾を遁れ出た時、西行が普通の修行僧ではなく日頃嗜んでゐた歌の道に精進しようと思ひ定めた時、自分と立場の似た業平を思ひ出さなかつたらうか。さうして『身を益なきものに思ひなして、京にはあらじ』と東の方にそぞろにも歩み行つたと伝へられてゐるその古人の境界に身を置いてみたいやうな気がしたのではあるまいか。（略）風流の一面にはかふいふ古人に対する傾倒があつて、その願や志を継がうとする伝統尊重の心からその『風』とその『流』とを脈々として伝へたと考へられる。

③　『年たけてまた越ゆべしと思ひきや命なりけりさよの中山』『風になびく富士の煙の空にきえて行方も知らぬわが思ひかな』」。（略）「西行が平泉に着くと即日、折からの雪を冒して衣川の砦を一見して、『河の岸に衣河の城しまはしたる事柄、やうかはりて物を見る心地しけり』と書き残したのも彼の風貌が見える。さすがに武士の出だけに要害のいい砦を感心した。

このようにしるして、佐藤春夫は西行に対して「実感に生きて観念に生きない人」を発見している。ここには、佐藤春夫によって「実感」と対置される蕪村の《観念》、その《風流》の特質が看取できる。正岡子規は、芭蕉よりも蕪村を、佐藤春夫は蕪村よりも芭蕉を評価した。そこには、《実感》に傾斜し、《観念》を厭忌する佐藤春夫の《風流観》を知ることができよう。『熊野路』の執筆は、蕪村を経て、芭蕉、西行への通路を構築する契機となったように思われる。そこには、まぎれもなく、熊野の人びとの生活実態そのものがあったのである。

（五）「木挽長歌」の全文と「小解」

以下、「木挽長歌」の全文と佐藤春夫による「小解」の一部を掲げる。

※「作者縣泉堂椿山翁は筆者が曾祖父である。歌は翁が反復して自ら口吟しつつ口授したものが筆者の父の四歳の記憶に残つてゐたものが、後に故翁の篋底から未定の初稿の発見せられしものや他人の手になつた浄書の決定稿などの発見によつて確実になつたものである。」（『熊野路』一五頁より。）

【木挽長歌】

木の国の　熊野の人は　(i)かし粉(こ)くて　このみ〱の　山ずま居　今はむかしとなりはひも　うらやす〱と(ii)浦々は　魚(な)つり　あみひき　勇魚とり　(iii)あこととのふる　あまが子も　声いさましくあしびきの　山は炭やき　松ゑんのかまど賑ふそま人は　福がめぐりて　きのえねの　よき年がらと打集(つど)ひ　(iv)噂山々　さき山は　斧をかたげて　山入し　大(おほ)木を　伏せてきりさばき　五けん十間　ひく板は　挽賃けんに三百文(もん)　きりさべともに八九ふん　束(たば)ね三ぷん　浦べでは　こつぱ一把が二十四もん　(v)もちも平(ひら)だもねがあがり　おあしお金はつかみどり　こんな時(じ)せつは　あらがねの　土ほぜりより玉くしげ　二つどりなら　山かせぎ　木挽々々とひきつれて　二百目米を　日に壹升　杭のかしらに　つむ雪と　もりくらべたる　わつぱ飯(めし)　七日七日の山まつり　百に身鯨六十目　貫八百の磯魚も　歯ぼした丶ぬと　言ひもせず　三百五十の酒を酌み　一寸先はやみくもと　かせぐおかげで　このやうな栄耀(ええう)するこそ　楽しけれ　しかはあれども　此ごろは　京の伊右衛門の前挽(まへびき)も　三分のあたひ二両二分　やすりかすがひ　二朱づ丶と　三百五十の　上村の　煙草のけぶり　吹きちらし　かたるおやぢを　けぶたがる　若い同志は　馬が合ひ　近所隣へ　かけかまひ　内証ばなしも　きさんじに　声高々と　夜もすがら

天狗の鼻を　もてあまし　ひるは終日（ひねもす）　ひきくらし　骨を粉にした　もうけ金　腰にまとひて　我宿へ　かへり
きのとの　丑の春　はや春風が　ふくりんの　はやりの帯を　しめのうち　千とせを契る　松の門　お竹お梅が
花の香の　金もて来いの　恋ひ風に　まき散らしたる坊が灰　元のはだかで　百貫の男一匹　千匹の鼻かけ猿が
笑ふとも　もうけた銭をいたづらに　つかはざるのがまさるぢやと　そまのかしらが　独りごと　(vi)むかしの人は
樫粉（かしこ）くて　あはれこのみは　あさもよし　木をくうて　世を渡るむしかも

返歌

過ぎたるはなほ及ばざるがごとしと言はん杣木挽（そまこびき）　金をもうけの過ぎたるはなほ

佐藤春夫による【木挽長歌小解】

以下、筆者が付した（i）〜（vi）の番号は、長歌の傍線に付した番号に符合する。引用文の表記は、本文と異同があるが、そのママとし、佐藤春夫の表記に従った。

(i) かしこくてこのみ〳〵の山住ひ

「かしこくては賢くてと樫粉食てとを掛けたものである。このみの好みと木の実とも同様である。」

(ii) 浦々は魚（な）つり

「山を出ると直ぐ海に接してゐる熊野の地勢を知る者にとつては、このなだらかに急劇な話題の開展は地勢の自然の変化をさながらに模したものとうなづけるであらう。」

(iii) あこととのふるあまが子も声勇ましく足引きのやまは……

「網子調ふる海人が子もといふのは引網の人々に号令する漁者の声勇ましきにつれて網引くものも力を励して足を引くと山のまくら言葉を呼び出して再び山はと海人が子の声勇ましく山彦する山の方へ話題を転じてゐる。」

(ⅳ)噂やまやまさき山は斧をかたげて山入し

「口々に長州征伐の軍などよもやまの噂さまざまに喋り交して先山は斧をかたげて好景気の職場の山に入る。」「木挽職人一日の仕事は板二間半を挽く者を最も上手な職人としたといふから、熟練工の最高賃金がまあ七銭五厘であったらしい。」「先山が山に入るや大木を伐り倒して先づこれを板に挽くべき六尺幾寸の丈けに「切り」、更に斧を揮ってこれが枝をおろしたり周囲をはらひ去つてほぼ四角にこしらへて置く――この仕事を「さべる」といひ名詞にして「さべ」といふ。」

(ⅴ)持ちも平田も値があがり

「持ちはかちもちとなへて山の板製造場から川端の川船場まで肩で持ち出す運送の仕事である。」「平田は川船の名」。「平田船の賃金」も上がった。

(ⅵ)昔の人は樫粉くて……

「木挽長歌の作者も最後に杣の頭のひとり言に同感して、木を食つて世を渡る蟲と身を観じた古人の質朴と謙譲とを改めて讃美し、老翁にふさはしく世相の華美浮薄を長歎した」。

おわりに

佐藤春夫の《風流》は、人間的意志を排除する。人間的意志による《風流》とは、すなわち観念的な風流のことである。風流の根底には、人間の生活と生活感情とが流れていなければならない。そのように考える佐藤春夫は、意志的なもの、すなわち「風流的意企」を忌避するのである。

蕪村は、それに匹敵する「風流的感覚」と「生活」とを所持していた。だから蕪村の風流は成立する。だが、感覚と生活とを所持せず、「意企」のみをもつ危険性を佐藤春夫は指摘するのである。芭蕉なきあとの「月並俳諧」とは、後者をさす。正岡子規は、その「月並」を攻撃したのである。

『熊野路』は曾祖父の遺した「木挽長歌」を通して、佐藤春夫の「実感」を確かめる書であった。そこには、「木を食つて世を渡る蟲」の美学が浮き彫りにされている。近代化し、機械化による伐採が進み、植林を忘れた人の軽薄を嘆くのである。

曾祖父の遺した「世相の華美浮薄」への訓戒は、佐藤春夫の美学にも影響を与え、その風流観を強固なものにしたのである。

佐藤春夫の《熊野》は、単なる故郷としての、それだけではない。

注

（1）半田美永著『佐藤春夫研究』（二〇〇二年九月、双文社出版）を参照。同書「付章」に「講談社版『子規全集』の縁」を収録（初出は、正岡子規研究の会会報『子規研究』第二六号～第三八号に連載したもの）。

（2）佐藤春夫が信州に疎開したのは昭和二〇年四月二九日（牛山百合子作成年譜に拠る）、疎開先は長野県北佐久郡平根村横根（後の佐久市）秋元節雄方。この時、詩集『佐久の草笛』（昭和二一年九月、東京出版）が成立する。栁澤龍吉著『鑑賞佐久の草笛』（昭和四九年一一月、学燈社）には「佐藤先生が佐久に取材した作品は、詩、随筆、小説と数多いが、村での最初の著書『佐久の草笛』は幸いに先生の自筆原稿が保存されている。その題名は「はしがき」にも見える通り、村の子供達が吹き鳴らした鄙びた草笛による」（八頁）と説明されている。

（3）蕪村のこの句には、清水孝之校注『新潮日本古典集成　與謝蕪村集』（昭和五四年一一月、新潮社）に「秋風が落莫と吹きわたり、海にも山にも近い田舎の居酒屋ののれんがハタハタと鳴る。薄暗い小店の中では、今しも、漁師と木こりとがうらぶれた小唄を口ずさみながら地酒を酌みかわしている。」（一七八頁）という注釈がある。また、この句は、杜牧の「江南の春」が下敷きとなっていることが指摘されている。蕪村は漢詩の世界にみずからの想像を逞しくして、原詩の春を秋に変え、そこに漁者と樵者とを配置した。

（4）「『風流』論」の引用は、『退屈読本　上』（昭和五三年七月、冨山房）に拠る。三〇三頁〜三〇四頁。

〔付記〕本稿は、平成二一（二〇〇九）年度国際熊野学会（五月三一日、新宮市福祉センター）でのセミナー資料を基に書き下ろしたものです。内容的には『定本佐藤春夫全集第三五巻・月報三五』（二〇〇一年四月、臨川書店）に掲載された「佐藤春夫と蕪村・子規」から発展したもので、論旨の上で一部重複もあります。

（『熊野路いま、むかし』みえ熊野学研究会、二〇一〇年三月一八日。

原題「佐藤春夫『熊野路』を読み返す―風流論の理解のために―」）

第七章　母と娘の相克と愛

——有吉佐和子『香華』試論——

はじめに

有吉佐和子の作品には、主として登場する女性たちの中に、しばしば「型の対立」[1]がみられ、それが一見有吉文学の世界を構築しているかのように見える。だが、「対立」そのものが作品の主題ではなく、書くべきものは別に存在するのであり、ここでは「香華」における祖母、母、娘の三者を通して、考察を進める。そして、「紀ノ川」に続いて発表された「女の三代」を描く、この作品の位置をも確認するとともに、最終章に取り込まれた舞台としての「片男波」の象徴的な描かれ方について考えてみようと思う。

生活者としての逞しい自律性を獲得してゆく娘の朋子と、彼女が併せ持つ「母性」の中に、この作品の流れを確かめることができる。だが、片男波を抱く和歌の浦の風土は、彼女の心象風景を代弁するものとして浮かび上がってくる。

（一）　須永朋子の位置

昭和三六（一九六一）年一月から翌年の一二月まで、雑誌『婦人公論』に連載された長編小説「香華」は、「紀ノ川」（昭和三四年『婦人画報』）について作者自身が言うような「明治末年からの女の三代[2]」を描く物語ではなく、母の郁代と対置されながら、明治から戦後の四〇年を生きた、朋子の一代記と見るほうが正しいのかもしれない。もっとも、朋子には、彼女が九歳の時に狂死した祖母のつながおり、また、奔放な感性のままに、否、その天賦の性に支えられて、自由な生涯を全うする郁代を配してみれば、「香華」は、まさに女三代の物語としても成立する。かつて、磯貝英夫氏が、「一番新しい世代（筆者注：朋子）を中心として、三代にわたる女の葛藤がえがき出されているのである。[3]」と指摘されたとおりである。作品を読むとは、しかし、配された人物を均等に読みとる事だけではなく、当然のことながら、作品のシェーマに最も濃い影を投げかける人物にこそ、注意を払わねばならない。

「香華」に登場する須永朋子は、「紀ノ川」における真谷花とは逆に、自らの体内に注ぎ込む濁流のような《いのち》を制御しつつ、際立つ個性として存在する。確かに、「私は自分が忍従してるとは一度も思わんと来ましたえ。ただ、一生懸命やったよし。」と積極的な自らの生を述懐する花の風格と大きさを思えば、「紀ノ川」一篇もまた、「女三代の物語」などではなく、妖しくも厳しく美しい生涯を、明治、大正、昭和に生きた花の一代記として、読むことも可能であろう。ここでは、作品「紀ノ川」に深入りすることを避けるが、花は、祖母の豊乃に厳しく教育を受けて育ったのであり、いわば豊乃を通した紀本家の庭訓が、花の一生を支えている。

ところが、「香華」の朋子は、祖母・つなと母・郁代の、そして自らの、母に対する不思議な愛憎の中に、人となる。先に述べた濁流のような《いのち》とは、「一生懸命やった」と語る女一代の生を支えるものとは逆の、避けて通れぬ障害としてある。ここにおける母と子（娘）は、不思議なほどに異質な個性であり、作品の中では、その母性は完全に逆転している。朋子は、「紀ノ川」の華子の変形のようにも見えるが、そうだとすれば、この二作の落差もまた、その視点を通して、いずれ考察する機会を持たねばならない。華子は、観念的な進歩主義に心を寄せる母の文緒に反発し、また祖母の花とも異質な、新しい個性を予兆させる女性である。

ともあれ、いわゆる「女の三代」が描かれた作品として、「紀ノ川」以後、最初に現れたのが、「香華」だったのであり、同時期に書かれた他の《家系小説》[4]の史実性に比べれば、そのどれよりも、物語性は強いと言える。そして、その終章にあたる「第二十五章」は、和歌の浦の片男波の響きとともに閉じられている。この歴史的な歌枕の風土に、作品を集約させたことの意図は何だったのか。以下、作品と呼応するように存在する片男波の解釈をめぐって、読みを進めてみたいと思う。

（二）　郁代の描かれ方

かつて有吉佐和子は、「時代に生きる女性像」と題する対談[5]の中で、対談相手の吉田精一氏が、「郁代と朋子」の「型の対立」を指摘し、「母性的なものと、娼婦的なものというか、女の二面をつかまえているんでしょうけれども、違う種類の人間を扱っていらっしゃるわけでしょ?」と尋ねたのに対し、「いえ、私、女なら、どっちももっていると思っております。」と答え、「それを、技術的に分析して小説を創っているような……」と補っている。今日、有吉佐和子の作品を読む際、彼女の文壇的処女作「地唄」に対して、「第三十五回芥川賞の選考委員たちが口を揃えて指摘したような単なる『古風な人情話』[6]」の世界を信じる人はいないと思われるが、その作品群に底流する「型の対立」は、一見有吉文学の世界を構築するように見える。

しかし、いま有吉自身の説明に即して、「女なら、どっちももっている」対立する二面を、「技術的に分析して小説を創」るとは、どういうことか。橋本治氏が、「〝対立〟とは、ドラマの細部（ディテール）、全体を成り立たせるシチュエーションの一つでしかない。〝対立〟を書くことによって、作者の書くべきものは別にある、ということになる。[7]」と発言したことを併せ考えながら、「香華」に描かれる郁代について、まず注目してみたい。

(1) 郁代の最初の結婚生活

《明治の末に、相手の親と暮らしたがらない嫁などというのは、あっても通るものではなかったのに、戸籍のややこしさが手伝ってともかく世間とは違った夫婦生活、妻の我儘が優先するような生活が始まったのだが、それも束の間で、朋子が最初の七五三を迎えるころ、父親は急性肺炎で呆気なく逝ってしまった。郁代は二十歳の若さから、すでに三年後家を続けていた。》(第一章)

つなの一人娘である郁代は、隣村の名家・田沢の一人息子成吉と想い合い、結局、生まれた子供に、実家の須永家を継がせるという条件で、嫁入りする。郁代の父親の頑固さと、成吉の郁代への執心から、親同士が揉みぬいたあげくの条件であった。朋子は生まれると、すぐに須永の籍に入ったが、親子三代が共に須永家に住むことになったのは、やはり「妻の我儘が優先するような生活」に違いなかった。孫があるとは思われぬ若さを保つ、四〇過ぎたばかりの祖母のつなが後家となり、郁代の夫も急逝したとなれば、村の人々が、その後の須永家の女ばかりの生活を「年のはなれた姉妹の住居だなどと噂しあっていた」のも当然だろう。この時、六歳になる朋子が、「年に似合わぬしっかりものの面影をただよわせている」のも、母の郁代と対置する彼女を特色づける役割を果たして興味深い。

(2) 郁代の再婚

《つなは愚痴ばかりこぼしていた。配偶者を亡くして寂しいところへ、それまで一緒に暮していた娘が嫁に行くのは、それが一度は角隠しに振袖を着せた娘であるだけに母親には仲々納得がいかないのであった。》(第一章)

「香華」は、相愛だった夫成吉の没後、庄屋の息子高坂敬助の後妻として嫁ぐ準備をする郁代の日常の生活ぶりから始められる。舞台は、海草郡西ノ庄村(現、和歌山市)、そこは「暮しが全般的に豊かな国として、人々の気風は大そう保守的だった。若後家が派手に粧うことは感心されなかったし、髪形一つ変えてもそれは当分の間、村中の話題になる。」と説明されている。庄屋の息子は、郁代に対して娘の頃から着目していて、三人の子を残して妻が死ぬと、早速結婚を申し込んだのである。人々の同情は、死んだ庄屋の嫁にいっそう集中したのは言うまでもない。

郁代の母つなは、当然のようにこの縁談には反対である。その理由として娘に説くのは次ぎのような内容であった。会話の中から抜粋する。

①家にいて何の不自由もないのに、子を置いて他家に嫁ぐ女が他にあるか。

②亡くなった成吉っつぁんに済まんと思わんか。

③今から子沢山の家に行って、苦労することはないではないか。

④嫁に行ったら舅小姑の苦労は避けられますものか。

これらの忠言の中に、「古い家族観」(8)や「古い倫理観」(9)をのみ見るのは早急であろう。血を分けた一人娘が、他家に嫁ぐ寂しさ、それも尋常ではない形となれば、それは「保守的」な風土の中に、孫娘とともにとり残される母親の自然な気持ちの現われではなかったか。郁代は、そのような母の心中を、思い測ることのできぬ女性として描かれる。死んだ先夫の成吉を「私を残して行ったから、悪いんやわ」と言う彼女は、母親の愚痴めいた忠言に対して、「それ、焼餅(へんねし)とちゃいますか」と、非難するのである。

(3) 母と娘の確執

郁代の二度目の結婚を契機として、母と子の確執は決定的なものとなる。つなから見た娘の郁代が、次ぎのように観察されている。

《一度でも親らしい扱いを郁代にされたことがあったろうか。身勝手で、ただ着るものばかりを強請(ねだ)る娘だった。裁縫だけは須永の家の女系にたがわず、針は立ったが、ともかく自分のものばかりを娘のころから縫いつづけ、成吉の死んだあとも呉服屋の届けるものには眼を光らせて選り好み、当世風でも村では奇抜な着物姿で人々の目を瞠らせていた。庄屋の息子の眼に止ったのもそれ故に違いなかった。》（第一章）

「身勝手で」ただ「自分のものばかり」に眼を凝らす郁代、「一度でも親らしい扱いを」受けたことがないという認識しか持たないつなにとって、いま、娘の行動をこれ以上容認し、親としての果たす役割を、考える余裕はない。「最初の華燭には、つなからいそいそと針を運んだ娘の嫁入り支度であったが、この二度目の郁代の婚礼衣装については、つなは頑なに手伝うまいとしていたのだった。」と、つなの心境が説明されている。その「頑な」さが、後に、「陰にこもったしっとや狂態(10)」に繋がるとも言えるが、ここに於ける母と子の確執は必ずしも、新旧の倫理観の対立ではなく、母子の性格の齟齬、あるいは有吉自身の言う「どっちももっている」女の性、郁代に纏わる異常な女の業に圧倒されまいとするつなの母性をこそ見るべきではないか。そして、作品「香華」は、そのような母子の確執を知らずに、人形の布団作りに精を出す幼い朋子の描写から始まっている。

⑷　つなと郁代と朋子――母性の逆転

朋子が九歳の時、祖母のつなは死ぬ。娘の郁代が庄屋の息子に嫁ぎ、妊娠したのを知ったつなは、いっそう我が娘への憎悪を募らせていた。幼い朋子が母親の嫁入りの日に記憶するのは、「あの香煙の彼方にいた美しい母の貌」と「折りにふれて悲嘆に暮れていた祖母」の姿であったと作者は書く。その祖母は、「村人にも新家の者にも云えぬ嘆きを、つなは孫の朋子にだけ抑制せずに展げさらした」。祖母自身の悲しみや、郁代への恨みを屈折させた嘆きを、六歳の朋子は、すでに受け止めていたのである。それは、「朋子の聡明さを示すよりも、つなが取り乱し、郁代も親の資格を失っていたという環境というものだったかもしれない。」と説明されるが、その「環境」をみずからの《いのち》とするところに、朋子の生き方の根底が認められよう。

郁代に再婚を決意させたものは、相手の敬助が「東京を知ってなさる」ということであった。その郁代夫婦は生まれたばかりの娘を連れて東京へ出奔する。ついに、つなの臨終の際にも郁代は帰らず、その最後を看取ったのは朋子であったが、喪主の務めを果たしながら、彼女は、つなが呪文のように繰り返していた「親不孝」という言葉に取り付かれていた。幼い朋子の実感として、その言葉の内実よりも、「親不孝」は「死の匂い」と同質だったのである。

祖母も母も放棄した《母性》を、朋子はすでにこの作品の冒頭で担わされている。朋子の悲しさも、強さも、宿命的な女系の業を背負いながら、郁代ほどの、母らしくない母であっても、自らの母としてその存在をひきうけてゆく生き方の中にある。それゆえに、朋子の母は、朋子に対置する形で、できるだけ「母らしくない母」としてあらねばならないのであった。作品「香華」の生命は、逆転する母性の描かれ方にかかっている。

（三）朋子の上京

(1) 自立への道程

《長い旅であった。／生れて始めて乗る汽車に興奮していたのは最初のうちで、朋子は間もなく旅の長さにすっかり疲れていた。古里の加太電車で和歌山市まで出て行くときの方が、もっと楽しいものだったのにと、朋子は自分でも不思議に思っていた。これからおかあさんに会えるのだのに、ずっと前から夢みていたように母親と一緒に暮らす日が東京には待ち構えているというのに、なぜこんなに心が沈みがちなのだろうと、朋子は子供心にも訝(いぶか)しく思っていた。》（第四章）

朋子は迎えに来た養父の高坂敬助に伴われて上京するが、「長い旅」の末、東京で目にするものは、建物も人々の生活も言葉も、そして二年ぶりの母親の姿でさえもが、これまでの古里の記憶と違っていた。いま朋子の面前にいる母の郁代は、「衿首にだけごってりと白粉を塗」り、「浴衣の衿をこれ以上抜けないというほど後ろへ抜いて着付けていた」のであり、それは、「これまでの記憶のどこを探しても見当たらない母親の姿だった」のである。

花柳界に身を置く郁代、そして上京後の朋子もまた母とともに吉原に住み、月末には米塩にも事欠く生活のなかで、しかし義父の留守中には二、三人の男たちが交互にやって来ては、飲み食いを繰り返す母の姿に接する。こうして「長い旅」の果てに、朋子を待ち構えていたものを知るとき、「沈みがち」だった彼女の「心」は、「古里」と「東京」の狭間で揺れ動く感傷的な性格に由来するものなどではなく、その多難な将来を象徴するとともに、朋子を中心とする物語の開陳を暗示するものとなっている。先にも述べたように、郁代はさらに「母らしくない母」として、語られねばならず、それは、東京を舞台とすることによって、より明確なものとなるのである。

「東京へ出ても、あの能なしの敬助と一緒で結構な暮しができる筈がない」（第三章）と新家の大叔父は、嫂にあたるつなに言って聞かせたように、東京での敬助夫婦の生活は荒れていた。上京して、半年余り経った朋子は、静岡の遊女屋叶楼に預けられる。一年余を離れて過ごすうちに、朋子はいつしか想像の世界の中で母を美化し始めるが、そこへ夫の敬助に売り飛ばされた現実の母がやってくる。九重と名乗る華魁として、郁代は、お職を張るほどの人気を取るが、やがて出産、そして「婆あ傾城」と嘲られる。

《朋子の記憶にかすかに残っている和歌山の古い村で、小地主でも須永の嬢（いとう）さんと呼ばれていた頃の郁代と、この九重華魁とはどう思ってみても別人のようだ。若い頃の郁代には奇抜に装っても品というものがあったのに、今の郁代にはそういうものは剥ぎ落したようになくなっている。》（第八章）

上京後の朋子にとって、「記憶にかすかに残」る「和歌山の古い村」は、「親不孝」を言い続けながら死んだ祖母のつなと重なり、その対極に、母の郁代が存在した筈である。

(2) 朋子の恋と挫折

朋子は、一六歳の時に赤坂の津川家から小牡丹の芸名でお披露目、神波英公伯爵の世話になり、母を呼び寄せている。この時期、陸士の生徒だった江崎文武を愛し、彼の妻になることを真剣に考える。だが、「芸者の浮気は花街では公然」であっても、「真剣な恋は決して成就できない強固な仕組み」があることを、朋子は思い知らされる。ましてや母が遊女であってみれば、江崎家の反対は決定的であった。「軍人の妻になるためには、芸者であってさえ憚り多いのに、お女郎の娘だということが分かったら、如何に江崎家が息子の恋愛に寛大であっても、これは大きな障碍になるだろうと、朋子は目の奥が暗くなるように思うのであった」。が、この時の彼女はまだ、「おかあさん、あなたがお女郎だったばかりに、私はどのくらい苦労をしなきゃならないか分からないんですよ」ということはできなかったのである（第十章）。

関東大震災の後、朋子は十余年ぶりに帰郷する。母の郁代と一緒に、一時須永の家に避難したのであったが、ここには新家の叔父の次男夫婦が住んでおり、人のいい夫婦は「俄に舞い戻ってきた伯母と娘を大して迷惑がらずに迎え入れていた」のである。滞在中の朋子は、幼少時の記憶にまつわる日々を思い起こし、母を捨てて帰郷していたかつての養父敬助を訪ねるが、彼は、胸を病んで薄暗い部屋の湿気た床の中で、髭を伸ばして横たわっていた。敬助は郁代のことを尋ね、その美しさを思い出したりもするが、彼女は見舞いにも来なかった。そして先妻との間にできた三人の子供たちも、異父妹の安子もそこにはいなかった。ここでは、全てが過去の事としてあり、朋子にとって「古里の懐かしさ」は、「豊かな穂先を垂れて揺れている稲穂の一つ一つ」に感じられても、「人」にはなかったという。そのような彼女にも、死者となった祖母のつなへの思いと、東京にいる江崎文武への恋慕は続いていた。

再び上京した朋子は、神波伯爵の世話で、築地川沿いに平家三百坪の旅館波奈家を経営する。だが伯爵は病死、そして「君とは、結婚が出来ん」という毅然とした江崎の言葉に接する。理由を聞けば「僕にも親があるように、君に母親が居たというだけのことだ」（第十二章）という。「旦那道のひと」として彼女が尊敬した伯爵との死別、抱き続けた結婚への絶望。さらに戦後の彼女を襲うものは外にもあるが、この結婚の破綻、あるいはその破綻をもたらしたものとの共存こそ、作品「香華」の後半部の主題として、注目されなければならない。朋子にとって江崎文武との恋は真実であったし、彼との結婚は、それまでの過去一切を包摂するものとして考えられたからである。

(3) 母性の反照

四七歳になる母の郁代が、もとの小作人で六歳も年下の八郎と結婚しようとした時、「私のお父さんとの結婚を守っていてくれたら、私がこんなことになっちゃいなかったんだ。おかあさんが何回も何回も結婚するものだから、私は一度だって結婚することができなくなってしまったんです。」と激しい抗議をする場面がある（第十五章）。「私が芸者になり、妾になりしてきたのも、元を糺せばおかあさん、あなたの所為だったんだ。」と発言する朋子の語気は、これまでのこの母子のありようの一切を鋭く衝いている。

昭和二〇年三月九日の東京大空襲で波奈家は焼け、朋子たちは防空壕住まいとなる。やがて街の復興とともに、彼女の開いた料亭花ノ家は順調に発展し有名店の一つになるが、その一方で、かつての恋人江崎文武の戦犯としての絞首刑、朋子自身の病気と大手術、その間の母郁代の事故死。拡幅を続ける店の女将として、多忙な戦後を生きる朋子の周辺は慌ただしかった。

「生きるということは、人の死を数々見送ることではないか」と感じていた朋子は、いま、七歳になる異父妹安子の子、常治を傍らにして、「生きるということは、身近な者の育つのを見守ることではなかったろうか」と考えるようになっていた。朋子の養子として入籍された常治は、肉親には不遇だった彼女を内側から支える唯一の血縁としてあるとともに、自らには注がれることのなかった《母性》の反照を受け止め得る存在として描かれている。江崎文武との離別後、実業界の大物で政界の黒幕でもあった野沢宗一に心を寄せ、彼の子供を産む決意をしたことがあったが、結局身ごもることもなく、野沢もすでに死に、今の朋子にとって、常治こそが予後を託す存在であり、「どこにも裏切られる懼れがなく、愛しかった」のである（第二十四章）。

⑷ 母・郁代との接点

生前の母の言葉に従い、朋子はその骨を携えて、母の最初の嫁ぎ先であり、彼女の実父である田沢成吉の家を訪ねる。郁代は、ずっと以前から「私が死んだら、朋ちゃんのお父さんのお墓に入れて」と頼んでいたのである。和歌の浦の岡本楼に宿をとった彼女は、大型のハイヤーで、和歌山市西ノ庄へと向かう。

《古里は錦を飾って帰るものだという諺に似たことが云われているようであるけれども、それならば戦後十数年を経て、東京では押しも押されもしない大料亭の女将となった朋子が、十数万円もする結城紬を着て訪れた故郷が、朋子をまるで不審げに迎えたのは何故だったろうか。》（第二十五章）

「香華」の終章・第二十五章の冒頭は、このような書き出しで始まる。かつて、関東大震災の折り、母と二人で古里の須永家に厄介になったのは、朋子が二十歳を出たばかりの頃、それからでも、もう四十年が経っている。歳月は、「錦を飾って帰る」者に冷たかった。そこでは、「変化に変化を重ねたものと、ただ古びたものが五十年ぶりに対面しても、そこに流れ通い合うものが何もないのは当然といえば当然かもしれない。」という認識が語られ、「が、それにしても寂しかった。私には古里がないのだ」という、朋子の心中が説明されてもいる。

そして、漸く探し当てた田沢家からは、郁代の納骨を拒絶される。遠縁に当たるはずの家の者から「俄かにあんた、骨を持って来やれても、困りますわの」と声高に言われてみれば、もはやどのような説明も通用しなかった。この時の朋子の苛立ちは、拒否された母の遺骨に対する愛しさよりも、田沢家の人々の態度に対する、花ノ家の女将としての誇りに発している。あの四十年前の帰省の時にもそうであったように、ここでは、「いつも彼女が持っている仄かな温かさが影を潜め」、「変化に変化を重ねた」自己と「ただ古びたもの」との闘いがあるのみである。

和歌の浦の宿に戻る車の中で、「おかあさん、おかあさんの望んでいたようには到底ならなかったけれど、いいじゃありませんか。考えてみれば私にだって納まるお墓はもう無いんですよ。」と骨壺に向かって語りかける場面がある。朋子にそう言わせたものは、先程の古里の人達との会話の中にあるが、その絶望的な古里の欠落感を、彼女はいま、母とともに、克服しようとしているのではないか。

神波家からも野沢家からも遠ざけられ、朋子が最も望んだ江崎家からも結婚を拒否された彼女は、母の納骨を拒絶する田沢家の態度に強い怒りを覚えながらも、「顔を見たことのないお父さんの墓詣りを私も急に思い立つなんて、全くどうかしていましたよ」と語りかける時点において、《古里》は既に意識の上では消滅している。その時、朋子にとって、母の郁代は、彼女を拒絶するものに対して、ともに対峙する存在としてある。闘う相手であったはずの郁代は、こうして朋子の側に立つ。

（四）　朋子の心象風景としての舞台

和歌の浦の景色は、朋子の動揺を静め、消滅した過去の一切を抱き込むように存在するだけでなく、「香華」一編を総括する場として見事に設定されている。終章に当たる第二十五章より引用する。

《「いい景色だこと」　朋子は眼を細めて呟やいていた。海のひろがりは心を和ませる碧さを持っていた。今の先までの苛々した怒りが、波の音に一つ一つ打ち消されて行くような気がする。／いつまでも窓の外を眺めている朋子に、女中は気をきかして、「あのあたりが有名な片男波ですン。寄せる波はあっても返す波が無いいう七不思議の一つですねン」と説明した。／「そう」暮れるまで、朋子は帯も解かずに窓辺の椅子に腰を下ろして海を眺めていた。波の音は、寄せるばかりで、返さない片男波……。》

その片男波を背景に、華やかな紅藤色の風呂敷に包まれたまま床の間の違い棚に置かれた郁代の骨壺に向かって、「おかあさん、常治も中学生ですよ」と語りかける朋子の口調は穏やかである。だが、そこには養子として入籍した常治への信頼の一方で、拒絶された女性同士の、母と娘としての共通の基底がある。すでに生活者としての自律性を獲得した朋子は、母とともに永遠の生を眺めているが、その時、二人の話題にするのは互いの《いのち》を受けた養子・常治への愛惜である。死者となった母の口からは聞こえるものはなかったが、「遠く背後に聞こえる片男波の音が高く低く、まるで何事かを語りかけてくるように思えて、朋子はいつまでも耳を澄ましていた」という。

「香華」は、「最期まで、郁代と朋子の愛憎の葛藤を軸として展開している」[11]のではなく、対立した二極の「型」が交錯する時点において、結ばれている。「寄せるばかりで、返さない」波の音は、一人朋子に対して江崎文武を想起させるだけでなく、郁代に対しても田沢成吉を思い起こさせたであろう。最終章の末尾は、再び次のような文章で閉じられている。

《朋子は黙って杯を口に当て、舌の先に冷えた酒を感じると、ふと燗冷ましの酒を顔に塗って肌を整えていた母親を思い出した。振返って違い棚の華やかな骨包みを見ると、耳には片男波が遠くまた近く、高くまた低く、聞えてきた。夜はかなり更けているようであった。》

母と朋子は、波の揺曳と共に融和する。破滅ではなく、希望的な明日を予兆させる波が、鼓動している。古里の海、そしてその寄せる「波」こそが、朋子にとって、母と自分を結びつけ、生の再生を喚起するものの象徴として描かれている。波の音は、あたかも祈り続ける母の言葉のようにも聞こえてくる。

おわりに

朋子の耳に纏い付くように響く《片男波》の音は、母の郁代とともに聞くことによって、初めて意味を帯びて来る。それは、常に対立し、あるいは対置するものとしてあった母の存在を、同化された自己自身に重ね合わせる装置として置かれている。ついに母になることのなかった朋子は、それゆえに、いっそう母性を最高の徳と考え、その眼は、「母性の眼」、「母性をあこがれている眼」だという指摘[12]があるが、片男波の音を聞くときの彼女のまなざしには、むしろ実母への憧れと甘えが感じられる。朋子を「抱擁」するのはやはり母の郁代であり、養子の常治ともに歩む朋子の今後も、過去を捨てた永遠の生の獲得も、死後の実母の勁さが、その背景にある。

母の骨壺を提げた朋子を「じろじろと眺め下ろ」す「傲岸な眼」によって、花ノ家の女将の誇りを打ち砕かれた彼女の気持ちを、「この保守頑迷の国に生れた自分が口惜しいばかりだった」という言葉で代弁させた作者の眼は、「あんな家は、一度火を点けて燃やしてしまえばいいのだ。そうすれば、棲んでいた人間たちも頭が切り替わるだろう」と思う朋子の視点と重なり合っている。のちに有吉佐和子は、「蒼古な家の美に酔うよりも、それを自ら破壊する側に立とうとしている[13]」と自己の作風について語ったことがある。「紀ノ川」から脱皮して、出生の問題をテーマに、新しい人生を切り拓いていく千代を描いた「有田川」（昭和三八年）へと続く、新しい作風の萌芽としても、「香華」は注目されていいだろう。

注

（1）　有吉佐和子と吉田精一氏との対談での吉田氏の発言。（注5）参照。

（2）「紀ノ川」は、昭和三四年一月から五月にかけて『婦人画報』に連載され、完結後、直ちに中央公論社より刊行される（同年六月）が、その「あとがき」に次のような文章がある。

《小説を書くについて、面白い素材を選ぶことと、快速なテンポに従って事件の展開を追うという技術を、私はこれまで大切なことと考えて来ました。（略）けれども、一応世に出てから三年、夢中で書き続けてきて、ふと私はいつまでも素材によりかかっていられるものではないと思いました。事件もいいけれど、空や、風や、緑を書いてのびのびと呼吸した小説を、思い切って書きたいものだと思いました。（略）身分不相応かもしれないけれども、贅沢な気持ちで豊かなものを追う心で小説を書きたい、そう思いました。「紀ノ川」は、その私の願いから書いたものです。（略）渾身の勇を振うと云っては大仰に聞こえるかもしれませんが、明治末年からの女の三代を描いて時代の厚みを出すために力一杯でぶつかったつもりです。》

ここで表現されている「豊かなものを追う心」が、「紀ノ川」以降の有吉作品や、彼女の行動の基調に流れているが、作品「紀ノ川」は「明治末年からの女の三代を描い」たとする認識が、有吉佐和子自身にあったことが分かる。

（3）磯貝英夫「〈香華〉の須永朋子」（『国文学』第一四巻一四号、昭和四四年一〇月、臨時増刊号）に見える表現。

（4）有吉佐和子自身、「紀ノ川」や「助左衛門四代記」などの作品を《家系小説》と呼び、「この二つの小説は、『家』について、それを守り受け継ぐことを賛美しつつ歴史の流れから逃れずに崩壊を見守るという形で、どちらも自己没入できたものであった」と記している（「ああ十年」『われらの文学』一五、四四年一〇月、講談社）。

（5）『国文学』（第一五巻九号、昭和四五年七月）に掲載。

（6）助川徳是「有吉佐和子―歴史ものと世話ものについて―」（馬渡憲三郎編『女流文芸研究』昭和四八年八月、南窓社、所収）に見える表現。助川氏には、一貫して有吉文学の積極的な評価を指向した一連の論文がある。

（7）橋本治「有吉佐和子・人と作品」（『昭和文学全集』二五、昭和六三年四月、小学館）参照。橋本氏は、この中で、特に「華岡青洲の妻」を例に挙げ、「〝対立〟を小道具、大道具とすることによって浮かび上がって来るものは何か？」と問いかけ、「それはたとえば〝埋没〟である。」と指摘する。「〝偉人〟の影に隠され」た「女達の悲劇」、つまりは嫁、姑の役割を背負わされた人物への関心、その発掘が作品執筆の動機と考えられなくはないという。そして、「重要なことは、埋没させられて行ってしまうものの〝心〟なのであっ」たとし、「和宮様御留」のフキのモチーフをもそこに見ている。小稿に於ける考察の目的は、必ずしも、対立するものの「心」の剔抉（てっけつ）ではなく、その洞察を通して浮かび上がる調和への道筋、登場する「女達」への作者のまなざしを確認することにある。

(8)　小松伸六「解説」（新潮文庫『香華』、昭和四〇年三月）参照。

(9)　（注3）に同じ。ここで磯貝氏は、「そのつなの心のうちには、古い倫理観のたてまえのほかに、奔放な娘に対する、底深い嫉妬があった。」と指摘する。だが「底深い嫉妬」のように見えるのは、娘に対する愛情の屈折と考えることもできよう。作品の中に「おばあさん、随分久しぶりで、私たちは帰ってきたのに、あなたの憎いほど愛していたおかあさんも帰ってきたのに」（第十一章）という、朋子の言葉も挿入されている。

(10)　（注8）に同じ。小松氏は、「親、子、孫という血縁関係の葛藤」、「その悲劇をえぐりだしているのが『香華』でありまず。」と説明している。そして、朋子にも「祖母つなの陰にこもったしっとや狂態に批判的でありました」とし、「母郁代にも反抗し、いく度も争っております」と解説するが、もとより三者の対立や葛藤がこの作品全体の主題ではない。少なくとも、「母ののろわれた性」の「理解」とか「血のつながりの故のあきらめ」といった消極的な朋子の生が、この作品で描かれているとは筆者には思えない。

(11)　（注3）に同じ。もっとも磯貝氏は、朋子に「生活者として、男もおよばぬ自律性を獲得」した強さを確認し、それに対する作者の「共鳴」、また「可能性」の認識を指摘している。だが、その朋子の強さが母を「許す」のではなく、死者となった母の《母性》にこそ、作品の視点が移されているのではないかと思われる。

(12)　（注8）に同じ。

(13)　（注4）に同じ。この文章は、彼女の文壇的処女作「地唄」から十年、「紀ノ川」から約八年後に書かれたものである。

〔付記〕「香華」の引用は、『有吉佐和子選集』（新潮社）所収の本文に拠った。

（『皇學館論叢』第二四巻第三号、平成三年六月一〇日。原題「有吉佐和子『香華』を読む―終章〈第二十五章〉における《片男波》の解釈をめぐって―」）

第八章　丹羽文雄『青麥』の位置
――「まん中」からの脱却――

はじめに

小説の場合、事実そのものが重大ではないのだ。作者はその事実を材料として、その中の真実を描くものである。(1)

書下ろしの中編小説『青麥』は、昭和二八年一二月一八日、文藝春秋新社より刊行された。函入りＢ６判、本文二九六頁。末尾には著者による二頁分の「あとがき」が付く。定価三四〇円。函の両面、緑地に白抜きされた麦の穂と葉の図柄は、この物語の主題を暗示する。本書の装幀は杉本健吉。折り込みの「文藝春秋新社出版だより」（NO.1　昭和二八年一二月）には、「無彊の法城に材をとり中に黒く燃える業火、罪業の彼方に人間救済の悲願を索める書下し力作長篇」とある。同作品は、『現代日本の文学27・丹羽文雄集』（昭和四五年六月一日、学習研究社）、『丹羽文雄文学全集』第三巻（昭和四九年九月八日、講談社）などに収録されている。

先に、国松昭氏が「丹羽文雄(2)」の中で、丹羽が「その本領を発揮しえたのは戦後」であるとし、『厭がらせの年齢』をはじめとするおびただしい作品の中でも、「家族内の複雑な心理の嵐を描いた実験小説『幸福への距離』」、「敗戦直後の社会風俗を背景に新興宗教の種々相を描いた『蛇と鳩』」などを、その代表作として捉えている。また、『青麥』については、「父をモデルに」「浄土真宗的な思想が現れるようになった」と説明している。最近、荒井真理亜氏は、見栄を捨ててなお、情欲の煩悩のとりこになっていた「父の姿が、少年から青年への過渡期にある息子鈴鹿の眼を通して語られている」と解説し、「自叙伝的な題材をもとに、終戦とともに旧体制が消滅し、父の代では考えられなかった新しい時代の到来を青麦によって表象している」として、この作品の位置付けを試みている[3]。

これまで「生母」を軸に、みずからの文学世界を構築してきた丹羽文雄が、戦後はじめて実父を正面に見据えた作品を試みたとき、彼が獲得し得た世界とは何だったのか。私の関心は、我と我が身にまといつく現実を直視し、それらをむしろ僥倖として描き続けた作家の内なる醸成の姿にある。本稿では、作家丹羽文雄の肉声をも検証しつつ、作品に描かれる主人公鈴鹿の描かれ方に注目してみたい。

（一）丹羽文雄の方法

『青麥』が刊行されて間もなく、村松定孝著『丹羽文雄』（昭和三一年七月二八日、東京ライフ社）が世に出た。「評伝」と「作品研究」から成り、巻末に「年譜・参考文献」が付されている。まとまった丹羽文雄研究としては最初期のものである。同書の「序にかへて」を、丹羽自身がしるしているが、その中に興味深い箇所があるので、次に引用してみよう。

作家にとつて作品が全部である。作家を知ることは作品理解の上に、いくらかの便宜があるといふだけのことである。読者は作品をとほしてのみ、その作品の作家を知るわけであるが、作家も自分の作品を媒介とする以外には、読者とのつながりはない。／ところが批評家は、作家の作品をいぢくりまはすことで、自己を主張する。作家にとつて、批評家の存在ほど煩はしいものはない。作家が作品にもりこんだ意図とは全然見当ちがひな箇所で、批評家は作品の良否をあげつらひ、作家にその責任をせまるものである。無用なことである。読者はちやんと作品を自分のものにして、自由な読み方で、結構、小説の存在性を是認してゐる。／若しすぐれた批評家があつて、作家の意図を省察し、読者の要求をいち早く気がついて、作家と読者の間をつなぐ道標をたててくれれば、小説家も安心して自分の仕事に専念することができる。さういふ風には日本の評論界は動いていってゐないやうである。／いたづらに作家にないものねだりをして、自己の主張の満たされない点だけを強調しようとする。それでは作家はたまらない。（以下省略）

ここには、次の三つのことが指摘されている。

① 作家にとって作品がすべてであり、読者は作品を通してのみ作家を知る。

② 批評家は、作家が作品にもりこんだ意図を誤解しつつ自己を主張する。

③ 作家の意図を省察し、読者との間をつなぐ道標をたてる批評家の存在の欠如。

この時、丹羽の真意として、その基調にあるのは、当時の評論界における批評家に対する実作者としての不満であり、「すぐれた批評家」の出現を希求する態度である。この点に関連して、「丹羽文学のすがた」[4]と題する河野多恵子と大河内昭爾両氏の対談中、次のような発言がある。

河野　あの頃早稲田にはいい評論家がいらっしゃらなかったの？

大河内　丹羽さんの同時代にはあまりいないですね。ご自分の周辺には十返肇さん位しかいなかったから評論家を育てようという気があったんですよ。

丹羽文雄が、私費を投じて創刊・主宰した『文学者』のことや、そこから大河内、河野をはじめ吉村昭、津村節子、竹西寛子、秋山駿、瀬戸内寂聴らが輩出したことは周知のことである。また、昭和二五年に出版される中村光夫『風俗小説論』によって、丹羽文学の負の面が押し出され、現実を抉る実作者の思想の不在を印象づけたことなど、ここでは繰り返さない。ただ、丹羽文雄没後に大河内昭爾氏が、その追悼文や追悼講演の中でしばしば指摘する亀井勝一郎の存在、また、その丹羽文学の理解に、筆者が共鳴する点があることだけをしるしておきたいと思う[5]。

先に引用した丹羽文雄の文章中、①②に関して確認すれば、「作品」それ自体をどう読むかということ、それは「作品」にもりこまれた「作家」の「意図」の解明と同質であるということになる。「作品」を通して、読者は「作家」を認知する。作家丹羽文雄の、読者に対する要求は、極めて分かりやすいものである。そして、講談社版『丹羽文雄文学全集』第三巻に収録された「文学管見―創作ノート―」（前出）には、尾崎一雄、浅見淵の私小説と軌を異にするみずからの作品を、「自分のことを書きながら自分を突っぱなす」方法と分析し、「そのやり方は、計算以外の性格的なものであった」と告白している。「自由奔放に使わ」れたという「私小説ふうと客観描写」の輻輳、その方法の確立については秦昌弘氏の一連の考察に詳しいが、[6]そもそも、作家丹羽文雄によって事実と創作の狭間に秘められた「真実」とは何か、そこに、今われわれが求める丹羽文学の鉱脈が存在するということになろう。

先の対談中、河野氏が「自分のものでわたくし性の強いのに紋多、鈴鹿をお使いになるのよね。」と発言し、自分のことを一人称で書くと「それでは自分の首筋は書けない」といったという丹羽文雄の言葉を紹介している。一〇歳の鈴鹿が登場する『青麥』は、当然「わたくし性」の強い作品であり、父をモデルとしながら、「わたくし」そのものをも客観する作家丹羽文雄のまなざしを、くみとらねばならない。

（二）『青麥』壱の章の検討

作品『青麥』は「壱」から「漆」（一～七）の章で構成されるが、特に壱の章には「人生のまん中にいる」鈴鹿が描かれ、そこから脱却する彼のまなざしによって掌握される現実が、その後の章に展開されるという構図になっている。ここでは、壱の章に凝縮された人物とその関係を明らかにし、鈴鹿の置かれた位置を確認しておきたい。

(1) 祖母の存在

作品の冒頭、寺院の屋根にたてかけた梯子のまん中で、ゆられるに任せて必死にしがみつく一〇歳の鈴鹿がいる。二階建ての山門には、二本梯子が継ぎ足され、それは一五メートルに及ぶ垂直に近い形をしていた。仏法寺の瓦を葺き替える作業の最中であった。大人の真似をして上り始めた鈴鹿が、その梯子のまん中で宙に浮いているとき、頭から降りかかる土埃にまじって、ふわりと舞落ちるむしろがあった。落ちた人間が父の如哉だと気づくのに時間はかからなかった。

「ご院さんが、むしろに足をかけられたんや。細い縄で、落ちんようにおさえてあったむしろに、足をかけられたんで、縄がきれた」

瓦屋の叫び声をあとに、戸板に乗せられ山門を出ていった父の姿を追い、鈴鹿は、つい先程まで梯子のまん中で不安と絶望と恐怖のただ中にいた自分を内観する。「あたらしい体験」をした鈴鹿は、「はじめて人生の舞台にひきだされたように」感じる。彼が予感したように、父は死ななかった。仏法寺は、三重県一身田真宗高田派の末寺のひとつであり、檀徒は百五十軒足らずである。父は死ななかったが、そのかわり治療費、入院費の捻出は世話方の心配事になり、鈴鹿は学校から帰ると墨染の法衣を着て、月二回の檀家参りをしなければならなくなった。女人講のおまき婆さんが留守番に来てくれるが、彼女の助言をたよりに、本堂のお勤めもしなければならない。病院の父のもとにいるのか、義母の絹はもどってこない。電燈のない寺院の中で、「自分がいま、この寺の主人」だという自覚とともに、勤式を一日も欠かすわけにはいかないという責任感――それらの感情が、幼い鈴鹿の胸の中をうち巡ったのだ。

あかるい厨子のなかに、すすけて黒くなった仏が立っていた。仏の目は、おそろしい光りをもっていた。人々のねがいと、あこがれと、いのりが凝集して、この世のひとともも思われない温和なかにもきびしさをたたえた仏のかおは、鈴鹿の世界とは何の交渉もなかった。かれには、ただおそろしい像であった。親鸞の像の方が、もっとおそろしかった。

祖母の須磨の隠居部屋は、仏法寺から子供でも走っていける距離にあった。門から落ちた父のことを、彼女は知っていた。「如哉は死ぬのがあたりまえや。わしをこんなとこに押しこんで、仏法寺に足ぶみしてはならんと言いくさった」。この時の鈴鹿は、祖母の目が憎悪の青い焔を燃え上がらせているのを感じている。祖母と父の間に、はげしいあらそいがあってから、祖母は隠居所に入った。檀家は如哉に味方をしたが、鈴鹿にはその意味が分からなかった。彼には父親とも祖母とも等距離にあり、義母とも、その距離は変わらなかったという。少年になったばかりの鈴鹿に、身内に生じた憎悪の根源を、知る手立てはなく、また理解できようはずもなかったのは当然である。祖母を通じて、鈴鹿は身内に存在するただならぬ空気を察知する。

(2)「人生のまん中にいる」という表現

義母の甥にあたる伊園が、ふだんも仏法寺がいそがしくなると手伝いにきていた。説教所をひらいていた彼は、如哉が入院してからは、しばしば寺に来るようになる。

晨朝と夕時の本堂の勤式は、伊園がやった。伊園は御内仏の勤式もすませて、説教所にかえっていった。鈴鹿は、口をきいたことがなかった。鈴鹿では話相手にならなかった。かえっていく伊園を、鈴鹿は玄関の障子のすきまからのぞいた。蘇鉄のむこうを、伊園が女のように静かに遠ざかっていく。いま自分は、人生のまん中にいるのだと、鈴鹿は伊園にいいたかった。

ここに表現された「人生のまん中にいる」感覚は、鈴鹿が、自己を「悲劇の主人公」と形容するときに表れる。それは、檀家の命日に出向いた先の老婆が、泪ぐんで聞かせる語りの場面にはじめて見られるのである。「それほどの悲劇の主人公でありながら……」に先立つ老婆の語りの部分を引用してみよう。

「可哀そうな坊っちゃん、いまにわかる。いまになにもかも、わかるようになる。わしだけが知っとるのや。お母さんが家出なさったわけが。このわしだけが知っとるのや」と、鈴鹿を悲劇の舞台にひきあげた。

老婆の語りに秘められた母の家出の秘密、祖母の憎悪に満ちた父如哉への感情、そして壱の章では、ほとんど鈴鹿に心的な関与をもたない義母とその甥の伊園。それらが、鈴鹿にとっては、等質の距離感を有して存在する、それぞれの人物の有する固有の位置が、この老婆の語りの中に暗示されて陰影をもたらしているのがわかる。「悲劇の舞台」にありながら、その「悲劇」性を理解しえぬ当時の鈴鹿の置かれた位置こそが、「人生のまん中にいる」という実感だったのである。それは、作品冒頭に描かれる梯子の中間に、宙づりの状態のままにおかれた、不安と絶望と恐怖の中にとりのこされた鈴鹿の状況を思い出させる。

一歩まちがえば生死を分けるかもしれない場にいながら、父の転落という不意のできごとによって、誰からも忘れ去られたように、鈴鹿の心の中には「はじめて人生の舞台にひきだされた」「あたらしい体験」の痕跡として印象づけられたのである。

(3) 生母との再会

祖母の隠居所で、三年ぶりに再会した生母に抱きしめられたときも、鈴鹿は「人生のまん中にいる」ことを実感する。実の母娘である須磨と郁は、鈴鹿の祖母であり、実母である。もちろん鈴鹿は、母の家出の理由を知らなかった。

そのひとは両手をのばして、鈴鹿の小さい肩をだくと、わが胸にだきよせた。「ううウッ」と喉をつまらせて、泣きだした。「鈴鹿、鈴鹿、鈴鹿」かれはひさしぶりに、母親の匂いを嗅いだ。義母にはない匂いがあった。母に家出をされてから三年目だとかれは思った。親戚のひとに会ったようななつかしさをおぼえた。が、母親の調子に、すぐさそわれることはなかった。

大人たちの大仰なしぐさや感情が、鈴鹿には演技めいてみえるのである。小学校に入る前に、母親に連れられて度々見に行った芝居の場面を思い出し、鈴鹿は、とうてい子役のまねはできないと思うのであった。そこには、須磨のしぐさにも母親の泣き方にもなじめない、醒めた目の鈴鹿がいる。否、醒めたという表現には、齟齬があるかもしれない。別の場面を引用してみよう。

かれは抱かれたまま、両手をぶらんと下げていた。母を抱くこともせず、口もきかなかった。祖母と母親のとりみだし方は、まったく芝居もどきであった。路地をとおるひとがあれば、立ちどまらせるに十分であった。二人の大人のふるまいは、混乱を極めた。いつ果てるともみえなかった。――ぼくはいま、人生のまん中にいる

祖母と母の泪を「悲しい演技」と感じる鈴鹿の感受性は、大人の人生を、あるいはその真実を理解しえぬ場におかれた、彼の現実に由来している。「演技」と感じるのは、類似の場面を、幼い日に母と見た観劇体験のせいである。鈴鹿の感受性が乏しいというのではない。また彼が醒めたまなざしを有していたというのでもない。大人の人生というものがあるとすれば、そしてその人生に秘められた真実というものがあるとすれば、それに触れえぬ位置にいるおのれの真実を、鈴鹿は「人生のまん中」と捉えている。

少し先走るが『青麥』に描かれる鈴鹿の内面は、『菩提樹』(7)の良薫との対比によって、より鮮明に理解されるはずであり、主題の深まりという観点からは、昭和三七年一〇より四年間にわたり書きつがれた長編『一路』は、ともに考察されるべき対象となる作品であろう。だが、宗教三部作ともいえるこれらの作品について、わたくしには、今ここで触れる余裕がない(8)。

(4) 父・如哉の描かれ方

戸板の上に猫の死骸のようにのせられて出ていった山門を、如哉はふたたびくぐった。やはり戸板にのっていた。

六十日の入院生活で、血色がよくなっていたが、歩行はできなかった。ふとんをしき、毛布をかけた如哉は、自分が落ちた山門の天井をながめながら、玄関についた。

病室には看護婦がついたが、二日後には義母が代わった。鈴鹿は奥の部屋に設けられた病室には「こわいもの」がいると感じた。黒紋付の骨太な大男が、畳も廊下もみしみしと鳴らしながら歩く様子は、とても父の主治医とは思えなかった。その男は、父を叱りつけ、父は胃袋から直接喉をあがってくるような悲鳴と絶叫を発する。その治療のさまは、鈴鹿にとってとても耐えられるものではなかった。「声と声のあいだには、こまかく鈴鹿のからだがふるえていた。かれの永い一生に影響をあたえずにはおかないものであり、鈴鹿は自分の死ぬときに、――あの声は、何だ。と、思い出すだろう」。

父の転落事故と、六〇日の入院生活。その間に体験した鈴鹿の宙づりの人生は、その後の父の帰宅によって、より現実のものとして彩られる。間近に見聞する、治療を通した父の味わう業苦の様は、鈴鹿にとってこの世のものではなかった。一方世話方は、祖母の隠居所に出入りする生母のことを知っていた。鈴鹿が義絶した生母に会うことを、世話方は非難し叱っているようでもあった。寺側につくべきだという、大人の判断を鈴鹿は受け入れなかった。鈴鹿はあやまることも、誓いをたてることもしなかった。「頑張った」という表現の中に、父をその表象とする大人の宿業を、そしてみずからの宿命を甘受せぬ一〇歳の魂が存在する。

山門から落ちた後の如哉は、寺格や堂班を上げるという野望に燃えていたかつての人物ではなくなっていた。壱の章のおわり近くに描写される如哉は、赤い毛氈の上に鳥の子紙をひろげて石や樹木や橋を描く文人画家そのものであった。素人の域を出なかったが、和歌や俳句も作った。「ご院さん、すっかり人間がかわってしまわれた」。鈴鹿には、そのような人の噂の真意がわからなかったが、父の動作は鈍重になったように思われ、それは事故に関係なく一般的な中年ぶとりのせいであったかも知れないと感じている。毎月一五日の夜には檀家の妻女たちとの唱名念仏の合間に、如哉は親鸞上人御消息、歎異鈔、専修寺御書などを淡々として読んだ。おまき婆さんと、その右どなりにいる骨董商の未亡人は、念仏の夜には一度も欠かしたことがなかった。一五年前、未亡人もおまき婆さんも女のさかりにあり、三〇歳前の如哉は、衰微していた仏法寺をもりたてて人生の野望に燃えていたのである。壱の章の末尾を引用する。

知っているものが、いないとはかぎらない。が、たれも昔のことをほじり出して、さわぎたてはしなかった。未亡人はおまき婆さんのことを知っているだろうか。おまき婆さんは未亡人が三十七歳から未亡人となったことを、うらみに思っているだろうか。いつまでくりかえされた秘密か。いまもなおつづいているのか。当事者だけが知っている。しかし、如哉はとおい昔のことのように、ひとまえでは、あたりまえに二人の女をながめた。とりつくしまのないほど、如哉の態度は徹していた。

念仏講の闇に封じ込められた父の過去は、とうてい鈴鹿の生きる以前の時間を呼吸している。「人生のまん中にいる」鈴鹿には、父はとりつくしまのないほどに徹して見えたという。しかし「念仏」とは、ひとの情欲や煩悩と「せつなく関係」をもつはずのものである。このときの鈴鹿にとって、父はやはり理解を超えて存在していた。

(三)「人生のまん中」からの脱却

できるだけ家族とはなれて、自分ひとりでいたいと思うようになったのは、いつのころか。子供から青年になろうとする時期にあった。一つの時代がすぎさったが、あたらしい時代の入口に立っていた。

中学生になった鈴鹿は、玄関と下廊下のあいだの一坪を勉強部屋として与えられた。貳の章は、広い堂内の一角に設定されたみずからの城を通して、過去ではなく、まさに眼前に展開される現実として父の実際を観察できる時空としておかれている。それは属性を捨てて父を第三者としてみることであり、そこには鈴鹿みずからの秘密も出来（しゅったい）しなければならなかった。「勉強室にはいった鈴鹿は、解放された。かれはせまい城砦にたてこもって、謀叛のやいばをみがいていたといってもよかった。かれは檀徒から、仏法寺のあととり扱いをされることを好まなかった」。如哉は、鈴鹿に御伝鈔（親鸞の伝記）を読むように勧める。本堂での法要のときには賑やかであり、鈴鹿は楽しかった。このころ春画のうつしをひそかに見たり、おさななじみのそで子とのときめきも体験する。

やがて大学受験がせまったころ、祖母の須磨は中風をわずらい寝たきりになっていた（参の章）。彼女は仏法寺に嫁ぐまでに三軒の婚家先に、それぞれの子供をのこしていた。娘の郁が五つのとき夫が死に、一六歳のときに如哉を養子に迎えたのである。父と祖母の醜行をこのときの鈴鹿は知っていた。郁を家出させ、老人になった須磨を隠居所に追いやった父の行為を知っていた。仏法寺にもどり、やがて須磨は死んだが、たれながしのため寝床も畳みも腐らし、夜通しつづいた須磨の呻き声を聞いていると、「須磨の魂は、すくわれただろうか」と思う。宗教とはよくよく正気のあいだのものではないのかという気が、鈴鹿にはするのであった。

大学を出て帰郷し、世話方を連れて檀家から檀家へと歩く有髪で法衣姿の鈴鹿が人目をひいた（肆の章）。しかし、縁談が話題になるころ、彼は仏法寺を出奔する。その間、義母の絹が急死し、女人講に欠かさずにきていた骨董屋の未亡人も死んだ。あとには異母弟妹の泗朗と伊勢子が残された。如哉は後妻にイトを娶ったが、三度目の結婚の彼女は寺領をもたぬ仏法寺に不満であった。気丈なイトは伊勢子にもつらくあたり、世話方と言い争った直後に井戸に身投げする。一方、海潮寺に嫁いだ伊勢子が婚家先の特殊な事情でもどってくる（伍の章）。「そうやったな。海潮寺さんのお母さんは、後妻さんやった」。このとき、如哉はみずからにまとわる仏法寺の因果を思い出さずにはいられなかった。須磨と如哉と郁――鈴鹿を人生のまん中にいると感じさせた現実が、ここでは絵解きされている。如哉が七〇に近いみずからの生涯を顧みて、愛欲にまみれた人生に煩悶する姿が描かれるのはこのときである。「たれかの目にじっと見られている」と繰り返し感じる如哉の中に、罪の意識を説く立場にいた者の贖罪の悲しみもこめられている。

イトの水死のあと、如哉はいっそう自分が「よくよくゆるされない自分であること」を悟るようになる（陸の章）。兵役に出る泗朗を想像し、歎異鈔の一節を思い出す。そこには、業縁の二文字があるが、如哉はみずからの七〇年の人生を宿縁だとしてすませる気にはなれなかった。だが、泗朗にはそのような父の姿が、ある悟りの境地に達していると思われたという。疎開先で鈴鹿は「チチキトク」「チチシス」の二通の電報を同時に受け取った。葬式には間に合わなかったが、父の死を契機に、鈴鹿はふたたび仏法寺に帰った。（漆の章）。すすけた、こわい目をした阿弥陀仏をみていると、鈴鹿には少年の日の怯えが蘇った。「極楽往生でした。（略）父は救われていたと思います。」——泗朗は、そう説明した。お茶を習いにきていた婦人も亡くなっていたが、その後、お加代さんという人に父は倒れる前日までお茶を教えていたという。鈴鹿の想像に間違いなければ、父は倒れる前日まで「煩悩のとりこになっていた」。

七〇年の父の生涯を、鈴鹿はどのように判断してよいか分からなかった。まして、救われていたか否か、そのような判断は如哉にも鈴鹿にもできることではなかった。「他力」というものがあるとすれば、その力に翻弄されつづけた人生が、そこにはあるのかも知れなかった。そして「それを判断するのは、かれらのすることではなかった」と自覚するところに、「人生のまん中」から脱却した鈴鹿がいる。

おわりに

終戦の翌年、戦災で消失した仏法寺の山門のあたりにふたたび鈴鹿は立った。漆の章の後半、すなわち作品『青麥』の末尾には、義弟の泗朗と会話する鈴鹿が描かれる。終戦の年の五月の爆撃で本堂も本尊も消失していた。本堂の再建はどんな形にしろしなければならないが、泗朗はまず保育園を建てるという。鈴鹿は賛成だった。無為徒食と形容してよい父の一生、末寺のおかれた境遇、これまでの因習に縛られた寺院のありようを思えば、これからの末寺の在り方をもっと有効に活用するべきだと鈴鹿も思った。

猛火になめられた墓石は変色し、本堂の礎や土台石は形をとどめていた。鈴鹿は昔のおもかげを捜し求めたが、庫裏の位置も分からなくなっていた。見覚えのある樹木は一本もなく、そこはまったく見知らない場所であった。国道ができるので庫裏のあった場所の半分がとられ、敷地の三分の一が削り取られたという。そで子がしのんできた淋しい裏道は国道になり、のぼってお茶席をのぞいた桜の木のあったあたりはトラックが走っている。本堂の床下の土は、百年の歳月を経て陽の目を浴びた。そこには、麦が一尺ほどに伸びていた。泗朗がまいたものだという。「白っぽい、こまかい、やさしい女性的な土であった。白い土と青い麦のあざやかな対照が、仏法寺の未来を感じさせた。仏法寺は素手でたちあがらねばならなかった」。

作品全章が過去形で語られる『青麥』の世界は、父をモデルとしながら人生の幽暗にいる鈴鹿自身の物語である。それは、五〇歳を直前にひかえてなお揺曳する父の実存に触発された作家自身の成育の物語でもある。宿業にさいなまれた父の生涯を追うという作家の宿命を「世俗的には、私は不孝なことをやつてのけたかも知れない」としるしながら、「現実的な解釈で、いかにも父が救はれない存在であつたと判れば判るだけ、私には希望がもてるのだ」（「あとがき」）と言う。そして、私の思想は、両親の生き方によって培われたともしるしている。完結することのない現実のありよう――「浄土真宗的」と作家が表現する世界は、これから大作『親鸞』『蓮如』に向かって展開されるのである。

注

（1）丹羽文雄「文章管見―創作ノート―」（『丹羽文雄文学全集』第二三巻、講談社、昭和四九年九月八日）、四〇三頁。

（2）国松昭氏による丹羽文雄の解説。『研究資料現代日本文学②　小説戯曲Ⅱ』（昭和五五年九月二五日、明治書院）、二一頁。

（3）『紀伊半島近代文学事典』（平成一四年一二月二〇日、和泉書院）の「丹羽文雄」の項目中『青麦（ママ）』の解説。この中で、荒井氏は『青麦（ママ）』を「書下ろし中編小説」と規定しているので、本稿ではこれに従った。同事典中、『菩提樹』『飢える魂』を「長編小説」、『有情』を「中編小説」と定義している。なお、先の折り込み『文藝春秋新社出版だより』には、「長篇」と表現されていることは、本稿に引用した通りである。

（4）『季刊文科』第24号、（平成一五年六月一日、北溟社）に収録。この対談には「『鮎』か『贅肉』か」という副題が付く。また、同雑誌には「名作再見『鮎』」、大河内昭爾「丹羽文雄『鮎』をめぐって」、秦昌弘「作家を展示する　丹羽文雄文学展より」が収録されている。

（5）大河内昭爾『追悼丹羽文雄』（平成一八年四月二五日、鳥影社）参照。同書に収録された「丹羽文学の宗教性」（初出は『文學界』平成一七年六月）の中で、亀井勝一郎の「丹羽は急激な変化を示すやうな性質の作家ではない。対象に執拗にからみつき、深入りしながら、それまで埋もれてゐた自己をさぐりあてるといつたやうな、緩慢な成長を示す作家である」という言葉を紹介している。そして、大河内氏は、亀井勝一郎の批評は「丹羽文雄の宗教性、つまり浄土真宗的人間像の探求を示唆し、中村批判に対して理論的武装の不備を自覚しつつあった丹羽文雄に有力なよりどころを与えた。」（三八頁）と説明している。

（6）秦昌弘「丹羽文雄『生母もの』その手法の成立―初出誌『鮎』を通して―」（『泗楽』第10号、平成一五年八月一日、四日市郷土作家研究会泗楽会発行）、「丹羽文雄・非情の作家成立の一試論」（『泗楽』第12号、平成一八年一一月一日）など参照。また、生母ものの代表作『鮎』の熟成までの道のりに関して、講談社文芸文庫『丹羽文雄短編集』（平成一八年一月一〇日）に収録された中島国彦氏の「解説」がある。

（7）『菩提樹』は、『週刊読売』（昭和三〇年一月一日～三一年三月三〇日に初出）。上巻（昭和三〇年一〇月一五日）、下巻（昭和三一年三月三〇日）が新潮社から出版された。仏応寺の住職宗珠は妻の母親との関係に悩み、そのため妻は家出する。残された良薫の生い立ちは、『青麥』の鈴鹿と重奏する。大河内昭爾氏の追悼文「『一路』をめぐって」（『群像』平成一七年七月、『追悼丹羽文雄』に収録）に「丹羽文雄の姉は幼い自分と弟をすてて旅役者のあとを追って家出した母を憎み、母の不行跡の噂のある故郷を嫌って、ことさらアメリカ移民の妻となって単身アメリカへ渡った。そのことばにつくせぬ苦労の半生は、後年はげしく作者の胸を衝くものだったと『贖罪』には書かれている。ところが中期の代表作『菩提樹』が『ブッダツリー』と題して英訳されたために、アメリカの姉の眼にふれることになり、その内容は虚構のかたちをとっているとはいえ、歴然と父と祖母のために母の運命が狂わされた事実が描かれていた。母をはげしく恨み、父をあわれむことによってかろうじて耐えてきた彼女の五十年の土台をそれは一挙にくつがえすものだった。」（29頁）という挿話が紹介されている。

（8）大河内昭爾「〈横超〉のイメージ」（『現代文学序説』NO5、昭和四三年九月）では、「加那子は私である」とする作家の心中を忖度しつつ、『一路』の「結末において一挙に他力に参入する直接性がとにもかくにも作品の主題を占めた。」（引用は、『追悼丹羽文雄』67頁）と説明する。また、松本鶴雄『丹羽文雄の世界』（昭和四四年四月一六日、講談社）には「父が『救われたか、どうか』の問題が表面に出ている『青麦（ママ）』にはまだ小説家としての余裕もありそれを客観的に効果あらしめんためのそれなりの計算もあった。だが『一路』では他人事ではなく、自分はどうなのか？」という問題が、加那子を通して熱っぽく問われているとある（一六六頁）。

〔付記〕本稿に引用した『青麥』の本文は、講談社版『丹羽文雄文学全集』第三巻を底本とし、文藝春秋新社版の初版本、その他を参照した。

（『丹羽文雄と田村泰次郎』二〇〇六年一〇月二五日、学術出版会。原題「丹羽文雄『青麦（ママ）』私論—「人生のまん中にいる」をめぐって—」）

第九章　丹羽文雄における《母と父》

――『親鸞』への道のり――

はじめに

母は私の内部に生きている。父も私の内部にいる。ともに切実に感じられる。父母のことを誤解をまねくほどに露悪的に書いてきたが、父母を語ることはおのれを語ることであった。

（『佛にひかれて　わが心の形成史』昭和四六年、読売新聞社）二三〇頁

知られるように、丹羽文雄は母を、そして父を、執拗にみずからの作品に登場させた。その丹羽文雄が、生母をモデルとして描く主な作品を整理すると、ほぼ次のようになる。[1]

生母を描く主な作品＝①「鮎」（昭和七年）②「再会」（昭和一五年）③「母の日」（昭和二八年）④「母の晩年」（昭和三二年）⑤「亡き母への感謝」（昭和三二年）⑥「太陽蝶」（昭和四五年〜四六年）。

以上の作品のなかから、本稿では、②「再会」⑤「亡き母への感謝」を対象に考察を進める。それらの作品は、父とのかかわりで重要だと思われるからである。なお、丹羽文雄の生母・こう（本名・ふさへ）は昭和三一年九月二〇日に、七五歳で没している。文雄五二歳のときであった。

次に、父をモデルとした主な作品を掲げる。

父を描く主な作品＝①「九年目の土」（昭和一六年）②「父の記憶」（昭和二二年）③「青麦」（昭和二八年）④

「菩提樹」（昭和三〇年～三一年）⑤「一路」（昭和三一年～四一年）。

これらの作品中から、①「九年目の土」②「一路」を中心に検討を加える。なぜなら、母・父・自分を描く作品とのかかわりで、以上の作品は、重要なカギを有していると思われるからである。「再会」は昭和一五年、「九年目の土」は同一六年に発表された。丹羽文雄の三六歳から三七歳にかけての作品であり、母と父の描かれ方を比較対比するのに、ほぼ同時代に発表されたこれらの作品の検討は欠かせないテクストである。なお、丹羽文雄の父・教開は昭和二〇年一月一九日、七三歳で歿した。文雄四一歳の時である。

＊

本稿では、まずこれらの作品を対象に考察を進めるが、丹羽文学を読み解く補助線として、彼の自叙伝『佛にひかれて　わが心の形成史』（昭和四六年一二月、読売新聞社）を活用した。なお、丹羽文雄は、みずからの小説を「自伝小説である」としながら、「厳密な意味での写実的な私小説ではない」と言明している。(2) その意味するところは、「現実におこらなかった可能性を多分に描いている」ということだという。私は、その「可能性」を描こうとする作家の意図に関心をもち、丹羽文学をあらためて〈母〉と〈父〉の視点から考察してみようと思う。

（一）　母と父の再会

作品「再会」は、『改造』（昭和一五年三月）に掲載された。かつて家を棄てた母を引き取り、妻と暮らす自分のもとへ父が上京してくる。作中の「自分」の名前は紋多とされている。(3) その父の上京する場面から引用する。

「三十年ぶりに、夫と妻が顔を合わせるなんて、めったにあることじゃないからね。僕という子供がなかったら、生涯他人ですんだだろう。男と女は三年逢わなければ、お互に冷淡になってしまうものだが、三十年目だ。案外当人達は茶飲み友達のつもりで逢えるだろうが、耐らないのはこちらだ。三十年間の言訳をするのと同じだからね。三十年間の父の生活、母の生活の牽引の役をつとめるのが、自分だから」／妻は二階を降りていった。間もなく母が上がってきた。／「お父さんがみえるって、本当ですか」／「二十三日に上京すると、手紙がきている」

紋多は、父に対して一番悪口の言えるのは母であり、やって来る「男」（父）に対して毒舌をたたきつけることのできるのは妻であり、今から、その家庭での紛糾を予測するのである。その母の様子は、次のように描写されている。

母は五十九歳である。肥り気味で、色が白かった。五十九にしては、色っぽすぎた。二、三年前まで関西風の丸髷を結いつづけていて、頭の上に大きな禿があった。禿は禿かくしを貼り付けていたが、はみ出して、つやつやと禿を見せていた。そんな母が髪を染め、髪を結いあげる慌て方は、両親という自分のあけっぱなしな観念からは余分であった。

三十年ぶりに再会を果たす母の狼狽ぶりから、「かつての妻が夫に逢う」という雰囲気を紋多は感じとる。彼にとっては、父に逢うのは自分が実家を飛び出して以来、八年ぶりの再会であり、母にとっては約三十年ぶりの夫婦の再会であったのだ。次に、母についての観察の仕方を自問する箇所を引用する。

しかし、自分は母の性格と母の苦労の月日を正確に判断することができず、わがままな解釈で、いい気になっていた。一つには母のそばにいて、母を見つめる時間がなかったせいもある。母という一人の人間に向って甘い見方を始めたのは、自分が築地河岸のアパートにいた時からである。その頃から母をモデルに小説を書いて、作中に母を自分の都合のいいように作りなおした。

右の文中、母をモデルに作品を書き始めた自分が、「母を都合のいいように作りなおした」というのは、どういう意味だろうか。友達の意見として、さらに次のような説明がある。

「君は自分の母親を書くのに、少し美化しているんじゃないか。いつも美貌の母が出て来るのも、おかしいよ」と言った。／しかし、自分は自然な感情であった。通俗的な興味のため、美貌と書くのではない。美貌と書くことは、のっぴきならぬ気持ちであった。母が家出したのは、自分の八つの時であり、それ以来自分の頭の中には、美貌だった頃の母の面影が一番印象されている、そうも書いた。が、事実、八つの自分に母の顔の思い出は何もなかったのだ。

母への「思い出」を持たない作家にとって、母の顔は「美貌」でなくてはならない。念のために確認するが、「母が家出したのは、自分の八つの時で」あったと作品にあるが、伝記によれば、丹羽文雄の生母こうが、文雄と四歳上の姉幸子を残して家出したのは明治四一年（一九〇八）年のこと、文雄四歳の時であった。

作中の「自分」（紋多）とは、作家丹羽文雄の分身として読むことも可能だが、先に確認したように、作品に書き込まれた物語は、作家自身が陳述するように、「写実的な私小説ではない」（前掲、「創作ノート」、注2）。そこに書き込まれた世界は、「現実にはおこらなかった可能性」であり、その「可能性」から汲みとれる世界の真実を、読者は知らなければならないのである。丹羽文学の複雑と特色は、その虚と現実の世界に封印された真実にある。

記憶の残らぬ母の面影は、紋多よりも文雄の方が、より強く、重く、まぼろしの記憶として湧き上がってきたはずである。なぜなら、紋多よりも四年も早く生母と別れた文雄には、ほとんどその面影の輪郭は薄く、美化される度合いは強くなっていたはずである。幼い日の、四歳と八歳の差は大きい。

生母を描く作家は、まず「母」の「美貌」を小説に描き出した。そこに、母に対する願望のひとつがあったのである。だが、現実の、今みる「母」はどう変化したか。以下、次のような回想的記述が続く。それは、作中の「自分」（紋多）の眼を通して描かれたものである。

母のいなくなった自分のさびしさは、祖母が十分に補ってくれた。そのため自分は手におえない我儘者になった。

小学校では餓鬼大将であった。近所の困りものになった。母が家出した翌年である。継母がきた。自分のうちは、真宗高田派の末寺である。／父は養子であり、祖母は嫁いできた人であり、継母がきてからは、寺の血筋をひくものは自分と姉だけになった。自分は継母になついたとはいえ、我儘は脱けず、そのため度々継母を泣かせた。お母さんを虐めてはいけないと、自分は世話方の年寄に叱られたが、なおらなかった。

この部分は、知られるようにほぼ丹羽文雄の事跡と一致する。祖母に育てられた事実、母の家出と継母と自分との関わり、それらは、作家丹羽文雄自身の内面風景そのものであったに違いない。継母となった田中はまは、文雄が八歳（明治四五年）のとき、父・教開と結婚したが、昭和六年に四八歳で死去した。作中の自分（紋多）は、みずからの性格を自問するとき「自分の中にある一つの性格は、ふりかかってくる不幸から、どうしたら一番無難に逃げられるか、不幸を征服するのではなく、逃げ出す方法を考えつかせるのだ」と思う。この「不幸」という自覚は、何に由来するのか、何が紋多に不幸な感情をまといつかせたのか。それは、自分の知らないところで、突然母が居なくなった少年の日の出来事に起因している。紋多に重なる母の喪失感の基層には、同じ体験をした作家丹羽文雄がいる。祖母との思い出も、作家の現実とそう遠い世界ではない。

祖母は寺から二、三町はなれた路地に隠居した。自分がいくことを、一日楽しみにして、おやつを作り待っていた。月々寺からの仕送りはあったが、祖母は不自由をしていた。自分はそこで母に逢った。夕顔が咲いていた頃である。／どうして祖母と母が憎み合わねばならなかったのか。また祖母と父が憎み合うようになったのか、永い間自分は知らなかった。それが日本の善良な家族制度に悖る事情からであると知ったのは、ずうっとあとになってからである。

家族に芽生えた憎しみが、不幸でないはずがない。その「憎み合う」原因が「善良な家族制度に悖る事情」であったという。「善良な」という規範を設定したとき、紋多の家族間には、「家族制度に悖る事情」が発生した。作品を読み進めると、先の現実の不幸からの逃避という感情は、この家族の不幸からの逃避であったことがわかる。祖母の家で、紋多は年に五回、母に逢ったという。そして、「一日二日の滞在中、しんみりと話をしたこともなかった」のだ。紋多は、いつまでも母を珍しい人として見る癖がなおらなかった。母と逢う度に、何か異ったものを感じたり、嗅ぎつけたという、幼い日の紋多の母への感想が作品に書き込まれている。そして、小説家を志向する「自分」が、次のように説明されている。

自分は小説家になるつもりで勉強をしていたのだが、その自信がなかった。そのうちに段々卒業が迫ってきた。いずれは母をひきとらねばならないと思っていたが、寺のあとをつぎ、余裕がつけば近所に呼びよせることはできるのである。が、父は達者であり、また母の家出を世間では単なる役者狂いとされている手前、実現は難しかった。が、母を引きとることは義務だと思った。

ここでは、小説家への自覚と母の家出について触れられており、母の家出に関しては、「世間では単なる役者狂いとされている」と記述され、そのことが母を引き取る障害となっていることが説明される。ここで「母を引きとること」を「義務」とする意識が開陳されている。先にあった「善良な家族制度」への回帰を、紋多は求めたのだ。そして母を小説の素材とするときの態度を、次のように分析する。

自分はこれまで母の姿を部分的に小説の上に摑えてきた。決して完全な母の姿ではない。自分はある文章の中で、自分は今後も母の複雑なものを一つ一つ拾いあげていく、一つ一つを拾い上げていくことは、作家として限りない喜びである、小さいながらも判断の正確が一つ一つ積み重なっていくからだと書いているのだが、これまでの自分の努力は、ものを正確に見て、公平に判断していたのではなかった。

作家志望の自分にとって、母に対する正確な判断の一つ一つの積み重ねが完全な母の像を構築するという、そのことが作家としての「限りない喜び」だという。母の複雑なものを、一つ一つ拾い上げる行為こそが、作家の基本的な態度であったのだ。これまで、母は作家志望の自分の、作品の素材（対象）として存在した。

その母を訪ねて、三十年ぶりに父が来る。紋多は父を出迎えるために、東京駅に向かった。細かい雨が降っていた。霧雨であった。夕方六時二五分の列車が着いた。出口付近で、彼は漸く父の姿を発見した。

父の目は自分を探した。見つけると、父の顔に泣くような笑いが浮いた。自分はよたよた歩いてくる父の足許を見た。小さいからだであった。小さい顔であり、色が黒かった。八年間に自分は父の姿を見失っていた。どうしても父とうまくいかなかった家出当時の父と自分の不和、母の家出の原因を父のせいにして、憎悪の対象になっていた父は、もっと元気があり、憎々しい顔をしていた。（略）六十九歳である父に対してつい最近まであれほどいっこくであった自分が、霧散していた。それでは母に味方している手前、困るのではないかと思った。が、どうにも心の向けようがなかった。家出以来、永い不孝をしていたと、その感じが胸に去来した。

再会した父のイメージの反転。それは、紋多の中での、母と父との反転を意味している。

妻の言葉が、それをさらに裏付けるように放たれる。

「あなたに聞いていたお父さんとは、ちっとも似ていなかったわ。どんなに悪いお父さんかと思ってましたの。あんないいお父さんなのに……」「お母さんとは反対ね。あなたに聞いていたお母さんは、とてもいい人だと思っていたのに、段々そうではなくなってきて……」

紋多もまた、同居している母に対して、「これまで自分は、母の愛情を特別な実体と考え、それに甘えて、よりかかっていた。が、いつかよりかかる支柱は崩れていた。油断もすきも出来ないものに変わっていた。これからの自分は母に対して、或る覚悟がいると思った」という。母とは、他人でないだけに、いっそう始末が悪いものである。それは、「訴えどこのない感慨であった」とする紋多にとって、母はすでに己の一部として心中に巣食う存在となっていたのだ。母はまた、自分の抱える問題として肥大してきたのである。小遣いを母に渡したときの、以下のような描写に、「母」と「自分」の、修復不可能な関係を察知することができる。

「こんなに貰っても、ええのかな」自分は頷いた。「絢さんには内緒にしておいてほしいわ」といい、畳に片手をつき、「有難うございます」とお辞儀をした。そんな母の他人行儀に、呶鳴りつけたいほどな腹立たしさを覚えたのは、母が階段を降りていってからであった。自分は両手で顔を押えた。

作品では、「水臭いな」という表現で、この時の母子の関係を説いているが、美化された生母への甘えが、もはや幻想であり、ここでは他人でしかない、あるいはそれに近い二人の関係が浮きあがってくる。生母の現実は、紋多の現在を客観するしかない自身の心を絶妙に描いている。一方、この作品の中に見えるように、「家出以来」の「永い不孝」を父に抱く気持ちが、すでに紋多の中に芽生えている。

（二）　紋多と父

父を描く作品としては単行本書下ろし『青麥』（昭和二八年、文藝春秋新社）が広く知られ、「菩提樹」（昭和三〇年〜三一年、『週刊読売』）、「一路」（昭和三七年〜四一年、『群像』）とともに、「宗教三部作」として紹介される。[4]そして、父を描く作品を通して、丹羽の出自と深く関わる作品世界への傾斜が進み、やがて作品「親鸞」（昭和四〇年〜四四年、『産経新聞』）が実現する。これら父を描く作品は、父の観察をとおして、丹羽自身の心の軌跡、あるいは親鸞へと接近するみちのりであったことを、丹羽自身が告白している（注4参照）。

それらの作品より早く、いわゆる生母を描く作品と並行して書かれた「九年目の土」（『新潮』昭和一六年一月）に描かれる紋多と父の関係を考えてみよう。

この作品は、紋多の家出から九年目に帰郷したときの様子を描いたものである。

> 「そうだ、まだ挨拶をしてなかった。おまいりしてきたい」と紋多が立ち上がった。父はびっくりして、そんな紋多の顔をながめた。九年前はあれほど坊主がきらいで、ろくろく阿弥陀如来をおがんだこともなかった紋多が、自分から本堂にまいりに出向いた。弟がついてきた。紋多はひろい本堂のまんなかに坐ると、両手をあわせた。厨子はしまっていたが、弥陀の顔は暗記している。紋多は何と言ってよいかわからなかった。ただいまとも言えない。本来ならば、この自分が生涯この仏のもりをしなければならなかったのだ。その申訳なさが、胸に沈んだ。紋多は両手をひざについて頭をたれた。

引用本文にあるように、父を「びっくり」させた紋多の行為とは、帰郷した彼が、挨拶のために阿弥陀如来を拝みに本堂に行ったことである。九年前の紋多は、坊主が嫌で生家を飛び出した。阿弥陀如来を拝んだこともなかったのだ。今、彼は本堂のまんなかに坐り、両手を合わせる。この変化は何だろう。「本来ならば、この自分が生涯この仏のもりをしなければならなかったのだ」という自覚が、九年後の紋多に芽生えたのだ。

今、彼の弟がその仏に仕えている。「弟は小さい時から、紋多とものの考え方がちがっていた」と作中で説明される。本堂を守る弟との対比によって、帰郷した紋多がより鮮やかに浮かび上がる。「弟は紋多とちがい、熱心に経文をよみ、宗教に対して疑惑をもた」ず、日曜学校などにも力を入れている。寺院の経営にも、弟は熱心だった。紋多は宗教を信じることができない。その内面を「近代人の一つの特色のようである」と分析し、それを、宗教への「疑い」「反抗」ということばで説明している。弟にはそれがなかった。九年前の紋多の出奔の原因は、この宗教に対する疑念にあった。

しかし今、帰郷した紋多の心中で微妙な変化が起きている。「おかしなことに、紋多の血肉には、宗教的な神秘感が宿命のように宿っていた」という。そして、「偶像崇拝は滑稽だと、頭で判断しながら弥陀の前に坐ると、しんから手を合わせるのである」。寺院に奉仕する弟の行為を見て、「疑いを知らぬ魂は、単純といえるだろうか。安直に疑いをもつ複雑な魂は、決して威張ったものではない」という紋多は、家出前の自分とは明らかに違っていた。そして当時の自分は、「ただ反抗するだけで、己の精神の皺を一つだけ認識するにすぎないようであった」と考える。「己の精神の皺」の一つが、宗教への反抗の認識だとすれば、他に「精神の皺」があるはずである。九年後の帰郷に描かれる紋多の宗教への関心は、こうして柔らかに芽吹いてくるのだった。それは、父をとおしてではなく、紋多の代わりに、寺院を守る弟の姿をとおしてであった。

寺院の経営も昔にくらべると、随分変わったものだと紋多は庫裡の茶の間に戻った。そこには父が楓の机をまえにして、置物のように坐っていた。紋多が本堂に詣りにいってから、少しも動かない姿勢であった。父は紋多の顔に笑いかけた。「うれしいと思ったな。あれほど坊主ぎらいなお前が、わしに言われない先に本堂へお詣りにいってくれたので……」紋多は苦笑した。父の小さい目には、泪がたまっていた。父を喜ばせることは、何とらくなことかと思った。以前の紋多は、こうしたらくなことさえむつかしく抵抗していた。

父は今、変化した紋多を、泪をためて見つめている。その様子をみて、紋多は「父を喜ばせることは、何とらくなことかと思った」。だが、紋多の「苦笑」には、このときの父の思いとは別な「宗教」というものへの、彼なりの思いがこめられていたのである。この作品の発表時、丹羽文雄は三七歳であった。

(三)「親鸞」への傾斜

次に、戦後にかかれた「亡き母への感謝」(昭和三一年一二月『婦人公論』)を検討してみよう。丹羽文雄の生母こうは、この年の九月に逝去した。

母は寺の娘として生れながら、いっこうに宗教心がなかった。善光寺や専修寺高田本山や、時たま寺まいりはしていたが、内部から発した要求ではなかった。単なる習慣にすぎなかったようである。

現実の丹羽文雄のことをしるせば、彼は四日市市の真宗高田派崇顕寺の長男として、明治三七（一九〇四）年に生まれた。母ふさへ（通称こう）は、崇顕寺一六代住職如昇の娘、父の教開は名古屋の農家の出身だったが、僧侶を志した。そして、僧としての修行後、崇顕寺の養子として迎えられたのである。養子に入った教開は二一歳、のちに妻となるべきふさへは、まだ一一歳の少女だった。ふさへの母すまは未亡人として寺の切り盛りをしていた。当時、彼女は四〇代の女盛りであり、娘婿の教開との間に道を越えた関係が生じる。(5)

丹羽文学の原点は、その出自にあり、その足跡は彼の文学世界と時系列的に重なることが多い。しかし、その足跡を検証するということ、そのことは、丹羽文学を丹念に読み、その文学の本質を発見するという意味であり、現実のいちいちを確認することとは違う。河野多恵子が「先生は絶えず書くことで発見する。書くことで考える」（注2参照）と発言したように、それは、丹羽文雄の「発見」したもの、「考え」たことを知ることにほかならない。つまり、先に確認した丹羽文学が描こうとした「可能性」を、探ることなのである。さらに、「亡き母への感謝」には、次のような文章が続く。

私は、親鸞を教祖とする浄土真宗の末寺の長男に生れていた。ある時、翻然と、私の胸に親鸞がきた。浄土真宗の思想を思い出した。それまで五里霧中で、小説を書き、母に悩まされていた私に、一つの光明が与えられたような気がした。二十何年の作家生活を、何故つづけていたのか、そのわけが初めて納得できたような気がした。母の醜態を小説に書かずにいられなかったわけが、初めて私に納得が出来た。私は小説で母をモデルにすることによって、人間に救いのないことを知るためであったのだ。

母に悩み、五里霧中で小説を書き続けてきた作家のもとに「翻然と」「親鸞がきた」という。「翻然と」とは、それまでの状態から反転し、異質の世界に向かうことである。先の「九年目の土」に描かれる紋多の心境が、作家の態度として訪れたというのである。それは、父を喜ばせた態度でありながら、彼の「苦笑」に象徴されるように、さらに、もっともっと深刻で真剣なものであった。決して、父の喜びを誘う如き、皮相的なものではなかったはずだが、しかし、その紋多の心境は、彼の知らない父の深層部に通じていたかも知れない。なぜなら、「救いようのない母」を知ったということは、庫裡を舞台に「救いようのない行為」を繰り返した父の現実を知ることでもあったからだ。母を理解することは、父を理解することに等しい。

母の醜態を描くことは、作家であることの苛酷な宿命であると考えることは、いまの私には滑稽にひびく。そんな宿命を私は信じていない。そういえば、二十年昔から私は小説を書きつづけているが、人間を動かす動機にいつも罪の意識を考えていた。母に悩まされたのも、その意識が私の悩みを複雑にしていたようである。坊主の子は、やはり坊主だった。そのため私は、すらすらと親鸞の思想にはいっていくことができたようである。

ここに引用している「亡き母への感謝」は小説ではない。亡き生母に捧げる実子による葬送の詩である。先の紋多は、ここでは丹羽文雄自身なのである。作家丹羽文雄は、母をみずからの作品に繰り返し登場させた。父をも、断罪するかのように描き続けた。ひとは、それを「非情の作家」と呼んだ。後に丹羽文雄は、「悪人正機」の親鸞の教えは、「思い方によれば私の母のためにあった。また私のためにあった」と書く。(6)

「小説家である息子の作家的意欲を、二十年の長きにわたって掻き立て、つねにその作品のモデルになり得てきた彼女は、客観的にみれば、やはり一種の偉大な女といえなかったろうか」と、十返肇君は言っている。しかし、今の私は、母にしみじみと感謝したいのだ。この母の子であったことを、うれしいと思う。母は私の人生に対する開眼の動機となってくれただけではなく、魂の開眼の動機にもなってくれた。

作家丹羽文雄の母への回想記は、親鸞への傾斜と重なり、母への思いも同時に強くなってゆく。その中に刻印されるように置かれた「罪の意識」という言葉は、一体何を指すのだろう。父を描くとき、それは父を描きながら、同時におのれ自身をも描いていたという（注4参照）。そして、引用本文にも書かれていたように、「人を動かす動機」として、「罪の意識」を考えていたという。

丹羽文雄の母と父への理解は、親鸞を理解するのに等しかった。作家・丹羽文雄の文脈を辿れば、母を書き、父を書くことは、親鸞理解のための道筋だったということになる。つまり、先にも確認したように、「善良な家族制度に悖る」家族を書き続けながら、作家自身が親鸞の教義を解し、教義の内容を通じて親鸞の人間そのものに近づいていたのである。そこに丹羽文学の特色と独自性とが指摘できる。書くことによって得られた「可能性」とは、親鸞の教えを理解することだった。そのことについて、以下考察を進めてみたい。

（四）「親鸞」と作家・丹羽文雄

丹羽文雄は自作について語ることの多い作家であるが、わけても「親鸞」に関する記事は多い。例えば、「『親鸞とその妻』は親鸞の人間的体験にかこつけて、私自身が親鸞の歩んだ道を歩みたいために始めた長編小説である」という。さらに、「元来私は、書きながら何かを発見していく型の作家である」ともいう。(7)

「親鸞とその妻」は、昭和三〇年の暮れから三四年に書き継がれ、『主婦の友』に連載された。そして「親鸞」は昭和四〇年から四四年にかけて『産経新聞』に連載される。それらの作品を書き続けながら、作家は、親鸞の中に「何かを発見」した。その発見したものと、これまでに作品において追究してきた「可能性」との統合、その世界にこそ、作家丹羽文雄の真実の宇宙を眺めることができるのではないか。

私は早稲田大学を卒業したが、それは父の期待、檀家の期待であった。六年間の学資は、檀家が出してくれた。本来ならば宗教大学にはいるべきところを、わがままから早稲田大学にいくことを許してくれたのだ。それにもかかわらず、私は生家の崇顕寺をとび出した。父は檀家に顔向けが出来なくなった。檀家は激怒した。殺しても、あきたりないくらいであったろう。／しかし、私は母に代わって父に復讐したのではなかった。そんなことは夢にも考えなかった。／寺院生活がいやでいやで、また小説が書きたくて、自由な世界にあこがれていたにすぎなかった。(8)

長男の丹羽文雄は、廃嫡の処分を受け、崇顕寺は弟が引き継いだ。自分を棄てて家出をした母のふるまいは、「善良な家族制度に悖る」行為をした父が原因だった。そう思う文雄の、「父への復讐」とは、明らかに母の側にたった意識である。寺院を継承しなかったのは、実は「復讐」ではなく、自身の「自由な世界」へのあこがれにすぎなかった。文雄の、この言葉を信じれば、しだいに作家としての強い自覚が湧出するのは、当然のことである。作家とは、彼にとって「母」を、そして「父」を描くことであり、その行き着く先が「親鸞」であったことが重要なのである。「父」は、それらの作品の中で、しだいに文雄の自画像としての様相を帯びてくるのであった。

母への罵詈雑言は、私の胸の中でこだました。当然私の心は平静ではなかった。母の肉体は死んだが、思い出は鮮明に残り、それが厄介な、情けないひと前にも持ち出せないようなものであった。やがてその内には、忘却の作用で、母への非難も記憶の中で次第に色があせていくであろう。それを待つだけだと思った。／遺骨を武蔵野にはこんで、葬いをやった。あいにく小雨の日であった。会葬者は廂の下で雨を避けていた。金木犀が咲いていた。（注8参照。但し引用は二一三頁、以下引用頁のみ記す）。

ここでの「母への罵詈雑言」とは、ほかでもなく、二児を置いて家庭を捨てて、旅芸人と出奔した生母の、そしてその後の人生を指している。その母が死んだ。肉体が死んで、その「思い出は鮮明に残る」という。なぜだろう。

親鸞の罪の意識は、罪というものの分別にあるのではなく、もっと根源的なものであった。つまり、罪をつくらさせる人生全体の不如意を問題にした。母はこれといって法律上の罪を犯したのではなかった。しかし、不安な人生を生きた母は、たえず罪を犯す危機の中に生きていた。母は罪悪の可能性を内にはらんだまま生きていた。たまたまそれが現実的なものとなった。岐阜を追いたてられたり、家庭にあっては困りものとなり、世間では嗤われものとなった。親鸞にとっては、かたちにあらわれない罪、罪の可能性までが罪であったのだが、生の危機感は罪悪感につながるものであった。親鸞は、その危機を生きよと教えた。母はそのとおり生きた。／母はよく親鸞のいう悪人だった。母のいのちがつねにいかに危険なものであったかということを、母は七十六年の生涯にわたって私に教えてくれた。母はその通りに生きた（二二五頁〜二二六頁）。

長い引用になるが、母の生涯は、親鸞の教えそのままの人生だったと丹羽文雄は書く。つまり、「不安な人生を生きた」彼の母は、「罪を犯す危機の中」にあり、また「罪の可能性」を内にはらんでいたという。そして、それが現実のものとなったというのである。その「現実」とは、「岐阜を追いたてられたり、家庭にあっては困りものとなり、世間には嗤われものとなった」ことだと説明される。さらに、次のような文章が続く。「現実的な善悪の基準や理性や良心でもって母を批判するのが、いかに愚かなことか」。「善悪是非のものさし」の「権威」を否定し、親鸞の「善悪のふたつ、総じてもて存知せざるなり」を引く。母にも私にも善悪の区別はつけられないという。母の「人間性を凝視する」こと、それこそが「性根をすえてとりかからねばならない」「私」の務めだと察知したという。ここに、丹羽文雄の「親鸞」執筆の動機が語られている。人間の孕む罪の可能性を母にみた作家は、それを親鸞その人に確かめようとしたのである。そして、「母こそ親鸞のいう往生の正因の資格を十二分にそなえていた人間であったことを肝に銘じた」と認識するのであった。

母は私の内部に生きている。父も私の内部にいる。ともに切実に感じられる。父母のことを誤解をまねくほどに露悪的に書いてきたが、父母を語ることはおのれを語ることであった。この十一月二十二日に、私は満六十七歳となった。六十七にもなりながら、おのれを把えることがきわめて下手である。自分の声が自分の耳によくわからないように、自分の目で自分を見ることは困難である。それを父母が代わってしてくれた。（一三〇頁）。みずからが犯すかも知れない「罪の可能性」、それを母と父とは、その生涯を賭けてしめしてくれた。母を語り父を描くことは、ほかならぬ自己を把握し自己を語ることだという、作家の自覚が明確にしるされている。作品「親鸞」は、このような意識の線上に彫琢されるのである。それは、まさに自己を再生させる営みであり、母と父の塑像をみずからの手で構築することであった。

（五）「親鸞」執筆の態度

丹羽文雄は、「親鸞」を執筆したときの態度について、次のようにしるしている。(9)

昭和四十年九月十四日、サンケイ紙上に長編の第一回を発表して以来、足かけ五年を要した。四十四年三月三十一日に終ったが、「親鸞」は文字どおり私のライフ・ワークとなった。千二百八十二回、原稿紙にして五千百二十六枚になる。

丹羽文学の集大成としての「親鸞」は、新聞小説の常識を破るほどの長期連載となった。彼は、この長編で「可能なかぎり親鸞の人間性を追究したつもりである」ともしるしている。高邁な宗教哲理を説く親鸞ではなく、その「人間性」を求めた作家の眼目は、母を描き、父を見つめた丹羽文雄の究極の人間追究の作品として、世に問われた。それは、どのような世界を描出したのだろうか。この作品を読み解くポイントはいくつかあるが、その最も大きな点は、新聞発表後にまとめられた五巻本新潮社刊『親鸞』（昭和四四年）との異同にある。

親鸞は王朝末期に生れ、鎌倉初期、浄土真宗を開祖した僧として知られる。日野有範の子。治承五（一一八一）年、叔父の日野範綱に連れられて、慈円のもとで出家し、九歳で比叡山に登った。以来二〇年間修行につとめたが、心の迷いはきえず、二九歳のとき六角堂参籠を実践した。その幼少年期は源平の合戦や養和の飢饉で明け暮れた「濁世」であった。「五濁悪事悪世界」（『浄土和讃』）をただす道は、阿弥陀如来を信仰するほかはない世情であったのである。

幼年期に両親と別れた親鸞は、世に無常を感じて出家したとも伝えられるが、その伝記の多くは親鸞のひ孫覚如が著した『御伝鈔』（永仁三〈一二九五〉年）による。また、のちに親鸞の妻となった恵信尼が晩年の末娘の覚信に送った手紙「恵信尼消息」には、「堂僧」の地位にあった親鸞のことが記載されている。[10]

さて、丹羽文雄の描く「親鸞」は『サンケイ新聞』連載の初稿から単行本に収録される際、六角堂参籠の時にみた「夢告」の内容が削除された。夢告は夢の中に現れる神仏のお告げであり、日本の古典にもしばしば描かれる。神武天皇の東征神話に描かれる熊野の悪神を制圧したとされる剣の話や、和泉式部の熊野詣でのときの熊野権現の夢告などは、あまりにも有名である。

それでは、六角堂の夢告とはなにか。先の『御伝鈔』の「六角夢想」の記述によれば、建仁三（一二〇三）年四月五日の明け方三時頃に親鸞は夢をみた。その夢は、聖徳太子が救世観音に姿を変え、親鸞に告げた。「行者宿報設女犯。我成玉女身被犯。一生之間能荘厳。臨終引導極楽。」と。意味するところは、「仏道修行をしているあなたが、前世の罪の報いとして、女性と情を交わすことがあれば、私は、それを宿縁と思い、玉身となってあなたに身を任せましょう。そして生涯にわたり、あなたの人生を美しくおごそかに飾りたて、臨終の機が訪れたときには、極楽浄土へとお導きいたしましょう」（筆者意訳）というのである。

この夢告によって、親鸞は恵信尼と結婚したと伝えられる。恵信尼もまた、夫を観音の化身であるという夢をみたという（『恵信尼消息』）。親鸞が法然上人に帰依したのも、この夢告によったとされる。自力の仏道で生きてきた親鸞にとって、この本願他力の法然の教義（専修念仏）は、その後の親鸞の人生を決したのである。念仏のみによって救われるという教えには、修行も学問も不要であり、「ナムアミダブツ」を一心に称える、それだけが救済の方法であった。

ところで、初稿に書き込んだ「夢告」の場面を、単行本収録の際に丹羽文雄は削除した。この理由は何か。濱川勝彦氏は「『人間性の重視』が齎した変容の跡であり、丹羽の偽らざる誠実の記録」だと意味づけている。そのことによって、「より合理的な親鸞像を刻む」ことになったという。また、濱川氏は、丹羽文雄の合理主義、現実主義、人間性の重視の姿勢が「親鸞」にはあり、それが親鸞の流刑地となった越後における親鸞の心境を自在に描くことができたとする。(11)

越後への流罪とは、親鸞三五歳のとき、専修念仏が弾圧をうけ、親鸞も罪をうけ流刑となったことを指す。親鸞は流刑地で四年余りを過ごし、罪を許されたがその後の消息は明らかでなく、三年後に関東に姿を現すまでの詳細はわからない。丹羽文雄の筆は、この越後時代に多くを割き、人間親鸞を自在に彫琢した。そこに丹羽「親鸞」の特色があり、現実から遊離した超能力者・宗教者としての親鸞を排除した。母を描き父を凝視した現実を、そして廃嫡された自己の〈罪〉の意識をも、この作家は親鸞を通して確かめようとしたのである。

まとめ―「横超（おうちょう）」の可能性

丹羽文雄は、親鸞に関して、次のような語録に似た言葉を残している。それを箇条書きして抜き出してみよう。

（1）「親鸞の人間的な苦悩は、ひとごとではなかったのだ。」

（2）「私は母を借りて人間のうちにあるエゴイズム、虚偽、不安を描いたつもりである。」

（3）「果たして幾人が自分の魂の問題として宗教を考えているだろうか。彼らの大部分は一種の教養として宗教に関心をもっているのではないだろうか。」

（4）「大正から昭和にかけて、文学の中に宗教が登場しなかったのは理由のないことではなかった。宗教とは、自己に絶望したあとに生ずるものであるからだ。」（以上、「親鸞のこと」昭和三五年七月、雪華社『人生作法』）。

（5）「私が親鸞を知る方法は、たまたま本堂で説教師の法話を聞くか、書物の上からであった。その親鸞を身近に感じるようになったのは、生母の問題からであった。そのときから親鸞の教えが私の現実となった。」

（6）「親鸞の宗教的実存による人間認識は、抽象的ではない。人間の業苦、絶対悪の抉出は具体的であり、現実的である。親鸞の罪の意識その絶望、その懺悔は、七百五十年後の今日の私たちの胸にも強烈にひびく。同時にあの讃嘆は、絶望と懺悔に入りまじって、「運命」の交響楽のように力強く、しかもなまなましく私たちの胸に鳴りわたる。しかもそのことばは、いままで誰からも聞かされたことのない声で語られているのだ」（以上、「『親鸞』あとがき」昭和四四年九月、新潮社刊『親鸞』）。

見てきたように、丹羽文雄は親鸞の人間としての悩み・生き方・処世、それらを通して、母を、父を、振り返り、そして、おのれ自身を確かめている。ここで、父をモデルとし、半ば自分を語った長編「一路」（昭和三七年～昭和四一年）に触れなければならない。

浄土真宗寺院の住職伏木好道は、一流料亭で才覚を揮う加那子を、寺院経営にいかそうとして迎える。戦争末期、空襲の激しくなった寺院の闇の中で、加那子は若い院代とあやまちを犯す。好道は、北海道の別院に出かけて本坊を留守にしていたときである。敗戦後、帰郷した夫にすべてを打ち明けた加那子は、生まれてきた娘ののぶ子を檀家総代に養女としてひきとってもらう。長じてのち、在京の加那子の次男聡は同郷から上京してきた総代の娘と恋仲になる。二人は、同じ母をもつ異父兄妹であった。加那子は聡にはすべてを打ち明け、のぶ子には事実を知らせず人工中絶を強要する。のぶ子は自殺する。

この作中の「加那子は私である」（「あとがき」）と作者はいう。この作品には「専修念仏」の実践者である「妙好人」のことが繰り返し描かれる。「わしが念仏を唱えるんじゃない」。大河内昭爾氏は「妙好人の必然性が浄土真宗の思想の側にあったのではなく、丹羽文雄の心の側にあったという自明な事実の重み」を指摘する。[12] 加那子が作家自身の抱える宿業だとすれば、それはどのような道筋で昇華されるのだろうか。「一路」の末尾は、次のような描写で終わっている。

あやまちの末、生み落した娘を、わが手にかけて殺したも同然の女がそこにいた。罪のおそろしさにうちのめされている。その女は、救いをもとめている。苦しむことが宿命といいながら、加那子はもがいていた。これほどまでに身をさいなまなければ、仏の声がきこえないものか。釈迦をまねるわけではなかったが、この女を救うことが出来なければ、好道は僧であることは許されなかった。五十八年の生涯は、このいっときのために生きてきたようであった。／本堂の闇は、うすくなった。東面のガラス戸がすこし明るくなった。小鳥の声を好道はきいた。（引用は『丹羽文雄全集』第一四巻、一九七六年三月、講談社、四九六頁。）

加那子は、妙好人そのひとになっていた。力が尽き、自分を責め立てる気力も失った妻を好道は見守った。妻は呻き声をあげた。その呻き声は、好道の体の中にも、あった。深夜の本堂は呻き声で埋まった。「親鸞」で人間を描くことに徹した作家は、自力修行によって悟達する竪超(じゅちょう)ではなく、「横超」のイメージを強めている。妙好人となった加那子には、横超を予感させる祈りの姿がある。丹羽文学には、母にも父にも、そして登場する人物にも、再生・蘇生への祈りがあり、それらが親鸞の人間的塑像を構築させたのである。

親鸞の「人間的苦悩」（『人生作法』）とは、決して特別なものではない。ごく身近なひとのかかえる、それはごく普通の「苦悩」であり、「罪」のもつ内実をさしている。丹羽文雄の「親鸞」に特別な意味を付与するとすれば、妙好人となったおのれが、「横超」のいっときを待って、祈り続けるしかないとする考えだろうか。書くことによって成熟する作家の「可能性」とは、「横超」が近づき、現出するときの一瞬を知ることだったかも知れないと思う。

注

（1）生母を描く代表作で文壇デビュー作「鮎」以前に、短編「秋」（『街』第一巻第五号、大正一五年一一月）が存在した。「鮎」執筆までの道のりを考察した中島国彦氏は、「秋」の推敲課程において、丹羽文雄の文体が確立する様相を解説している（講談社文芸文庫『鮎・母の日・妻』二〇〇六年一月、講談社）。

（2）『丹羽文雄文学全集第二巻　鮎・太陽蝶』（一九七六年一月、講談社）に収録された「自叙伝についての考察――創作ノート」（三九〇頁）による。

（3）河野多惠子と大河内昭爾の対談「丹羽文学のすがた」（『季刊文科』二四号、平成一五年六月）で、河野は「自分のものでわたくし性の強いのに紋多、鈴鹿をお使いになるのよね」と丹羽作品の登場人物名について述べている。一人称ではなく、名前を付与することによって、「自分の首筋」を書こうとした丹羽文雄の心中を、丹羽自身の説明として語っている。ちなみに、「再会」「九年目の土」では紋多、「青麥」では鈴鹿を丹羽文雄は用いた。

（4）衣斐弘行「『菩提樹』〔鑑賞〕」（『丹羽文雄文藝事典』二〇一三年三月、和泉書院）参照。この中で、「菩提樹」の宗珠は「父をある程度モデルにしているが同時に私でもあった」（「『菩提樹』に就いて」）という丹羽文雄自身の言葉（角川版『丹羽文雄作品集』〈六〉月報に掲載）が紹介されている。父を描く作品は、丹羽文雄にとって、徐々に自らの歩みを描く「自叙伝」としての形態を成してきたことがわかる。

（5）秦昌弘「丹羽文雄　人と文学」（『丹羽文雄文藝事典』二〇一三年三月、和泉書院）参照。「丹羽文雄を文学に向かわせたのは祖母と両親の三角関係に加え、青年期には同棲していた女性から味わされた塗炭の苦しみの体験が、男女が織りなす愛憎のなかにありのままの人間の姿があることを見出したからであった」（四頁）とある。

（6）丹羽文雄『ひと我を非情の作家と呼ぶ――親鸞への道』（一九八四年一一月、光文社）、二七三頁。同書で「私は母が救われているのをつよく感じた。すると、どうしたのだろう。母に関する一切の否定的なものが、水に洗われたように私の胸から消えてしまった。うらみも悲しみも、はらだたしさも一挙に洗い流された。あとの胸の中には、少年の私が母を呼ぶ声がきこえるようであった」（二七四頁）とある。

（7）丹羽文雄「親鸞のこと」（昭和三五年七月『人生作法』）。但し、引用は大河内昭爾編『小説家の中の宗教　丹羽文雄宗教語録』（昭和五〇年一〇月、桜楓社）、九五頁。

（8）丹羽文雄『佛にひかれて　わが心の形成史』（昭和四六年一二月、読売新聞社）、六七頁。

（9）「『親鸞』あとがき」（『親鸞』昭和四四年九月、新潮社）。但し、引用は大河内昭爾編『小説家の中の宗教　丹羽文雄宗教語録』（昭和五〇年一〇月、桜楓社）、一一一頁。

（10）「堂僧」とは、常行三昧堂という堂の中で、常に念仏を称える僧のこと。比叡山では堂侶、堂衆、堂僧という区分があり、高い身分ではなかったという。毎日読経に明け暮れる若き日の親鸞の様子が想像される。なお、当時の比叡山では開祖最澄の精神と遊離し、俗化し武装した僧侶軍団が横行していたと伝えられる。『大法輪』〈特集・親鸞小事典〉（第七七巻第一一号、平成二二年一一月）など参照。

（11）濱川勝彦「丹羽文雄『親鸞』における二つの問題――六角堂参籠と悪人正機」（『丹羽文雄と田村泰次郎』二〇〇六年一〇月、学術出版会）、および「丹羽文雄『親鸞』における信心の形成―「越後時代」を中心に―」（『神戸女子大国文』平成二一年三月）。

（12）大河内昭爾『追悼丹羽文雄』（二〇〇六年四月、鳥影社）、一二〇頁。同書に収録された「〈横超〉のイメージ」で、「『一路』は世のつねの屈折をもちながらも、ともかく一筋にのびて来て、さいごにめくるめく深淵に加那子ただ一人たたずむところで終止符がうたれた。次元をことにする〈横超〉への暗示が、どれほど読者にはげしい量感をもって訴えるかという一点に、この作品の主題はひたすらかかっており、若し『一路』を純粋に宗教小説と呼ぶならば、この作品の価値はその一点に存在するといえないだろうか。」（八三頁）とある。ひたすらに念じる加那子は、他力の彼岸思想によって救済される可能性を秘めている。そこに「宗教小説」としての作品の価値を見るのである。「夢告」よりは、より現実的な宗教のありようが、この作品に託されたということになる。

〔付記〕　本稿における「再会」「九年目の土」「亡き母への感謝」の本文は、『母、そしてふるさと　丹羽文雄作品集』（平成一八年四月、四日市市立博物館編集・発行）所収の本文に拠った。その他の引用本文は、それぞれ注記したものに拠る。

なお、本稿は、平成二七年一一月二二日に、四日市市立博物館で行われたミュージアムセミナー「丹羽文雄を知る」の講演資料に加筆したものである。当日は、丹羽文雄の誕生日にあたり、また没後一〇周年を記念した行事が同市で催されており、そこに参列された御親族の丹羽多聞アンドリウ氏に偶然にお目にかかることができた。丹羽文雄を介した不思議な御縁を有難く思う。

講演会に際し、お世話になりました四日市市立博物館館長・谷岡経津子氏、桑名市市立博物館館長・秦昌弘氏をはじめ、関係各位に御礼申し上げます。

（『皇學館論叢』第四九巻第三号、平成二八年六月一〇日）

第十章　井上靖『孔子』の旅

――「逝くもの」の彼方に――

はじめに

長編小説『孔子』は、一九八七（昭和六二）年六月から一九八九（平成元）年五月まで、雑誌『新潮』に休載を挟みながら、計二一回にわたり連載されて完結した。作者が満八〇歳の時に執筆が始まり、八二歳で完成している。「構想二十年」[1]とみずからが言う作品の完成の後、一九九一（平成三）年一月二九日、急性肺炎を発症して逝去。作品は平成元年九月一〇日に新潮社より函入り単行本として刊行された。『孔子』執筆開始の前年、井上靖は、国立ガンセンターで食道癌の手術を受けていた。そして、同年四月号の『新潮』に発表された随筆「負函」が絶筆となった。次作として構想された『わだつみ』は、ついに実現せずに終わった。

『孔子』執筆中にも何度か現地を訪れるなど、特に井上靖が執着した負函（ふかん）は、知られるように、孔子が「近き者説（よろこ）び、遠き者来る」と称えた楚国の旧都である。物語の中では、架空の人物・蔫薑（えんきょう）が語り手として描かれ、孔子一行の旅に同行しながら、論語成立の過程と、そこに刻み込まれた思想の根幹を体現しようと努める。孔子が一時滞在した負函を、四十年後の蔫薑が再び訪ねる場面が重要な意味を帯びている。また、この作品の大きな特色は、作者が論語の新注の縛りから離れ、古注に就き、論語を解釈することを意図した点にある。論語に籠められた思想の真意は、孔子の生きた時代に置いてこそ、初めて生命を帯びるのだという作者の根本的な考え方がある。

朱熹以来の新注は、日本の江戸時代以来の教材に用いられ、その教育は勤勉な人材を育成するという目的に適（かな）った。そのような論語解釈は、明治以降の我が国の近代化の進展に大きく寄与したとの発想がある。[2] しかし井上靖は、そういう考えや教育をも否定せず、世界的な思想のひとつである論語の正しい解釈には、それが成立した時代を知らねばならないと考えた。つまり、孔子の生きた時代と、その生き方を知らなければ、論語の正確な解釈は立ち上がって来ないと考えたのである。

井上靖自身、作品執筆中の一九八七（昭和六二）年一一月に、河南省信陽地区の楚王城遺跡を訪ね、孔子の事績には欠かせない楚国の旧地・負函の場所を特定している。[3] 作品『孔子』には、伝承され記録される高弟たちに交じり、語り手としての蔡国出身の、蔫薑という架空の人物が設定されている。負函とは、戦禍によって滅んだ蔡の遺民たちが移住させられた街であった。そして蔫薑も、その遺民の一人であった。『孔子』は蔫薑の語りによって成立する物語である。蔫薑の語りを通して、読者は孔子の言葉の真意に近づくとともに、井上靖の八〇有余年の生涯を総括する思想の深淵を看取することができるだろう。

本稿では、井上文学の集大成としての『孔子』に描かれる蔫薑の負函再訪の意味と、作品中多くの字数を費やされた「逝くものは斯（か）くの如きか」の解釈を中心に、特に考察を進めてみようと思う。

（一）「逝くものは斯くの如きか」の解釈について

『論語』「子罕第九」に収められる「子在川上曰　逝者如斯夫　不舎昼夜」は従来、どのように解釈されてきただろうか。僅か漢字一四文字に秘められた真意の解釈を巡って、どれほどの時の流れと労力とが費やされてきただろうか。まず、句読点の打ち方すら、注釈書によって一定ではない。文中の「舎」の訓み方にも「おく」と「やむ」とがある。

即ち「昼夜をおかず」と「昼夜をやめず」という具合に、である。句読点の打ち方も、例えば「子在川上曰、逝者如斯夫。不舍昼夜。」（『新釈漢文大系1　論語』明治書院。『全釈漢文大系1　論語』集英社）、「子在川上曰。逝者如斯夫。不舍昼夜。」（島田鈞一著『論語全解』有精堂）、「子在川上曰、逝者如斯夫、不舍昼夜、」（『中国古典文学大系3　論語　孟子　荀子　礼記（抄）』（平凡社）等である。

さて、ではその解釈はどうなっているだろうか。一般によく参考されると思われる身近な注釈書を検討してみることにする。注釈書には、便宜上①～④の番号を付した。

①『中国古典文学大系　第三巻　論語・孟子・荀子・礼記』（一九七〇年一月二〇日、平凡社）＝「先生が川のほとりでおっしゃった。『過ぎ行くものはこの水の流れの如くであろうか。昼も夜も休む間もない。』」（四七頁）

②『新釈漢文大系　第一巻　論語』（昭和三五年五月二五日、明治書院）＝「【通釈】孔子が、ある時、川のほとりに居て、流れてやまない川の水をながめて永嘆していうには、過ぎ去って帰らぬものは、すべてこの川の水のようであろうか。昼となく夜となく、一刻も止むこともなく、過ぎ去っていく。人間万事、この川の水のように、過ぎ去り、うつろっていくのだのう。」（二〇四頁）

③『全釈漢文大系　第一巻　論語』（昭和五五年五月三〇日、集英社）＝「【通釈】孔子が川のほとりで言った。『過ぎゆくものはまさにこのようである。昼も夜も止まることがない』」（二五〇頁）

④『論語全解』（昭和四二年三月二〇日改装五版〈初版は昭和一四年五月二〇日〉、有精堂）＝「【釈義】孔子が或る時川の上に居て、水流が混混として流れて已まないのを見て歎じて曰はれるに、『天地自然が、万物を生育する現象は誠に霊妙で測り知るべからざる者である。此の水を観るに、往く者は過ぎ、来る者は続き、寸時も止まることをしないではないか。斯様に昼となく夜となく、混混として已まず、上は千万年の太古より、下は未来永久、往つたり来たりして絶えることがないとは、なんと微妙なものではないか。人も亦徒に之を観過してはならな

い。時時刻刻勉めて已まず、天理を存養して以て生を天地に享けて居る本分を欠かぬようにせねばならぬ』と。」（一七七頁）

ちなみに『中国名言名句の辞典』（一九八九年一月一日、小学館）には、「去りゆくものはみなこの川の流れのようなものであろうか。昼となく夜となく流れ去って、留まることを知らない。」とあり【無常】の項目に入っている。また『新明解　故事ことわざ辞典』（二〇〇一年一一月三日、三省堂）には、「人の世のうつろいやすさ、人生のはかなさを嘆いたことば。」とある。このように、今日的には孔子の言葉として知られる「逝くものは斯くの如し」は「無常」の譬えとして用いられることが多いようである。

井上靖が活用したという先の③『全釈漢文大系』(4)の〔補説〕にも「いま、孔子は川を前にして『逝く者は』という。心細く、老いて返らぬ人生を見つめている。」と解釈している。晩年の孔子の辿り着いた寂寥の気持ちが説明されているのである。④の『論語全解』では、この章句を、時を無駄にせず、「時時刻刻」勉めねばならないと自戒の教えであると解釈している。

このような解釈の差異の生じる遠因を、古注と新注に求めて②『新釈漢文大系』の【余説】には、次のような説明がある。

古注と新注とは非常に異なった解釈をしている。古注では、孫綽が「川流舎（や）まず、年逝いて停まらず。時已に晏（おそ）し。而して道なほ興らず。以て憂歎するところなり」といったように、川の水の不断の流れの如く、空しく老いてゆくわが身を、孔子が永嘆したものと解するのである。／新注は、朱子も程子も、極めて哲学的な解釈を下した。天地の化育、日月の流れは一息も止むことがないのは、ちょうどこの川の水の昼夜のへだてなく流れて止むことのないのと同じである。この無限の天地の発展・持続の中に人もまた絶えず発展していく。学者はこの理を悟って、時々に省察して、少しも間断なく努力をしなくてはならぬと解する。（二〇四頁）

　つまり、この説明に拠ると、古注に従えば、ここには晩年の孔子の「憂歎」が、また新注に従えば時間を無駄にせず「努力」を奨励する解釈が浮かび上がることになる。そして、孔子の「永嘆」とは「道なほ興らず」と感じる現実にあり、わが身の老残そのものを嘆いているのではないということになる。もっとも、同じく【余説】には、「論語全編を貫く思想から推して考えると、古注の方が孔子の真意に近くはないかと思う」として、『新釈漢文大系』の著者・吉田賢抗は、古注の立場をとっている。

　井上靖は、古注と新注の相違について、大江健三郎との対談の中で、例えば「子曰。朝聞道。夕死可矣。」（『論語』里仁第四）の例を挙げて、次のような考えを示している。「朝に道を聞けば」が、古注では「朝に道あるを聞けば」とある。つまり「朝に道徳のある国が成立したと聞いたら夕に死んでもいい。これは具体的にはっきりします。江戸のほうで『道ある』の『ある』を取ってしまっている。『朝に真理を聞けば夕に死しても』こんな抽象的なことは春秋末期の孔子は言わなかったろうと思います。」[5]と話している。

　孔子の言説を、その十四年に及ぶ放浪の旅に見据えた蔫薑の語りは、一人の人間としての孔子を浮かび上がらせる。そして、ここに描きだされる孔子からは、厭世的な絶望感は払拭されている。そのような孔子像、あるいは論語理解は、昭和一三年一二月二日に校了し、同年一二月に講談社から出版された、下村湖人の『論語物語』以来のものではなかったか。湖人は『論語物語』において「永遠に流るるもの」の章をたて、「逝くものは斯くの如きか」を次のように解釈している。

　水は滾滾として流れている。流れの行く末をのみ見つめていた彼は、今や、目を転じて遥かに流れの源を見やった。そして考えた。

　〔生命の泉は無尽蔵である。顔回は死んだ。自分もやがて死ぬであろう。しかし、天の意志はやむ時がない。古聖の道は永遠に亡びないであろう。[6]〕

井上靖の描く『孔子』にも、「天の意志」「古聖の道」は、永遠に続く道として説かれ、また「仁」も高邁理想の観念的な哲理としてあるのではなく、それらの表象は身近な現実の生活のなかに存在していることが説かれている。「いまなぜ孔子か」（『新潮45』第五巻第五号、昭和六一年五月号）の中で、「私は孔子を小説に書きたい。なぜかと申しますと、私は二十一世紀の『論語』の解釈を書きたいと思うからです。」と述べ、「孔子の心――字句の解釈でなく、この言葉を言った孔子の、その時の心」を読みたいと作者は言う。

『孔子』では、第二章で、蔫薑が「――逝くものは斯くの如きか昼夜を舎（お）かず。／このように声に出して誦えさせて頂くと、私の場合は、何とも言えず大きいものが、朗々とした明るいものが、こちらの心に伝わってくるのを覚えます。」といい、それは「子のお心の大きさであり、明るさであろうと思います。」と説明する。そして、「人間を信じ、人間が造る歴史を信じておられた子の、お心の、お人柄の大きさであり、明るさであります。」と分析する。「逝くもの」に「大きいもの」「明るいもの」を蔫薑に感じさせる「子」の「明るさ」は、「人間を信じ、人間が造る歴史を」、子が信じていたからにほかならない。更に「逝くもの」の彼方には、「大海」が拡がっているという。蔫薑の言葉に「川の流れが大海を目指すように、人間の、人類の流れも亦、大海を理想とする、大きい社会の出現を目指すに違いありません。」とある。

先に引用した「いまなぜ孔子か」（前出）に、孔子が人間を信じた理由を、井上靖は、次のように推測している。私は葵丘（ききゅう）会議が守られて、春秋、戦国時代を通じて、黄河の堤防が人為的に切られなかったことは、人類の英知だったと思います。孔子はそこから人間を信じたのかも知れません。葵丘のあたりを孔子が二回にわたって通ったのは、同会議が開かれた小さい丘に敬意を表したかったからと思えてなりません。私も一昨年、葵丘に行ってまいりました。桐の林に取り巻かれた小さい、しかし美しい丘で、私もまたそこで二千何百年前の会議に敬意を表してきました。

作品の中では、第一章に、「私が子を初めて遠くに拝した時、子が足をお運びになっていたあの丘が葵丘という丘であり、子がお生まれになる丁度百年前（註、紀元前六五一年）に、斉の桓公を中心に魯、宋、鄭、衛など、当時中原に覇を争っていた国々の為政者たちが、他ならぬあの葵丘に会して、黄河の堤防を曲ぐることなき盟を結んでいるということを知った」と記載される。そして、蔫薑が奥山の里に引き籠ってから二〇年程経って、斉国の故事に詳しい人から、そのことを聞いて知ったという、物語の筋立てに活用されている。

黄河の堤防は切り崩すことにより、流域を破壊する武器となる。盟約とは、黄河を戦略に用いないとする国の約束事であり、「黄河の水」を「兵器として使用しない盟約を、自分が中心になって成立させた折の桓公には、子もまた素直に頭をお下げになったのではないかと思われます」と蔫薑は推測している。「子は五十五歳の時、魯をあとにして、亡命・遊説の旅にお出ましになり、それは十四年の長きに亘っております。その五年目に、私は子に葵丘でお目にかかることができた」と、みずからが孔子と出会った時と場所とを語っている。また、孔子が一四年間の約半分を、この衛の国に滞留したのは、この盟約が守られ、衛の民たちに水の恩恵の伝わるのを　見守っていたからではないかとも推測している。

蔫薑は、孔子一行の旅の途中から参加した人物として設定される。その出会いの場は、葵丘会議の開かれた場所であり、平和と人間の信頼を象徴的に物語る葵丘であったのである。蔫薑は今、孔子と、その一門の亡き後、山深い里で孔子の教えを説き、その教えを実践しようとしている人物である。

（二）　蔫薑（えんきょう）とは何者か

『孔子』は第一章から第五章で構成される長編である。終戦直後に執筆された「漆胡樽（しっこそん）」（『文学雑誌』昭和二二年五月）以来、ほぼ一〇年の期間を置いてから書き継がれた「天平の甍」（『中央公論』昭和三二年三月～八月）、「楼蘭」（『文藝春秋』昭和三三年七月）、「敦煌」（『群像』昭和三四年一月～五月）、「蒼き狼」（『文藝春秋』昭和三四年一〇月～三五年七月）など、中国を舞台とする一連の歴史小説群より、更に三〇年後に『孔子』は書かれたのである。(7)

全五章立ての、この長編作品を俯瞰すると、大きく三部に分けられるようである。第一章では、語り手の蔫薑が、みずからの来歴を語る場面、第二章から第四章は、山里に居を移した蔫薑が孔子の詞の解釈や思想を人々に講釈する場面、そして第五章は、師・孔子との思い出の場・負函を蔫薑が再び訪れる場面である。全五章、三部立ての考え方は、先の対談中、大江健三郎も「第一部では、孔子が自分を評価してくれるはずだった政治家の死にめぐりあって、断念して故国に帰ろうとする。」、そして「第二部では、孔子の思想を、研究会を開いてみんなで考えるということになります。」と発言している。また第三部では、その弟子がもう一度旅行に行って「若い時に孔子と一緒に立った場所へと立ち戻る」といった内容だと整理している。

また、曽根博義氏が指摘するように、「全体は孔子というよりむしろ蔫薑の物語といった趣を呈する」(8)が、物語そのものは、孔子が他界して三三年の歳月が流れた場面から始まり、次第に、蔫薑の物語としての色彩が濃くなってゆく。孔子が歿したとき、蔫薑も他の門弟衆とともに、「あの都城の北方、泗水のほとりに築かれた墓所の付近に庵を結び、そこで「心喪三年に服し」たのであった。今、彼は山深い里に居を移し、そこで村の人たちを相手に師の教えを説きながら暮らしている。「墓所から遠く離れてこそおれ、一生、命のある限り、ここで亡き師にお仕えしようと思っている」という、蔫薑の心境が綴られている。物語は、ここに至るまでの、彼の回想の形で進められるのである。

作中、蔫薑について、次のような説明がある。長くなるが引用してみよう。それは、蔫薑が現在に置かれた自己の立場を、みずからが陳述する場面である。

私でございますか、私は顔回より五歳年下でありますが、いつか顔回より三十年、子路より八年という歳月を長く生きてしまい、今や七十三歳で亡くなられた師・孔子の没年にさえ近付こうとしております。馬齢を重ねるというのはこのことで、まことにお恥ずかしい次第でございます。が、これも天の然らしむるところ、与えられた生を私は私なりに、思い邪なく生きて行こうと思っております。／ご覧の通り、今は隠者まがいの日々、僅かな田畑を耕し、なるべく世の汚れに染まらぬようにと、ただそれだけを心掛けて、その日その日を自分本位に送っております。併し、お心の広い子はお咎めにはならぬでありましょう。お前はそれでいい、そういう子のお声が聞こえてまいります。大体、子も本当は現在の私が送り迎えしているような毎日をお持ちになりたかった。お持ちになりたくて堪らなかった！私には、私だけには、そうした子のお心の内がよく判っております。（第一章。なお作品中、孔子は「子」と表記されるので、本稿でも特に支障のない限り、そのように表記する。）

孔子の高弟である子路は六三歳、顔回は四一歳で子に先立った。子貢は、子亡き後、三年の喪に服した後更に三年、併せて六年の喪に服したという。他の七〇人程の弟子は、三年の服喪を終えると、思い思いに各地に散って行った。子貢は四六歳。一人で、その後の子の墓所に仕えた。子貢の経済的な援助がなければ、三年間の服喪も叶わなかったと蔫薑は考えている。彼は、そのような子貢らしい子への仕え方に強く心を惹かれながらも、とても真似は出来ないと思う人物である。そして、「墓所から遠く離れてこそおれ、一生、命のある限り、ここで亡き師にお仕えしようと思っている」のであった。

蔫薑の理解によれば、孔子もまた「本当は」今の自分のように「隠者」(9)として「僅かな田畑を耕し」、「世の汚れに染まらぬように」生きたかったに違いないという。そうしなかったのは、あるいは出来なかったのは、紊れに紊れたこの世から、一人でも不幸な人がなくなるようにとの思いからであった。人と共に生きるということに、孔子の主眼があった。それを、みずからに課した「天命」と悟り、決して他に自分の考えを押し付けることはなかったという。

「天命とは難しい質問でございます。ありのままを申し上げれば、子のお口から出たお詞で、私などには一番難しく、一番怖ろしく感じられるお詞でございます」。

子がなくなってから三三年。蔫薑が、この「奥山の里」に入ってから三〇年の歳月が流れて、今なお、子晩年の「天命」という詞を想い出している。年若い弟子たち――子夏、子張、子游たちは、それぞれに故地に帰った。彼らによって、黄河や淮水のほとり、中原の各地で子の教えは広まってゆくだろうと、蔫薑は思った。それでは、蔫薑はどのようにして孔子に接触したのか。彼の出生はどうなっているのか。以下、第一章に描かれる、蔫薑の回想を通して、もう少し詳しく検証してみたい。

蔫薑は、途中から孔子一行に加わった人物であり、他の門弟たちとは立場が違っていた。生国は蔡の国。蔡は、殷の遺民を統治するため周の武王の弟・蔡叔度が潁水、汝水のほとりに封じられたことに始まると伝えられる。しかし、蔫薑が生まれ育ったのは、その後に建てられた新蔡という新しい国であった。かつての都城は汝水の上流の上蔡という国である。大国楚によって翻弄される、彼の生国もまた、小国としての多難な歴史を背景に抱えているが、その血筋を辿ると元は殷の子孫だということになる[10]。

孔子が五五歳の時、魯を後にして亡命・遊説の旅に出た。その五年後に、蔫薑は、葵丘で、この孔子の旅の一行に出会うことになったのである。あの盟約が結ばれてから二百年、世は変わり戦乱の中で、次々に国は滅んでも、黄河の水が兵器に使用されたことはなかった。盟約は守られ「人間にはなお信じていいものがある」と蔫薑は思う。彼もまた、戦争によって国を無くした遺民であった。

新蔡に生まれた蔫薑は、少年の頃、「上蔡の城邑は半ば廃墟」であったが、「新都・新蔡の城邑は充分美しく、充分立派なものに見え、そこに生きることに、言い知れぬ悦びと頼もしさを覚えた」という。昭侯一三年、新蔡に都替えしてから約二三年後、蔫薑が一一歳の時、蔡は呉と結び宿敵の楚を破った。しかし、その夢のような興奮は、軈て楚の大きな復讐によって打ち崩される。一二年後の昭侯二五年、新蔡の城邑は楚の大軍に囲まれ、その渦中に呉が介入し、何の前触れもなく、呉の支配下に入ることになる。一夜のうちに、呉の勢力下にある州来に遷都させられるという、めまぐるしい歴史の変化を、蔫薑は体験していた。蔫薑二四歳の時であった。

「臨終の街」――蔡の民たちの間には様々な憶測が流れる。遷都を一ヶ月後に控えた夜、武装した呉の大軍が城邑に入り駐屯する騒ぎがあった。楚に通じた蔡が、楚地深くに遷都する企みの虞があっての、呉の行動であるという。また、呉の指示する遷都先が「とんでもない瘴癘（しょうれい）の地」であるという。そのような憶測の飛び交う中、平素から楚寄り（筆者注：楚に通じた）の人物と囁かれていた公子・駟の死が伝えられた。それは「父昭侯の命で、公子・駟が、呉軍への申し開きのため」の死であったという。結局、州来への遷都が実行されることになった。

蔫薑は、自分の一族については、「大体に於てみな製陶とか、製骨とか」という仕事に関係していたと言い、そのようなことから推すと「国は亡びはしたものの、あの数々の青銅器を造る技術をもっていた殷人の血の流れ」を受け継いでいるのではないかと推測している。彼の祖父もまた、そのように考えていたという。

蔡の国を追われた蔫薑は、その後、陳都から宋へと、石材や水甕を運びながら旅を続けた。宋は、往古、一時期は殷の都があった場所であるという。その意味で、今の宋国は「中原に遺っている往古の殷という国の、ただ一つの形見である」ということになる。井上靖は、蔫薑を、殷の「ただ一つの形見である」「宋国」に立たせた。国を追われた蔫薑の辿り着く場が、その古里の淵源、或いは血の淵源に繋がる場に設定したことの意味は大きいと思われる。先の大江健三郎との対談の中で「私は殷のファンなんです」（注10参照）といった以上の意味が、そこには隠されていると思われるからである。

殷が亡び、周の天下になった時、王族の一人が殷祀を継ぐためにここに封じられ、宋が生まれたという。国は亡んでも、蔫薑には、この地は「心安らぐ場」となったのではあるまいか。蔫薑は「私は両親との縁が薄く、少年の頃、父を、そして母を相継いで喪いました」と告白している。また「家は代々、王城の中に貨幣鋳造の工房を持っていて、祖父も、父も、叔父たちも、生涯をそうした仕事で埋めていた」そうであると説明される。そして、亡命放浪の旅人となった孔子と蔫薑の出会いの場は、この宋都に設定されているのである。

宋都に落着いて、半月ほど経った頃でしょうか。十人ほどで、宋都から北方五日行程の農村へ、灌漑用の水路を造る仕事で出掛けて行きました。柳の木の多い、白い砂に塗れた全くの僻地の農村で、済水の支流の水を三本の水路に依って耕地に入れることが、私たちに課せられた仕事でした。

蔫薑たちは、水路工事の仕事をしていたのであり、それは当然耕地に関わる仕事であることがわかる。その仕事が終わり、明日は宋都へ引揚げて行こうという日の夕方、宿舎に帰る村の入口で、また新しい仕事を依頼されたのである。その場面を引用してみよう。

衛国から曹国を経て、今日この村に入って来た十数人の、身分ある旅行者の一団があるが、これから宋都を経て、陳都へ向かおうとしている。その一行に同行して、陳都までの旅の一切の雑用を受持ってくれないかということでした。

その時、「私たちは二つ返事」で、その依頼を承諾したとあるから、蔫薑だけではなく、これまで仕事に従事していた村人たちが、この仕事を引き受けたということになる。この一行が、師・孔子の一行であり、「私がたとえ遠くからであるにしても、子のお姿をというものを眼に入れたのは、この時が初めてで」あったのである。子のお傍には、子路、顔回、子貢がいた。そして、この時の孔子一行が目指していたのは、黄河の水を武器とはしないという盟約が結ばれた、あの葵丘の丘であった。

蔫薑が、孔子に惹かれる契機となったのは、同行した際に見た「異様な光景」である。夕刻から烈しい雷雨に見舞われ、予定を変更して無人の農家にはいった。そこは屋根と土間とがあるだけの、吹き曝しのあばら屋であった。その雷鳴の中に、端坐する孔子と弟子たち、付き添いの数人の人たちがいたのを見た時である。「この雷光、雷鳴の夜、私は生れて初めて、私の思ってもみたことのなかった人間の一団のあることを知ったのであります。」と説明されている。そして、「この一夜がなかったら、私は宋都に於て、あるいは陳都に於て、子の一行から、子の教団から離れていったのではないかと思われます。」と述懐している。すでに指摘されているように[11]、井上靖は論語「郷党第十」の「迅雷風烈」を、効果的に二度作中で用いた。その一つが、この場面である。もう一つは作品の末尾である。そこには、次のようにある。

烈しい雷光ですが、そのまま、お坐りになっていて下さい。暫時、迅雷風烈に、面を打たせ、心を打たせ、天地の怒りの鎮まるまで、ここで、このまま、心を虚しくして、坐らせて頂いておりましょう。（第五章、末尾）

三十有余年前の、宋都の荒屋で見た、孔子一行の行為を体現する蔫薑が、末尾に描かれて作品は閉じられる。奥山の里で、孔子研究会の人たちに語りかけて来た蔫薑は、この日、ついに孔子の処世の仕方と重なったとみるべきだろう。因みに、時宜を得て事の行われるとする井上靖の考え方は、既に早く、郷里伊豆の思い出に繋がる「養之如春」の語から確認することができる[12]。

なお、蔫薑の名づけ親は、「中国文芸界の指導者・夏衍先生[13]」であることを、井上靖は明かしている。「蔫薑――これが私の、一応世の中で通用している名前でございます。〝えんきょう〟と読みます。〝ひね生薑（しょうが）〟とか、〝萎れ生薑〟とかいった意味で、あまり香しい名前とは言えません。」とある（第二章）。そういう意味では、この語り手は、子の夢であったとされる「隠者」を、密かに実践している人物かも知れないと思う。

（三）　蔫薑の負函再訪の意味

『孔子』執筆に際して、作家が執着した負函とは、一体どのような地なのだろうか。作品に取りかかる準備のため、井上靖は、一九八一（昭和五六）年九月の曲阜（魯都）を最初に、山東省に二回、河南省に五回の旅を重ねている。そして、作品執筆中の一九八七（昭和六〇）年一一月には負函を訪ね、その地を特定することができたという。この委細をしるした「負函の日没―『孔子』取材行―」（『新潮』第八六巻第九号、平成元年九月号）に「一九八七年十一月の信陽の旅に於て、それまで私にとっては、幻の都邑以外の何ものでもなかった、楚の〝負函〟の故地に、私は自分の足で立つことができた。」とあり、「旅の収穫」と「悦び」を表現している。その後に、また、次のような記述がある。

この負函の問題が解決しない限り、私の場合、小説「孔子」の後半のペンを執ることはできなかった。孔子を主人公にする私の小説に於ては、往古の〝負函〟なる町の受持つ役割は、極めて大きかったのである。幻の集落・負函こそ、孔子と、その門弟たちの、楚に於ける滞留を、多少でも具体的に描くことのできる、ただ一つの、大切な舞台であった。

ここにいう「この負函の問題」とは、何か。また、この問題が解決しないと、「後半のペンを執ることはできなかった。」とまで、作家はいう。孔子を主人公とする「私の小説」にとって、「負函」とは、一体、どういう意味をもつのだろうか。『孔子』第一章に、一団が目指す負函の郊外に入った時、子路が代表して長官・葉公に会い、孔子の人柄を聞かれたというエピソードが挿入されている場面がある。論語の「葉公、孔子を子路に問う。子路、対えず。」の場面である。この時、井上靖は、孔子の人間的な魅力を引き出そうとした。[14]この場面以降、蔫薑の語りは、人間・孔子の特色、魅力を説くことに比重が置かれるようになる。

ったという。葉公は楚国の大官である。今、楚は陳国を舞台に宿敵・呉と戦っているのであった。葉公からの口上によると、王はいつ帰るかはわからないけれども、いずれ負函に戻ればお目にかかるというものであった。滞在中、孔子は負函の町の隅々を歩いた。「――近き者説び、遠き者来る」。理想の政治の行き届いた国として、子は、そのことを葉公に伝える。「近者説、遠者来」。蔫薑は、その時の様子を次のように伝えている。

その六字の政治論こそ、子が負函の町を、何回かに亘って、隅から隅まで歩き廻られた果てに、葉公の政治に対して持つことができた讃辞であったろうと思います。

蔫薑は、「私は今、この奥山の住居を出て、訪ねてみたい所を一つ挙げよと言われたら、遠い昔、子のお供をして入った負函という町を選びます。」という。何故か。その理由を「濃い闇に包まれた、その集落の夜を歩いてみたいからであります。四十三年前の夏、私たちは真暗い深夜の町を歩きました。」とある（第二章）。星一つない真暗い夜、「私は左から子に寄り添うようにして、子と並んで歩いた」。「あとにも先きにも、子に対して、このようなお供の仕方は」なかったという。実はこの時、彼らは葉公から、昭王の死を伝えられていた。子が迎えたのは、戦死した昭王の柩であった。「帰らんか、帰らんか。」という、子の「雄叫び」のような決意の「宣言」が発せられたのは、この時である。

昭王の柩を迎えた夜、失意の子に寄り添って歩いた夜、蔫薑には、初めて孔子の真意が理解できたという自覚が生まれたのではなかったか。遠くから仰ぎ見る存在でしかなかった、子の心に通う蔫薑の立場が、この時から明確になる。第五章における負函への再度の旅以来、まさに蔫薑が主人公として、作品が展開されている。「孔子を主人公にする私の小説」（井上靖「負函の日没」・前出）は、後半では特に、「蔫薑の物語といった趣き」（曽根博義「解説」五〇六頁、前出）が強くなる。その契機は、孔子の悲痛を知った負函の夜に淵源し、その場所への再訪の実践以来、より鮮明になってくる。

蔫薑の負函再訪の決意は、作家・井上靖自身が、河南省信陽の「楚王城遺跡」を訪ね、そこが、かつての負函であると特定したことの事実と、大きく関係していると思われる。負函という地名が、『春秋左氏伝』にただ一箇所、「蔡の遺民を負函に致す」に確認できるのみであることは、井上靖が繰り返し述べている。孔子が、二千三百年前に「帰らんか、帰らんか」と決意して後にした負函の地、そこは特別な場として、作品に取り込まれた。蔫薑は、孔子の負函滞留の大きな目的が、昭王に面会し、弟子たちの仕官を願うことにあったと考える。そうすることによって、それぞれの優れた個性が、孔子の目指す理想の国家を建設できると信じたからである。

孔子の真意は叶えられず、一行は魯国への帰途についたのである。蔫薑が孔子を生涯の師と仰ぎ、今も、その教えを説き続けるのは、負函での滞留の意味と、離国の意味とを考える行為に通じている。深い闇の中の思い出は、やがて燈火の灯る町へと変貌する。負函再訪の旅の目的は、その燈火を確かめる為のものだったのではないか。

蔡の遺民だった蔫薑には、幼い頃より、父も母もいなかったとしるされる。誇り高き殷の血を引きながら、祖国を失うことにより、その来歴には、郷愁や望郷、思郷の念が色濃く投影されている。「私は人間と人間との関係で、一番好きなのは子弟の関係」であるという井上靖は「数え年六歳の時から小学校六年まで、都会で住んでいる両親と離れて郷里の伊豆の山村の、小さい土蔵の中で祖母と二人で暮らした」という（「私の自己形成史」昭和三五年五月～一一月『日本』に掲載、全七回）。「祖母」というのは、彼の曽祖父の妾だった女性である。

作家にとって、血縁関係のない祖母との暮らしは、後の自己形成に少なからず影響を与えた。そのような環境の中で人となった作家は、師弟関係について、「私は何ものかを教わったということで弟子である。師はあくまでも私にとって厳格なものであっていいし、私はどこまでも師に対しては師弟の礼を以て接しなければならない。」（「私の自己形成史」）という。

蔫薑に負函再訪を思い立たせたのは、作家井上靖の、故郷（古里）願望に通ずるものがある。それは「心安らぐ」場としての、みずからの原郷を訪ねる旅でもあったに違いない。しかし、そこは、同時に「近き者説び、遠き者来る」郷でなければならない。秦敬一「『孔子』論―「負函」の構図―」（『語文と教育』第一二号、平成一〇年八月三〇日発行）に「改めて『負函』という土地を考えてみると、ある意味で井上靖の故郷と生い立ちといったものが、この『負函』と蔫薑に置き換えられているのではないか」という指摘がある。だが、「ある意味」ではなく、そこは、もっと直截的に、井上靖その人の、最も希求する場として設定されているように思われる。

そこは、「逝くもの」の行きつく場、今、「燈火が」灯される場としての負函であり、かつて子とともに歩いた負函でありながら、内実は、決してそうではない。「四十何年か前の時と同じように、地上は暗く、空は仄明るく、大平原のまっただ中に置かれている集落には、今や点々と、燈火が灯りつつありました。」（第五章）。「火の焚かれる時刻なのです。」とあるように、そこには人々の暮らしがあり、そして穏やかな日々の時が流れる場なのである。

蔫薑の負函再訪の目的は、往年の葉公ゆかりの地で、そして孔子と過ごしたゆかりの地で、子の「お詞」の意味を考えることにあった、と作品では説明される。漆黒の闇に包まれた、しかし星の明るい負函の町――そこは今、軍の要塞の町として変貌していた。

> 四十余年前の、あの四方、八方隙だらけの、ふしぎな大平原の集落、あの独特のたたずまいは、今や、その片鱗をも発見することはできません。頑丈な城壁に囲まれた、押しも押されもせぬ、堂々たる楚・一戦の城邑であります。

――「甲冑で身を固めた大平原の町」。そこは、かつて孔子が葉公を称えたような「初々しい政治の町」では、もはやなかった。しかし、蔫薑は考えるのである。「負函という町における、亡ぼされた国の人たちだけの住居地帯」、「この地帯を歩いて、判ったことですが、国というものが失くなっている連中には、この地域はなんとも言えず気持ちの休まる、特別な場所であろうかと思います」と。

そして蔫薑は、かつての「負函という不思議な町」を思い浮かべて、そこが「子を真ん中にした子の一団の、心の故里というか、郷里というか、兎に角、特別な心の拠り所のある集落であった」ことを自覚する。秦敬一氏の指摘するように（前出「『孔子』論―「負函」の構図―」）、『孔子』は、語り手・蔫薑と作家・井上靖の生涯が、「二重構造」を持って成立する作品である。そして、孔子を語る蔫薑の物語は、負函の地を境に、一重構造の物語へと転換する。つまり、「孔子」を語り終えた人の、安堵の息遣いを感じ取ることができるのであり、そこには、語り手と作者とが重なり合う場としての、負函の地がある。

おわりに

語り手の蔫薑は、蔡の国の遺民として設定された。それは、国を追われたデラシネの民としての彼の運命が、孔子の思想を深く受け入れることのできる資格を与えたことによる。作家井上靖は、論語が戦国動乱の世に生まれた思想であることを繰り返し強調する。そして、孔子の一四年間の旅と、これに同行した蔫薑は、絶望の歎きは、師・孔子には存在しないことを知る。天命と仁とは、決して高邁な観念的思想ではなく、我と我が身近な現実の日常に浮遊する、生活の中にある真理であることを、孔子の言説によって知らされる。

川の流れも、人間の流れも同じである。時々刻々、流れている。流れ、流れている。長い流れの途中にはいろいろなことがある。併し、結局のところは流れ流れて行って、大海へ注ぐではないか。／人類の流れも、また同じことであろう。親の代、子の代、孫の代と次々に移り変ってゆくところも、川の流れと同じである。戦乱の時代もあれば、自然の大災害に傷めつけられる時もある。併し、人類の流れも、水の流れと同じように、いろいろな

支流を併せ集め、次第に大きく成長し、やはり大海を目指して流れて行くに違いない。（第二章）

蔫薑は川の上に佇む孔子の感慨を、このように要約した。蔫薑が、負函を再び訪ねたのも、孔子の理想とした旧都への思いがあったに違いない。作家井上靖が、その負函の地に立った時には、二千三百年前の理想の都市への遡行の感慨とともに、孔子の心中深くに封じ込められた真実への追体験の興奮もあっただろう。

井上靖に、「黄河」と題する詩がある。その直筆が『井上靖展―文学の軌跡と美の世界』（毎日新聞社、一九九二年〈平成四年〉九月三日発行）に紹介されている。「黄河は巨大な龍である」で始まる。人々は、太古からその龍の腋や腰や足指のつけ根あたりに棲みついて、瓶や野菜をその流れで洗いながら、今日もまた明日も、ひそやかに虔しく生きているという内容である。以下、次に続く部分を引用してみよう。

夕闇が迫ると、川明りがそうした河岸の集落に独特の表情を持たせる。一日が終わったという安堵と淋しさが、村人たちを無口にし、石積みの家々を砦のように不愛想にする。そして川明りのたゆとう極く短い時間のことではあるが、集落を横切って行く旅人たちの心を、例外なく永劫という想いがよぎる。一日に一回、黄河という巨大な龍が、己が上に拡がる天を見入る時なのだ。

詩の前半部は、黄河の懐に抱かれて生活する人々の姿が描かれる。彼らは「ひそやかに虔ましく生きている」という。それは、「龍を忿らせないように」との思いからである。人々は龍の恩恵に支えられて生きている。その龍さえもが、「己が上に拡がる天」を仰ぎ見る時がある。自然の摂理の悠久の時の流れに、逆らうことはできないのである。

孔子の一団は、揺蕩う刹那を生きる旅人となって、未来永劫の世界に向かって歩み続けたのである。蔫薑の語りは、「天」を説くことはしない。すべてが「天命」であることを説き、「逝く川」の彼方には、理想の世界があることを暗示するのみである。そこに、人が生の哲理をみることに、何の躊躇の入る余地があるだろうか。井上靖『孔子』は、蔫薑の語りを通して、みずからの来し方を語り、行方を確信的に語る、作家の信念が投影された作品なのである。作家に於ける揺蕩う刹那の心情があるとすれば、祖母との思い出と、父母に繋がる心のふるさとへの回帰、または憧憬であっただろうか。

注

（1）井上靖『孔子』を語る（新潮カセット講演テープ、一九九〇年二月二〇日発行）参照。また単行本『孔子』（新潮社、平成元年九月十日発行）の帯に「作者は『論語』の成立過程を追って、中国を訪ねること六回。ここに二十年来の悲願を達成した。」と刷り込まれている。

（2）大江健三郎との「対談『孔子』について」（『新潮』第八六巻第一一号、平成元年一一月号）の中で、井上靖は「江戸幕府は君子を江戸の若い官吏の理想的タイプにしました。それで彼らは勉強しました。喧嘩もしなかった。それが三百年は続いた。これは決して悪くはないことだったでしょう。だけれども、『論語』というものの本当の精神というものからはずれた。それを多少、幾つか指摘したことがあった。そうしたら貝塚さん（筆者注：貝塚茂樹）が、全部判っています、おっしゃるとおりです。でも、江戸の『論語』があったために、明治の近代化へ入っていけた」とする貝塚の発言を紹介している。

（3）井上靖「負函の日没─『孔子』取材行─」（『新潮』第八六巻第九号、平成元年九月号）参照。この中で、作者は「春秋の初期には、既に周辺の集落とは異なって、大きい構えをもったこの城邑は造られていた筈である。そこへ蔡の遺民が入って来て、この時、町は更に大きくなったに違いない。」と当時の「負函」の様子を推測している。

（4）「〈インタビュー〉井上靖氏に聞く─『孔子』から『わだつみ』へ─」（『文学』第一巻第一号、一九九〇年冬号、岩波書店）に拠る。聞き手は編集部。井上靖の発言の中に「『論語』そのものは、平岡武夫さんの『全釈論語』（漢文大系第一巻、集英社、一九八〇年）に拠りました。」とある。

（5）井上靖・大江健三郎「『孔子』について」（『新潮』第八六巻第一一号、平成元年一一月号）参照。この対談の中で、井上靖は、「憤りを発して食を忘れ、楽しんで以て憂いを忘れ」の例を挙げ、孔子の詞が、現実的な生活の中に発せられたものであることを強調している。

（6）下村湖人『論語物語』〈旺文社文庫〉（旺文社、昭和四一年九月一日発行）参照。引用は二三五頁〜二三六頁。「序文」には、「孔子は一生こつこつと地上を歩きながら、天のことばを語るようになった人である。天のことばは語ったが、彼には神秘もなければ、奇蹟もなかった。いわば、地の声をもって天のことばを語った人なのである。」（三頁）とある。

（7）井上靖は三好行雄との対談の中で「歴史上の事件」「歴史的人物」を書いたものを「歴史小説」、それ以外の時代小説を「娯楽小説」と区別する。また、「敦煌」「蒼き狼」など史実の少ないものは、「小説家の責任においてフィクションで辿ってみよう、という感じなのですね。」と語っている（『國文學』第二〇巻第三号、昭和五〇年三月号）。

（8）新潮文庫『孔子』（新潮社、平成七年一二月一日発行）「解説」（五〇六頁）。特に、第五章を「蔫薑の物語」とみることによって、その後の蔫薑の負函再訪のモチーフが、より鮮明に浮かび上がることになる。負・函のそれぞれの文字に籠められた地名（町名）の考察も必要と思われるが、ここでは余裕がない。但し、井上靖は「〈絶筆〉負函」（『新潮』第八十八巻第四号、平成三年四月号）で「調べてみると、果たして普通の、そこらに散らばっている、平凡な集落ではなかった。〝負函〟なる二字は、〝危険地帯〟（或いは〝難所〟）を背負っているという意味」だとしている。

（9）但し、蔫薑は、自分を「隠者まがい」と表現し、「隠者」とは断言していない。従って、ここでは孔子が「現在の私が送り迎えしているような生活」を「お持ちになりたかった」と蔫薑が推測するとき、正しくは「隠者まがい」の生活ということになる。孔子が、蔫薑の推測するような生活を希求していたか、どうかは不明だが、このような表現から、孔子・蔫薑の一体化を図る作家の意図が窺える。

（10）井上靖は大江健三郎との対談（注5に同じ）の中で「私は殷のファンなんです。」と語り、青銅器や文字の文化を挙げている。また、上蔡と新蔡の解釈が、漢書では上蔡が五百年、新蔡が四十年足らずの歴史だとあるが、史記ではその逆になっていることを指摘している。作品では、漢書の通りに書いたとしている。つまり、新蔡を生国に持つ蔫薑は、不安定な政情の中で、歴史に翻弄され、故郷を喪失した人物として設定されたことになる。

（11）勝呂奏「井上靖『孔子』ノート――〝迅雷風烈〟」（『奏』第六号、二〇〇三年十二月五日）参照。同論文には、手術後の井上靖が、「天命への理解」を中心に『孔子』を脱稿したことが説かれている。

（12）井上靖「養之如春」（『婦人公論』昭和三五年一月号、別冊付録）に「私の郷里伊豆の家の二階の座敷にかかっている横額の言葉」とあり、「私は小さい時から、この言葉を見て育って来ているので、この言葉は郷里の家の柱や天井板と同様に、私には特別な親しさと、特別な懐かしさを持つものである。郷里や郷里の家の匂いと同じ匂いを持っている。」とある。その言葉を、「春の光が万物を育てるように、凡そ人生のこと柄というものは気長にのんびりとやるべきである。」と解釈している。そして、何事につけても「一朝一夕にそれを育て上げる態度をとるべきではない。」とするみずからの座右銘として位置付けている（引用は『故里の鏡』中央公論社、昭和五七年八月一〇日発行、一三頁）。

（13）　井上靖「中国の読者へ」（鄭民欽訳『孔子』（中国人民日報出版社、一九九〇年三月）の序文（未見）。引用は、『井上靖全集』別巻（新潮社、二〇〇〇年四月二五日）、二八一頁。

（14）　この時、子路は孔子の人柄について、緊張の余り、うまく説明ができなかった。そのことを聞いた孔子は、「憤りを発して食を忘れ、楽しんで以て憂いを忘れ、老いのまさに至らんとするを知らざるのみ。」と答えればよかったのに、と伝えた。作品では、孔子は自らの性格や態度をここで表明したことになる。井上靖は、「ここにみる孔子の詞は、孔子の面目躍如としていて、素晴らしい。」と称え、「その場には葉公は居ないが、併し、当代一流の文化人・葉公に答える詞として、孔子は自分という人間を、ありのまま、直截に語っているのである。」と解説している（前出「〝負函〟の日没―『孔子』取材行」）。

〔付記〕　本稿では、井上靖『孔子』（新潮社、平成元年九月一〇日発行）を底本とし、新潮文庫『孔子』（新潮社、平成二四年九月二五日、二九版）を参考にした。また、ここに参照、引用させて頂いた文献については、すべて本稿中に（注記）した。また、書誌に関しては、『井上靖全集別巻』（新潮社、二〇〇〇年四月二五日発行）所収の曽根博義編「井上靖作品年表」を参照させて頂いた。なお、文献の刊記については、原本の表記に従い、西暦・和暦のママとした。関連資料に関して、劉淙淙さんの助力を得た。

（『皇學館論叢』第四八巻第三号、平成二七年六月一〇日。
原題「井上靖『孔子』覚書―「逝くもの」の彼方に―」）

第十一章　阪中正夫『抒情小曲集　生まる丶映像』の誕生

——文学の胚胎と生成——

はじめに

阪中正夫は、なぜ小説を書かなかったのかと、岸田國士門下の劇作家で仏文学者の原千代海氏はいう。[1] 戯曲では生活が成り立たない。岸田國士は、小説を書いて、まず収入を得る手立てを確保すべきだと語ったという。彼は、昭和初期の一時期、志賀直哉に接近しながら、わずかに私小説的な作品「玉菊」(『若草』昭和一〇年三月)[2] ただ一編を残し、生涯の殆どを戯曲に費やした。そして戦後の大阪を地盤として、ラジオ放送に情熱を注ぎ込んだ阪中正夫には、小説を書かないといった明確な意思があったわけではない。郷里和歌山県の道成寺に伝わる安珍・清姫の伝承を小説に書きたいと、地元紙のインタビューで述べていた。[3] しかし阪中正夫は、生涯二冊の詩集を残し、改造懸賞作品に入選した「馬——ファース」(『改造』昭和七年五月)を含む、三〇編近い戯曲と、数本の放送台本を書きながら、「玉菊」以外に小説を書いた形跡はない。

ところで、阪中正夫の処女詩集『抒情小曲集　生まる丶映像』(以下、『生まる丶映像』と略記)は、大正一一年年一二月二〇日発行、奥付に記載された発行所は、長野県松本市大名町六八番地の明倫堂書店。阪中正夫は、大正九年四月から翌一〇年にかけて、家業の養蚕業を継ぐため、松本市の長野県蚕業講習所(その後、蚕業試験場松本支場と改称)に学んだ。彼の郷里和歌山県も、当時養蚕業の隆昌期にあり、大正九年二月一日、その出生地安楽川(あらかわ)村(現在紀の川市桃山町）の近在に、紀北蚕糸株式会社が設立され、父の政太郎は取締役として就任していたのである。その扉に、「抒情小曲集」と刷り込まれた『生まる、映像』とは、阪中正夫の松本在住記念としての意味をもつのだが、そこに刻み込まれた青春の熱情的な香りは、その後の彼の生き方を示唆しているようにも思われる。この詩集を読み返しながら、その作品世界を確認しつつ、彼が文学に心を寄せる意味と、その背景とを整理しておきたい。生涯にわたり、彼が固執した「芸術」という語は、既にその文学的出発の時期において、自覚的に使用されている。

（一）「自序」に記された《芸術》の根源

詩集『生まる、映像』の「自序」の冒頭に、次のような表現がある。

「寂しい人間」「暗い瞑想的な男」私はいつも自分を知る人々の間に、私の代名詞として、これ等の言葉を冠せられて来た。又私自身もそれを知らないではない。大抵自分一人で在れば思考の石の上には、寂しい敗惨の人生が立つて、私に或る何者かを教えようとし、かすかに其の手、蒼ざめた唇を動かすのを私は見るのだ。／然し斯うした、鬱しい、寂しい表現人格の奥に潜んで尚、私には燃ゆるやうな熱情と芸術に対する愛と憧憬とがある。

（一頁）

ここには、阪中正夫の自覚史とでもいうべき精神の内実が吐露されている。ただし、彼の幼少年期を伝える友人たちの文章（『桃山町歴史の会会誌《阪中正夫特集号》』昭和五四年五月、桃山町教育委員会）からは、ここにしるされる「寂しい人間」、或いは「暗い瞑想的な男」の形象とは対照的な豪放、磊落な人物像が浮かび上がる。その意味では、この「自序」に刻まれる自画像とは、或いは長じて以後の、その内面的な世界への自覚史として語られていると見ることができよう。ここに「敗惨の人生」は、彼に、「何者かを教えよう」として、「其の手」や「蒼ざめた唇」を動かそうとする。そして、重要なことは、その「敗惨」の意識が、この詩人の所謂「芸術」（文学）の胚胎と無縁ではないことである。即ち、彼の「芸術に対する愛と憧憬」とは、このような自らの「敗惨」意識から来る「鬱」「寂」とした「表現人格」の奥に潜む性情として自覚されているのである。次のような文章が続けられる。

小鳥の如く純潔な處女のその瞳をみる時、玲瓏まろぶがやうな声もて、彼女達の歌ふを聞くとき、私は雄々しく、自らの心に住む蒼ざめた人生に反抗する。成長する芸術を思ふとき、それにも増して、私は幸福を感じ、永遠の生命の厳存を思ふ。然し、私は未だ其の理由を知らない。少女と芸術とは私には不可思議な神秘の幕の彼方にある。（一～二頁）

ここには、「自らの心に住む蒼ざめた人生」を自覚する人物がいる。その「蒼ざめた人生」に対して、雄々しく反抗する「私」の幸福は、いま「成長する芸術を」思う時にこそ胚胎するのだ。その時、「私は幸福を感じ、永遠の生命の厳存」を体感するのであった。当時の阪中正夫の「芸術」は、その「敗惨」の意識を救い、「幸福」に転じる生の認識と結びついている。それは、「永遠の生命の厳在」を希求する詩人の精神のに外ならない。

詩集『生まるゝ映像』は、ここに記された「少女」と「芸術」を母胎として誕生する。詩人のまなざしは、その「不可思議な神秘」の彼方へと飛翔し、やがて甘美な章句を紡ぎ始めたのである。「自序」は、さらに次のように続いてゆく。

今初めて、茲に輯めた私の創作の一部分である小さな小曲の、一つ一つも、皆、燃ゆるがやうな熱情と、芸術に対する愛とによつて、再び来ない春に、如実な私の瞬時を失なはないで生まれて来たのである。故に、云ふならば、この詩集の一巻は、曙の青春に立つ私の内容と形式の一致した姿であつて、又完全な不変の自画像でである。この像を作るためには、私は希臘のミロンがあの名高い「圓板投げ」を製作するために工房で嘗めたと思はれる苦心の其れよりも尚以上であるやうにまで思ふ。／然し私はそれを歎くのではない。暖かき褥と豊かに恵ま

れてゐるパンを離れて。自由の曠野に芸術を育てる為の苦心をして来た事を今は喜ぶ。（二～三頁）

日付は、「一九二二年十一月廿日夜」、署名に「著者」とある。即ち、「大正十一年」の晩秋、すでに松本市から帰省していた阪中正夫は、奥付に「著作者」の住所として記載される郷里の和歌山県那賀郡安楽川村一一二番地の自宅で、この「自序」を、はやる心を押さえながら書き付けたに相違ない。

この部分には、二つのことが確信的に刻印されている。一つは、この詩集が「完全な不変の自画像」であるということ、それも「青春」における「私の内容と形式の一致した姿である」ということである。いま一つは、恵まれた生活を離れて、「自由の曠野に芸術を育てる為」に、最大の苦心を重ねて来たということである。「自序」の前半に述べられた「芸術」への「愛」と「憧憬」とは、つまり、「再び来ない春」「私の瞬時」を自覚し、それを刻印する意識に発している。

阪中正夫の処女詩集『生まるゝ映像』の「自序」には、彼の芸術への自覚が、語られており、したがって、この詩集一篇は、当時の彼の内面の自覚史の表象として捉えることもできるのである。

（二）《愛》の対象としての《ふるさと》

阪中正夫の『生まるゝ映像』は、B6判、本文一三五頁、巻末に五頁の「目次」が付けられている。既に検討した「自序」は、巻頭に置かれて、三頁分が割り当てられている。「目次」は、「生まるゝ映像」と「白銀の絃」とに大きく二分される。前者には本文の扉のところに「生まるゝ映像」と題して、上に「小曲」と冠せられ、三五編の詩編が収められる。後者には同じく「白銀の絃」上に「童謡」の語が冠せられて、一二編の童謡が収録されている。

装幀は、転地療養の為、当時和歌山市に逗留していた京都生まれの文人画家・山口八九子（はちくし）（本名、直信）。彼は、大正七年、一〇年の二度和歌山県を訪れており、更に大正一四年から昭和二年にかけて和歌浦の近くに居を定めている。「ほんの一冬を過ごすつもりで来た私は、いつしか二春秋を送り迎へて今ではこの和歌山にまつたく第二の故郷の親しみと、深い愛着をもつてしまひました」(『和歌山新報』昭和二年五月一日付)と八九子は書き残している。その暖かい風土が、彼の身体に合ったのであろうか、ここで、彼は多くの俳句と水墨画を残した。因みに、当時の和歌山市からは『九年母』と題する文芸雑誌が発行されていたが、大正一五年七月号(二〇号)より、表紙・題字ともに山口八九子が引き受けている。その大正一五年二月号の「消息欄」に「我々の敬慕す俳画の大家山口八九子」という表現があり、その頃当地においても、既に「大家」と見なされていたことが裏付けられる。

その生涯に関しては、大谷芳久「俳諧の画人山口八九子」(『芸術新潮』昭和五五年八月)によって知ることが出来るが、阪中正夫は、和歌山市に滞在する八九子を訪ねて、彼の有する真摯な芸術への思いに引かれるところがあったのであろう。当時の彼の「作品頒譲会の案内文」には、次のように記されてる。

一枚の木の葉を描くに其一生を以てしたといふ貧しい画家の話や只一点をうつ為に十年の酸苦を嘗めたと云ふ大愚な画家の物語やは色々な意味で私の心を惹きます。私はさういふ画家の心持ちが慕はしくなります。／私は私の心にそぐはない絵を描いて自己の芸術上の良心を売ることには堪え得ません。

この時、阪中正夫は二五歳、装幀を引き受けた山口八九子は三五歳。ともに芸術を介して結び付いた二人の友情が偲ばれる。この詩集には、表紙の題字とともに、扉には、僧侶に向かって合唱する天女の像と、文字が刻まれている。八九子の手による宗教画の境地が、この詩集一編を支える「映像」の源泉として捉えられていたのであろうか。

さて、その「小曲三十五編」の冒頭に置かれた「空の小窓」を引用してみよう。

空ゆく雲の
きれぎれに

面はゆげなる恋人の
ま白にさゆる頰をみる。

かすかに動く
其の手に
つれなく捨つるは
逝ける日の
恋の詩集を
やぶくのか。

空の小窓に
凭りかゝる
昔のひとの愛しく
忘れがたなき
まぼろしよ。

当時の阪中正夫の文学世界を象徴する詩的抒情とは、概ね、このような世界の形象として著れている。それは、「昔のひとの愛し」さを追慕し、忘れ難い「まぼろし」として語る行為として表現される。現実から遊離し、「神秘の幕の彼方」（「自序」）へと飛翔する、あるいは、そのような世界に憧れる当時の傾向が、彼の出発期の特色であった。詩的行為として理解できる。続く「琴の音」と題された詩には、「瑠璃の時計が／床の間で／夜の八時を／打つたなら、」「きつと調べの／琴の音が／あかりの窗を／踊り出て。」「月の光で／白金の／波はよすがら／打ちよせる、」「私の胸の砂濱を／軽く素足で／渉つては、」「甘い悲しみの／足跡を／かすかに／遺し／過ぎてゆく。」とある。夜すがら打ち寄せるのは、月の光にあぶり出される「白金の波」であり、それを誘引するのは琴の音の調べである。やがて、「私の胸の」中に、甘い悲しみの足跡を「かすかに遺し」て、すべては「過ぎてゆく」のである。あたかも、月光が射す砂漠のような広漠とした空間を渉ってゆくように――。

また「渚の蘆」と題された詩は、やや具象化された内面の風景が描かれて印象的である。

風そよぐ
渚の蘆の
穂をぬけば、
瞑想の
国に
微笑する
君の姿の
あらはれて。

秋の夕べの碧空に
煌く星と
疑ふよな、
恋の瞳を

浴びせかけ
又もや遠く
消えてゆく。

穏かなりし
この胸の
瞳の矢で
射抜かれて
その傷跡に
膿もりぬ。

恋が甘きと
誰が云ふ、
この痛みを
よそに見て
恋が甘きと
誰が云ふ。

つまり、当時の彼の作品を通底する主題とは、「恋」「追想」「悲恋」「追慕」「幻想」「痛み」といった言語が代弁する世界であり、そこにこそ「再び来ない春」を圧し留め、「瞬時」の永遠を可能にする彼の「詩」があった。対象が、より具体化された「或る日に」と題する詩は、「きぬちやん、／病院で初めて知つた／あなたではあるが／私には心優しい／小鳩であつた。」「きぬちやん、／別れの日／あの窗に凭れて／『何時までも忘れませんわ』……／云はれたあなたの／悲しい言葉／思ひ浮かべて／寂しくなります。」「きぬちゃん、／けれどもお別れしてから／待ちこがれる日ばつかり／四月は経ちました／が、あなたからの便りは／どうしたのでせう。」「きぬちやん、／もう　この北国は／時折狂ふやうな吹雪が／舞つてくる期節と／なりました／私はもう諦めて／一人で寂しい心の旅を／続けねばならない／のでせうか。」と閉じられる。

冒頭に、「きぬちゃん」と繰り返される女性は、後に阪中正夫が、その放送台本（大阪中央放送局台本「赤松の林にて」昭和二八年一〇月二日放送）に採り上げた、共に胸を病んで療養していた一八歳の娘を想起させる。その出会いから間もなく、阪中は、長野県松本市へと旅立つ。「私には心優しい小鳩であつた」という「きぬちゃん」との別れは、その意味で、当時の阪中の実際であり、真実であったはずである。事実、その離別は、この北国の地で「寂しい心」を抱く詩人に、ますます追慕の情を募らせている。「狂うやうな吹雪」は、その詩人の心の相を映して激しく舞う。南国紀州の原像を映像化する異国での阪中の姿とは、このような背景を有して浮かび上がってくる。

「恋のバスケツト」と題された作品を見てみよう。

小さな恋の
バスケツト
携へてわれ旅をゆく。

二十歳(はたち)を踏みし
青春の

国は悩みの
坂ばかり。

夕陽の歎く
巖蔭に
尊い恋のバスケット
捨てゝは
来たが
幻に、

胸ぞ痛める
恋人の
面影のみは
蒼かりき。

国に捨てて来た恋人の蒼い面影が、この若者の胸に焼き付いて離れない。彼自身は、尊い恋人の面影を入れたバスケットを抱きながら旅をゆく身の上である。そして、この「小さな恋」への思慕とは、ここに旅する者の、「国」を想う心と等質のものである。なぜなら、彼は《ふるさと》を離れ、それを、或いはそれに纏いつく種々の想念を詩に昇華させることができたのだから。阪中正夫の文学の根には、あきらかに《ふるさと》があり、それは昔の《恋人》を慕う心情と重なり、やがて、それらは愛のメルヘンとして対象化されている。

詩集『生まる、映像』の「自序」に刻み込まれている「寂しい敗惨の人生」とは、彼にとって、何を意味するのだろうか。その意識が、「熱情」をかき立て、「芸術」へと誘なったとするなら、その意識の胚胎する契機を閑却するわけにはゆかない。

事実、この詩集には、恋人の蒼ざめた面影を写し、「思ひに瘠せし恋人」を幻想する章句が少なからず登場し、「寂し」「悲し」の表現も少なくはない。総てが、「過去し恋人」（「悩みの日に」）に起因する、瞬時の感傷に過ぎぬのだろうか。そういう意味では、この詩集全般は、「自序」に記し留められた熱情的な「芸術」への思いとは裏腹に、「恋」を恋し、「悩む」ために悩む感傷的な甘さをも孕んでいる。にもかかわらず、この詩集は、真面目に、自己の精神を問い詰めようとする姿勢によって貫かれている。そして、この姿勢は、彼の言う《芸術》の内実と強く結ばれていたのではないか。

（三）　芸術観の形成―児玉充次郎の存在―

阪中正夫の芸術への近接という点で、看過できない人物に児玉充次郎がいる。明治一一年一一月一四日、和歌山県那賀郡粉河町中山村（現在紀の川市中山）の生まれ、衆議院議員児玉仲児の次男であり、政友会の原敬を助けた児玉亮太郎の実弟である。初代粉河教会の牧師で、明治一〇年に来日し、同二六年五月に和歌山市に移住したゼ・ビ・ヘール牧師について、生涯を紀伊北部の伝道に捧げた。その著『紀州の聖者　ヘール師物語』（ともしび社、昭和二六年一二月）に、「私は明治四〇年六月、明治学院神学部を出て郷里に帰り、信者としては一人も居ない郷土伝道を開始することになり、先ずヘール師を始め先輩伝道者鈴木錞次郎先生の指導を仰ぐことにしたのである。」（一三一頁）と記している。

同書に付された賀川豊彦の「序」に、著者の児玉充次郎に関する次のような記述がある。

この書の著者児玉充次郎氏は、政友会の統率者原敬の同志児玉亮太郎氏の実弟である。早くよりキリストに捕えられ、地上の野心を捨てて天国を夢みる人となつた。私は彼を知ること既に四十有余年、日露戦争時代東京白金の学窓に彼と相見てからの交りである。沖野岩三郎、加藤一夫、山野虎市等、南海の情熱漢が相携えて、白金の高台に高き理想と聖き血潮を湧かしていた。（四頁）

大正四年三月、安楽川村神田（こうだ）（現在紀の川市桃山町）の松山誠二医院内に基督教講義所が開設され、雪枝夫人の尽力で近在の子供達のために日曜学校も開かれた。講義所では、児玉充次郎を招いて熱心な青年活動が展開されたという（拙著『劇作家阪中正夫―伝記と資料』等参照）。現在、粉河教会（田中高男牧師）に保存される『日本基督粉河伝道教会会員名簿』の大正八年三月一三日の項には、安楽川村松山医院宅にてヘール老師より洗礼を受けた「阪中正夫」の名前が記録されている。当時、阪中は数え年一九歳、詩作を始める時期と符合する。

一体、児玉充次郎は、当地の青年達に対して、どのような教育を施したのだろうか。高嶋雅明著『和歌山県の百年』（山川出版社、昭和六〇年五月）は、『明治学院百年史』を引きながら、和歌山市における沖野岩三郎、児玉充次郎、杉山元治郎、山野虎市らの、所謂紀州グループの活動を紹介している。それによれば、当時の「国民の戦争」としての日露戦争に対して内村鑑三のように「非戦」を唱える人物がいたが、県下でも『牟婁新報』に拠った小田野声、豊田孤寒、新宮町の大石誠之助らと同じく、この紀州グループも反戦を主張する青年グループとして説明されている。また、和歌山中学の学生だった加藤一夫は、青年の精神修養と文学的趣味とを養うことを目的に「真紅会」を結成、彼らとキリスト者グループとは、「非戦論」を訴えたと解説されている（同書、九三頁）。

児玉充次郎が、布教活動を開始する以前の行動として参考になろうが、再び『紀州の聖者　ヘール師物語』によれば「私は個人的感情問題を離れて、キリスト教が人間生活に欠いてはならないものであり、生活必需品と称する衣食住の問題よりも、より喫緊なより切実なもの、これなくしては人間生活がゼロに等しきものであると云う真理を、愛する我が農村人、殊に青年男女諸君に向って、立証すべき責任を感じた。」（一三九頁）と記している。この時、児玉が対置させた和歌山県立粉河中学の「Y校長」の持論とは、「青年に哲学宗教など不必要であり、青年期は唯一意専心働いて国富の増加を計ればよい」というものであった。この校長の言辞は、粉河中学に籍を置いた阪中正夫にも伝わっていたはずであり、大正期における中学生たちの心には、所謂キリスト者と学校教育との狭間で、揺れ動くものがあったかも知れない。

さて、賀川豊彦の評した「地上の野心を捨てて天国を夢みる人となつた」という児玉充次郎については、粉河教会代表の阪田晃『二里ケ浜での召命　児玉充次郎先生　初代粉河教会牧師』（日本基督教団粉河教会、昭和四八年七月）と題する書物がある。昭和三六年一〇月三〇日、八三歳の生涯を閉じたこの伝道者は、「紀ノ川流域を舞台」（同書、三八頁）に、熱烈な基督信者として、多くの信望を集めていたことが分かる。

先生は常にいわれていた。私はパウロがガラテヤ人に書いた手紙にあるごとく、母の胎内にある時から、私を聖別し、み恵みをもって私をお召しになった神は、反逆者パウロの神であるごとく、また、放蕩無頼漢たる私の神でもある。私は郷里に帰って今に至るまで、神の溢るる祝福と恩寵のもとに福音宣伝の聖業にもちいられているのである……と。（同書、三六頁）

『宿命』（『大阪朝日新聞』大正七年九月六日～一一月二一日に初出）の作者沖野岩三郎の影響を強く受けた児玉充次郎は、また大の芝居好きでもあった。川上音次郎や三木甲四郎、高尾桐蔭らと交流し、和歌山市元寺町の紀ノ国劇場では、文士劇と称して、自ら「少年哲学者、藤村操」を演じてもいる。また、大正一一年の暮れには、地元粉河町の白水座を借り切り、沖野岩三郎夫妻らを招いてクリスマス祝会を開き、入場者一四〇〇名を越す盛況の中、歌劇や音楽祭を催している。粉河教会の機関誌『福音』には、このように親睦会を通して、児玉と芸能との関係を裏付ける記述がある。阪田晃も、「天才的な芸能家」としての児玉充次郎の才能を、先の著作に記し留めている。

大正一〇年前後の阪中正夫は、このような精神風土の中に置かれていた。粉河中学中退後、松本市の蚕業講習所に学びながら教会へと赴く彼の姿は、こうしてようやく理解される。それにしても、『生まる、映像』の「自序」にある「寂しい敗惨」とは何を指す言葉だろうか。現実の阪中正夫の歩みを押さえて、あの放送台本に書き込まれた病気ゆえに、学業を放棄し、進学の志を断念したことを言うのであろうか。もしくは、形而上的な芸術への憧憬ゆえに、現実との柵(しがらみ)を放棄した自らの決断に対する自虐であろうか。

「胸の表に」は、次のような心象の風景を伝えている。

　ふせたる胸の表に
　落葉の如く
　繁に　散りくる思ひ。

　私は其の下に
　落葉を浴びて
　嬰児の如く
　はしやぎ踊る。

　喜悦(よろこび)は
　華かに昇りて
　花に口接ける蝶の如し。

そは　きのほの宵
おとといの宵
今も又月影の中で。

この詩の前後に置かれた「人魚の指に」「銀の古城」や「黒い鳥」などと読み比べても、当時の阪中正夫の抑圧された心には、華やかな「喜悦」が胚胎している。詩は、彼にとって、いわば暗澹とした孤寂の世界からの解放を志向するものであったのではあるまいか。

この詩集の約五分の一程度の分量を支える後半部の「童謡白銀の弦」一二編」は、そのような心の現実を離れて明るく輝き、いっそう安らかな夢の世界を形成している。「まつ暗がりの／闇の夜／誰がするのか／火打石。」「お山の向ふの／谷あひで／パアツと點つて／消えてゆく。」「森の鼬鼠の／云ふことに／『黒い大きい鬼共が／煙草を喫ふのに／ともすそな。……」（「いなづま」一一六〜一一七頁）。

阪中正夫の「詩」及び「童謡」の源泉としての「芸術」が、当時の彼の生のエネルギーとなり、その現実を支えていたのであり、その精神と行動の軌跡を辿るとき、そこには、故郷（ふるさと）に帰り布教活動を開始した児玉充次郎の影響が、強く現れているように思われる。

（四）詩集『六月は羽搏く』への通路―保田龍門との交わり―

阪中正夫の第二詩集『六月は羽搏く』は、『生まるゝ映像』から、まる二年後、すなわち大正一三年一二月一五日、東京の抒情詩社から発行された。装幀及び本書に綴じ込まれた阪中の肖像画は、同郷の院展作家保田龍門の手になる。

表紙の裸婦像も同じく龍門の画筆によるものである。この両者の関わりと、『六月は羽搏く』については、すでに拙著『劇作家阪中正夫伝記と資料』（前掲）でも触れたが、ここでは、『生まる、映像』を継承しつつ展開された「芸術」の意味の拡大、そしてその契機となった保田龍門との関わりの若干について記しておきたい。

かつて、紅野敏郎氏がこの詩集に触れ、「阪中正夫を押えるためには、やはりこの詩集『六月は羽搏く』の地点までもどっていかねばならぬ。」と指摘したが[4]、この詩集は、大正の末、岸田國士も手にし、いわば「劇作家阪中正夫」誕生の契機ともなったものだ。このほど、漸く活字化された「保田龍門自筆年譜」[5]によれば、大正一〇年四月、数え年三〇歳の龍門は、留学先のパリで岸田國士夫妻の近隣に住み、親交を重ねている。

大正一四年の秋、詩集『六月は羽搏く』を携えて岸田國士を訪ねた阪中正夫は「パリで一緒だつた彫刻家の保田龍門氏の紹介で、その日お尋ねすることになつてゐた」[6]とのちに記しており、この阪中の記述を裏付ける資料として、先の年譜の記録には意味がある。詩を書いていた阪中正夫が、戯曲へと転じる間接的な契機は保田龍門にあり、この両者を結び付けた「芸術」の意味もまた重い。岸田國士の許で戯曲を書きながら、彼は戯曲の芸術性を求め、その舞台での上演にはあまり関心を示さなかった。

ところで、詩集『六月は羽搏く』の「自序」の冒頭に「私の第一詩集も世に出る日が来た。」と阪中は、その喜びを表現している。正確には、『生まる、映像』に次ぐ「第二」の詩集だが、ここには、「詩は私に於ては生命に表現を與へてくれる唯一のものであつた。」という明確な自覚も「自序」には示されており、先の詩集からの二年という時間の流れは、彼に確かな飛躍を齎しているように思われる。そういう意味に於て、『六月は羽搏く』は、彼の文学世界の方向性を内包した「第一詩集」であった。

この詩集『六月は羽搏く』の「自序」を検討してみよう。

阪中正夫にとって、「詩」は「生命に表現を與へてくれる唯一のものであつた」という。また、詩は「ある人人ではそれは遊戯でもあり得やう、また他のある人人ではそれは悲しき玩具でもあり得やう。それと等しく私に於ては生命に具象を與へる唯一のものである。」という表現によって、彼の詩への思いは繰り返されている。彼にとって、詩を作ることは「生の実感にふれること」であった。そして、これまでの自らの歩みの中で、忘れ難い人々として、旧知の櫻井、同郷の田端の名を挙げ、厨川白村、奈良の松村又一、保田龍門、それに「序文」を依頼した白鳥省吾に対して謝辞を述べている。それは、次のように記されており、この「自序」を締めくくるものである。

　また、忘れがたい人人には古くは小布施にある櫻井、同郷の田端等がある、昨年の震災で逝かれた厨川白村氏の御好意も忘れがたい。奈良の松村又一君にも心から感謝すべきものがあり、詩集の装幀をしてくれた保田氏へは涙ぐましい程の親しみをこれまで覚えて来た。今更めて本詩集を愛の證のために氏に捧げることとした。尚尊敬する白鳥省吾氏の序文を戴けたことは私に過ぎた喜びである。

旧知らしい櫻井、田端の二人は筆者には不明だが、厨川白村は、ここに記されるように関東大震災の折り、避暑先の鎌倉の別荘で津波にさらわれ不慮の死を遂げた文学者で、当時斬新な恋愛観を主張した評論家としても知られる。その『近代の恋愛観』（『大阪朝日新聞』大正一〇年一〇月一八日〜一二〇日に初出。大正一一年一〇月、改造社刊）は、文芸に見られる恋愛の意識の展開を辿り、自由恋愛を主張して、当時評壇の花形となり、多くの若者の心を捉えた。阪中正夫『生まるゝ映像』の主題も、先に検討したように《恋愛》感情が主調としてあり、当時の白村の恋愛至上観に支えられていなかったということは言えない。また、松村又一は、大正一三年に設立される関西詩人協会の同志であり、その家庭と父とは、後の出世作となった戯曲『馬――ファース』（『改造』昭和七年五月）のモデルとしても登場する。「馬」の北積吉は、松村又一の父がモデルであった（松村又一、筆者宛書簡）。

　詩集『六月は羽摶く』の特色は、ここに白鳥省吾のいう「土の味ひ」（「序」）が醸成されていることだが、それには、やはり当時の民衆芸術論に拠り、『大地の愛』（新潮社、大正一一年六月）等の作品を出版して、「民衆詩運動」の中心にいた白鳥その人の感化も指摘することもできよう。「尊敬する」と表現した阪中の筆致に、当時の白鳥省吾の詩風や生き方に対する姿勢が看取できるからである。しかし、ここでなお重要なのは、「私には不可思議な神秘の幕の彼方にある。」（『生まる、映像』の「自序」）と表現された「芸術」に対して、ここでは明らかに具体的な意味が付与されている点である。

そして、この詩集『六月は羽搏く』の扉には、「謹んで　この詩書を畏友保田龍門兄に捧ぐ―わが愛のあかしのために―」と刷り込まれている。「涙ぐましい程の親しみをこれまで覚えて来た。」としるす保田龍門とは、阪中にとって、どういう存在であったのであろうか。おそらく、幾度かそのアトリエを訪ねて、度重なる議論を経た阪中正夫は、ある確信に近い「芸術観」を獲得したのではなかったか。ここに、「芸術について」と題する作品が収録されている。一部を引用してみよう。

早や田圃道もつきるやうだ
私はここで云つておかう
髪のかすかに揺れさうな微風と
笑つてゐる太陽の下では
今更あらたまつて
自然を見よと云つて見る必要はさらにない
その臘のやうな柔かな蹠と
繊い絹よりのやうな君の指先に
まづこれだけの黝ずんだ土と
ざらざらした木の肌を見せておけば澤山だ

（中略）
緑の色と〇の形の嫩葉と　太陽の光を
正しく理解したり分析することによつて
詩は表現の世界を得るのではないのです
概念とは抽象された結果にすぎなく
芸術の胎生は判断以前の
生命の具体的体験にあります
或は再び
芸術を抽象された対象として論ずるやうな
私にだけ説法はやめて下さい
ここには統一された
人格的具体美があるのみです。

ここには、確信に近い阪中正夫の芸術観が謳われている。「生命に具象を與へる」（「自序」）と記した、彼の言葉がここにも繰り返されている。彫刻家であり、画家であった保田龍門も詩を残したが、その本質は「具象」の人であった。三木多聞編『自畫裸像―或る美術家の手記・保田龍門遺稿』（形文社発行、一九九七年八月）には、初めて公開される彼の手記や詩文が収録され、先の『大正のまなざし―若き保田龍門とその時代』（前出）とともに、その生涯が活字と写真とによって解き明かされている。「東京へ行きたい。田舎の少年の東京への憧憬、そこにはすべての文化があり、思想があり、芸術がある。」（「『母の像』を描きつつ」、『自畫裸像』八〇頁）とするす龍門の思いは、おのずから阪中正夫にも通じてゆく。

なお、保田龍門の生誕地に建てられた「龍門館」が、運営困難の理由により、このほど三日間（平成九年九月六日～八日）の龍門展を最後に、閉館した。建物と土地は売却され、数百点の彫刻、油絵、デッサン画等は、長男で造形美術家の保田春彦氏（当時武蔵野美術大学教授）が引き取り、将来は神奈川県大磯に建設予定の展示館に収蔵するという。

これまで龍門館を管理運営して来た画廊ビュッヘェファイヴ（和歌山県海南市）の堀内俊男氏は、生誕地の粉河町にこのままの状態で残したかったと話し、そのために奔走した一年余の苦労を、「時代の流れ」という表現に集約して筆者に語ってくれたが、そこには芸術・文学を含む「文化」全般に対する地域に於ける世論の「理解」度の問題を、真摯に訴えかけているように思われた。

「龍門館」の閉館を伝える『ニュース和歌山』（平成九年九月一六日付）は、それまでの経緯を綴りながら、次のように文章を閉じている。

街の新しい顔として、今、全国各地で次々と美術館が建設されている。「そんな時代に閉館しなきゃいけない美術館なんかあるのかなぁ」（堀内さん）との嘆きをよそに、理想と現実の間で龍門館は幕を閉じた。

大正末の土地と風土は、こうして大きな時代のうねりによって運ばれてゆく。若き日の阪中正夫は、保田龍門と同様、やがては地域を超えて、より普遍的な芸術世界へと歩み始めたのであった。のちに劇作に転じた阪中正夫の場合、その戯曲は舞台で演じられることが主眼ではなく、戯曲のもつ〈芸術性〉にこだわったのは、彼の出発期における詩の創作動機と大きく関わっていたのである。普遍性を得るとは、芸術の永遠性を獲得することだが、大正デモクラシーの機運に支えられて、紀ノ川流域にもまた、このような「芸術」の本質を探り、情熱を燃やしていた若者がいたのである。

むすび

阪中正夫の田園的な詩情と抒情的な詩風は、この二冊の詩集に秘められている。大正期のいわゆるデモクラシーとは、一般に政治・社会・文化の方面に現れた民主主義的自由主義的傾向を指すが、詩の分野においても、芸術の民衆化が興り、全国各地に地域の特色を帯びた作品が輩出した。百田宗治、福田正夫、富田砕花、白鳥省吾、加藤一夫ら、その他中央詩壇から遠く離れた地域において、多くの詩人たちが活躍した時代であった。それらの詩人たちには、自己の内面の成長が、宇宙全体の幸福をもたらすという信念に支えられていた点に、白樺派の文学運動と共通するものがあるという指摘がある。(7)

阪中正夫には、生命の根源を凝視し、その先に表現としての芸術があった。そして、岸田國士との出会いを契機に、〈ことば・詞・台詞〉の芸術に急速に接近してゆく。ふるさとの〈方言〉は、そのとき、表現のための新鮮な道具として、自覚されたのだった。彼の戯曲には、詩があると評されるが、それは彼のふるさと紀州方言の特質を表現したものである。怒りながら涙を流す民情は、紀州方言にふさわしかったのである。阪中戯曲の「ファース」（笑劇）は、昭和初期の暗い世相のなかで東京の舞台を飾った。

阪中正夫の最初の詩集『生まる、映像』の検討を通して、そこに胚胎した「芸術」の根源を探り、それが、次の詩集『六月は羽搏く』へと展開されてゆく経緯を考察した。その結果、彼の郷里和歌山県安楽川村（現在、紀の川市）において、牧師児玉充次郎に啓発された精神生活の充実、積極的な生の獲得を志向する人格の形成へと繋がり、詩作を通して、自らの方向を定めてゆく青年の姿が浮かび上がってきた。また、同郷の画家で彫刻家の保田龍門との出会いを契機に、より具象化された「芸術観」を獲得する経緯も理解でき、後に岸田國士に接近し、戯曲の世界へと向かう阪中正夫の道程をも確かめることができた。そこに介在した保田龍門の存在は大きかったと思われる。
保田龍門と文学との関わりや、彼の事蹟については、先に記した如く、近年、新たな資料が公開されている。本稿は、阪中正夫が早くから口にし、終生こだわり続けた「芸術」という語を、初期の詩作品を通じて検討し、後半生の戯曲と関連させて整理したものである。なお、保田龍門に就いては、画廊ビュッヘファイヴ堀内俊男氏から貴重な助言や資料の寄贈に与かり、地方新聞に載った阪中正夫の記事に関しては、佐藤春夫記念館館長辻本雄一氏の教示によった。

注

（1）平成一二（二〇〇〇）年六月二九日消印、筆者宛私信による。当時、生誕百年記念出版『阪中正夫文学選集』（二〇〇一年三月一五日発行、和泉書院）の編集中で、原千代海氏から教示をいただくことがあった。また、同文学選集の帯に「『馬』にしろ『田舎道』にしろ、阪中正夫の戯曲にはアイロニーの照明がきっちりと当っている。そこには詩があるということで、彼がもともと詩人だったということと、これは無縁ではないだろう。／詩が演劇の魂である限り、今日から見て時代のずれはあるにしても、彼の戯曲は不朽だ、とわたしはかたく信じている。（劇作・演劇評論家　原千代海）」という言辞を頂いた。

（2）半田美永「阪中正夫の小説『玉菊』とその本文」（『皇學館大学文学部紀要』第三八輯、平成一一年一二月三一日発行）。解題を付し、本文を翻刻して紹介した。本書Ⅳに収録。

（3）『大阪朝日新聞・和歌山版』（昭和九年一月二四日付）に「紀州人は信州人と同じやうに生活が複雑ですから私らの材料には十分なります。この間もアメリカへ出稼ぎして帰ってきた人の生活を書きました。今後ですか？松山代議士が義兄にあたるので代議士の生活を書いてみたいこと、旧劇に手が出されるようになつたら安珍清姫の道成寺物語、あれも紀州人がローカルカラーを出して書けば相当面白いものが出来るだらうと思ふ。それから小説の方へ進みたいことです。」とある。「松山代議士」とは、衆議院議員松山常次郎（一八八四〜一九六一）のこと。阪中正夫の妻・花子の姉・

マサが常次郎の弟・敬三に嫁いでいる。

（4）紅野敏郎「岸田國士門下の劇作家阪中正夫の詩集『六月は羽搏く』」（『国文学』昭和五三年一〇月）参照。

（5）和歌山県立近代美術館編『大正のまなざし―若き保田龍門とその時代―』（一九九四年一〇月）所収。

（6）阪中正夫「岸田先生と僕」（くるみ座公演、『沢氏の二人娘』プログラム、昭和二六年五月）所収。

（7）大塚常樹「詩と民衆―大正デモクラシーと〈新体詩〉の解体」（『国文学』平成八年一一月）参照。但し、阪中正夫には、白鳥省吾や厨川白村に親炙した時期があり、大正詩壇との関りもあったと思われる。

〔付記〕詩集『六月は羽搏く』（大正13年12月15日、抒情詩社）、および代表的戯曲六編は『阪中正夫文学選集』（注1）に収録した。併せてご批評頂ければ幸いです。

（書き下ろし。但し、「阪中正夫の詩集『生まるる映像』の誕生―その芸術の胚胎と育成―」〈『皇學館大学紀要』第三六輯、平成九年一二月三一日〉と「阪中正夫生誕百年にあたり―その文学的意義の検証―」〈『皇學館大学文学部紀要』第三九輯、平成一二年一二月三一日〉を基にした。）

第十二章　近代文学の土壌
――和歌山県の場合――

序

文学の普遍性は、「時」や「場」を限定するものではない。そのことは更めていうまでもないが、例えば、いま、人は、熊野古道を歩きながら、遠い時代の「蟻の熊野詣」に思いを馳せ、藤白の坂を越えようとして、有間皇子の自傷歌を思い浮かべる。その折ふしの叙事に、何程かの感情移入を体験せずには、我々は、その地に立つことは出来ない。何故か。『万葉集』や『梁塵秘抄』を初めとする、遺された様々な「作品」を想起する行為とは、その時代、その土地、そして、そこに生き、死者となった人々との、心の交感なのだと私は思う。それを、時空を超えた愛と呼んでもよい。

また、「自己」に連なる遥かな「過去」への思いは、みずからの位置を確かめる行為にも通じよう。自身の正体を求め、定位を探る意識とは、豊かな生への模索にほかならない。悠久の時の流れの中に生きて、人は、精神的にも豊かでありたいと願う。「古典」を読み、「歴史」に学ぶ方法は、私たちの深い意識のどこかで、そのような「願い」と強く結び付いている筈である。

すでに伝承され、明らかにされている和歌山県の古典文学のあとを受けて、ここには、どのような近代文学の歴史が展開されるのだろうか。以下、できるだけ具体的な事例に即して整理しておきたい。

（一）　明治初期から中期へ

(1) 新聞・雑誌の発行

明治改元を直前にして、この時期、和歌山県における西欧への強い憧れの様相を知ることが出来る。

文久二（一八六二）年一月、徳川幕府の蕃所調所（ばんしょしらべどころ）から発行された『官板バタビア新聞』が、その主眼を、諸外国の紹介とオランダ国内の重要ニュースの伝達とに置いているからである。この頃、海外への関心が一層強くなったとみえ、横浜・長崎など開港場を中心に、外国人の通訳や宣教師の手によって、海外事情の紹介を目的とした新聞が発行されているのが確認出来る。慶応四（一八六八）年になると、江戸、大坂、京都、長崎を中心に、国内ニュースを扱った新聞が出現するが、なかでも名古屋生まれで、紀州藩に仕えた洋学者・柳川春三（やながわしゅんさん）の発行した『中外新聞』（慶応四年）は、内容・売れゆき・影響力の点で、当時最も有力な新聞のひとつであった。彼はまた、その前年、我が国の雑誌の始源とも言える『西洋雑誌』を発刊し、外書の紹介を通して幕末の混乱時に、重要な指導性を発揮してもいる。

和歌山県の近代文学史を考察しようとして、新聞・雑誌にこだわるのは、近代における文学の進展がそうであったように、当地においても、その萌芽、育成が、やはり活字を通したマスメディアに依るところが大きいからである。明治新政府は、その後、国論の統一を図り、明治元（一八六八）年『大政官日誌』を発行、翌年には新聞紙印行条例を交付し、許可制のもとに、新聞発行を援助するという形をとる。維新後の政情不安定期に、多くの左幕派新聞が発刊され、新政府を攻撃したために、私刊を禁じたのである。この制度下での最初の日刊紙としては、明治三年一二月に、子安峻（こやすたかし）らの発刊した『横浜毎日新聞』が知られているが、鉛活字を使用した西洋紙一枚刷りは、今日の新聞形態の先駆といえる。明治四年には、郵便法が施行され、やがて廃藩置県の実施、そして『大坂日報』『京都新聞』『名古屋新聞』『開化新聞』（金沢）など、地方都市からの新聞の発行が相次いでいる。和歌山県に誕生した最初の新聞は、明治五年に発刊された『和歌山新聞』であるから、当地の新聞発行は、全国的に眺めても決して遅れを取ったとはいえない。和歌山市在住の岩崎嘉兵衛、湯川直道、青石太兵衛の三人が、連署で和歌山権令北島秀朝に出願して、発行を許可されたのである。発刊の願書には、「文明開化の道を知らしむるは新聞紙にしくもの有之間敷と奉存候」とあり、布告書や官員の進退、内外のニュースの掲載などを予告している。同紙は、市内道場町の長覚寺庫裡に置かれた湊開発局で印刷、本町の知新堂から発行された。

知新堂は、東京から発行される新聞の販売や新刊書籍の縦覧にも供するなど、当時の文化事業に力を尽くしているが、明治一〇年代には、本町一丁目の津田源兵衛が、このような仕事に精力的であった。彼の経営する津田書房には、『東京日々』『郵便報知』『明治日報』『東京横浜毎日』『朝野新聞』『東京曙』『大坂日報』『大坂新報』『和歌山新聞』『朝日新聞』『東京絵入新聞』『東京読売』の一二紙、また『東京輿論雑誌』『中立政党政談』『近事評論』『南海雑誌』など四四冊の雑誌が置かれていたことが当時の社告から知られる。彼はまた、月刊の『方圓珍聞（かくまるちんぶん）』（明治一四年～一六年）の発行も手掛けているが、ちょうどその頃、山田美妙や福地桜痴を擁して、政治・社会の風刺で人気を博した東京の野村文夫が発行した『団団珍聞（まるまるちんぶん）』（明治一〇年～？）を想起させて興味をひく。

明治一〇年代の和歌山県には、和歌山市を中心に、中央（＝東京）を意識した出版物が刊行されているのが確認出来る。いま和歌山市を中心に、と記したが、県下の地方都市、例えば田辺市、新宮市など、後に触れるように個性的な文化を育て、独自の刊行物を有する土地が和歌山県にはある。従って、当時の新聞・雑誌等、あるいは更に広い範囲で発行されていたかもしれない。

⑵ 政治的啓蒙から歌学を中心とする雑誌へ

新聞がニュースの伝達に力点を置くのに対して、雑誌はより多く啓蒙・啓発、あるいは娯楽に比重を置く形で発展してゆく。民衆意識の高揚とともに、いわゆる自由民権運動が全国的に広まった明治一〇年代には、和歌山県でも月刊『方圓珍聞』や週刊『南海雑誌』が、時局を風刺した狂画を載せ、また盛んに民権派の議論を掲載している。また、田辺では、『熊野叢誌』と、その系列の『田辺近聞』『幼年雑誌』などが、国会や憲法に強い関心を示しているのが確認できる。この頃の雑誌には、純粋に文芸誌と呼べるものは見当たらず、娯楽を目的とした読み物に加えて、知識者層を主とした漢詩文の目立つのが特色である。特に、明治二〇年代の和歌山県には、歌学を中心とした数種の雑誌が誕生しているのが確認できる。まず、明治二三（一八九〇）年には和歌山歌学協会に関する記事などを載せた『わかのうら浪』が、翌二四年には「今や文学の途、月々に日々に、駸々として進ミ」という認識をもち「学術智識の誘掖」（「発刊の主旨」）を目的とした『鶴鳴新誌』が、さらに二六年には「文苑欄」を設けて、仁井田好古「紀伊文学者小伝」を掲載した多気仁之助編集の『紀乃海』などが創刊された。いずれも月刊の雑誌で、和歌山市内から発行されている。

明治二六年には有田郡宮崎村（現有田市）から不定期の歌誌『奈良の下風』が、また同村の南海文学社からは、月刊の『南海文学』が発刊される。後者の「発刊の辞」には、「此に始めて、南海文学社なる文学上の一団体を組織し（略）以て明治の文壇に一片の光彩を添へん」と謳われ、ここには論説、小説、譚園（随筆）、詞林（詩歌俳句など）が含まれており、現在のところ、県下で確認できる最初の意欲的な純文芸雑誌である。因みに当時の文壇では、洋行帰りの森鷗外が「舞姫」（『国民之友』明治二三年）を発表して、石橋忍月との間にいわゆる舞姫論争を引き起こし、幸田露伴が「五重塔」（『国会』明治二四年）を書き、正岡子規が俳句の革新に乗り出していた。北村透谷が島崎藤村や上田敏らと『文学界』を創刊して、近代最初の文芸思潮としての浪漫主義を標榜したのは、明治二六年のことであった。

日高郡御坊村（現、御坊市）では、明治二八年に『和歌山漫評』が誕生、また和歌山市では詩歌雑誌『紀之栞』が創刊され、翌年には『四季文華』と名を変えて継承された。他にも、伝統的な歌学を根底に据えながら、全国的な会員を擁して寄稿を呼びかけている雑誌も少なくなかったであろう。消長を繰り返すこれらの雑誌には、文明開化期、及び自由民権運動の高揚期において「文化」を意識しつつ、思想・学術・文学の啓発と錬磨を目的として、地域に密着した郷土愛の視点も看取できる。

(3) 新聞にみる文芸記事の増加と同人雑誌

日清日露の両戦争を挟んで、東京・大阪の有力新聞は大きく部数を伸ばすが、和歌山県下でも、この時期、日刊新聞の発刊が相次いだ。明治三〇年代の和歌山市内から発行される日刊紙を眺めて気の付くのは、政治に関する論説や諸外国のニュースに加えて、小説・和歌・俳句などの「文芸欄」の増加である。明治四〇年代に入ると、それまでのタブロイド版から今日と同じ紙型で四頁刷りが主となり、五号活字七段組で、紙面も充実する。基本的には、一面に論説と海外国内のニュース、及び新刊紹介や小説が掲載され、二面は政治・経済・公共事業関連の記事、三面にはいわゆる「三面記事」と文芸、四面は全面広告となっている。投稿記事や催し物など、読者の参加を意識している点もこの時期の特色である。当時は、『大阪毎日新聞』や『大阪朝日新聞』の進出に加え、地元各新聞の販売競争が激しくなった時期であった。明治三〇年創刊の日刊紙『和歌山実業新聞』は、記者として、詩人の児玉花外や文士劇の高尾桐蔭を擁し、また寄稿家として「沖野五点」のペンネームで知られる作家の沖野岩三郎や大逆事件の嫌疑を受けた大石誠之助らが、積極的に登場する。

新聞の発達は、地域の報道に寄与するだけではなく、その地方の人々の文化的・政治的関心を高める公器として注目されなければならない。文芸への関心という視点からみると、例えば明治四一年六月五日の『和歌山新報』は、「図書館の盛況」を伝え、小説二編、短編小説一編に加え、読者の投稿からなる「日曜文学」（短編のエッセイ）欄が設定され、また文芸サークル「和歌山浮巣会」の活動が活性化しているのが確認できる。同年六月一七日の各紙は、硯友社同人川上眉山の自殺をかなり大きく報じており、中央文壇の動きにも強い関心を示している様子が窺える。このような機運の中にあって、明治三〇年代から四〇年代にかけて、月刊の同人雑誌が精力的に発行されている。

明治三〇年創刊の『木国文壇』（和歌山市・木国文学社、佐々木金之助・津田源兵衛）などは、文学論を主とした文芸雑誌だが、『曙』（和歌山市・南海交詢会、菊田兼次郎）や『学導の花』（和歌山市・少年学導会）などのように、文学と教育とが結び付き、いわゆる文学教育によって、青少年の育成を目指したものが多い。当時の和歌山では「文学」は なお、教学としての性格が強く残されている。また公募原稿より成る『海南詞藻』（和歌山市・海南文学社、岩橋英次郎）は、研究と親睦とを目的とし、一方、明治三三年に創刊された『月影』（和歌山市・月影社、野田文六・津田源兵衛）は、創作に力を注いでいるのが分かる。これらの雑誌に見られる文学の内容は、硯友社系の影響を受けたと思われる擬古文調のものが多いのが特色である。

西洋の影響下に育まれた日本近代の、特に自然主義の文芸思潮を意識した月刊誌には、明治四二年、御坊から出された『シグレ文芸』（学泉会、大畑政楠・井上豊果）、有田の『水彩鳥』（水彩鳥会、長谷川利行）、日高の『黒潮』（黒潮社、浜田野花）らがある。『黒潮』創刊号の「時評」には、『早稲田文学』や『太陽』など、当時の東京から出されていた雑誌を採り上げ、「明治四十二年は自然主義の実行期と言つても差し支へがない」と記され、「今は、自然主義の創作期である」という見識が述べられている。彼らは、互いの影響感化のもとで視野を広め、当時の和歌山県下にあって、確かな地方文壇の痕跡を残している。

明治末期の和歌山県下には、このような数種の月刊誌の外、例えば四二年に日高から出た『紀国文学』（紀国文芸社・浜田峰太郎、長谷川繁児）や『白衣』（白衣会、浜田）なども確認され、それらは、既成の観念を払拭して、「我々の詩」（「発刊の辞」『白衣』）を標榜するところに、それまでには無かった新鮮さを感じさせている。

（二）明治から大正へ

(1) 文芸雑誌『はまゆふ』の創刊と佐藤春夫ら

明治末期の和歌山県下には、先に記したように、中央からの熱気を感じさせる数種の月刊誌の存在を確認できるが、当時の南紀・新宮には、もう少し明確な文壇的土壌の成育を指摘することができる。もともと新宮は、海路を通じて江戸と結ばれ、豪放な材木商人たちは、早くから江戸庶民の洒脱で闊達な気風を受け継いでいたし、また歴代の城主は江戸詰の紀州藩家老であった。『丹鶴叢書』を編んだ第九代藩主・水野忠央は、帰郷後の晩年には、フランス式の兵法や蘭学の研究に積極的だったという。江戸文化の流れを早くから受け、進取の気風に富む新宮の地は、時代の波にも敏感に反応する豊かな感受性と大らかさとを持ち合わせている。

明治時代、当地で盛んだった「雑俳」の様相は、そのような風土を背景として説明されようが、その風土はまた、俳句や新派和歌の隆昌と無縁ではない。明治三八年に発刊された総合文芸誌『はまゆふ』は、この地域の文化的特性をよく反映しているといえる。この雑誌は、当時最新の活版印刷を使用した本文三〇頁前後のもので、この地方の文学青年たちは、すべてここに結集されたかの観があったという（『新宮市史』）。ここには、俳句結社「吹雪会」の幹部だった大野郊外、清水友猿、東旭子らが主唱者として集まり、短歌結社「うしほ会」の和貝夕潮、成江醒庵、鈴木夕雨らが加わった。当然、俳句と短歌とを軸として、そこには評論、紀行、小説なども掲載されている。西村伊作が挿絵を担当し、当時、『熊野実業新聞』の記者として新宮に滞在していた新詩社系の歌人・徳美夜月は評論にも健筆を振っていた。

沖野岩三郎とともに、この雑誌への寄稿者の一人だった大石誠之助は、禄亭永升の号を持つ雑俳の名手としてもよく知られるが、彼はまた、この地に新聞雑誌縦覧所を開設して、中央からの息吹を伝えるに積極的であった。ここには『平民新聞』『火鞭』『直言』など、東京から出る社会主義系の出版物がとり揃えられていた。佐藤春夫は、後に「自分は学校の帰り途をいつも新聞雑誌閲覧所の方にして、ここに立ち寄っては『平民新聞』や『火鞭』その他その類の小雑誌に載っていた反省社の中央公論などを見た」（『青春期の自画像』）と記している。雑誌『はまゆふ』の誕生と存続は、このような土壌の上に花開いた華麗な文化の象徴として捉えることができる。

だが、明治四〇年に、同誌は第二一号で廃刊。これを便宜上、第一期『はまゆふ』と呼称する。やがて、翌年の四一年夏、和貝夕潮、佐藤春夫らの尽力で復刊される第二期『はまゆふ』が存在するが、これも第二号で早々と終刊となる。明治末年に於ける、二度の與謝野鉄幹ら一行の来遊を契機に、明星調に急傾斜する歌人たちの動向と、自然主義や社会主義といった時代の潮流につき動かされる人たちとの構図は、和貝と佐藤の間にも看取できるが、その対立的な文化構造のもたらす影響は、この雑誌の誕生と消滅にも微妙な影を落としている。その間の経緯については、辻本雄一「佐藤春夫、初期短歌の位置＝明治四十一、二年の〈新宮文化状況〉のなかから」（『熊野誌』第二八号）その他に詳しいが、一方、この鉄幹一行の紀伊半島を巡る旅は、彼自身の主宰する『明星』終焉の時期とも重なっている点にも注目したい。明治四一年一一月、『明星』は百号で廃刊。鉄幹は自らの文学を模索すべく、やがて四四年秋に渡欧する。それは、二度目の新宮訪問から、わずか二年後のことであった。

そしてこの年、大逆事件が総てを沈黙させた。佐藤春夫は、「千九百十一年一月二十三日／大石誠之助は殺されたり。」で始まる「愚者の死」を詠み、抑制した死者への気持ちを表現せずにはいられなかった。ともあれ雑誌『はまゆふ』の存在は、その内部での切磋、錬磨を通じて、例えば、佐藤春夫を初め奥榮一、下村悦夫ら、多感な青年たちに対する文学への自覚とともに、自己自身の覚醒への契機の形成を促したものとして記憶されよう。

(2) 農民詩の興隆と叫び

松永伍一『日本農民詩史』（全三巻、五冊、法政大学出版局）や、その後の『農民詩紀行』（ＮＨＫブックス）に登場する上政治、磯茂樹らを含む、当時の詩人たちの集団も、地域に自閉することなく、確かな眼差しを有して、時代と向かい合っている。吉田敏『野上を愛する詩』（昭和六三年、私家版）に収録された「随筆・紀北詩山脈」は、詩歌を通して社会と自我に忠実に向かい合った詩人たちの群れを、自らの青春と重ね合わせて描いているが、今はその内容に触れる余裕はない。

その詩人群像を解明する手掛かりとなる一つの文献がある。岸田國士門下の劇作家で、安楽川村（現、紀の川市桃山町）出身の阪中正夫の個人誌『抽象』である。創刊は大正一二（一九二四）年冬。当時の阪中正夫の周辺には、伊都郡出身の胡麻政和、和歌山市出身の高井三（みたび）、九度山町出身の出原湖舟らがいた。彼らが中心となり、大正一三年に紀伊詩人協会を設立、機関誌『紀伊詩人』を創刊、これは昭和二年まで続いた。ここに集まった詩人たちの中には、『暗殺された月光』の小林芳月、『美女の素足』の布谷英夫、『素人彫刻師』の福井久治、『自画像素描』の安本隆太郎、それに奥田孝照、松井虹二、萱野時雨、貴志一太、上田紀水、前田なみ子らがいた。

ところで、『抽象』第二号（大正一三年五月）の「後記」に、「大和にゐる松村又一君と紀和詩人聯盟の設立をもくろんでゐる。」という記述がある。既に、詩集『畑の午餐』（大正一二年）を持ち、詩誌『雲』を主宰していた奈良在住の松村と阪中との結び付きが窺われて興味を引くが、この構想はさらに飛躍し、大正一三年には、京都の酒井良雄、大阪の柳沢彬、伊勢の橋本健吉（北園克衛）らを含む「関西詩人協会」として結実するのである。この経緯については、松村又一の主宰する『雲』第二巻第六輯（大正一三年六月）の「編集後記」、阪中正夫の「関西詩人協会の創立について」（『日本詩人』第四巻第八号、大正一三八月）、北村信昭『大和百年の歩み・文化編』（昭和四六年一一月、大和タイムス社）等から知ることができる。

大正末期から昭和初期にかけて、和歌山県下には以上のような動きとは別に、活発な詩作活動が認められる。現在確認できる詩誌としては、紀北の林一雄・瀧本貞次郎らの『桃色の家』、浜田康三郎の『かわせみ』、また紀中では児玉泰『暖流』、木下郁『雲と石と人間』、松本無之助・柏木正夫らの『煤煙』、さらに紀南の山崎葬花『岬の灯』、村岡清春『熊野詩人』などである。その交流の中には、外山卯三郎、露木陽子（山本藤枝）、岸本加津一、松根有二、中迫紀朗、山本好一、山中三郎らの有力詩人たちがいた。外山や露木、また阪中らのように、のちに上京し、また県外で活動する人たちもいるが、一方県内に留まり、ふるさとを基盤としながら旺盛な活動を展開した詩人たちがいた。

その代表的な一人に上政治がいる。彼は、大正末から昭和にかけて全国的に盛んだったいわゆる農民詩人たちと交わり、紀北の奥深い山里に農民詩人協会（昭和五年）を設立し、機関誌『農民詩人』を発刊、また多くの詩集出版をも手掛けた。白鳥省吾の『地上楽園』同人、佐藤惣之助の『詩之家』にも参加した彼は、『紀伊詩集』（昭和五年）、『紀伊詩選』（昭和六年）、『全和歌山新興詩華集』（昭和八年）など、和歌山の詩的状況を把握する上に重要なアンソロジーの編纂にも関与している。昭和四年に詩集『麗しき野人』（大地社）を出版、白鳥省吾は「序」に、「農民詩人としての上政治君は、極めて絢爛であって、黒い土に素朴に生くる単純さを遥かに飛躍してゐる」と記している。また、先頃編まれた『上政治詩集』（昭和五七年、ポエーム出版）に寄せた松永伍一の「序」は、昭和初期の「日本の村々の貧しさを詩に書き、貧しくても心は美しいのだとうたってきた『村の証言者』であり、『村の告発者』でもありました。だから上さんの詩には人間への愛情が満ちあふれています」と、その詩人像を刻んでいる。

大正末から昭和初期にかけての、これらの若い詩人たちの作品には、土の香りを基盤にした、人間への愛と、社会への矛盾に対する怒りが籠められている。それらの作品には、華麗で力強い青春のエネルギーが感じ取れる。

(3) 来訪者のまなざし

近代に入り、明治後半となって和歌山の地を訪れた文人たちの中で、その旅程での見聞を自らの文学に昇華したものとして、我々は夏目漱石『行人』（大正三年）、與謝野鉄幹『相聞』（明治四三年）、若山牧水『別離』（明治四三年年）、有本芳水『芳水詩集』（大正三年）などの優れた作品を知っている。彼らは、それぞれの事情を有して当地を訪れるが、その結果胚胎した文学の核に、和歌山の風土が紛れもなく影を落としている。

文学と風土との関わりとは、単に、設定された舞台としての地域を指摘して足りるというものではない。その文学を支える生命の内部に、風土がいかに関わるか、という問いなくしては、このテーマは不毛だろうし、また、彼らの訪問の事実それ自体が、当地に及ぼした影響に視線を注ぐことも重要な課題ではある。與謝野鉄幹らの、二度に亙る来遊によって、新宮の歌人たちは、急速に明星調へと傾斜したこともよく知られている。大正から昭和に入って、より多くの文人たちが、和歌山の地を訪れることがあったであろうが、その個々について、ここでは如上の関心のもとに検討する余裕はない。

総論的な言い方をすれば、彼らの旅は、閉ざされた土地、その神秘的な風土への関心であり、従って、その旅は紀伊半島を巡る旅程として現れてくる。それは過去にあっては「先進」性を発揮し得た土地への関心であり、人々の精神文化に寄与することの多かった古典の世界への憧れでもある。ごく大雑把に言えば、彼らの、当地に注ぐまなざしとは、伊勢、吉野、熊野、高野山を結ぶ線と、その土地、この土地にまつわる歌枕、あるいは名刹を巡る旅の姿としてである。

明治二六年秋に伊勢路から熊野路を歩いた行脚僧・天田愚庵、明治四四年に田辺の南方熊楠、また『牟婁新報』の毛利柴庵（さいあん）を訪ねた『続三千里』の河東碧梧桐（かわひがしへきごとう）、「熊野路の現状」を書いた大正初期の柳田國男、同じく『海やまのあひだ』に吸収された折口信夫の旅など、いずれも比較的早い時期に敢行された紀伊半島の歴史の奥行きへの視線である。また例えば、小滝圭三『高野ゆかりの文人たち』（平成四年四月、かみたに）に紹介された谷崎潤一郎「覚海上人天狗になる事」、野口雨情「高野山」、中山義秀「高野詣」、井上靖「澄賢房覚之書」等は、大正以降に高野山を訪れた文人たちと、その固有の風土との接触によって結実した文学作品の代表例だろう。

　正岡子規の遠い門弟で、後に関西に基盤を築いた俳誌『倦鳥』の松瀬青々は、大正末から昭和にかけてしばしば粉河寺、高野山付近を訪ね、句会を催している。武定巨口、横山蜃楼、首藤素史、西村白雲郷らを率い、紀北一帯に俳句熱を喚起した事実は見逃せない。俳誌『初鮎』の平井富坡、堀青桐、『木馬』の小倉占魚、木村恵洲、堀正福ら、また彼らとも親交を結んだ高野口の吉川木城、大日寺住職・谷口南葉ら、その後の藪本三牛子、矢船和嘉子らにも、当時の訪問者松瀬青々の息吹が感じ取れる。松瀬青々が旅装を解き、宿泊の世話もしたことのある吉川木城夫人・ヒサの証言によれば、彼は巡礼者の扮装であったという。紀伊半島を巡る旅とは、また聖地への巡礼の姿に重なることが多かったのではあるまいか。

　また療養者の転地先としても、例えば和歌浦に滞在した文人画家で俳人の山口八九子や、専門医を求めて粉河寺近在に滞在したハンセン氏病歌人の明石海人などの例がある。彼らは、それぞれに当地に纏わる随筆や短歌、俳句などの作品を遺し、また八九子は、少なからず地域の文化活動にも関与している。あるいは、実姉伊嘉子の墓所のある和歌浦西正寺近くに、しばらく居を定めた武者小路実篤は、瀧本貞二郎を中心とする「新しき村」和歌山支部の人々との交流を楽しんでいる（西瀬英一「武者小路実篤先生と和歌山」『草』第二号）。社寺、旧跡とともに、和歌山県は紀南を中心に湯場にも恵まれていた。時期を問わず、訪れる人の数は、決して少なくはないはずだ。ともあれ、大正末から昭和初期にかけての、これら訪問者の足跡とともに、和歌山県の文化・文学の歴史は、厚みと彩りを増しているのが、理解できる。

い。

（三）　昭和の相貌

昭和に入り、一〇年代前後から戦時へと、時代の相貌を映しつつ、和歌山県下には、幾種類かの雑誌が存在する。今、月刊雑誌を中心に、確認できるものを読み返しながら、総体として浮かび上がる、この地域の様相を捉えてみたい。

(1) 昭和初期の雑誌

まず、昭和六年に復活された総合雑誌『混沌』は、稗田彩花画伯の装幀、書家の池端俊輔らを擁し、高松實亮「教育のことども」、西瀬英一「紀州デカメロン」、後藤凡児「近代和歌山の女性風景」、また河野九民「時事短評」等を載せ、辛子の効いた文化時評雑誌の性格も有している。この雑誌の前史は不明だが、誌名の如く、「混沌たる世相」（「復活の辞」）を活写しようとするところに、この時代における存在を主張している。当時の時事を重視したものとしては、大阪で発行されていた写真画報『時事情報』を改題継承して、記事を中心とした『新紀州』がある。また翌七年、和歌山童謡詩人会（和歌山市）から発行された『生誕』は、井本清弘、古村徹三、田村秀一、壇上春之助、三星清、柳野吉春、柳瀬正士による同人制をとるが、楳垣實（言語学者・当時日高中学教諭）、新美南吉（童話作家）、島田忠夫（アララギ派歌人）、まどみちを（童謡詩人）ら、外部からの多彩な寄稿者を抱えているのが特色である。

俳句雑誌では、大正末に山口八九子、田村木国（もっこく）、阿波野青畝らの関係した『九年母』（発行人・吉備福次郎）が出ているが、昭和五年には、『くれなゐ』『たちばな』の二種類の雑誌が確認できる。前者の巻頭には「俳句は我が日本が生みたる大和民族特有の短詩として尊重すると共に大なる誇りとする」（「践言」）と謳われ、広く門戸を開き研究発展を目指すことが記されている。選者に小島三溪、小瀧芳雨、赤座青楓ら、投句者は和歌山市内を中心に、京都、横浜、秋田、福島等に及ぶ。また後者は、垂井逸水、寺崎方堂、永野祖山らが中心となり、昭和一七年発行の第一三巻までが確認できるから、この時期の定期刊行物としては最も息の長いものであったといえる。六年に創刊された『牟婁』は、主宰の中村三山をはじめ、井上白文地、平畑静塔など、後に所謂「京大俳句事件」で弾圧される新興俳句系の俳人の作品が掲載されているが、富安風生もここに関与し、投句者は西日本を中心に、相当な力量を感じさせる。その後、一一年に創刊された『馬酔木』系の『青潮』（主宰・岩根富蔵）や、これが、『ホトトギス』系の『熊野』（大正一二年創刊）と合併して改称した『神南火（かんなび）』などの有力な雑誌が存在した。なお、新興俳句運動の影響を受けた若手俳人たちが、昭和九年に『熊野』を脱退、『地帯』を創刊して一時期を画した。

短歌では、北原白秋の「香蘭社」系の『紀伊短歌』が八年に創刊され、池上秋石、藤岡良平、利光平爾、今井規清、木下洸、有木周夫らが活躍した。創刊号の「編集後記」には「都へのあこがれを抱いた時代は去つた。（略）熱と誠とをもつて紀伊短歌を育てるために諸氏と共に努めねばならぬ。衰微した紀伊歌壇の更生を計るのは我々の責任である」（木下）と、その決意が述べられている。なお、同誌は、後『紀比登』『竹垣』と合併、一八年に『紀州短歌』となるが、やがて廃刊。戦後再び『紀伊短歌』に復し、現在に至っている。また一二年、日中戦争勃発後、新宮では和貝夕潮の「銃後短歌会」、さらに純粋短歌を目指す清水徳太郎、榎本文太郎、若林芳樹らの「まくまの短歌会」が結成された。和歌文学を基盤とした研究雑誌も多く、白秋指導下の『桐の花』、日比野道男らの『曼陀羅』、花田比露思、喜多村進らの『紀州文化研究』等、歴史、民俗、教育等の分野をも含む真摯な研究姿勢は、我が国の歴史の中に和歌山（紀州）の特質とその存在を問いかけ、特殊な時代背景ながら、そこには、凝縮された《和歌山学》の集約が示されていると言えよう。

(2) 猪場毅の雑誌『南紀芸術』の創刊とその後

先に記した『混沌』には、佐藤春夫の近くにいた猪場毅（いばたけし）もしばしば稿を寄せているが、第七輯（八年一二月）掲載の「郷土的なるもの」では、島崎藤村の「自己の足跡を泌々と心に傾れば、わづかに『千曲川のスケッチ』一遍に及ぶものはない」という述懐を引用し、自らがここ数年、貧しいながら郷土芸術運動の為に精根を捧げていることを記して、つまり「文学作品の全ての傑作は作者の郷土観のすばらしい円熟点にのみ生れるものだと思わざるを得ない」と結んでいる。昭和六年に創刊された『南紀芸術』は、このような彼の芸術観と人脈とから生まれたものだ。和歌山市玉藻丁に置かれた南紀芸術社（東京市外長崎町に支社）から、断続的に刊行された同誌は、九年一月発行の第一〇号までが確認できる（拙稿「『南紀芸術』細目」『皇学館論叢』第一七巻巻五号、その他）。

猪場自身の記す「刊行の辞」には、「わが南紀文化の水準を高めるために、芸術を慕ひ郷土を愛するの諸先輩総動員の下に、芸術の全野にわたる綜合的指導機関として誕生した」とあり、これまでの経緯には、谷崎潤一郎、佐藤春夫、建畠大夢、狩野光雅、北沢楽天、黒田鵬心を初め、下村海南、加藤一夫、喜多村進、杉村楚人冠、志賀直哉、土田杏村、井上吉次郎らの関わりがあったことが判明する。佐藤春夫、保田龍門、阪中正夫、沖野岩三郎、川口軌外、川端龍子、大亦観風、硲伊之助、三上秀吉、城夏子、那須辰三、外山卯三郎、下村悦夫らの郷土出身者、また南幸夫、日比野道男、楪垣實、井上豊太郎、久世正富、逸木盛照、森彦太郎、與田左門、松本朱像ら地元で活躍する学者・文学者・ジャーナリストたちが紙面を埋め、更には、新村出、佐々木信綱、井伏鱒二、坪内士行、徳富蘇峰、與謝野晶子、岸田國士、矢野峰人、森潤三郎らが、中央からのメッセージを送っている。

B五判変形、和紙を使用した五〇頁前後の『南紀芸術』全一〇冊は、国内外を問わず芸術全般を対象とし、その絢爛豪華な執筆陣とともに、地域に根差した時代のうねりとして、中央の人々の関心を引かずにはおかなかった。第一〇号巻末に掲げられた読後感に、堀口大学は「郷土の匂い高き雅趣」を指摘し、寿岳文章は「書物に対する眼識さへあれば、どんな辺鄙な土地のどんな小さな印刷機からでも、美しい本がうまれることをつくづくと思ひます」と結んでいる。森潤三郎が「高雅な気持ちのよい雑誌」と言い、「何卒卑俗に堕せず、新しがらず郷土の伝説、旧蹟、人物の伝記、隠れたる史蹟の発揚に力を注がれんことを」と記した言辞など、今日の、権威や時流に阿るに吝かでない文化現象の総体の中で、いかに新鮮で刺激的に見えることか。

さて、『南紀芸術』の創刊は、昭和における先駆的な「郷土芸術運動」の記念碑的な事象として記憶されるが、その運動の流れは、同誌終息直後の九年二月一〇日に発足した「十日会」、およびその機関誌『十日会随筆』に受け継がれている。東京から帰郷した南幸夫、喜多村進らが中心となり、和歌山市を基盤に、その文化事業に対する積極的な批判と行動を展開した。戦後、焦土と化した和歌山市に発足した「行燈の会」は、この「十日会」を母胎とする。

昭和二三年年三月創刊の『行燈』（編集発行・神林虎二）巻頭には、「世相余りに暗ければ〝あんどん〟もまた明るからむ」と謳われている。表紙題字・南幸夫、絵・木下克巳。ここに集まった三五人の同人たちは、それぞれに戦前から戦後の和歌山県下にあって、政治・経済・教育・文学・美術・学問・マスコミ・郷土研究等の分野で当地をリードした人々であることが知られる。ここに登場する彼らの筆は、「暗い文化的不毛地」（「あなたに責任はないか」第二号、巻頭）に於いて、文学的、あるいは芸術的な方法によって、環境問題や人権問題に切り込もうとする点に共通するものがある。同人にはその後、明楽（あきら）光三郎、小川伊三郎、高松康勝らを加え、第二号では五二人、さらに第三号では、塩津鉄也、栗栖安一、藤範恭子らが加わり六〇人に及んだ。

『行燈』は創刊後僅か三ヶ月、第三号までを確認するのみで、現在その後の展開を明らかにすることは出来ないが、その水脈は、昭和三〇年代半ばに発足する「美しき会」に注がれている。その機関誌『消息』は、三六年四月の創刊。南幸夫、塩津鉄也、高松康勝と編集が受け継がれ、昭和五三年六月発行の第五九号までが確認出来る。戦後、『南紀芸術』の精神を継承したこれらの雑誌は、より鋭く個人の尊厳や平和の意味を問いかけ、物心両面における生活内容の向上を、明確な指標としていた。その編集に携わった人たちが故人となった今、あらためてそれらの活動や存在の意義を問い直す時期が来ていると言えるだろう。現在も和歌山県には新しい雑誌が誕生し、また地方紙には新しい作品が生まれているに違いない。今は、そのことには触れない。

(四)　地方文学史の意義と課題

(1)　文学における〈中央〉・〈地方〉の概念

紀伊半島という《場》が内包するもの、それを、精神的な側面において考察するとき、和歌山・熊野＝紀伊半島（三重、奈良を含む）は、しばしば指摘されるように、交通上の幹線から隔離され、その結果として生じる「近代」感覚から隔離された島嶼性（とうしょせい）の問題がある。私はここで「近代」性の優位を説こうとしているのでは、もちろんない。

磯田光一は、かつて「日本の近代化の精神構造をトータルに問い直す」方法を、文学に探ろうとした（『思想としての東京』）。そして、戦後の都市化に触れ、それがどれほど進もうとも「近代的個人」としては、その「〝生〟のフォルム」が形成されにくく、つまり実現したのは「東京の地方化」であり「地方の東京化」ではなかったかと指摘し、次のように述べている。

おそらくこの問題の背後には、東京地元民が東京を〝地方〟として感受していたのにたいして、地方人にとっては東京は〝中央〟を意味したという二重の逆説がかくされている。最初から東京が〝地方〟であった人々は、最終的には文明を保守する立場に追いこまれざるをえなかった。そして逆に東京を〝中央〟と意識した人々が、その中央志向のゆえに〝近代〟への憧憬を急進的に生きてしまったのも、理の当然であったとみられるのである。

（『磯田光一著作集』五巻、一九九一年、小沢書店、一二三頁）

ここには、地方の「文学」、あるいは「文学」の「歴史」を探り、考察しようとする際の貴重な提言が含まれていると思われる。地方の「文学史」とは、中央の地方版では、けっしてない。もとより、冒頭に記したように、「文学」は、《地方》あるいは《中央》の概念を拒否する。求められるのは、存在するはずの、その地域、地方のもつ固有性なのである。

その後、鶴見和子は『内発的発展論の展開』で、学際的グローバルの視点から、漱石の講演「現代日本の開化」に、アメリカのパーソンズの視点を介入させて、漱石の論理を敷衍的に展開させた。漱石の論理は、日本の近代化が外圧によって開かれたものであり、内発的ではなかった点を対立的・否定的に捉えた。しかし、パーソンズは、「外発」性と「内発」性とを二者択一の「型」として捉えた。鶴見和子は、漱石の卓越した批判を踏まえて、次のように説く。

もしわたしたちが、時間をかけ、その気になって、外来のものと、在来のものとを、たたかいあわせ、あるいはむすびあわせることをとおして、双方を創りかえてゆくことができれば、その時に、後発国においても、内発的開化は可能になるであろう。

（『内発的発展論の展開』一九九六年、筑摩書房、六頁）

漱石の指摘は、後発国の発展プロセスにおける内発的な創造性の問題を考えるとき、鋭い示唆を含んでいたと鶴見は指摘するのである。科学の発展の目覚ましい進歩の一方で、人間の内的発展とは、いかに遅々たるあゆみであることか。漱石や鶴見のことばによって、私たちは、今さらのように、現実に着突きつけられた課題を思い、むしろ古代びとの美しい心の様相を、いっそう文学作品に探りたくなるのである。

(2) 近代文学史と和歌山県

明治二七年に発表された「瀧口入道」の末尾が、瀧口時頼の悲恋の物語りとして閉じられるとき、その自害の舞台を高野山から和歌の浦に設定した高山樗牛を起点として、昭和三四年の「紀ノ川」、あるいは同三六年の「香華」の有吉佐和子までの距離、そして平成四年に病死した中上健次の存在をまで視野に入れるとき、近代和歌山の文学史は、一応の円環をなす。その間に置かれた南紀新宮の大逆事件の嫌疑と今、そしてこれから。

第一に、単に風土の中で織り成される物語りという意味ではなく、その風土が、「作品」に必然的に関与し得る文学的生命、ないしは、「作品」によって喚起される普遍的な世界観としての風土という視点にこそ、文学史の淵源はある筈だ。第二には、その地方の出身者の問題がある。例えば、著名な南方熊楠や佐藤春夫をはじめとして、加藤一夫（明治二〇年、大都河村、現・すさみ町生まれ）、田木繁（明治四〇年、海草郡・現海南市生まれ）といった存在が浮かぶ。彼らは、生地の影を曳きずりつつ、日本の近代史、思想史を語る上に欠かせない行動的な思想家、文学者としてある。これらの風土から、なぜこのような人物が育成されたのか。近代文学史における《地方》の視点とは、人の伝記、すなわち風土を生産的な精神の母胎として捉える際にも欠かせない重要な視点である。

一例を挙げれば、詩人劇作家阪中正夫の場合も、彼が詩の世界へと向かう契機と、その後の傾斜は、この地方の時代的、ないしは生活的な環境と関わっていなければならなかった。その文学、あるいは文学観の育成の過程の問題を解明するためには、その地方の実態と様相とを明らかにする必要が生じる。さらに、その調査の過程において、大正の末から昭和にかけての、《地方》における文学活動の実相、特に近代文学が賦与するところの文化的影響が見えてくることもある。これを第三の問題と考えれば、この場合は、まず彼が生活と活動の中心とした《場》に視点を置き、その活動の範囲を考慮して、和歌山・奈良・三重を含む紀伊半島における文学の様相を探ることになる。したがって、この場合の《地方》とは、《中央》が相対的に意識され、あるいはまた、全くそれからは隔離された状態として置かれた《場》であるかも知れぬ。さらには、それらが混在して新しい固有の文化が胚胎している《場》であるかも知れない。

ここでいう《場》とは、要するに歴史的時間や人事を取り込む風土という意味であり、唯一自然そのものに立脚した風土のみを指すのではない。それをここでは「文学風土」と呼ぶのである。

(3) 現代の作家

より近い近代・現代の作家に視点を移せば、和歌山県が、開かれた文学風土として、広く世に知られ、普遍的な物語の《場》として自立したのは、有吉佐和子の作品においてであり、中上健次の功績に拠るところが大きいのではないか。作家は、パトリ（郷土）を起点とし、そして成熟する。彼らの作品に触れると、《文学》とは、自己の定位を探る行為に等しい、という思いに囚われる。その意味で、我々は、作品を通じて、生命体としての《場》への眼差しを獲得する。それを、我々自身が自覚する、立脚する《場》への認識と捉えることも可能だろう。

生地をその文学風土として捉える視点からは、例えば、現役の作家として歴史や伝記に材を採る津本陽、神坂次郎、エッセイの宇江敏勝、芥川賞作家の辻原登など、思いつくままに挙げることができよう。地縁のある評論家の奥野健男、詩人の吉増剛造ら、また訪問者として作品を残した天田愚庵、明石海人、斎藤茂吉、土屋文明、伊東静雄、三島由紀夫、岡本太郎、五木寛之、松永伍一、庄野潤三、古井由吉、馬場あき子、司馬遼太郎、金達寿、らの近現代の作家の仕事にも目を注がねばならぬ。

もちろん、和歌山県に生活の基盤を据えながら持続される文学活動の一つひとつを、大切に読み解く努力も、持続されなければならない。地方の文学史とは、今後も続くであろう埋没と発掘のせめぎ合いの中で書き継がれるべきものだろう。そこに固有のものの発見にこそ、こういう耐忍の作業の意義がある。

本稿は、『和歌山県史・近現代一』（平成元年八月、和歌山県）、『和歌山県史・近現代二』（平成五年三月、和歌山県）』や『ふるさと文学館・和歌山』（平成七年二月、ぎょうせい）等の仕事を通じて、気づいた問題を整理しようと試みたものである。通史的な事項においては、これまでに筆者が調査し、既に報告した内容と重なる部分があることをお断りする。

（『皇学館大学紀要』第三五輯、平成八年一二月三一日。原題「和歌山県近代文学史稿―文化的土壌の確認とその意義―」）

Ⅱ　作家の跫（あしおと）〈評論・エッセイ〉

（1） 邂逅〈漱石と子規〉

『筆まかせ』は、子規が上京して半年後、明治十七年二月十三日の「夢中ノ詩」から始まり、明治二十五（一八九二）年、二十六歳まで書き継がれた。あしかけ九年間、これらの断章はどこに発表されることもなく、半紙に点綴されて、全四編からなる墨書直筆稿本として残された。

講談社版『子規全集』第十巻（「初期随筆」昭和五十年）に『筆まかせ』全文が翻刻され、また『新日本古典文学大系 明治編』第二十七巻（「正岡子規集」二〇〇三年）には、第一編と二編が収録されている（本稿での引用、及び語注等は、後者に拠った）。ここに窺われる漱石と子規の文学的特色を比較してみよう。

なお、文中〔 〕内は、筆者による注記。〈 〉内は原文の引用、ルビは適宜省略。句読点は私に付した。

㈠ **木屑録（ぼくせつろく）**〔表題の「木屑録」は、明治二十二年、子規の「七草集」に触発された漱石の漢文紀行集。〕

〈今夏我京より郷に帰る。友人漱石書を寄せて房州近傍へ海水浴に行きたりと報ず。余戯れに之に贈る書状中に自分を妾と書し漱石を郎君と書す。漱石つゐで端書一枚を寄す。之を見るに詩一首を録す。

鹹気（かんけ）射顔〻欲黄、醜容対鏡易悲傷、

〔鹹気顔を射て、顔黄ならんとす、醜容鏡に対すれば悲傷し易し〕

馬齢今日廿三歳、初被佳人喚我郎、

〔馬齢今日廿三歳、初めて佳人に我が郎と喚ばる、〕

一読して殆ど絶倒す。余京に帰る。漱石余に其著す所の木屑録を示す。是れ即チ駿房漫遊紀行なり。余其中の一節を左に掲ぐ。

距岸数町、有一大危礁、当舟、濤勢蜿蜒、長而来者、遭礁激怒欲攫去之而不能、乃躍而超之、白沫噴起、与碧濤相映、陸離為彩、礁上有鳥、赤冠蒼脛、不知其名、濤来則一搏而起、低飛回翔、待濤退復干礁上、[1]

濤勢云〻の数句は英語に所謂 personification なるものにて、波を人の如くいひなし、怒といひ攫といひ躍といふ、是の如きつゞけて是等の語を用ゐしは恐らくは漢文に未だなかるべく、漱石も恐らくは気がつかざりしならん、されど漱石固より英語に長ずるを以て知らず知らずこゝに至りしのみ、実に一見して波濤激礁の状を思はしむ。又、後節鳥を叙するの処、精にして雅、航海中数〻目撃するとのこと、而して前人未だ道破せず。而して其文、支那の古文を読むが如し。其中に房州にて羅漢を見し時の詩あり[2]

鋸山如鋸碧崔嵬、上有伽藍倚曲隈、山僧日高猶未起、落葉不掃白雲堆、
吾是北来帝京客、登臨此日懐往昔、咨嗟一千五百年、十二僧院空無迹、
只有古仏坐磅塘、雨蝕苔蒸閲桑滄、似嗤浮世栄枯事、冷眼下瞰太平洋、

其曲調極めて高し、漱石素と詩に習はず、而して口を衝けば則ち此の如し、豈畏れざるを得んや。〉

注

(1)「岸を距つること数町にして、一大危礁ありて舟に当たる。濤勢蜿蜒として、長して来れる者、礁に遭いて激怒し、之を攫み去らんと欲して能はず。乃ち躍りて之を超え、白沫噴起し、碧濤と相映じ、陸離として彩を為せり。礁の上に鳥あり、赤冠にして蒼脛、其の名を知らず。濤来れば則ち一搏して起ち、低飛回翔し、濤の退くを待ちて礁上に復す」。

(2)「鋸山鋸の如く碧崔嵬たり、上に伽藍の曲隈に倚れるあり、山僧日高くして猶ほ未だ起きず、落葉掃はず白雲堆し、吾は是れ北より来たりし帝京の客、登臨してこの日往昔を懐ふ。咨嗟す一千五百年、十二僧院空しく迹無し、只古仏の磅磄に坐せる有りて、雨蝕み苔蒸して桑滄を閲す、浮世栄枯の事を嗤ふに似て、冷眼下し瞰る太平洋」。

(二)　漱石の書簡第二　附余の返事

〈本年一月一日附書状（明治二十三年）

帰省後は如何病軀は如何読書は如何執筆は如何、如何にして此長き月日を短く暮しめさるるや、けふは大三十日なりとて家内中大さわぎなるに引きかへ　貧生のありがたさは何の用事もなく只昼は書に向ひ膳に向ひ　夜は床の中にもぐりこむのみ　気取りて申さば閑中の閑、静中の静を領する也　俗に申せば銭のなきため不得已握り睾丸をしてデレリと陋巷にたれこめて御坐るなり。此休ミには「カーライル」[1]の論文一冊を読みたり。二三日前より「アルノルド」[2]の「リテレチュア、エンド、ドクマ」[3]と申者を読みかけたり。御前兼て御趣向の小説[4]は已に筆を下し給ひしや　今度は如何なる文体[5]を用ひ給ふ御意見なりや　委細は拝見の上逐一批評を試むる積りに候へども、兎角大兄の文はなよなよとして婦人流の習気を脱せず。近頃は篁村流に変化せられ旧来の面目を一変せられた様なりといへども、未だ真率の元気に乏しく、従ふて人をして案を拍て快と呼ばしむる箇処少なきやと存候。総て文章の妙は胸中の思想を飾り気なく平たく造作なく直叙スルガ妙味と被存候。さればこそ瓶水を倒して頭上よりあびる如き感情も起るなく、胸中に一点の思想なく只文字のみを弄する輩は勿論いふに足らず、思想あるも徒らに章句の末に拘泥して天真爛熳の見るべきなければ人を感動せしむること覚束なからんかと存候。（以下、中略）

故に小生の考にては文壇に立て赤幟を万世に翻さんと欲せば、首として思想を涵養せざるべからず、思想中に熟し腹に満ちたる上は直ちに筆を揮って其思ふ処を叙し、沛然驟雨の如く勃然大河の海に瀉ぐの勢なかるべからず。文字の美、章句の法抔は次の次の其次に考ふべき事にて Idea itself の価値を増減スル程の事は無之様に被存候。御前も多分此点に御気がつかれ居るなるべけれども、去りとて御前の如く朝から晩まで書き続けにては此 Idea を養ふ余地なからんかと掛念仕るなり。〉

注

（1）Thomasu Carlyle（一七九五～一八八一）。英国の歴史・評論家。幸福追求の愚をやめて、神を愛せよと説く（『衣服哲学』）。
（2）Matthew Arnold（一八二二～八八）。英国の詩人・評論家。人間性の完成による無階級社会の実現を説く（『教養と無秩序』等）。
（3）『Litterature and Dogma』。聖書を神学から解放し、広義の文学として捉えようとする考え方。
（4）小説「銀世界」か。明治二十三年一月、子規は上京以来、初めて松山の自宅で新年を迎え、短編小説を書いた。常磐会雑誌の懸賞小説に応募したもの。
（5）『筆まかせ』第二編「小説の文体」に「一昨年の夏（明治二十一年の夏、子規は『七草集』を執筆中）、余は小説の文章につきて考へしことあり、今の日本に小説文の種類夥多ありて、いづれを善とし、いづれを悪とせん。今、同じ事を異なる文体にて書きて見んとて、其頃ものしたるものを左にかゝぐ」として、次の四種類の「文体」で表現している。①「机の上に向ひながらも書読む様には見えず」②「眼を書の上にそゝぐものから　其瞳の動かぬはそを読むものとも見えず」③「視線は鉛直に書物の上に向へり　然れども眼球の上下せぬは文字を読みつゝあらぬことをうらぎりしゐるなり」④「書物をジッとながめてゐる、身動きもせぬ、またゝきもせぬ。よくよく見れば眼のたまはチットモ動かぬ。ハテナ……これでは書物を読んでゐるのではない」。この後、「以上四種の中どの文体がよきかは人〻の好みによりて違ふことなるべし　諸君子はいづれを取り給ふや」と子規は言う。

まとめ

漱石は、明治二十二年八月七日から三十日まで、学友四名と房総を旅し、帰京後九月九日に「木屑録」を脱稿した。子規の「七草集」に対抗したものと考えられている。『筆まかせ』に残された子規の文章、及び漱石書簡から、「思想」を重視する漱石と「修辞」に敏感な子規の特色が、あらためて浮かび上がる。「漱石のことばには、相手を言い負かそうという心のはやりのごときものはいささかも感じられない。（中略）その思考は、外にではなく、内に、彼の中心部に向かうのである。（中略）子規にとって「レトリック」とは、才に任せた遊びではなく、根源的で全身的な表現欲のおのずからなる現われであった」（粟津則夫「解説」『漱石・子規往復書簡集』二〇〇二年、岩波書店）という、二人の若き日の志向の特色と心的交流を、ここにも確かめることができよう。

（『子規研究』第七三号、平成二七年九月二八日。原題「『筆まかせ』」二題―漱石と子規―」）

（2）　愚庵と子規と喜作と

大学院の学生たちと天田愚庵の『順礼日記』を読んでいる。もう二年続くが、愚庵が京都を発ち、伊勢路を辿って熊野へ行く辺りまでである。子規もそうだが、愚庵の漢文の素養が高く、なかなか読みこなせないのである。数奇な愚庵の生涯が凝縮されたこの日記には、ぜひ少しでも近づきたいと思う。愚庵が最も影響をうけた山岡鉄舟の手簡の一節「外に向かつて其跡を尋ねんより、内に反つて其人を見るに如かざるべし」という、鉄舟の諭しが愚庵の西国巡礼の実践となった。

幕末、明治初年の戊辰の役は、愚庵の肉親を離散させた。その生涯は父母妹の俤を追い続けた時間の連続だった。中国朱氏（朱巽）の子、朱寿昌は五〇年捜し求めた母と再会した。愚庵は二〇年間のさすらいの中で、ついに逢うことはできず、鉄舟の勧めに応じて、京都滴水禅師の許で参禅参究の生活者となり、内なる旅に出発したのである。その天田愚庵が、子規の和歌革新運動の背景にあったことは、よく知られている。

その二人の交流の内実を、書簡を軸に考証した湯本喜作著『愚庵研究』（昭和三八年、短歌新聞社）がある。「手紙のやりとりされた時期が、会々明治三十年から明治三十五年の頃であったから、自然子規の和歌革新運動などにも関係があって、それ等の手紙を仔細に見ることは、和歌革新運動の側面観というようなものになる」（八七頁）とある。愚庵と子規を結びつけた人物は、多分陸羯南であり、後に、羯南の興した新聞『日本』（明治二二年創刊）が、この二人の執筆の舞台となることは周知である。

子規『松羅玉液』に「老僧や掌に柚味噌の味噌を点ず」「凩の浄林の釜恙なきや」の句がある。子規が、虚子を伴い京都に愚庵を訪問した時の追懐の句で「十二月二十三日」の日付がある。訪問は、明治二五年一一月一五日のことで、愚庵三九歳、ちょうど清水産寧坂に庵を完成した年である。翌年秋、彼岸を期して、愚庵は九三日間に及ぶ西国巡礼の旅に出発する。『順礼日記』（明治二七年）に収められた愚庵の和歌は、その漢詩に下支えられてやや精彩を欠くが、旅が進むに連れて、山河の反照としての自然描写が万葉風を帯びてくるのがわかる。その例を何首か抄出してみよう。（引用は、寒川陽光編『愚庵全集』再版。）

三熊野の浦廻かしこし岩波の寄する荒磯に旅寝す我は
熊野川瀬は変れども深淵の浅利の岩ぞまさしかりける
底つ巌根つき貫きて普陀落や奈落も摧け那智の大瀧
大空は明けそめぬらし百鳥の塒を出る声のさやけき
久形の天の香山畝傍山耳なし山は神のます山

これら愚庵の歌は、子規の「歌よみに与ふる書」（明治三一年）以前のものである。また、京都の草庵に滞在した桂湖村や寒川鼠骨に、愚庵が柿を托して子規に贈り、これらが柿の歌人・子規誕生の契機となったのは有名な話しである。

大辻隆弘著『近代短歌の範型』（平成二七年、六花書林）に収録された「心を飛翔させる術—正岡子規の短歌—」は、桂園派風の短歌から脱皮して、万葉風に傾斜してゆく子規の歌として、「世の人はさかしらをすと酒飲みぬあれは柹くひて猿にかも似る」と「柹の実のあまきもありぬ柹の実のしぶきもありぬしぶきぞうまき」を挙げている。そして、「これらの歌には、それまでの子規の歌にはないユーモア」と「ごつごつした、それでいて温かみのある調べ」があることを指摘している（七四頁）。著者自身が気鋭の歌人であり、子規短歌の絶妙な鑑賞を通じて、子規の和歌革新の契機となった短歌の素材としての「柹」が、巧みに浮き上がってくる。大辻氏は「子規は、この愚庵の影響によって万葉調の歌をつくるようになった」とさりげなく説明する。愚庵・子規交流史の、これまでのぼんやりとした輪郭に明確な意義を提示した意味は大きい。

ところで、愚庵研究に大きな足跡を残した湯本喜作は、もと歌誌『水甕』同人、異色歌人の実証的研究でも知られた。昭和四九年一月一一日、七三歳で病没。『水甕』（第六一巻第五号、昭和四九年五月）は、「湯本喜作追懐」号を出したが、当時の主幹・加藤将之は、「友情を尊び、人情に厚く、（略）温厚篤実の社交家であったが、お人よしではなく、友情を裏切ると人一倍おこるたちであった」と、喜作を追懐している。愚庵や子規の性格を引き継いだ人がここにもいたのである。

明治の時代は、世俗的には寡欲に生きた人が多い。反面、自己の真実には誠実であった。愚庵を清水次郎長に預け、滴水禅師の許に送った山岡鉄舟は、明治二一（一八八八）年七月一九日、五三歳で没した。座禅のままの大往生であったという。その遺体は、谷中全生庵墓地に埋葬されたが、次郎長は子分百余人を連れ、旅姿で会葬した。愚庵は参禅修行中で、参列できなかった。自伝『血写経』（明治二三年）は、やはり鉄舟に捧げるために書かれたのかも知れない（高藤武馬『天田愚庵』昭和五九年、古川書房）。山岡鉄舟は旗本の家に生まれ、千葉周作門下の剣客、維新後明治政府に仕え、明治天皇の侍従となった。

明治三五年九月一九日、子規没。同三七年一月一五日、愚庵没。この年の二月一〇日、日本は露国に対し宣戦布告。

おびただしい時間の向こうに、痛みと犠牲によって培われた、高質の精神世界が忘れ去られてゆく。流行語大賞などに象徴される現今の浮薄なことばの海。その海原に漂う現代人は不幸のただ中にある。

（『子規研究』第七四号、平成二八年四月二八日）

（3）森鷗外の〈奈良〉

毎年秋になると話題になり、多くの人々が見学に訪れる正倉院展。現代は奈良国立博物館が会場となり、入口付近では長蛇の列ができる。そこには、一体何が展示されているのだろうか。まず、「正倉院」とは何か。今からおよそ一三〇〇年程前の奈良時代には、国・郡（地方の行政区画の呼び名）・大寺院などに「正倉」と呼ばれる倉庫が建てられ、財物や道具類、穀物などが納められていた。その「正倉」が建てられていた場所を正倉院と呼んだのである。もともとは垣で囲まれた家屋を指し、大乗院とか勧学院、そして正倉院などの呼称が現代に伝わっている。院とは、宮殿や学校、役所などを指す言葉で、北京の故宮博物院もその名残である。

ところで、それらの建物は木造で造られ、永い歴史の流れに抗しきれず、殆どが消滅してしまった。そして今、奈良東大寺の正倉院だけが現存するのである。この正倉院宝庫には、約九〇〇〇件の宝物が伝わり、毎年その宝物の曝涼（虫干し）の為に秋の一時期、宝物の一部が一般に公開される。これが正倉院展なのである。公開される宝物は毎年六〇件前後で、一度公開された宝物は約一〇年間公開されないのが普通である。

その宝物は、一体どのような由来をもつのか。七五六（天平勝宝八）年五月二日、聖武天皇は五六歳で亡くなられた。仏式の法要が営まれ、死後四九日目に当たる七七（しちしち）の日、興福寺で法要を終えた光明皇后は、夫・聖武天皇遺愛の品々を東大寺の大仏に献納した。これが正倉院宝物の起源であり、それらは、聖武天皇愛用の品物だったのである。

昨年の秋（二〇一五年）一〇月下旬、私は正倉院宝物と、瓦の葺き替えを終えたばかりの「正倉」を見学するために奈良を訪ねた。奈良国立博物館から、盧舎那仏（大仏）の祀られている東大寺の横を抜けてしばらく歩くと、紅葉の始まった庭園の奥に「正倉」が建つ。宝物の収蔵されている倉である。その途中、広大な奈良公園の一角に、喧騒を余所に建つ官舎の門の跡が残されていた。傍に、鷗外の歌碑があった。

猿の來し官舎の裏の大杉は折れて迹なし常なき世なり

この歌の刻まれる碑には「鷗外の門」とある。鷗外は、大正六（一九一七）年一二月に帝室博物館総長兼図書頭に任ぜられ、同一一年七月九日に没するまで、その任にあった。当時の帝室博物館総長は、東京・京都・奈良の帝室博物館を統括する役職であり、鷗外は大正七年秋から同一〇年の秋までの四回、正倉院宝庫曝涼のために奈良に出張。開封の儀に立ち会い、期間中の約一ヶ月間は奈良に滞在して、公務に携わり、その合間を縫って古跡や寺寺を巡ったのである。

因みに『東京国立博物館百年史　資料編』（東京国立博物館、一九七三年）等によると、初代総長は九鬼隆一（明治二二年五月～同三三年三月）、二代目は股野琢（明治三三年三月～大正六年一二月）、鷗外は三代目の総長であった。現在、奈良滞在中の鷗外が住んだ官舎の門の跡が、「鷗外の門」として保存されていたのである。歌碑の歌は鷗外の連作「奈良五十首」から採られた。「五十首」の中には、「正倉院」と詞書のある和歌一五首が収録されている。その中の一部を紹介してみよう。

勅封の笋（たかんな）の皮切りほどく剪刀（かみそり）の音の寒きあかつき

正倉院宝庫の扉を閉ざす海老状の錠前を外す儀式を「開封の儀」という。その後、宝物が点検され、一年ぶりの虫干しが始まるのである。錠前（鍵）は、筝（筍）の皮で閉封されていた。鋭い剪刀が、その皮を切り裂く音が響く。寒い暁の空気の中で、開封の儀に立ち会う鷗外の緊張感が伝わってくる。

　夢の国燃ゆべきものの燃えぬ国木の校倉（あぜくら）のとはに立つ国

「木の校倉」とは校倉造の正倉のことである。先に述べたように、校倉造の正倉は、今では東大寺の固有名詞となっている。幾多の艱難を乗り越えて、一二〇〇年以上の歳月を今に伝える感動を、鷗外は歌によって表現した。以下、次のような作品が続く。

　戸あくれば朝日さすなり一とせを素絹（そけん）の下に寝つる器に
　唐櫃（からびつ）の蓋とれば立つ絁（あしぎぬ）の塵もなかなかなつかしきかな
　見るごとにあらたなる節ありといふ古文書生ける人にかも似る

鷗外の関心は、やがて院内の「古文書」へと高まっていく。ここでの「古文書」とは、主として正倉院文書の「聖語蔵経巻」のことである。奈良時代に中国の隋・唐から伝わった隋経・唐経などを指す。中には、奈良から鎌倉時代にかけて写経されたものがあり、鷗外はそれらの調査にも携わったのである。例えば、大正七年一一月一三日付、山田孝雄宛書簡に「拝啓奈良ニ来テヨリ以来御無音仕候陳者正倉院聖語蔵内ノ玄応音義急ギシラベ候處別紙之通ニ有之外ニ残欠ノ可ナリ大ナルモノ一巻」などとある。

　この頃、山田孝雄（やまだよしお）と度々連絡をとり、経巻の残欠部分の調査をしていたのであり、それらは生きている人の節節のように眼前に立ち現れるというのである。山田孝雄は、国語・国文学研究の大家で体系的な文法研究や綿密な語学的研究で知られる。谷崎潤一郎に依頼されて、その源氏物語の口語訳（谷崎源氏）の下書きを点検したことも有名な逸話である。神宮皇學館（現在の皇學館大学）の館長を務めた。

恋を知る没日（いりひ）の国の主（ぬし）の世に写しつる経今も残れり

ここでの「恋を知る」主とは誰か。聖語蔵経巻の修理を始めた頃、鷗外は「没日」即ち隋の国から文帝を思い浮かべたのではないか、或いは「長恨歌」の玄宗皇帝も推測される。だが、結局「恋を知る」人物は特定できないという（平山城児氏『鷗外「奈良五十首」の意味』）。しかし、ここでは人物の「特定」よりも、むしろ山越の阿弥陀如来を導き出した中将姫の例が思い浮かぶ。日本人には古来、西方浄土への信仰がある。日想観と呼ばれる夕日信仰である。鷗外は多感な皇帝が居た国から伝わった経巻を前に、科学を超えた不思議を、感じ取っていたのではないか。この歌の後半に比重があり、「山椒大夫」の物語を完成させた作者の心中を慮って興味深いものがある。この物語には盲目の母が、厨子王（元服後・正道）の持つ守本尊の霊力によって、目が開く場面が書き込まれたのである。科学者（医学）を専攻した鷗外の、神仏信仰の様子が窺われる物語として、よく知られている。

晴るる日はみ倉守るわれ傘さして巡りてぞ見る雨の寺寺

大正七（一九一八）年一一月九日の日記（原漢文）に、「土曜日。陰。参院。開扉。参観人一人。午後雨。闔扉。帰寓。便服而出。乗電車至西大寺。」等とあり、雨中、平城太極殿址を歩いている。この歌のように、鷗外は雨の日には傘をさして周辺の寺寺を巡った。

同日に書かれた森シゲ子宛書簡には「今日ハ雨中ニ昔の奈良ノ都ノ跡ヲ観ニユキオ尻端折ニテ田圃道ヲ歩キ羽織ガ泥ダラケニナリ」とあり、「雨デナケレバ正倉院ニ詰メテ居ナクテハナラヌユヱドコカ見ニ往クトキハ必ズ雨中ニ候」と書いている。そして「雨ハ別ニ邪魔ニモナラヌ物ニ候」と書き添えている。「委蛇録」（大正七年元旦～同一一年七月五日の日記。原漢文）に収録された「寧都訪古録」によれば、鷗外は雨の日に限らず、休閑日には、精力的に古都奈良を探索しているのがわかる。それらは「奈良五十首」に纏められ、與謝野鉄幹の『明星』（大正一一年一月号）に一挙に掲載されたのである。

戦後になり官舎は取り壊され、その門の跡だけが残された。そして、平成一四（二〇〇二）年春、奈良ロータリークラブによって「鷗外の門」の記念碑が建立された。

正倉院展は戦後、昭和二一（一九四六）年一〇月二一日から一般に公開されるようになった。これが第一回「正倉院展」であり、昨年は第六七回を数えた。鷗外の見た猿はもちろん、猿が来たという裏の大杉も今はなく、まさに「常なき世」の現実を思い知らされるのみである。だが、茜色に映えるもみじ葉と、落葉を踏みしめながら歩く奈良公園の風景は、一〇〇〇年を超える時空に人びとを心地よく誘うだろう。哀愁を帯びた鹿の鳴き声は、古代そのままの響きを伝えているかのようである。

　とこしへに奈良は汚さんものぞ無き雨さへ沙に沁みて消ゆれば

鷗外日記（「委蛇録」）によれば、大正一〇（一九二一）年一一月二一日の夕刻、封倉後に奈良を去って以来、鷗外は再びこの地を訪れることはなかった。しかし、このように詠んだ晩年の鷗外にとって、古都は、これまでの風塵にまみれたみずからの生と心とを浄化させる場となったに違いない。

奈良公園の一角に建つ「鷗外の門」から、私たちは遥か昔に、大陸から伝わった中国文化の偉大さと、その文化を受容して日本文化を樹立継承してきた先人の努力を思わずにはいられない。国の内外を問わず、多くの人々を魅了する正倉院展には、世界の人類の叡智が凝縮されているのである。

〔付記〕鷗外の作品・日記・書簡は、すべて岩波書店版『鷗外全集』に拠りました。また、『正倉院展目録』（奈良国立博物館）の解説文などを参考にしました。御礼申し上げます。

（『中日交流』二〇一六年一・二月号。原題「森鷗外と正倉院」）

(4) 批評家としての態度〈佐藤春夫〉

批評家としての佐藤春夫のまなざしは、伏流する伝統の灯火(ともしび)に価値を付与し、また無視・放擲され、あるいは不当に評価される真実を剔出する。その評価基準はなにか。「批評への渇望――「能火野人放言」のうち――」(『群像』昭二六・二)から引用してみよう。

或る種の作者の狙ひは千変万化する自然と人生とに直面してその主題と取材とを種々雑多に択み、その把握したものに従つて必然にその表現の手法も違ふ――雲は峯に従つて湧くのである。雲は気まぐれの如くであるが一定の法則でその形を現じてゐる。その千変万化するなかに自らに一貫する本質を見出してこそ批評家である。

佐藤春夫は、「或る種の」と譲歩しながらも「批評家」の資格、またその評価の基準を、このように明快に定義している。そして、批評とは「たとひマジャクには合はなくとも批評家の内面要求に従つて発生するものと思ふ。余計な事を云へば人に憎まれると知つてゐても云はないでは居られないのが批評である。報酬どころか、場合によつては身ゼニを切つても云ひたい事があつてもいいものなのである」ともしるしている。彼は、批評は「知性の芸術」であると表現し、かつてのギリシャや現今のフランスのように、爛熟に近い文明国の特産物らしいと考えていた。だから、我が国には、当分、そのような「批評はありさうもない」と揶揄したのである。そして「既成の尺度」、「それも他人からの借り物」を使用する批評家を「低能批評家」と断じた。

同文の中で佐藤春夫は、「わたくしは、はやりおくれの流行歌となるほど長生きしたと思つて感謝してゐる」と当時の心境を吐露し、また「今生の思ひ出に先師生田長江以外にせめてもう一人ぐらゐ批評家にもお目にかかりたい」

ともしるしているが、それは「うぬぼれかがみ」（『新潮』昭三六・一〇）で中村光夫に対して疑義を呈する以前のことである。厳密には、「おーい中村君（上）」（『朝日新聞』昭和三五・二・五）以前のことであった。中村光夫が、佐藤春夫の文学のジャンルが多岐に亘り、それらが皆結局は入り口にとどまって、みずからの文学世界を構築し得ていないと発言したとき、彼は「この人は文芸学で公式的に文学を知識として知つてゐる人で血の中に文学を持つてゐる人ではない。詩魂の人ではないことを言外に告白してゐる」（『詩文半世紀』、読売新聞、昭和三八・八、二三三頁）ような印象を与えられると批評した。

かつて谷沢永一は「佐藤春夫」（『大正期の文芸評論』塙書房、昭三七・一）の冒頭で「大正期に輩出した数多くの作家たちのなかでも、型通りの言いかたではあるが、醇乎として醇なる芸術的資質という形容がそのまゝぴったり当てはまるという点において、佐藤春夫の右に出る者がないであろうことは、夙に文学上の知友芥川龍之介が、羨望の念をかくしきれないところであった」としるし、「あらゆる文学形式に手を染め、行くとして可ならざるはなき成果を示した彼の変幻自在な文学的発想は、もとより批評随筆の領域を等閑に附することができなかった」（二〇六頁）と追記している。文芸上の批評に限定しても、その特質は、例えば久保田淳「佐藤春夫と古典」（臨川書店『定本佐藤春夫全集』三二巻、月報一八、平一一・九）が、芥川龍之介との比較を通して指摘する如く、『方丈記』には一目置きながら『徒然草』に対してははなはだ冷淡」であった芥川に比して、佐藤春夫は「兼好と長明の二人」に「関心と愛情を寄せていた」とする点に窺うことができよう。それは、「わけ知りの通人肌」である現実家の兼好と、野暮の極みの「理想家」長明という構図に分析した、春夫の批評的炯眼に示されているという。

同様のことは、『日本文藝の道』（新潮社、昭二一・一〇）に収録された「紫式部と清少納言」「鴨長明と西行法師」等にも如実に表れている。同時代に顕現する個性の特色を剔出指摘しながらも、その批評は一方に与することをしない。その一部を見てみよう。

それにしても、清少納言は持つて生まれた詩人魂を思ふ存分に何の遠慮会釈もなく傍若無人に発揮した人であつた。（略）紫式部はその詩才の外に学才世才、あらゆる才能をみなそなへて識見も高く極端に流れない用心深い心がけは、清少納言より型の大きな芸術家に相違ない。全く質の違ふこの二人の優劣を決めることは至難といふより不可能でもあり無用でもあらう。（「紫式部と清少納言」三九頁〜四〇頁）

また、西行と長明については、次のように説明している。

「一首よみ出でては一体の仏像を造る思ひをなし、一句を思ひつづけては秘密の真言を唱ふるに同じ。我此歌によりて法を得る事あり。もしこれに至らずして妄りに此の道を学ばば邪路に入るべし」といふ言葉は、西行が自分の芸術を説明したものとしても、年少の友に芸術がただのなぐさみごとではない一つの道である所以を述べたものと見ても面白い。／　かういふ芸術観を持つてゐた西行は、この風雅の道に立つて自然と芸術と仏教とを一体とする独自の歩みを始めた。（「鴨長明と西行法師」五〇頁）

（中略）

鴨長明が出家の原因も西行のものにくらべるとずつと単純である。西行の場合の一般的厭世のうへに一身上の小さな不平不満が加はつて長明は世を拗ねたといふ形である。西行が詩歌の世界に出て世を超越したのにくらべると、形は似てゐるけれど長明は型がずつと小さい。小さいだけにもつと別種の美しさの感じられるものがある。長明は決して西行のやうにえらい人ではなかつたらうが、もつと可憐にいぢらしい理想家であつた。才智・誠意・潔癖、正しい事を正しいとし、信ずるところを実現せねば措かない人物であつた。（「鴨長明と西行法師」五八頁）

このように佐藤春夫は、いずれの一方を賛美し、他を排斥するという態度では決してなく、その双方の特質を認め美点とするのである。『日本文藝の道』には、「みやび」を起点とする彼の芸術観が吐露され、他に貫之、北畠親房、世阿弥元清、芭蕉、秋成、篤胤などが収録される。同書の「序」には、「国家多端の折から文学などといふ無用の長物は無きに如かずと思ひ込まれてゐるのではあるまいかと思はれる節さへある。国力の膨張するこの機会に文学も向上発達させなければ国力の膨張も空虚と思ふ我々の考へとはまるでうらはらである。文武一如、右文尚武などの言葉は文学者以外の人々も表向ではよく云ふが、内心は文学など隆盛になると国が弱くなると心配してこの際文学を圧へなければならないと思ふ向もあるらしく感ぜられる。なるほど文弱といふ語がある」（一〜二頁）。「昭和十九年十一月中ごろ」と日付のある、この文章からは時代に便乗した佐藤春夫の処世を看取する読者もいるに違いない。吉田精一は、講談社版『佐藤春夫全集』第二二巻「解説」で「子規が桂園流のマンネリズムを打破するために万葉集の生気を人々に思ひ出させたのはあの時代の叡智であつた」（五九五頁）と説明したが、この表現を借りれば、佐藤春夫に「文弱」の通念を払拭し、有用の学としての文学を樹立させようとしたのもまた、時代の「叡智」だったのである。

かつて、佐藤春夫が「陣中の竪琴」（『文藝』昭九・三）を発表したとき、それを「ジャーナリストらしい眼光」と邪推したという島田謹二の証言（講談社版『佐藤春夫全集』第一〇巻「解説」）もあるが、多くの世評は、そのように感じたのではあるまいか。拙著『佐藤春夫研究』（双文社出版、平一四・九）に収録の「佐藤春夫『陣中の竪琴』論─その鷗外受容と風流観─」の口頭発表の際にも、某研究会の席上老大家風の教授が、同様な主旨の発言をしたことがあった。しかし佐藤春夫の文業をつぶさにみてゆけば、戦後の「近代日本文学の展望」や鷗外に関する一連の発言等は、あの「風流論」以来、一貫してかわっていない。そして、文学史上、殆ど接点が無いと思われている子規に対してさえ「直感的の鋭さ」を感じ取り、その「言説のなかには、今日通用するばかりでなく、今日も現に指示的な問題として残されてゐる点がいくらも含まれてゐる」と断じて、「自分は詩人としての子規を賛美することに劣らず、評家としての子規に推服するものです」と結論している（『子規全集』内容見本、改造社、大一三・六）。

『私の享楽論』（朝日新聞社、昭三一・一二）に収録された「二つの生き方」では、中国の唐代小説「枕中記」にある邯鄲の故事から人の生き方を二つに類別した。「夢幻泡沫」のような人生において、人は「永遠の生命を獲得」すべく「不朽に生きる道」を歩むか。否、だからこそ「生命の歓喜を汲み尽すべしとする」（一六頁）か。おそらく佐藤春夫は、その両方の道を歩み続けようとしたのである。

ふたたび「批評への渇望」には、「一切の文物の範を西欧諸国に求めた近代日本の文学もいつも舶来尊重であったから、外国文学研究者がいつも最大の権威ある者と珍重されるのも必然の勢である」とある。その文脈を辿ると、学閥、行政、体制の存在と不分離の関係にある風土としての日本を憂うる佐藤春夫がいる。日本には批評が無いのは、芸術界のみでなく、あらゆる分野の現象だとして、自説を展開している。「あらゆる権威らしいものから解放される自由が、芸術を鑑賞し評価する上でも唯一の道なのである」と。時代が移り、人が代われば世界の変わるのは世の常である。力を注いできたこれまでの努力が、徒労に帰すのは、人の世の定めでもある。

佐藤春夫の「評論・随筆」――そこには、現実を生きぬく処世の知恵が伏流する。『窓前花』（新潮社、昭三六・五）に挿入された即興詩を引用して結びとしたい。

君が行くところ歩々に花開き
君が仰ぐところ星辰かがやく
一身誠実ならば
人生の行路楽しかるべし

〔付記〕本文中に引用した「批評への渇望」は『定本佐藤春夫全集』第二三巻（臨川書店、平一一・一一）に拠る。その他は、本文中に記載した単行本に拠った。但し、漢字は、現行の字体に改めた。

（監修・辻本雄一、編集・河野龍也『佐藤春夫読本』勉誠出版、二〇一五

年一〇月三一日。原題「批評家としての佐藤春夫—その基準と処世と—」)

（5）佐藤春夫と旅行できなかった話〈太宰治〉

「一社会人として」書かねばならぬ「義務」を感じているという。「佐藤春夫氏と共に晩秋、私のふるさとを訪づれる約束は、真実である。実現できず、嘘になつて、ふるさとの一、二の人士の嘲笑の的にされた様子」が、太宰の、書かねばならぬ理由の根底にある。五〇〇字足らずの、このエッセイは、昭和一二年一月一日発行の「西北新報」（青森県五所川原町・西北新報社）第五〇六号に発表され、先頃漸く小熊健により発見された（『太宰治全集第一〇巻』一九九〇年一二月二五日、筑摩書房に収録）。執筆は、昭和一一年一二月の中・下旬と推測される（山内祥史による）。

太宰は、昭和一一年二月五日付け佐藤春夫宛書簡で「芥川賞をもらへば、私は人の情に泣くでせう。さうして、どんな苦しみとも戦つて、生きて行けます。」としるしている。直後に佐藤春夫は薬物中毒を心配し、太宰を呼び直ちに入院治療を勧める。入院先は佐藤の実弟佐藤秋雄の勤務する芝区赤羽町の済生会病院。これより先、昭和一〇年八月二一日、山岸外史と共に、太宰治は初めて佐藤春夫邸を訪ねている。帰宅後「家へ帰つて机にむかひ　ふと気づいてみると　私の身のまはりに　佐藤春夫のやはらかいｎａｔｕｒａｒｕな愛情がまんまんと氾濫してゐたのです。」という文句で始まる封書を認め（したた）た（同一〇年八月二二日付、佐藤春夫宛）。

さらに逆上れば、太宰治は『晩年』（砂子屋書房、昭和一一年六月）の帯に「道化の華」に対する佐藤春夫の山岸宛書簡（同一〇年五月三一日執筆）を使用する。「ほのかにあはれなる真実の蛍光を発するを喜びます。恐らく真実といふものはかういふ風にしか語れないものでせうからね。病床の作者の自愛を祈る（略）」とある。佐藤春夫が着目して引用したのは、作品の次の箇所である。

　なにひとつ真実を言はぬ。けれども、しばらく聞いてゐるうちには思はぬ拾ひものをすることがある。彼等の気取つた言葉のなかに、ときどきびつくりするほどの素直なひびきの感ぜられることがある。

周知のように、佐藤春夫と太宰治の濃密な交流は昭和一〇年から翌一一年に集中する。『太宰治全集第一一巻』には、この短期間の佐藤宛太宰書簡二五通が収録されているが、それらは芥川賞を希求する太宰の心情と深く関わっている。佐藤春夫と旅行ができなかったという現実は、芥川賞を受賞できなかったという現実と重なる。その間、太宰治「創生記」（「新潮」昭和一一年一〇月）と佐藤春夫「芥川賞―憤怒こそ愛の極点（太宰治）」（「改造」昭和一一年一一月）が介在する。

太宰治「先生三人」（「文藝通信」昭和一一年一一月）には、「三人の誇るべき先生」として、井伏鱒二、佐藤春夫、菊池寛を挙げ、佐藤春夫からは「文人墨客の魂」を学んだという。中条百合子「何ぞ、この封建ふうの徒弟気質」（「東京日日新聞」昭和一一年九月二七日）に反応した太宰の、「先生三人」にも、「良き師持ちたるこの身の幸福を、すこしも早う、いちぶいちりんあやまりなく、はつきり、お教しへしなければならぬ、たのしき義務をさへ感じました。」とある（傍点筆者）。そして佐藤春夫宛「五百円は一時。将来は永し。」と認めた書簡の一節が引用される。

奥野健男編『恍惚と不安太宰治昭和十一年』（昭和四一年一二月二四日、養神書院）によれば、「少年時から敬愛し、その作品と生涯に文学的血縁を感じていた芥川龍之介の名を冠した賞に太宰治が無関心でいられるわけがない。」（二九頁）という。「将来は永し」と表現しながら「五百円」の重みは、太宰にとって生涯を賭けるほどのものであった。中条百合子への敏速な反応は、自虐的な様相を帯びながらも、芥川賞受賞への階梯であった。故郷青森の地元紙に掲載された「春夫と旅行できなかった話」は「ふるさと」あるいは親族への弁疏の書であるとともに、「あきらめて黙したのではない」芥川賞受賞への執念を表明した書でもあった。「私は誰をも許してゐない。檻の中なる狼は、野に遊ぶ虎をひしぐとか、悠々自適、時を待つてゐます」。太宰治のいう表現の「義務」とは、時に「一社会人として」の自覚が蘇る場合に使用される。それは自らの感情を中和し、客観化する装置のようにも見え、一方には対社会的に果たすべき「義務」としての、みずからが選択した生の意義を説明する内的な要請から生じているようにも思われる。

作家としての自立を志向する太宰治の、芥川賞を介した佐藤春夫への心的な関わり方は、この短い随想の中にも凝縮されている。文壇への階梯の構築という意味での、太宰の執着と誠意が、この時期ほど絢爛と輝く時代はなかったのではないか。

〔付記〕本稿の執筆に当たり、第一〇次筑摩書房版『太宰治全集』全一二巻・別巻（一九八九年六月～一九九二年四月）を活用させていただきました。

（『太宰治研究』一八号、平成二二年五月二五日、和泉書院。原題「春夫と旅行できなかった話」）

（6）父祖の地のひろごり〈尾崎一雄〉

地域の文化力という。「地方」ではなく「地域」あるいは「地域文化」という。伊勢学、あるいは三重学と名づけても良い。それは「地域」が中心であって、そこから全国に、あるいは世界に、どういう文化発信ができるかという、そういう発想の転換が今、大変重要である。

尾崎一雄「父祖の地」（昭和一〇年）に、「父は、大学を出ると直ぐ、伊勢宇治山田の神宮皇學館に奉職した。その年（明治三二年）のクリスマスに、長男の私が生まれた」とある。尾崎一雄は、宇治の五十鈴川のほとりに生まれたが、母は妹のセイ子が生まれると娘と共に父祖の地・神奈川県下曽我に帰り、一雄は父と市内岡本町に転居して過ごしたのである。この短編には、父との心の交流や、家族との思い出が、淡々と愛情を持って綴られている。「父はよく凧を作ってくれた。下手な私は、揚げそこなってこはしたり、折角揚げても直ぐ堀端に落としたりしたが、父は後から後からつくつてくれた。絵心のあつた父は、またよく絵をかいてくれた。皇學館の学生がいつも訪ねて来た」。

＊

これまでに多くの作家が、伊勢、志摩、あるいは三重県を訪れたに違いない。そしてここに神島を舞台とした三島由紀夫の小説「潮騒」、伊良子清白の詩「安乗の稚児」を、私たちは記憶している。いずれもこの地域を舞台とした名作として、いつまでも語り継がれるであろう。

もう一つはこの、「安乗の稚児」に触発されて、あの民俗学者・折口信夫が、ここを出発点として、熊野に出向いていくという、そして、それがきっかけとなって、彼の民俗学が出来上がってくるという非常に重要な、地域でもある。海は、作家や詩人に、どういうふうにとらえられているか。たとえば、折口と同じ大阪生まれの梶井基次郎は、鳥羽の造船所に勤務する父の関係で、鳥羽の尋常高等小学校に入学する。家族と共に転居し鳥羽錦町に住んだ梶井は、約三年の間鳥羽の海を眺めて過ごすことになる。

彼のエッセイ「海」には「僕の思っている海は、それは実に明るい」という表現がある。「実に明るい。快活な、生き生きとした海なんだ」、「いまだ嘗て、疲労にも憂愁にも汚されたことのない、純粋に明色の海なんだ」。梶井基次郎にとってその海は、精神と肉体とを蘇生させる健康の象徴として存在したのである。

＊

三島由紀夫「潮騒」の舞台は、神島である。神の島、ゴットアイランド。これは伊勢神宮の神が背景にある。作品では「歌島」とあり、その中心舞台は、観的哨(かんてきしょう)に設定された。戦争にまつわる象徴的な場所が、二人の若い男女が結ばれるロマンの場に選ばれたのである。ここでの新治と初枝は、まさにアダムとイブである。創作の中で、歴史上の場が、作家によって、作品の中で意味のある存在として蘇生する。

そういうことが、文学というものの特権であり、たとえば、伊良子清白「安乗の稚児」（『孔雀船』所収）でも確かめることができる。

　　安乗の稚児(ちご)

志摩の果安乗の小村(こむら)
早手風(はやてかぜ)岩をどよもし
柳道木々を根こじて
虚空(みそら)飛ぶ断(ちぎ)れの細葉

水底(みなそこ)の泥を逆上(さかあ)げ
かきにごす海の病(いたつき)
そそり立つ波の大鋸
過(よ)げとこそ船をまつらめ

とある家に飯蒸せかへり
男(を)もあらず女(め)も出で行きて

稚児ひとり小籠に座り
ほほゑみて海に封(むか)へり

荒壁の小家一村
反響(こだま)する心と心
稚児ひとり恐怖(おそれ)をしらず
ほほゑみて海に封(むか)へり

右の詩中、台風の場面で、「稚児」がたった一人で、微笑(ほほえ)みながら猛り狂う海を眺めている。伊良子清白の哲学がそこにあるということになる。解明すべき、その哲学の一つは、「反響する心と心」であり、無心の稚児の心とあらぶる神との対置を、そしてむしろ両者の心の交流を、私たちは知らなければならない。「神島」も「安乗」も、そこに描かれる人物にモデルはあったかもしれないけれども、モデル探しは重要ではない。その向こうにあるものを《読む》ことで、作品の存在が立ち上がる。そう考えると、作家・詩人の創作の根底にあるものが見えてくるような気がする。

＊

『海やまのあひだ』は折口信夫の代表的な歌集であるが、その中心部を形成する「安乗帖」、そして「奥熊野」には、伊勢志摩の海を経由して熊野への道中、折口信夫（釈迢空）によってとらえられた、風や海の色がある。

折口民俗学の、「妣(はは)が国」への着想も、熊野との関わりが大きいと思われる。折口信夫によれば、古代のさらにその先祖は、異郷の国の女性と結婚していたという。父は土地の人だが、母はまったく別の風土から来た。そして自分が生まれた。しかし、やがて母は幼い自分を残して父祖の地へと帰るのである。

《青うみにまかがやく日や。とほとほし　妣が国べゆ　舟かへるらし》

青々とした熊野の海。輝いているすばらしい海。梶井基次郎が鳥羽の海で体験したような海がある。これは幻視であり、現実は漁船であったかもしれない。だが、折口信夫はその船を、「妣が国」の辺りを通る舟だと解釈した。折口民俗学の、熊野によって発見された「妣が国」の思想の原点が、ここにある。

伊勢の国の概念は広い。熊野にまつわる佐藤春夫、中上健次はもちろん、伊賀の横光利一、北勢の丹羽文雄など、その作品にはそれぞれの「父祖の地」への想いが秘められ、創作の力となって、作品の成り立ちを支えているのを知ることができる。文学は、要するに人間学であり、ふるさとへの憧憬が、樹液のようにまといついているのである。

そして、三重は紀伊半島の一部である。そこは熊野への東の入り口であり、伊勢神宮を核とする文化や歴史の凝縮された地点でもある。その地点は、また世界への起点でもあるはずだ。古典からみる伊勢には、そのような風土が凝縮されている。

（『伊勢人』二〇一一年一〇月七日、創刊三〇周年記念号、伊勢文化舎）

（7） 有吉佐和子と歌舞伎

〈i〉 紀州三川（さんせん）の物語

三つの川

有吉佐和子が長編『有田川』を完成させたのは昭和三八（一九六三）年、満三二歳の時、評判になった『紀ノ川』（昭和三四年）、『助左衛門四代記』（昭和三七年）等の所謂紀州を舞台とする年代記ものが世間に強い印象を与えていた時期である。以後、『日高川』（昭和四〇年）に続いて『華岡青洲の妻』（昭和四一年）が書かれる。この間、母娘の愛憎を描き、和歌の浦の片男波で閉じられる『香華』（昭和三六年）が執筆されており、有吉文学の骨格をなす作品の基礎が構築されている。この時期の有吉の人と作品を、戸板康二は「この作家の小説に示される女の生態、女の心理には、到底男には書けないものがある」とし、「ぼくが有吉佐和子のために最も高く評価したいのは、人柄にも作品にも女のめそめそしたところがないことである」と評している（新潮日本文学57『有吉佐和子集』「解説」）。「女のめそめそ」という表現には注釈を要するが、登場する女性たちにも、作家有吉自身にも、忍従や鬱屈した性格とは無縁な行動と活動が看取され、それが彼女の人、文学の特色であるということなのである。

さて有田川は、高野山を水源とし和歌山県北部を西に流れて紀伊水道へと注ぐ全長六十七、二kmの川である。大台ケ原を水源にもつ紀ノ川は、全長一三六km、また奈良県境護摩壇山を水源とする日高川は、全長一一五km。三川ともに紀伊水道に流れるが、全長は有田川が遥かに短い。紀伊半島を東から西に流れるこれらの三つの川は、穀物、柑橘、漁業を柱に、和歌山県北部の人びとの暮らしを支えてきた。川の流れは、温暖な自然の恵みをもたらす一方、時に猛り狂う山河そのものの命を垣間見せるときがある。川の歴史は人びとの歴史でもあり、暮らしの歴史でもある。大河というのは、長江や黄河に比していうのではない。ここでは、そこに暮らす人たちの生活感覚に即していうのである。

幻影としての「ふるさと」

有吉佐和子が、紀伊半島を軸とする、これらの代表的な川と、その流域の人びとの生活を題材とし、力強い女性の年代記を書き上げてゆくのには、それなりの理由がある。一つは、和歌山県を母のふるさとに持ち、彼女自身、母が実家（和歌山市木ノ本）の木本家に帰省して生まれたという出生の関係（正確には、和歌山市小松原通四丁目の和歌山赤十字病院で誕生）、いま一つは紀伊半島（和歌山県）のもつ属性の関係、そして時代とともに内生した「女性」への強い関心である。しかし、幼少期を海外や県外で過ごすことの多かった有吉佐和子にとって、母のふるさとは、まさに幻影としての「ふるさと」であったはずだ。

例えば、『紀ノ川』の豊乃は、孫娘の花に対して結婚は「家」とするのではなく「婿さん」あってのことであると言い切る。川下の真谷敬策に嫁いだ花は、その孫の華子を連れて和歌山城公園を散策するが、この時、常夏の国で育てられ、日本の四季、風土に疎い華子のことを、祖母の花は不憫に思うのである。華子は小学校三年生であった。

「おばあさま、こっちのが桜の花なの？」

華子が癇高い声をあげて急に訊いた。

「いいえ、それはももですよし」

「ああ、桃の花ってこれ？」

（『紀ノ川』第三部）

後に、有吉佐和子の母・秋津は、この桃と桜の花の区別がつかない少女こそ、「佐和子」自身であったことを証言している（丸川賀世子『有吉佐和子とわたし』一九九三年、文藝春秋刊）。和歌山城の天守閣に設置された望遠鏡のレンズの向こうに、近代資本に冒される景観が描写され作品は閉じられるが、それは、華子が花に連れられて初めてここに来てから二〇年後のことであった。望遠鏡の向こうには河口に展がる海が見えた。シャッターが閉まった後、華子は「茫洋として謎ありげな海」を空想し、「色の様々を変えて見せる海」に気を惹かれている。彼女の見た海は、時代の流れとともに変化する今、そして未来を、象徴的に物語っていた。

華子を視点に

『紀ノ川』の華子を視点に読み返せば、その後の「川もの」の世界は、華子が探り当てたふるさとの「女」の、過去、未来に通じる価値の獲得の可能性を辿る行為だったのではないか。有吉佐和子の描く「川」は、時代をも取り込みながら、意志的に生育してゆく女性の可能性と不分離の関係にある。作品『有田川』も決して例外ではなく、むしろここに描かれる千代こそ、家やしきたりの呪縛からも潔くみずからを解き放ち、新しい生を獲得してゆく出色の「女」なのである。その過程に「川」あるいは「水」の力学は、大きな役割を担っている。

『有田川』は昭和三八年一月から一二月まで、雑誌『日本』に一二回にわたり連載され、同年一一月には講談社から単行本として刊行された。翌年二月には第二刷が発行されているから、連載中から評判になっていたことがわかる。

蜜柑栽培には陰地と陽地の栽培によって、その種類が異なる。左岸にあたる陰地での小蜜柑栽培にこだわる「茂太ん」（茂太郎）は、有田川御霊地区随一の山持津久野家に仕える実直な男衆であり、一〇歳の千代は、その蜜柑採りの傍で軽口をたたきながら、屈託なく手伝いもする活動的な津久野家の一人娘である。その千代に十歳下の妹が生まれた。

「子供はやっぱり自分の腹を痛めてこそ吾が子ォや。いくらお千代ちゃん可愛がってたかて、自分の生んだ子ォとは愛しさも格別ですえ。」

出産祝いに来ていた叔母の話を立ち聞きした千代は、茫然自失。家を飛び出し、死を意識しながら、有田川に掛かる百足橋を渡ろうとする。晩秋の夕暮れ――。一番流れの深い橋の中央で、彼女はこれまでに見たこともない鮮やかな落日を見て吾に返った。両親に甘え、我儘いっぱいに育った、これまでの津久野家の長女は、その日から自分は他人の子であることを自覚しながら、生きることになったのである。

その日、夜更けて帰った千代を迎えた父も、産まれたばかりの妹を世話する母も、これまでと変わらず優しかった。父は林蔵、母は小雪という。妹は悠紀と名づけられた。千代は、悠紀を大切にし、家の手伝いもよくするようになった。ところが、千代が一一歳のとき、夏休みが終わり始業式から帰った夜、降り続いた雨で有田川の水嵩が増し、御霊の在の家は一戸、また一戸と濁流に吸い込まれてゆく。この時、大人たちを真似て縄で身体を括り、窓の外に出た千代は激流に吸い込まれてしまうのである。身体を縄で括る行為は、流されてくる人たちを救出する為の知恵であった。

一一歳の千代を連れ去った明治三三年の濁流（実は、この年の水害は作者による虚構）から助かった彼女は、川下の滝川原で新しい人生を歩み始めていた。ここでも千代が親しんだ清八老人から、陽地蜜柑の栽培の多くを学ぶことになる。そこに、千代の生存を聞きつけた津久野家の親類が訪ねて来るのである。

「ほな津久野はんの本まの御子やないんですかのし」

「そうやしてよし。明治二十二年にも川が荒れましたろがのし。あんとき川上から流されてきた桐の箪笥の抽出しの中に、お絹（かいこ）ぐるみで寝やされていたんですら」

子供のいなかった津久野の夫妻は、流されてきたこの女の子を実の子として育てたという。千代は、この時の会話も衝立の陰で聞いていた（第七章）。あれほど知りたかった出生の事実を、こうして彼女は知るのである。総桐の抽出し、来ていた着物から、日本の伝統的な貴種流離譚の説話を思わせる。「川の神さんから授かった御子やさけ、本まの御子が生まれたあとは川の神さんが取り戻しなしたんやろ」という会話から、この地方の人びとの心の深部にある神仏へのありようが伝わる。『有田川』には、「人助けの柏槇（びゃくしん）」としての太子堂をはじめ、浄念寺、得生寺、阿弥陀如来、観音菩薩、普賢菩薩等の二十五菩薩、また中将姫の御詠歌等も配され、村の生活と人たちの安寧と結束を象徴する要の役割をはたしている。先に、紀伊半島の属性としるしたのは、高野山、吉野、熊野などを内包する信仰の篤い土地柄のことをさしたのである。

歌舞伎に憑りつかれて

大切な秘事を日本の家の構造に起因する「立ち聞き」という方法で伝達する手法は、「日本の演劇」の話の運びの省略法としての常套であることを池田弥三郎は指摘している（角川文庫『有田川』解説）。有吉佐和子は、東京女子大学短期大学部英語科在学中から歌舞伎研究会に所属し、雑誌『演劇界』を中心に、積極的に演劇論を執筆、多くの演出や脚本を手掛けていたのは周知のことである。有吉佐和子自身、満五歳から一二歳までを過ごした蘭印（ジャワの首都バタビア）から帰国し、「荒廃し始めている非常時の東京」の現実を知り、また「敗戦を迎えて故国の幻滅を深めていた」時期に、「歌舞伎に憑りつかれ」たことがものを書く契機となったことを告白している（「偶然からの出発」、新潮日本文学57『月報3』）。彼女の才能を見出したのは、当時『演劇界』編集長の利倉幸一だったが、『断弦』（昭和三二年）に収録される「地唄」以来の伝統芸能に関わる人びとやその世界を描く多くの作品は、その頃習得した知識の結集であり、有吉文学の大きな特色となっている。

彼女は大学時代、作家で演劇評論家の戸板康二を目標に、演劇評論家を目指した時期があった。昭和二六（一九五一）年、専門誌『演劇界』に応募した「尾上松緑論」（五月）、「中村勘三郎論」（八月）、「市川海老蔵論」（一一月）等が二等に入選している。当時の編集長・利倉幸一に認められ、大学卒業後には、『演劇界』嘱託となり、各界の名士を訪ねて「歌舞伎の話を訊く」シリーズを連載、誌面を彩ったのである。その時の体験が、有吉佐和子の伝統美への関心と重なり、後の彼女の文学世界を支える基盤となったのである。

ところで、昭和二八（一九五三）年の河川の氾濫。「未曽有ともいうべき惨禍」と表現される、いわゆる「七．一八水害」(『和歌山県政史』第三巻)のことである。この現実を有吉佐和子は『有田川』にも『日高川』にも取り込んでいる。戦後の、この水害を体験した『有田川』の川守千代は、今年七五歳になる。「昭和二十八年の水害以後、彼女は再び『蜜柑の小母さん』と呼ばれるようになっていた」。千代は戦後、有田川の川下にあたる箕島の蜜柑農家・川守貫太と結婚する。二人の子供のうち一人を戦争で失い、そして今回の未曽有の惨禍を経験したのである。「昭和二十八年七月十八日の有田川の氾濫は史上未曽有の水害と云っても云い過ぎではなかった。沿岸の家や耕地の破壊をほしいままにして荒れくる」い、土石を含んだ「赤い水」が再び千代を襲ったのである(第二十一章)。幸い、悠紀の嫁いだ山田原は無事であった。

虚と実の皮膜

見渡す限りの泥海に希望をなくした青年に千代は晴れやかな声をあげた。「あんた見る場所が違うてるで。あれを見てみぃ、あれを。山は泥をかぶってェへん」。牢固な石垣に囲まれた樒柑山は、今も緑の葉を繁らせていたのである。以来、近在の若者や技師たちも、千代の話を熱心に聞きにくるようになる。水害に会うたびに生まれ変わる千代。「新しいやり方ばかりでは何か肝心のものが失われる」、そう気づいた青年たちは、蜜柑づくりの実績六〇年の彼女に意見を聞きに来るようになっていたのである。「浄念寺さんの太子像は、どない泥の中探っても出ェへなんだのに、翌年、太子像の裏手の畑から、なんと法蓮草の芽に乗って現れなしたんやで」「あれは蜜柑の神さんなんや」。

千代の出生と没年は分からない。現在の生活に「すこぶる満足している」、今の千代が描写されてこの物語は終わるが、その「満足」は「若い頃の思い出が鮮やかに甦るからであった」と記されている。記憶以前を含めれば、三度の川の氾濫とその惨禍は、いつも千代の蘇生に関わっている。そして、災害のたびに結び付きを強める村の人たちがいた。その強さは「蜜柑の神さん」を思い起こす精神とも無縁ではないように思われる。

「旧」と「新」、「伝統」と「革新」。有吉文学の視点は、常に未来に向けられ、過去を放擲することをしない。そして「個」と「社会」の関係を包含する。川の氾濫の実際を背景に、生の完結を構築する作家の手法には、近松門左衛門の「虚実皮膜」の手法も垣間見せられる。「虚」と「実」の微妙な空間に、有吉佐和子は揺曳（ようえい）する自らの内面の炎を彫琢（ちょうたく）した。

荒ぶる神と、内なる神

有田川について千代が思いめぐらす場面がある。

この川は何処から来て、何処へ　流れて行くのだろうか。地理的には高野山が濫觴（らんしょう）で有田を東から西に割り、海へ注ぐのだということは知っていても、この水がどうして集まり、何故流れるのか。いつの頃から幾千年続く流れなのか。今は温和しやかに見える川が、あの怒り狂って荒れる不思議は何なのだろう……。（第十九章）

みずからの人生を確かめるように、川の流れとその行く末を思う千代。高野山に淵源する流れは、彼女を中流域左岸の御霊の津久野家へ、そしてさらに下流右岸の滝川原の児島家へと運んだ。今、河口付近箕島の川守千代として、かけがえのない「蜜柑の小母さん」は、充実した晩年の時を刻んでいる。嫁ぐ日を前に悠紀から相談を受けた千代は、今、村の青年たちの心をも支える存在としてある。

『日高川』の知世子は、龍神温泉の宿屋の老舗大黒屋の女将として、先の大戦下を生き、戦後の混乱期を乗り越えてゆく。彼女は、女中の子として生まれ、父親を知らないが、先代の女将に養育され、跡取り息子・多門の嫁になり、実質的に大黒屋を継いだのである。実は、この七・一八の水害により龍神には湯が出なくなる。それ以前、大黒屋を人手に委ね、御坊に出て加工品を作る工場を運営していた彼女は、「遠い過去よりも、近い将来」、御坊で新しい機械が始動するその日から「新しい人生が始まる」ことを予感する。

『紀ノ川』の主眼は、花の一代記にあるが、彼女もまた、氾濫を契機に一層逞しく真谷家の嫁として成長する。「今度の紀ノ川の氾濫で、海草郡の真谷敬策の名は上がっていた。若い彼が青年たちを引きつれて岩出を援けた活躍ぶりは、誰からも称讃されていた」。花はそのような夫をも包み込む存在として家を支えてゆく。花も知世子も、もちろん家や屋号の下で鬱屈して忍従する女性ではない。しかし、『有田川』の千代は、束縛されるべき何ものからも解放され、大河の力量そのものに自己を完結しているのである。

人の幸せとは、心の中の荒ぶる神を、自然の神と共鳴させる行為であることを、そして究極の哀しみを優しさに転化させることであることを、この作者は知っていた。有田川に纏う現実を受け入れて、今、何よりも千代は、周囲から信頼され人望の厚い存在としてある。千代を包む幸福感とは、まさに彼女自身が獲得した絶対的な宇宙を表現している。作家の確信と潔い姿が、作中の人物と重なって見えるのはその故である。そして、紀州方言のもつ情感豊かな女性言葉は、厳しい自然をも包み込む懐の深さを感じさせる。

（講談社文芸文庫『有田川』平成二六年五月九日、「解説」に補筆。原題「大河のエネルギーを我がものに」）

〈ii〉「油屋おこん」のこと

新聞連載小説「油屋おこん」は、一九七九（昭和五四）年四月一一日から同年八月一九日にかけて『毎日新聞』に百二十八回にわたり連載された。不作に見舞われた熊野の寒村を舞台に、物語は始まる。「紀州熊野の寺谷村は、険しい山岳地帯にあり、耕すべき田畑が少なく、大昔から貧しいところだった」。不作はもう六年も続くという。もともと豊作の年でも、それだけでは村の者は充分に食べることはできない。若者は百姓をやめて伊勢に働きにでるのである。若い娘は年頃になると、伊勢の古市に売られて行くことも珍しくはなかった。ウメは色白で村一番の美人。ところが幼なじみのトシも、母が働いていたという伊勢の古市にウメと一緒に行きたいという。ウメとは対照的に、トシは利発ながら色が黒くて遊郭には不似合いだった。一七九五（寛政七）年の夏のこと、二人は人買いの善八に連れられて、熊野街道を伊勢へと向かう。

前年（寛政六年）七月の大火で古市の妓楼の大半は灰になったが、一年と経たぬうちに以前よりも立派な建物が立ち並び、古市は吉原や島原に匹敵する廓に発展していたのである。もの覚えがよく機転のきくトシは、廓言葉や作法の習得が早かった。期待された美人のウメよりも、むしろ周囲の意に反して、トシの方が芸妓おこんとして有名になる。通人の守田屋を旦那に迎え、生き生きと伊勢音頭を踊る彼女の名は、「油屋おこん」として知れ渡った。一方、器量よしのウメは、かつての油屋の人気芸者おしかの名を踏襲するが、踊りも作法もなかなか上達しなかった。

御師（おんし）福岡九太夫の養子貢（みつぎ）は、養父に連れられて油屋でおこんと出会う。御師とは、伊勢神宮神職で年末になると暦や御祓いを売り、時に祈禱により病痾をも直すことがあったという。地方を巡り、全国の信者に神恩を説く役割をなした。伊勢ではオンシと呼んで敬された。貢は鳥羽の百姓の出、幼名を与吉といい才覚を見込まれて福岡家の養子となり、医者となるべく京都に遊学したが挫折して養家に戻っていた。貢は養父の娘を妻にしていた。京都遊学中、自らの才能に挫折したものの国情を憂い、さらに御師の制度にも批判的な人物に変わっていたのである。その貢が、おこんの話す熊野の生活ぶりに関心を抱き、その人柄に惹かれて古市通いが繁くなる。やがてはそれが愛情に変わり、熊野に戻り夫婦になって暮らそうと言い出すのである。

御師（おんし）の養子からは代金をとることのできない油屋は、売れっ子のおこんから貢を遠ざけようとする。逆上した貢は刃傷沙汰（にんじょうざた）を起こすが、この刃傷事件は一七九六（寛政八）年五月四日、伊勢古市の油屋で孫福齋（まごふくいつき）が数名を殺傷した事件を基に、当時評判となった歌舞伎作品「伊勢音頭恋の寝刃」に描かれている。安田文吉氏によれば、事件直後近松徳三は僅か四日で狂言に仕立て、大坂角之芝居で初演されたが、この油屋事件に名刀紛失のお家騒動を絡ませた近松門左衛門の「長町女切腹」にヒントを得たものだったという[1]。この事件は地元ではもちろんのこと、江戸の役者によって演じられ全国的に知れ渡ったのである。

有吉佐和子「油屋おこん」は、江戸時代にすでに評判となった作品を現代に蘇らせようとしたのだろうか。そうではなかったと思われる。彼女は、執筆前年の冬、熊野から伊勢を訪ね、毎日新聞の編集者を同伴して古市に詳しい野村可通に取材している。(2) おこんの事跡に関しては、事件のこと以外過去帳にしか存在せず、むしろその資料の乏しさが、作家の意欲を掻き立てたらしい。熊野では、おこんにまつわる哀歌が伝わるが、(3) 有吉佐和子はこの物語を女一代の年代記として仕立て上げようとしたのではなかったか。

小幡欣次氏は、「油屋おこん」は「未完の小説」であることを作者から聞いており、「終わりかたがなんとなく不自然であり、いつもの彼女の作品らしくない」と指摘している。(4) 作品を読むかぎり、油屋の惨劇の原因も真相も不明だが、有吉佐和子の筆はその事件を解明することに重きはない。作品の末尾に、熊野のかつての許嫁だった中楠がおこんを買いに来るが、すでに妻帯している彼を扱う彼女の態度は冷たい。「中楠このまま去ね。私は忙し体や」。また、貢に対するおこんの態度も覚めている。

おこんは聡明で気丈な女性として描かれる。人情にもろいが、知性がそれを克服している。「華岡青洲の妻」(昭和四一年)が青洲ではなく、その「妻」を描くことに主眼があったように、「油屋おこん」はおこんの生涯を追究しようとしたのである。「未完」と作者がいうこの作品執筆の目的は、事件後三〇余年のおこんの人生を描くことにあったのであり、今、伊勢市古市大林寺のおこんの墓は、その影の部分を包み込むように、黙しながら建っている。墓は、三代目坂東彦三郎によって建立されたという。一八二九年(文政一二年)伊勢市中之地蔵での興行の大成功を記念したものだったと伝えられる。中央に「増屋妙縁信女」、右に「文政十二年己丑年二月九日」、左に「俗名おこん　年四十九」と刻まれる。

(1) 安田文吉「伊勢歌舞伎考―坂東彦三郎と『伊勢音頭恋の寝刃』―」(『伊勢千束屋歌舞伎資料図録』昭和六三年三月、皇學館大学)参照。

(2) 橋爪博『続　伊勢志摩の文学』(平成七年三月、伊勢山文印刷製本)参照。

（3）中田重顕「油屋おこん哀歌」（『みくまの便り』二〇一四年一月、所収）参照。
（4）小幡欣次「『油屋おこん』に就いて」（『油屋おこん』平成一〇年一一月、京都南座パンフレット）参照。
（『有吉佐和子の世界』二〇〇四年一〇月一八日、翰林書房）

【参考資料】　中田重顕「油屋おこん哀歌」（抄）

伊勢の郷土史家たちは、おこん紀州出生説など一顧だにしない。伊勢の生まれだというのだ。おこん流れ谷説を全国に流布してくれたのはただ一人、作家の有吉佐和子である。昭和五十四年（一九七九）「油屋おこん」という題名で『毎日新聞』に連載を始めた。その二回目には次のような文章がある。

紀州熊野の寺谷村は、険しい山岳地帯にあり、耕すべき田畑が少なく、大昔から貧しいところだった。元々農作物だけでは在の者が充分食べることができなかったのだ。

……若い娘も年頃になると、伊勢の古市に売られていく。別に珍しいことではなかった。

しかし、有吉のこの作品は彼女唯一の失敗作となってしまう。僅か四ヶ月で筆を折ってしまったのだ。おこんさんの祟りだったのだろう。

私の故郷流れ谷では、お盆になると、初盆の家では墓地まで百八本の竹を立て、その先に松明を挿して火をともす。「火とぼし」という。夏の日の暮れ、墓地まで酸漿（ほおずき）のような赤い火が点々と続くのである。そして、山裾の共同墓地や寺の境内では追善供養の盆踊りが催される。もう数少ない年寄りの音頭取りが音頭をとる。墓も境内も一年で一夜だけ明るい夜を迎えるのだ。哀調を帯びた「おこんくどき」が流れる。

おこん生まれはどこよととえば
紀州紀のくに木ノ本奥の

流れ谷とて十四ヵ村の
おとにきこえし寺谷村よ
三年日焼けで三年不作
上の上納のはらいはたたぬ
一家親戚みな寄りおうて
田地売ろうか、おこんを売ろうか
おこん売ろうと相談きまり
おこんゆくかとおこんにとえば
子ども心によ　行くよとこたえた

十六歳のおこんさんは、今、熊野古道伊勢路としてよみがえっているあの峠道を逆に伊勢に向かって、人買いとともに歩いていった。行き交う熊野三山に極楽浄土を求めて旅する巡礼たちとどんな挨拶をかわしたのだろう。地獄にも似た苦界が待っていることを、少女のおこんさんは知っていただろうか。着いた古市でお職女郎を張って、訛り深い流れ谷の言葉をどうしていたのだろう。

文献は何もなく、おこんさんのことは伝え来る音頭でおしはかるしかない。しかし、音頭にも残らず名も知られず墓もないたくさんのおこんが伊勢や尾張の遊郭に売られていったのも確かだろう。

娘を売らざるを得なかった先祖の悲しみや懺悔の思いをこめて、夏の夜、私の故郷の人たちは、こんな音頭で盆踊りを踊るのである。

お盆が過ぎると、流れ谷には秋のにおいのする風が吹き始める。

（収録＝中田重顕『みくまの便り　熊野びと、その生の原風景』平成二六年一月三〇日、はる書房）

まとめ―女性の側から見た歴史―

「油屋おこん」は、伊勢を舞台に全国的に広がった近世歌舞伎のネタを素材に、有吉一流の脚色を加えて出発した新聞小説だった。話の内容には刃傷事件があり、それが世間に強い印象を与え、今日まで伝承されてきた。有吉佐和子はなぜそれを自作に取り込んだのか。彼女の演劇への強い関心が、その根底にはあっただろう。この作品のモチーフや、それが中絶した理由については、今日まで何かと取りざたされているが、ここでは触れない。

有吉佐和子が、この作品を執筆しようとした強い動機のひとつには、中田重顕氏が紹介した熊野の生活者と、そこから伊勢の華やかな場への道のりを経たトシへの関心があったように、私には思われる。それは、遊郭で働く女の姿が躍動しているからだ。そこには、まさに女性から視た遊郭の生活史があり、そこで働く女性の内奥が立体化されて読者に迫るからである。これまでの「歴史＝History」は、男性の歴史だと有吉佐和子はいう。彼女は「Herstory」という造語を紹介しているが、それは「女性史」ではなく、「女性の側から見た歴史」という意味だと説明している（「ハストリアンとして」『波』昭和五三年一月）。

その後、有吉佐和子は「だがしかし、事は男だから、女だからと言っていられない場合が多くなった。人間にとって容易ならざる時代が迫っている。」（「炭を塗る」『波』昭和五四年六月）と書き、世代のギャップ、不景気、社会主義大国の争い、小国の苦悩、インフレ、科学の発達が生み出した思いがけない悲劇などを挙げている。そして、小説家の苦闘は、そのような課題を追究する「終りなき孤独な作業」にあるという。

有吉佐和子の提示した課題とは、今日を生きる私たちにとっても、なんと新鮮で示唆に満ち満ちていることだろう。そして、「文学」とは、人を鍛え、育てるものであるという、今は忘却されつつある、自明のことをさえ思い出させるのである。人が、社会が、蘇生し再生するさまを、その作品の数々を通して知ることができるように思われる。

（この項、書き下ろし）

（8）　作家の基層としての故郷〈丹羽文雄と田村泰次郎〉

丹羽文雄と田村泰次郎――この同郷の二人の作家が語りかけるものを反芻してみると、なぜかイギリスの詩人テニソンの《希望が人間を作る》という言葉が浮かんでくる。急死した親友ハラムへの弔歌『イン・メモリアム』（一八五〇年）の一節だったか、若松賤子訳『イナック・アーデン物語』（原作は一八六四年）に書き込まれた言葉であったか、ともかく《希望》という言葉が、人間形成という、我々にとって最も重要な課題のひとつと乖離（かいり）することなく、それらが重層的な構造を有していることに気づかされるのである。

丹羽文雄は、明治三七（一九〇四）年一一月二二日、三重県四日市市浜田の真宗高田派佛法山崇顕寺に、一六代住職丹羽教開（三三歳）、母こう（本名ふさへ・二三歳）の長男として生まれた。母は文雄が満四歳のとき、旅芸人のあとを追って家出する。四歳上に姉幸子がいた。のちに教開は、田中はまと再婚、文雄には四人の異母弟妹ができた。明治四四（一九一一）年四月、四日市市第二尋常小学校に入学、この年得度して「開寿院文雄」の法名を受けるが、文学の道を選択した文雄には、故郷は現実の生涯を託す場とはならなかった。

四日市はかつて菜の花が美しい街であった。「朝早くから午後になっても、海山道参りの人々は菜の花に埋まって歩いていた。博丸は誰もいない本堂に上った。習慣的に経を読み、鉦を叩く気持ちにはなれず、黙って内陣に坐るのだった。目をとじると心の中には二十八年間自分を育ててくれたものに対する感謝の言葉が集まった。しかし合掌する心持ちにはなれず、目を開けて、厨子の中で煤けた色で目だけを光らせている阿弥陀の顔を見詰めて、彼は次第に感傷的になるのだった……」（「菜の花時まで」『日本評論』昭和一一年四月）。

三重県立第二中学校（のち富田中学校、現四日市高校）から早稲田大学国文学科に進学、卒業後しばらく帰郷して僧職に就いたものの、文学を志してふたたび出郷する丹羽文雄の内面風景が、作品「菜の花時まで」に投影されている。母の家出と、古い地方の寺院を舞台とした人間関係は、その後の丹羽文学の血脈として受け継がれ、繰り返し作品化されるようになる。生母こうをモデルとした「生母もの」、恋人片岡トミをモデルとした「マダムもの」、そして戦後は、父を描きながら次第に近接する親鸞への思い――浄土真宗的な、と亀井勝一郎が表現した生の獲得は、丹羽文雄にとって、書くことを通してのみ実現することを可能にした。ともあれ、丹羽文学の原型は、母のいない悲しみに発している。後年の大作「菩提樹」から引用してみよう。

> ふかい悲しみが良薫の心を捉えた。歩みを忘れさせるほどの悲しみであった。毎日学校からかえって来て、わが家の山門をくぐると、忘れていた大切なことを思い出したように、悲しさがどっと胸にうちよせてきた。山門のところには、毎日淋しさと悲しさが、彼を待ちかまえているようであった。が、彼にはこの悲しさをどう解釈してよいか、わからなかった。この悲しさがどういうことから生まれたのか、よく知らなかった。／仏応寺全体が、彼には大きな空洞のように思われる。悲しさの性質が判らなくとも、悲しさの重量感が、良薫を粉粉にひしいでしまう。／――お母さんがいない

冒頭「菜の花の道」の章には、小学校が退け、友達と分かれて帰宅する主人公良薫の様子が描かれている。「菩提樹」（初出は『週刊読売』昭和三〇年一月一日～同三一年三月三〇日）は、父、母、祖母、私を同時に登場させた本格的な自叙伝的小説である。四〇年間、みずからの家庭の出来事を材に書き続けた丹羽文学の、集大成としての風格がこの作品にはある。

*

田村泰次郎は、明治四四（一九一一）年一一月三〇日、三重県三重郡富田町東富田一九六番地（現、四日市市東富田）

に父左衛士、母明世の次男として生まれた。左衛士は文久二（一八六二）年高知県土佐郡の生まれ、上京して神田区立共立学校、東京大学予備門等で英語、基礎教養を修め教職に就く。明治三二（一八九九）年、三七歳のとき三重県立第二尋常中学の初代校長として迎えられた。同校は、その後第二中学、富田中学、戦後は四日市高校と名称を変え現在に至っている。丹羽文雄が在籍したのは第二中学校である。このときの校長が田村左衛士つまり泰次郎の父であった。泰次郎ものちに、富田中学校に在籍し剣道部の主将を務めた。

田村泰次郎『わが文壇青春期』（昭和三八年三月、新潮社）の冒頭近くに「私は自分を多彩な、充実した青春時代をすごしてきた人間とは、どうしても思えない。」（七頁）という表現がある。満五〇歳を過ぎた田村が、みずからの青春を回顧した場面である。さらに読み進めると、次のような文章に出会う。

私と大陸との関係は、といえば大げさに聞こえるが、十五年五月応召し、内地の三重久居の三十三連隊で三箇月の訓練を受けて、一応帰郷したのも束の間、十一月ふたたび赤紙が舞いこみ、今度は一気に華北山西省遼県に持って行かれたことで、決定的となった。そのときから敗戦の翌二十一年二月まで、私は華北を転々と移動して、もっとも華やかなるべき青春を、血と銃火の生活の中に明け暮れた。私が復員して、まもなく、「日本の女に七年間の貸しがある」と放言したことは、当時有名な言葉になったが、それは私の実感であった。あたら人生の最も貴重な時期を、戦場ですごしたことに、私は悔んでも悔みきれない恨みを持った。が、そうはいっても、戦場でのその生活は、また別な意味で、私の人間形成に役だち、それ相当の充実感で満たされてもいたのである。

（八〇頁）

復員後ただちに著した「肉体の悪魔」「渇く日々」（『肉体の悪魔』（昭和二二年四月、実業之日本社に収録）、つづいて爆発的に迎えられた「肉体の門」（『群像』昭和二二年三月）などには、戦場で構築された田村の確信的な精神が反映されている。「私は肉体から出たものでない一切の『思想』を一切の考へ方を、絶対に信じない」（「肉体が人間である」『群像』昭和二二年五月）とする戦後の田村の自覚は、その文学の伏流としてあるが、世間は肉体文学を標榜する風俗作家としての一面をのみ肥大して記憶するようになる。

大陸から帰郷した曾根平吉と、彼を迎えた母との会話は作品「渇く日々」に描かれるが、その場面は『わが文壇青春期』にも書き込まれている。佐世保に上陸し、沿線の町の戦火による被害を眺めながら郷里富田の駅に着いた。母は、軍服の褐色のシミを見いだすと「これ血やないか」といい、いつまでもそれにこだわった。「もし、血だったら、どうだと言うんだ。おれが、こうして生きて帰ることができたのも、多勢の戦友が、おれのかわりに死んでくれたからだぞ」（二〇七頁）。「お前たちにわかるもんか。同情はしてもらひたくねえよ。畜生、戦友たちはどうしやがつたかなあ」と叫ぶ「肉体の門」の伊吹新太郎の苛立ちも、青春の代償として得た田村の思想の根幹から発せられている。

また「戦場と私――戦争文学のもうひとつの眼」（『朝日新聞』夕刊、昭和四〇年二月二四日）の中で、「結論からいえば、私は戦争反対論者である。いかなる大義名分のある戦争も、私は拒否する」と断言する田村泰次郎は、「一兵士でなかったひとの戦争小説は信じる気持ちになれない。」ともしるしている。すなわち肉体の発する痛み、慟哭、怒り、悲しみ――それら肉体から生じる精神の叫びこそが、田村文学を支える確かな思想として確立されたのである。

昭和四二年七月一一日、田村泰次郎は満五六歳で脳血栓を患い、以来体調がすぐれず、華やかな敗戦直後の活躍に見合う創作活動はみられなかった。昭和五八年一一月二日、入院先の飯田橋警察病院で死去。享年七二歳。世田谷区代沢の自宅での告別式には、『蓮如』全八巻の刊行を終えたばかりの丹羽文雄をはじめ、「暁の脱走」（昭和二五年封切、原作「春婦伝」）に出演した李香蘭（山口淑子）ら各界から多くの知人が参列した。

＊

本田桂子『父・丹羽文雄介護の日々』（一九九七年六月、中央公論社）によれば、丹羽文雄がアルツハイマーを発病したのは一九八六（昭和六一）年、八一歳のときだという。以来、長く長女の桂子が介護にあたったが、平成一三年四月に彼女は父に先立ち世を去る。妻の綾子は、平成一〇年九月に八六歳で病没。丹羽文雄は『蓮如』と前後して、脳溢血で倒れた自身の妻を描いた短編「妻」（『群像』昭和五七年六月）を発表していた。

平成一六（二〇〇四）年一一月、丹羽文雄一〇〇歳を記念したシンポジウムおよび展示会が、郷里四日市市で開催された。しかし翌年四月二〇日未明、丹羽文雄は武蔵野市の自宅で死去する。各紙は大きく紙面を割き、この文豪の静かな死を伝えた。まさに今、その業績の再検討の必要性を喚起したのである。ところで、奇しくも丹羽文雄死去の直後に秦昌弘・尾西康充編『田村泰次郎選集』全五巻（二〇〇五年四月二五日、日本図書センター）が公刊され、解説・書誌などとともに、ようやく田村文学を読み解くための信頼すべき材料が提示された。秦昌弘氏は、平成十年の暮れに東京の田村邸を訪ね、「肉体の悪魔」「肉体の門」などの自筆原稿を発見したときの興奮を「田村泰次郎『肉体の門』自筆原稿を手に」（『毎日新聞』二〇〇五年三月二五日）にしるしている。

田村泰次郎は最後のベッドのなかで「四日市に帰りたい」と何度も口にしていたという。美好夫人は、そのような夫の意思をくんで「この原稿をどうぞ四日市に持って帰って下さい。お譲りします。」と言われたのであった。クリスマスに彩られた渋谷の街中を、原稿をしっかりと抱えて四日市に急ぐ秦氏の姿が浮かぶ。《信頼》という言葉が世にあるとすれば、すべてのひとは、その絆によって支えられている。九三歳の今も崇顕寺を守る義弟の丹羽房雄氏は、文雄のことを必ず「兄さんは……」と表現する。その語り口には寺を捨てて出奔した兄文雄への憎悪は微塵もない。あるのは限りない親愛と精神的な支えとして存在する偉大な兄への敬意である。

文学は孤独な営為である。それを支えた、あるいは支えている人びとにも思いを致し、今こそ、私たちはこの同郷のふたりの作家の意味を考えてみたい。故郷をその精神の根底に秘めながら、喪失したものの代償として得た作品から迸り（ほとばし）出るものは、私たちにテニソンのいわゆる《希望》に通うものを示唆してくれるのではあるまいか。

なお、講談社文芸文庫『丹羽文雄　鮎／母の日／妻』（二〇〇六年一月、講談社、解説中島国彦）、同じく『田村泰次

郎　肉体の悪魔／失われた男』（二〇〇六年八月、解説秦昌弘）、また『母、そしてふるさと　丹羽文雄短編集』（二〇〇六年四月、四日市市立博物館）など、本稿の歴史的事実に関する部分の多くは、これらの文献に負うものである。

（『丹羽文雄と田村泰次郎』、二〇〇六年一〇月二五日、学術出版会）

(9) 横光利一と雨過山房（うかさんぼう）

昭和三年一一月、上海から帰国した横光利一は、世田谷区北沢二丁目一四五番地に新居を構えて移転した。数え年、三一歳。前年二月、菊池寛の媒酌で山形県鶴岡の日向豊作の次女・千代と再婚、杉並町阿佐ケ谷に新生活のスタートを切ったが、その後、中学時代の友人・今鷹瓊太郎を訪ねて上海に渡り、約一ヶ月間滞在した。今鷹は、作品「上海」に登場する参木のモデルである。前妻・キミの死後、横光は、止み難い旅への思いを、生前の芥川龍之介の言に従い、海を越えて実現させたのである。芥川もまた、大正一〇年三月から七月末まで、大阪毎日新聞社の海外視察員として派遣され、上海から江南、長江を経て廬山に至り、武漢、長沙、北京などを廻った。

さて、帰国後の横光利一が、新妻千代とともに過ごした住居を称して「雨過山房」という。それまでの永いさすらいの生活に終止符を打ち、この家は、彼にとっての終生の住処となった。命名は、文学仲間の犬養健（たける）。彼は、当時の政友会総裁（後、首相）犬養毅の長男で、のちに政治家に転向して、戦後の吉田茂内閣で法務大臣を務めた。「雨過」とは、苦しい状況が過ぎたことを意味するが、「ふるい友人を『旧雨』ともいうから、『雨過山房』の意には〈苦しみが過ぎる〉ほかに家に出入りする人々やその情景をも含んでいるだろう。」（井上謙「『雨過山房』に集まった人たち」

『川端康成生誕百年記念　横光利一と川端康成展』平成一一年四月、世田谷文学館）とする解釈もある。ここには、一体どのような人たちが集い、どのような情景を呈していたのだろうか。その見取り図は、横光利一の人となりや文学の特色を彫琢し、また当時の文壇史の様相を少なからず浮き彫りにすることになるだろう。

＊

昭和五年に下北沢に越して来て以来、横光に師事した大岡昇平は「家が近いので、夜分お邪魔したこともある。先生はいやな顔もせず、二階の書斎へ上げて下さった。」と当時を回想し、「門から玄関まで、石畳になっているのは、遺作『微笑』に書かれてある通りである。そこを歩いて来る足音で、訪問客の目的や性質がわかる、とも書いておられる。」（「下北沢の思い出」『横光利一の文学と生涯』昭和五二年一二月、桜楓社）としるしている。「微笑」（『人間』昭和二三年一月）の一節に、次のような場面がある。

ある日の午後、梶の家の門から玄関までの石畳が靴を響かせて来た。石に鳴る靴音の加減で、梶は来る人の用件のおよその判定をつける癖があつた。石は意志を現す、とそんな冗談をいふほどまでに、彼は、長年の生活のうちこの石からさまざまな音響の種類を教へられたが、これはまことに恐るべき石畳の神秘な能力だと思ふやうになつて来たのも最近のことである。（『定本横光利一全集』第一一巻、五二一～五二二頁より引用。）

かつて「雨過山房」に出入りした若い文学志望の人たちには、横光を畏敬する大岡や、北川冬彦、石塚友二、菊岡久利、森敦、寺崎浩、多田裕計、辛島栄成、八木義徳、石川桂郎、橋本英吉、清水基吉、中里恒子、藤沢桓夫、武田麟太郎、桔梗五郎、松村泰太郎、岡本太郎、江口榛一らがいた。また、文学仲間としての吉田健一、堀辰雄、佐野繁次郎、中谷孝雄、田端修一郎ら、それに生涯横光を敬慕して師事した旧友の中山義秀の名を逸することが出来ない。中山、多田、八木、清水、森らは、芥川賞作家として一家をなしたが、彼らの中には横光の証言者として記録を留めてもいる者も少なくはない。

中山義秀は、文学碑にも刻まれた横光の句「蟻台上に餓ゑて月高し」に込められた精神を、みずからの文学精神として昇華させ、のちに自伝的小説「台上の月—横光利一の賦」（『小説新潮』昭和三七年一月〜同三八年二月）を著わした。この作品は、中山義秀著『台上の月』（昭和三八年四月、新潮社）としてまとめられた。その帯には、「師友横光利一との深い交友のあとをたどりながら、文学一筋の道に生きつづけた自己の半生を描く」とある。

八木義徳は「インタビュー我が師・横光利一」（『横光利一と川端康成展』前出）の中で、「義理人情の人」を浮かび上がらせ、寺崎浩は「善意の人」（『横光利一の文学と生涯』前出）と題する文章で、「よさを見つけてほめる」横光の信条を紹介している。寺崎はまた、破門された者として、菊岡、石塚と自分の三人を挙げ、その理由を、前妻をモデルとした作品を褒めたことにあるとし、つまり横光の現夫人への心遣りをヒューモラスに綴っている。

石塚友二は、この二人と幹事となり、昭和一〇年七月ごろから始まった横光の俳句の会「十日会」の世話役を務め、石田波郷の死後、俳誌『鶴』を継いだ。石塚は、神田神保町の書店勤務のころから俳句を水原秋桜子に学んでいたのである。自然発生的に始まった月一回の句会の、最初の集まりが偶然十日であったため、「十日会」と称した。第二回の会が、永井龍男、中里恒子の世話で、「八月十日」に横浜の支那料理店「安楽園」で開かれ、その席上、横光が俳句の運座を提唱し、句会へと発展したという（井上謙『横光利一評伝と研究』平成六年一一月、おうふう）。やがて、横光はこの句会を通じて、彼が講師をしていた明治大学文芸科の学生だった石田波郷を知り、意気投合する。波郷の句集『鶴の眼』（昭和一四年八月、沙羅書店）の「序」に、横光は「伝統といふものは常に古典に還ることではない。さらに次の時代の古典を創り織りなす努力に最も伝統のいのちの生育する場所がある。石田氏はこの新しい古典を創りをさめる努力と効果に於ても見事な花を咲かせつつある」としるした。昭和一〇年ごろに、急激に高揚した横光の芭蕉や俳句への関心、また伝統芸能への言及などが、この「十日会」を媒体として、いっそう具体化する。石塚を介した俳人波郷との出会いは、横光文学の振幅を拡大し、「伝統」への認識を明確にさせる効用をもたらしているといえる。

「雨過山房」に出入りする人々には、彼らのほかに編集者・出版関係者がいた。雑誌『改造』の水島治男、木村徳三、『文芸春秋』の鷲尾洋三、車谷弘、『読売新聞』の我妻隆雄、『文学時代』の佐々木俊郎らである。井上謙「『雨過山房』に集まった人たち」（前出）によれば、水島は「朦朧とした風」「紋章」の担当者で、彼は横光を「現代文学の実験室の主」と評し、その書斎を「サロンというより道場、新文学をリサーチするための刺激を求めて集まる」場と表現した。木村は、横光の風貌を「朴訥な青年のおもかげが残る」と捉え、「旅愁」担当の車谷は、仕事には真面目で努力家だった横光を回想しつつ、「生活者としての能力はゼロ」と批評した。また、我妻は横光の外遊などの際の長期留守役だったという。親交のあった川端康成や、片岡鉄兵、小林秀雄、河上徹太郎、中島健蔵らは、自宅よりも銀座の「はせ川」か「資生堂」を交遊の場としていたようである。ともあれ、「雨過山房」は、横光文学の原質を研磨する場であるのみならず、昭和文学を支える人材を輩出した点において特筆されなければならない。

＊

横光最後の作品『夜の靴』（昭和二二年一一月、鎌倉文庫）は、四回に分載された作品が纏められたものだが、その最終回の題名は「雨過日記」（初出は『人間』昭和二一年五月）である。戦中の苦しい疎開生活を経て、昭和二〇年の歳晩、家族とともに再び上京、世田谷区北沢の自宅に落ち着いた作家の来し方を思えば、上記「微笑」「雨過日記」には、たしかに、かつての『雨過山房』への回帰を願う作家の心中を重ね合わせることができる。ここは、かつて『上海』（昭和七年七月、改造社）の第一篇となる最初の長編「風呂と銀行」（『改造』昭和三年一一月）を初め、『機械』（昭和六年四月、白水社）、『寝園』（昭和七年一一月、中央公論社）などの代表作が世に出された場である。北沢の家から、彼は文化学院や明治大学に出講した。さらには、二人の男子の誕生など、まさに活力に満ち満ちた時が推移した場所なのである。

自伝的小説『雪解』（昭和二〇年一二月、養徳社）は、三重県立第三中学校（現、上野高校）時代の体験をもとに、敗戦直後の、この北沢に「回帰」して刊行された。この作品には、清冽な青春時代の横光の心の襞が刻み込まれているが、その精神は、戦時の体験を経て、遠い日の記憶とともに甦っている。「雪解」一編が、彼に「安らぎと活力を与える清純な泉・『聖域』」（濱川勝彦「『雪解』解説」・『論攷横光利一』平成一三年三月、和泉書院）の表象だったとすれば、「雨過山房」は、まさに横光利一自身にとっての、創作と実生活の「泉」、あるいは「聖域」と等質の世界だったのではないか。それは、千代夫人とともに守り続けた、豊饒で秘められた創作活動の源泉であったことを意味する。

ここで営まれた横光の通夜に、涙を拭い、人目を避けて焼香をする菊池寛の姿を描写した永井龍男の「残照」（『横光利一の文学と生涯』前出）は、「君のだけが小説だ。」としたためられた大正一二年の菊池の書簡を紹介している。

（『横光利一事典』二〇〇二年一〇月一〇日、おうふう）

（10）向田邦子の〈まなざし〉

向田邦子は掌品の名手である。特に、第八三回直木賞（昭和五五年七月）を受賞した「花の名前」「かわうそ」「犬小屋」を含む、作品集『思い出トランプ』（昭和五五年一二月、新潮社）に収録された一三編には、小説家としての彼女の資質が顕著に現れている。これらの作品は、昭和五五年二月より翌年二月にかけて『小説新潮』に連載された。いずれも四百字詰原稿用紙二〇枚程度の短編である。

長く放送の世界で力を尽くしてきた彼女は、五〇歳に手の届こうとする時期に、初のエッセー集『父の詫び状』

(昭和五三年一一月、文藝春秋)を纏め、さらに小説に筆を染めるようになる。放送の仕事は、消えるのが早い。乳癌の手術を受けた彼女は、退院の翌年(昭和五一年)の二月から『銀座百点』というP・R誌に、まるで遺言状のつもりで「父の詫び状」を書き続けたという。向田文学の原点に、日本の《父性》を看取し、そこに漂う、ある種の懐かしさの幻影を求める読者も多いだろう。そこには、雄々しく、一線を画すべき確かな父がいるが、それは、《私》とは切り離せない血の温もりに連なる存在として、向田文学の核のひとつとなっている。

一方、その後に開陳される彼女の小説世界は、《父》と《私》の私性を超えて、《男》と《女》の情愛の機微を見据え、日常の瑣事を温かく愛しむように綴りあげる。その点綴の断面は、家族の愛憎を抉り、浮き絵のごとく心の妖艶を描出する。人の心の奥行きとは、かくも妖しげな陰影を擁して、その襞を見せつけるものなのか。毎日毎日の一瞬が、トランプを切るように見えるという彼女は、人生は、たくさんのトランプを切って、ゲームをしている気持ちと同じだという(「向田邦子自作を語る」、『新潮カセットブック』昭和六二年三月、新潮社)。

『思い出トランプ』に収録された「かわうそ」は、脳卒中の予兆を感じさせる夫と、明るくおきゃんな妻との、不動産の扱いを巡る場面から始まる。冒頭の「指先から煙草が落ちたのは、月曜の夕方だった。/宅次は縁側に腰かけて庭を眺めながら煙草を喫い、妻の厚子は座敷で洗濯物をたたみながら、いつものはなしを蒸し返していたときである。/二百坪ばかりの庭にマンションを建てる建てないで、夫婦は意見がわかれていた。厚子は不動産屋のすすめに乗って建てるほうにまわり、宅次は停年になってからでいいじゃないかと言っていた。停年にはまだ三年あった。」という説明は、日常の夫婦の平凡な物語の幕開きに相違ない。だが、後に展開される残忍さを内包したかわうそのような妻の言動は、さりげなく置かれた夫婦の「意見」の齟齬を引き立てるに十分すぎるほどに見事な物語として展開する。「『庖丁を握り締め、妻に対して殺意をすら抱く夫を描く終幕は秀逸である。「『庖丁持てるようになったのねえ。もう一息だわ』/屈託のない声だった。左右に離れた西瓜の種子みたいな、黒い小さな目が躍っていた。/『メロン食べようと思ってさ』／宅次は、庖丁を流しに落すように置くと、ぎくしゃくした足どりで、縁側のほうへ歩いていった。首のうしろで地虫がさわいでいる。／『メロンねえ、銀行からのと、マキノからのと、どっちにします』／返事は出来なかった。／写真機のシャッターがおりるように、庭が急に闇になった」。小説の幕切れは、夫の発作とともも訪れる。

ここには恐ろしく深刻なユーモアが漂う。かくも危うい刹那の向こうに、夫婦は平和な時間を共有しているのだ。向田邦子の〈まなざし〉の向うには、そのような現実があり、それをいとおしくみつめる〈まなざし〉もある。「だらだら坂」は、結末を迎えた男女の物語として閉じられるが、トミ子のマンションに立ち寄らずに帰宅する庄治の心を、「惜しいという気持半分、ほっとしたという気持半分が正直なところだった。」「ちょうど一年、この坂を上り下りしながら、上りは陽に背を向け、帰りは闇になっていた。言いわけを考えながら帰ることもあって、下の町を、夕焼けの町を見たことがなかった。」と説明する。「花の名前」では、「花の名前。それがどうした。／女の名前。それがどうした。／夫の背中は、そう言っていた。／女の物差しは二十五年たっても変わらないが、男の目盛りは大きくなる。」とある。《男》の優位や《女》の劣性などを取り沙汰し、それを問題にすることとは殆ど無縁のレベルに向田文学は存在する。

「ねずみの色が濃くなりやがて闇になる。まわりの色を黒く変えてゆく時間と、父は命の陣取りをしているようだ。」――窓の外は、薄ねずみ色に移ろいゆく。このように、小説「ダウト」は、夕刻の父の臨終の場面から始められる。枕もとの息子の塩沢は、父の口許から立ちのぼる臭気に耐え難い苦痛を覚えるが、塩沢もまた「死ぬ間際に父の吐いたはらわたの匂いは、そのまま俺の匂いだ。」と思い返す場面がある。勤務先の会長に上司を讒訴する電話を、従弟の乃武夫に聞かれたかも知れないと思う塩沢は、「生き乍らの腐臭を、この男に嗅がれている」ような気になる。人の心の深部に秘在する「小さな黒い芽」。それを知られているのかいないのか、確かめる術を模索する塩沢の心のざわめきが、この作品の主題となっている。ダウトとは、カードで数を順に出してゆき、相手のカードを嘘と疑ったら「ダウト」と声をかける遊びである。嘘であれば、声をかけた人が有利になり、はずればリスクが大きい。一瞬に過る人生の闇が、ここでは絶妙の筆に支えられて呼吸している。

昭和五五年三月、『別冊文藝春秋』（一五一号）に発表された長編小説「あ・うん」は、軍需景気で羽振りのいい中小企業の社長門倉修三とサラリーマン水田仙吉との友情の物語である。二人を、一対の狛犬に託して、阿・吽の呼吸として描きながら、太平洋戦争の近づく時代背景と、親友の妻への門倉の思慕が、この物語の軸に置かれてある。二人の友情の狭間に身を置くたみを描写しつつ、時代を予兆させる末尾は、殊に秀逸である。「暗い庭を見ながら酒を飲む二人の男の真中で、たみは、門倉の煙草の空箱から銀紙をとり、銀の玉に貼っていた。なにか手仕事でもしていないと、居ても立ってもいられない気持ちだった。（略）銀の玉は二人の男の空箱で大きくなるだろう。判っているのはそこまでである。これが飛行機になるのか、鉄砲玉になるのか知らないが、こんなものが本当にお国の役に立つのだろうか。自分たちの行末と同じようにたみには見当もつかなかった」。

『男どき女どき』に収録される作者最後の四編もまた、一見平凡な日常に沈潜する人の心の妖精が、疼くように囁く作品である。扉に「時の間にも、男どき・女どきとてあるべし」（「風姿花伝」）が引用される。何事も順調に事が運ぶ時を「男時」、逆を「女時」という。我々の人生は、長い蓄積の末に、人知れぬ、或いは知られることを畏怖する負の世界を抱え込む。だが、ある瞬間に何かが動き、その一瞬救われたと実感する時間が蘇生する。「鮒」「ビリケン」「三角波」「嘘つき卵」にもまた、そのような瞬時の断面が輝いている。

「鮒」は、ある日曜日の家族の日常の、食卓の風景から始まる。いつもは家を空ける塩村を交えて、家族四人は朝昼兼帯の食事を終え、団欒のときをすごしている。そのとき、音感のよさを自慢する長女の真弓が、台所のドアが開いたという。妻の三輪子が台所を覗くと、勝手口に近い土間に、プラスチックのバケツが置かれ、中には一五センチほどの鮒が一匹入っていた。それが、ツユ子の仕業だと知る者は塩村以外にはいない。

翌週、長男の守を連れて、彼女との思い出の場所を巡って帰宅したとき、鮒は死んでいた。鮒は、鮒吉と名づけてツユ子が大切に飼っていたもので、塩村の心に重い痕跡を残していたのだった。ツユ子は、なぜ今になって、こっそりと鮒を塩村のもとに届けたのか。一家四人の談笑する光景に侵入するツユ子の行為は、塩村の心を射抜くように撃つ。

小料理店で働くツユ子と、ふとしたことで知り合い交際を始めたが、塩村がシンガポールに出張し、帰国して一月(ひとつき)ほど病床に伏したのをきっかけに疎遠となった。家庭を壊したくないと考える塩村の記憶の中に、彼女はなお存在する。そして、鮒はふたたびツユ子との日々を蘇らせる契機となったのだった。やがて、鮒を置き去りにしたまま姿を消した彼女の心の陰影を、みずからの断罪の意識と交差させながら、塩村は追いかけるのである。

父に対しては対抗意識の強い長女の真弓、おっとりとした性格の妻の三輪子、そして父の秘密を見透かし、それを共有するかに見える長男の守。平穏な日常に秘められた心の疼きは、塩村の罪と自省の意識とによって、危うく支えられている。日常の平凡と冒険の狭間を揺れ動く心の魔性が、この作品の基調を支えているが、一方で、ツユ子のけなげな生き方にそそぐ作家の〈まなざし〉は、この作品の生命線として、作品の魅力を際立たせている。鮒吉の死は、塩村の日常を救う装置として、この作品に置かれているのだ。

向田邦子の小説は、心の妖しさにつき動かされる人間の弱さ脆さを描きつつ、同時に、それが人間であるということ、そして、そこに人生というもののいじらしさも、はじらいもあることを見届けている。魅了されるのは、その小説の世界に、読者みずからが歩むしなやかな時の流れを感じさせられるからだろう。しなやかさとは、人生の美の姿態でもある。それは、対象を見つめる作家、向田邦子の〈まなざし〉の奥にある。

（『向田邦子鑑賞事典』二〇〇〇年七月七日、翰林書房。原題「向田邦子の小説」）

（11）阪中正夫との歩み、そして金田龍之介氏との出会い

今年（昭和六三年）は、久保栄、三好十郎と並んで、阪中正夫没後三十周年にあたる。それを記念して、先ごろ上梓した『劇作家阪中正夫　伝記と資料』（昭和六三年、和泉書院）が、幸い各方面で温かく迎えられているのが嬉しい。一〇年ほど前、「馬――ファース」（『改造』昭和七年）を巻頭に、彼の代表作や随筆を収めた『阪中正夫集』（昭和五四年、ゆのき書房）を出版して以来、私は阪中正夫と歩んできたことになる。その間、彼を介して出会うことのできた人びとの、懐かしい口調やお人柄が、私には、かけがえのない財産である。世俗的には無欲で純粋で、一途に自分の求める真実と向かいあっている人たち。「馬」に登場する人物にも、そのような共通したキャラクターがある。

戯曲史上、阪中正夫は、昭和三年に岸田國士が創刊した第一次『悲劇喜劇』（第一書房）あたりを起点として、同七年に創刊される第一次『劇作』（白水社）の有力な推進者だった。『悲劇喜劇』には、フランス演劇を培養土として、〈せりふ〉や〈笑劇〉に関する研究も多く発表されており、あの「馬」の着想は、ここを淵源としているようにも思える。私は、「馬」を読むたびに、その約二年後に『劇作』（昭和九年）に発表された「ルリュ爺さんの遺言」の冒頭の一節を思い起こす。

「**ラ・トウリイヌ**　わしゃのし、もう腹立ってのし、お医者さんの先生はん！きたないこっちゃけど、爺さんたら今日でもう、六日も小便たれへんのやからのし、……」

よく知られるように、この作品は阪中正夫の敬慕するマルタン・デュ・ガアルの原作。堀口大学が邦訳したものを、さらに彼が紀州方言に直したものだ。その紀州方言がかもし出す無骨で滑稽な、しかも哀愁を帯びたことばのリズム

は、「馬」の北積吉やラ・トウリイヌの一途な人間像と見事にむすびついてゆく。

阪中正夫は、「馬」を発表したあと、「方言の方は今では余り解つて貰へないと思ふが、これを書いた当時の劇団で通用してゐた方言と云へばただ一つ『ダンベエ式』の方言だけだつた。関西弁の美しさ、もう少し広く云えば方言のリズムの美しさと云ふものを、一応はつきりと私はこの作品で示し得た」（「作者の言葉」）としるしている。戦後の大阪で、舞台稽古をしていた若き日の金田龍之介は、その著『四十四年目の役者』（昭和五二年一一月、レオ企画）の中で、阪中正夫の「田舎道」の台詞を聞き、その方言には「美しい詩」があり、「田園の音楽を聞いているような気持ちで聞き惚れた」（一二二頁）と述懐している。

「ルリュ爺さんの遺言」は、阪中正夫による邦訳の初の方言化の試みであった。阪中は「言葉と云ふものは、言語の持つ内容以外に、表情が加はつて、初めて個性のある言葉となるもので、会話はこの言葉の個性の上にのみ、初めて生かされるものなのだ」（「方言」）と説明している。阪中正夫における「方言」は、こうして「個性ある」「表情」の表現媒体として、彼の作品世界に蘇生したのであった。それは、長い日本文芸史上紀州方言が初めて作品に登場し、舞台で流れた瞬間でもあった。

ところで、田中千禾夫は「阪中正夫——不愛想な田園エピキュリアン」（『劇的文体論序説』下、所収）で、「『劇作派』だから云うまでもないが、一世を風靡しつつあった政治思想的な当時の主流派新劇に敢えて背を向けて立つ孤高の精神、何者にも束縛されない自由独歩の気概に於いて、阪中ほど強烈なのは居無かった」と記し、「『劇作』創刊一年たらずで同人を脱したのも、その独立自尊からであったように思われる」と付け加えている。一方の阪中正夫は、『文藝』（昭和八年一二月号）に掲載された「十一月の同人雑誌」に、「戯曲の雑誌では、僕は『劇作』の提灯持ちをすればいゝ、だらふと思ふ。そして『劇作』を知つてる人はきつとこの僕を赦してくれるに違ひない」と書きつけていた。このような彼の姿勢は、晩年に至るまで基本的に変わることはない。

金田龍之介氏と筆者
平成13年11月4日
阪中正夫生誕百年記念のとき
（撮影・恩田雅和氏）

田中千禾夫の目に映る「自由独歩」の姿勢を支えたのは、師・岸田國士への強い親炙の念が、阪中正夫の脊梁として存在していたからである。若き日の保田龍門との出会いから、岸田國士への尊敬の念、それがなければ、阪中正夫という方言劇を駆使した劇作家は生れていない。こうして紀伊の山河は、土俗の衣装を纏う舞台芸術を、はじめて世に生み出したのであった。

昭和六三年七月九日、私は、名古屋結城座の金田龍之介独り舞台「円空」を観劇した。「孤独な者は理想を高く掲げて歩む」という科白（せりふ）が、その場の円空にはふさわしかった。阪中正夫を慕った名優・金田龍之介も、もうこの世にはいない。昭和三（一九二八）年六月五日生まれの彼は、平成二一（二〇〇九）年三月三一日に世を去った。享年八〇歳だった。

（『悲劇喜劇』第四一巻第一〇号、昭和六三年一〇月一日、早川書房。平成二八〈二〇一六〉年二月二八日補筆）

(12)　昭和一〇年前後の阪中正夫

昭和九年一〇月、『行動』という雑誌が実施したアンケート「文学者の郷土調べ」の中で阪中正夫は、《郷土の風物は嗜きですが、嗜きな人はあまりゐません》と答え、《それでも、（略）僕は僕の生まれた村が一番いゝと思ふんです。》と回答している。彼の《ふるさと》は、和歌山県安楽川（あらかわ）村、現在の紀の川市（旧・桃山町）。和歌山市の東方、国道二四号線に沿って紀ノ川を遡行すること車で約二〇分。生家は、紀ノ川の南に開けた村のほぼ中央に現存する。明治三四年生まれの彼は、ここで牧師児玉充次郎の講義所に通い、当地の青年達とともに、早くからキリスト教を通じて精神生活について学ぶところがあった。日露戦争、第一次世界大戦と続く時代の激動、そして父の営む蚕糸業の経営不振。阪中の心に刻み付けられた《ふるさとびと》の表情は、決して明るいものではなかった筈だ。長男の彼は、父の生業を継ぐために、信州の蚕業講習所に学んだ。彼をまず文学に結び付けたのは、二年間を過ごした異郷の風物だった。交差する故郷と異郷の空間で、阪中は、詩を作り始めたのである。かつて詩人の足立巻一氏は、この『六月は羽搏く』(大正一三年年六月、抒情詩社)の作者のふるさとを訪ねて、ついに恵まれぬまま紀ノ川べりに生涯を閉じた、阪中正夫を悲しみつつ、その代表作『馬』に描かれた方言を「詩のように美しい」と記していた(「カラールポ・紀ノ川くだり」)。

阪中正夫の詩集を繰ると、例えば次のような作品に出会う。

芝の焼けるのを見てゐる味は/到底　都会に住みなれた者には/わからないことだ/想像してさへも見ないであらう/けれども河の岸で/夕暮れがた　風の凪いだとき/芝のちろちろと燃えてゆくのを眺めるのは/まったくの詩そのものだ/燃えてゆくのでもなく/白い煙が立ち昇るのでもない/それは美しい詩の章句が表現されてゆくのである

その詩の原点には土地や自然への信頼と、素朴な人々の生活がある。彼の芸術を支える農村の風景、田園の香り、土の味わい、そしてそこに躍動する人々の朴訥な心の交響――阪中正夫の文学世界は、まず《ふるさと》を凝視するところから出発する。そこに見出された貧困や保守性、あるいは抑圧や土俗性が、憎悪や悲しみへと向かわず、それらが哀しいまでに《美しい詩の章句》として表現されてゆくところに、彼の文学生命の立脚点があった。昭和初期、岸田國士との出会いを契機に、詩作から劇作に転じた後の、阪中正夫の「昭和一〇年前後」とは、そのような彼の劇世界の隠喩として位置付けることができる。

この時期の阪中作品の集約として、文芸復興叢書『馬』（改造社、昭和九年）と新選劇作叢書『赤鬼』（白水社、昭和一一年）の二冊がある。前者には「窓」「鳥籠を毀す」「田舎道」「鯡」「矢部一家」「砂利」「恐ろしき男」「馬」の八編、後者には「故郷」「傾家の人」「赤鬼」「為三」の四編が収録される。戯曲の習作期としての昭和初期の二、三の作品を除けばいずれも明らかに彼の《ふるさと》を舞台にしたものだ。昭和七年、張赫宙「餓鬼道」と第五回改造懸賞当選を分け合って評判となった「馬」以来、明確に自覚されつつあった農村へのこだわりは、彼の文学の特質をほぼ決定していると言える。

「故郷」（『文芸春秋』昭和九年六月）は、田舎の小さな村で展開されるアメリカ帰りの男の物語である。スレート屋根の文化住宅に住む主人公森田米次郎は、外地で稼いだ資本を元に、ここに乗合自動車を敷くことを計画する。村の人達は、彼ら夫婦を「アメリカさん」と呼んでいる。春先の暖かい午後。裕良三という商人風の男との会話から始まる。

裕良三　へえ、花見頃までに、この街道へ、乗合自動車をねえ。成程、旦那は一人で、アメリカへ行つただけあるよ、帰つて来ても、うまい事業を思ひつくなあ。

森田米次郎　そら、これがその許可証だ。今郵便屋が持つて来たんだ。

裕良三　そんなら、尚更、お祝いにだつて、こいつを買つて貰ひたいよ。旦那が悦んで買つて呉れると思つて、松下さんにあつたのを、わざわざ今日買うて来たんだもん。

森田米次郎　阿房なこと云ふな。お祝ひにならなら、今も君に云つてるぢやないか。

裕良三　また株の話か。

森田米次郎　それやさうさ。

自動車会社の株を持たせようとする思惑と、骨董の花器を買わせようとする意図が最初から食い違う。森田の妻のかづ子にしても、持参金で株を買った夫に対して、しかも過去に結婚しようとした相手の女が居て、その影が今もちらつくとなれば決して心穏やかではない。そこへ、昔世話になった叔母が、着物を買うと言っては無心に来る。夫の没後、役者あがりで世間知らずな男と一緒になり、七町もあった田畑も騙されて無くしたというのである。つまり郷里に帰った森田米次郎を待っていたのは、金銭を巡る人間の確執だった。

一方、乗合自動車の被害を受ける人力車夫たちは、その補償を求めて強請（ねだり）に来る。「全く今になって、俺はこんな村へ帰つて来たのを後悔するよ」と米次郎は呟く。「貨幣の重量を正確に感じさせる人物」（「現在における文芸上の我立場・主張」）を描くことに執心した当時の阪中の筆は、こうして事業の成功と破産、そして男女の愛と確執をテーマに進んだのである。「あたえ早くこの街道へ、乗合通るの見たいえ」というかづ子の言葉でこの戯曲は閉じられるが、そこには《故郷》に寄せる期待がほのかに垣間見える。阪中は戦後、大阪で再起を期してラジオドラマにも取り組んだが、その間にＪＯＢＫやＡＢＣから流れた随想にも、彼の《ふるさと》が基調にあり、それらはかつての作品のトーンを奏でていた。

「馬」はベルギーの作家クロムランクの「堂々たるコキュ」というファースに影響されたということを、本誌『悲劇喜劇』二月号の北村英三氏の文章で知った。阪中正夫の作品は、閉鎖的な空間としての農村に向かうのではなく、そこを背景に繰り広げられる人間の心の動きを凝視する。笑いの原点は、そこにある。そしてそれらの作品は、失われた原郷への回顧、郷愁ではなく、それを獲得して、そこに新しい意味を与えることにあった。

（「特集・ふるさとの映るドラマ」『悲劇喜劇』第四六巻第一二号、一九九三年一二月一日、早川書房）

何が必要で、何がそうでないかという判断は、そのすべてが明らかになった後に、下されるべきだろう。少しく立ち入ってみると、近代文学の研究の分野においても、比較的明るい部分と、暗い部分とがすぐに判然とする。例えば、膨大な書誌的調査を経て、精密な年譜を構築した『太宰治全集』（筑摩書房）の編者・山内祥史氏は、その別巻の『月報』一三（一九九二年四月）に寄せた「完結に際して」の中で「ともあれ、このたびの全集の編纂過程で、太宰治の作品に関しどういうことを調査しなければならないかということの輪郭が、ほぼわかってきたような気がする。」と記している。大きな仕事を終えた人の、このような発言に出会うと、虚をつかれたようにハッとすることがある。そして、《研究》ということの意味を考えさせられもする。

(13)　阪中正夫年譜の作成

私にとって、「阪中正夫という人」は、全くの未知の人であった。鷗外の云う「経歴と遭遇とが」（「なかじきり」）要因となって、その年譜を作らしめたということになる。最初に勤務した奈良県の高等学校に森本秀夫という博識、文学好きの国語の先生がおられて、昔同僚たちと阪中正夫原作『馬』の舞台を演じたという。その時の、手振り身振りの、涙を流して笑いながら説明する姿を思い出すたびに、私の中で、その作者に対する関心が膨らみ始めていた。私の高校時代の恩師・赤阪登先生は、阪中正夫と同郷の英語教師であった。

近刊の小著『証言　阪中正夫』（平成八年四月、和泉書院）に収録した「年譜覚書」は、公けにする四度目の「年譜」である。その度に、何かが削除され追加され、訂正された。最初の年譜は、昭和五二年一二月に、『皇學館論叢』という大学の機関誌に発表されたものだ。阪中の夫人がお元気の頃で、何度かお目にかかり、彼の形見やスクラップの関連記事を見せて頂いた。奈良に、志賀直哉周辺の人物として登場する北村信昭氏、大阪に戦後の阪中に師事したという浜畑幸雄氏らがいて、当時の資料を提供して下さった。私の作成した阪中年譜の、初期と後期とが、中期に比して詳しいのは、そのためである。

しかし、「年譜」とは、詳しく記載することのみが要求されるのだろうか。鬼内仙次氏が「先生（注、阪中のこと）の家には二階に同居人がいて、階下は先生の書斎として使用している六畳の間と、同居人の共通の台所があった。色の白い美しい女の人がおられて、私はその人を奥さんとよんでいた」（『風』第一五号）と記述しておられるのを、私は敢えて深く詮索はしなかった。ところが、このたび『証言　阪中正夫』を読んだ「同居人」の方から、その「色の白い美しい女の人」こそ、当時の阪中の生活を支えていた人だと聞かされると、私の作成した「阪中年譜」についに登場しなかった、その人の複雑な胸中を推し量って心が痛む。「文学の資料」として、どの程度を記録し、削除すればよいのか。

就中、阪中正夫の真骨頂は、昭和初期から十年にかけてではないか。その辺りの記述に、加筆すべき事項はないのか。当時、ナンセンス文学で一世を風靡した中村正常氏が、「阪中君とはよく遊んだよ。彼は、いつも燕尾服を着ていてね。結婚式にお父さんに買ってもらったのを、ずっと着ていたんだよ。田舎者だったねー」と語っていたのを思い出すと、「人間・阪中正夫」を描くに十分すぎる資料を、活用していない私の不敏を責めないではいられない。今一つの「阪中年譜」が書かれる可能性を、私は信じている。

東京の古書店から購入した文芸復興叢書『馬』（昭和九年、改造社）の扉に「謹呈白石凡様　昭和九年四月　阪中正夫」と三行に直筆で書かれていたのを思い出した。『日本近代文学大事典』（講談社）によれば、白石凡は、大正一四年に朝日新聞に入社、学芸部長、論説委員、出版局長等を歴任したことが分かる。先に記した太宰治の年譜を眺めていると、昭和一一年の項に「一月頃発表の予定で、『大阪朝日新聞』学芸部白石凡より依頼のコント五枚」を執筆したとの記述に出会い、当時の人間関係や社会の様子が窺われて興味をそそられるが、私には、太宰と阪中を結ぶ線が発見されたようで面白かった。
私は、阪中正夫の年譜を作成する過程で、文学史には書かれていない荒野を開拓する快感を味わうことが出来たように思うが、一方で恣意的な「阪中像」を構築してはならないという自戒の気持ちも強くなっている。そして冒頭に、何が必要で、何がそうでないか、という意味のことを記したが、私は今、総てが必要であったと考え始めている。様々な情報を、我々は、どのように採り上げるか、意味付けるか、《資料》は常に息を潜めて、躍動する時を待っているように思えるのである。

（『悲劇喜劇』第四九巻第八号、一九九六年八月一日、早川書房）

(14)　森敦と阪中正夫——小説「玉菊」の背景——

一

名画の残欠が美しいように美しい奈良……という感慨を残して、作家・志賀直哉氏が奈良を引き揚げ東京へ移られたのは昭和十三年四月であった。大正十四年四月来寧、幸町に居を定め、昭和四年四月には高畑裏大道の新居に移られた。氏の壮年期の後期丸十三年間を私たちの奈良で送られたことになる。／昔の社家町であった奈良高畑（たかばたけ）のくずれた土塀のあたりに、文人画家が居を構えて、高畑族ともいうべきものが一つの雰囲気をつくっていた。

大正の末期から昭和中期にかけて志賀直哉氏が在住された間が、そういう時代のピークともいうべきであろう。『大和百年の歩み・文化編』（昭和四六年一一月、大和タイムス社）に収録された「志賀直哉氏とその周辺」の冒頭に、右のような文章が置かれている（三二六頁）。執筆者は、北村信昭氏。北村氏（明治三九年、奈良市菩提町生まれ）については、『奈良近代文学事典』（平成元年六月、和泉書院）に、浅田隆氏によって、その生涯が簡潔に紹介されているが、それによれば、家業の写真館を継ぐ傍ら、大正末頃より詩作を始め、「大和日報」に詩やエッセイを投稿、松村又一編『関西新詩選』（大正一五年）にも作品が採られていること、大正一四年から断続的に「大和日報」「奈良日日新聞」「大和タイムス」などに勤務し、晩年は「奈良新聞」嘱託、「奈良県観光」の編集にも携わったことが知られる。又、実作者として同人誌『雲』『関西詩人』『浅茅』などに関与、昭和一一年にはミクロネシアの土俗探求の旅行も試みたという。中でも、奈良滞在中の志賀直哉を介して、文人・画家との交流も深まり、当時の高畑を中心とする交遊の歴史は、貴重な文化史・文学史の証言者として遍く知られるところであろう。

尾崎一雄著『あの日この日』下巻（昭和五〇年六月、講談社）に収録された、兵本善矩の安否確認に関する北村信昭氏との熱い往復書簡は、印象深いものがあるが、筆者も、阪中正夫を追跡する過程で、当時の志賀直哉周辺に居た阪中の行動を、やはり北村氏の証言と、当時の文献を提示されることによって、確認することができたのであった。その学恩の一端は、小著『劇作家阪中正夫　伝記と資料』（昭和六三年五月、和泉書院）に収録した「いわゆる『高畑族』との交流―作家のふしを育んだ文学的郷土―」（初出は『解釈』第二五巻第一〇号、昭和五四年一〇月）に纏められたが、森敦と阪中正夫の交遊の様子や、その時期、また当時の生活風景を作品化した阪中正夫の小説「玉菊」については、十分調査が行き届いているわけではない。

二

森敦『月山抄』（昭和六〇年九月、河出書房新社）の一〇一頁から一五一頁は、阪中正夫、兵本善矩、上司海雲らとの交流を中心に、奈良での青春が紡ぎ出される。だが「わたしはほとんど年月日というものを記憶していない。いや、記憶しまいとしている節さえある。それはわたしのわたし自身への復讐であるかも知れない。」（一二七頁）とあるように、森敦の行動の時期を、彼自身の文章から特定することは、困難である。つまり、「小説はつねに時の蘇りにおいて生きなければならない。」（一二七頁）とする、彼の哲学が根幹にあるからである。だから、例えば「台風一過、嘘のように晴れ上がった翌朝、早くから阪中正夫が山荘に上がって来たのを思い出したのだ。わたしは楽天家なのであろう。阪中正夫はいつものように着流しで格別わたしに見舞を言うわけでもない。縁に掛けると、オモニイは偉いね。いきなりそう言って笑った。わたしは韓国で育ったから、韓国語を知らぬとはいえ、オモニイの意味ぐらいは知っていた。お母さんということだが、わたしたちは韓国の婦人をなんとなくそう呼んだ。」（一二九頁）という描写の中に、阪中正夫の言動を通じて浮かび上がる実像があり、時を超越した確かな息遣いを、感じ取ることが出来る。

「山荘」とは、志賀直哉が住んだ高畑のあたりから伸びた丘陵の突端にある瑜加山の山荘のこと。森敦が瑜加山で襲われた台風のことは、志賀直哉「颱風」に活写されているという。志賀直哉「年譜」によれば「颱風」は、昭和九年一一月『文芸春秋』に掲載されている。阪中のいうオモニイは、巡査の止めるのも聞かず、「あの台風の中を、裳をちぎれるほどふくらませて、五重塔から飛んでくる金具を拾って歩いて」いたという。後に森敦の妻となる暘もその妹たちも、その中にいたのである。後に、森敦は読売新聞の記者を伴って、この界隈を歩き、それを「東大寺の日々」（同紙、昭和五七年一二月二八日、大阪本社版）に纏めた。「妻よ…友よ…楽しき十年」の副題が付く。編集部の注記によれば、「奈良での筆者は、楽しそうだったが、なにか一途なものを感じさせながら歩いた。原稿が届いて亡妻、亡友をしのぶ旅だったのだとわかった。暘さんも海雲さんも芥川賞受賞の翌年に亡くなった。」とある。『月山』で第七〇回芥川賞を受賞したのは、昭和四九年一月、作者六二歳の時であった。昭和一六年五月、横光利一の媒酌で、前田金弥、よしの長女・暘と結婚。井上謙「森敦略年譜」（『森敦論』平成九年七月、笠間書院）によれば、昭和一〇年夏、兵本善矩を介して、上司海雲を知り、奈良東大寺に寄寓、この時、奈良女高師付属高等女学校に通う前田暘と出会い、将来を誓った。そして翌年、森敦は先の瑜加山の山荘に移っている。上司海雲「志賀先生」（『図書』第二六八号、昭和四六年一二月）に「そのうち加納さんの紹介だったか、先生の弟子と自称する兵本善矩なる男が私のところに現われることになり、この兵本が岸田国士の弟子の阪中正夫とか横光利一の愛弟子とかいう森敦などをつれてくるのでした。」とある。『壺法師海雲』（昭和五六年一月、東大寺観音院内・上司海雲追憶記念会）に付された「略年表」によると、当時の海雲師は東大寺・惣持院住職、昭和一三年二月一日に発令される「少僧都」の前であったろうかと推測される。

当時の交遊を示す「東大寺勧進所付近」で撮影された写真（坂中家蔵）が残されており、そこには北村信昭氏に確認して判明した森敦、阪中正夫、上司海雲師の姿が認められる。（注1）

三

阪中正夫の短編小説「玉菊」は、昭和一〇年三月一日発行の『若草』第三号に掲載された。掲載頁は、二五頁から三一頁。四百字詰原稿用紙に換算して二〇枚弱の短編である。その本文に関しては、かつて拙稿「阪中正夫の小説『玉菊』とその本文」（『皇学館大学紀要』第三八輯、平成一一年一二月）に全文を翻刻して紹介した。（注2）作中の木谷が阪中、その友人で小説家志望の桃田が兵本善矩、二人の世話をする神津が上司海雲である。

『奈良近代文学事典』（前出）の「阪中正夫」の項目を担当した永栄啓伸氏は、玉菊の存在を「美しい年増芸者の玉菊は、貧困生活を続ける二人にとって心の友であり、安らげる母性としてある。」と位置づけた。この作品には、森敦は登場しないが、『月山抄』に描かれるオモニイへの心寄せが想起され、また池田小菊「小説の神様」（『関西文学』第一二二号、昭和四七年五月）に通底する心象風景がある。浅田隆・和田博文編『古代の幻』（平成一三年四月、世界思想社）に収録された水谷真紀氏の論稿は、「『玉菊』は、阪中の考える『小説における会話』によって成り立っている作品である。」とし、「言葉の表情」にこだわった阪中の、戯曲と小説の言葉の差異を認識した屈折点としての「玉菊」を指摘している。

奈良高畑を中心とした風土（もしくは場）が、森敦や阪中正夫にあっても、その文学あるいは人生を支える沃野として存在したことを、今あらたな感慨をもって顧みることができよう。特に放浪を重ねた森敦であるが故に、こうした奈良高畑に寄せる熱い思いを知るとき、そこは、彼における磁場もしくは、聖域としての意味を有していたに違いない。そして、暘はもちろん阪中正夫もまた、その空間に確実に存在したのである。

なお、平成一一年八月三一日消印、筆者宛北村美椰子さんの私信によれば、尊父信昭氏は、同年七月一九日、午後一〇時五分急性腎不全で、九三歳の生涯を閉じられた由。御冥福を、心よりお祈りしつつ擱筆する。

（注1）　東大寺勧進所付近での写真（昭和一〇年頃）は、小著『劇作家阪中正夫―伝記と資料―』（前出）に掲載。
（注2）　本書Ⅳに収録。

（『解釈』第四九巻一、二号、平成一五年二月）

（15）阪中正夫生誕百年記念事業の意義

平成一三年一一月四日（日）、阪中正夫の生誕地、和歌山県桃山町の荒川中学体育館で生誕百年を記念する催しがあった。二年前の夏、桃山会館（桃山町・現紀の川市調月三八四番地）内に記念事業実行委員会（赤阪登委員長）が発足、桃山町の全面的な支援を得て、和歌山県や可能な限りの各種文化団体・教育・マスコミ関係者のすべてを後援・協賛者として、その準備が進められた。一地方の町村が、今日殆ど無名に近い劇作家の顕彰事業に、これだけの熱気を帯びて取り組んできた事実に対して、私は爽やかな感動を覚える。

阪中正夫は、昭和七年の雑誌『改造』の懸賞作品に、戯曲「馬――ファース」が当選、直後に東京の前進座が市村座で上演するなど、岸田國士門下の劇作家として世に知られた。全編の会話が生誕地の方言で綴られていたことも、当時としては珍しかったに違いない。当日は、会場の壁面一杯に、小学生から募集した馬の画が展示され、「馬」をテーマにした短歌・俳句の当選作品も披露された。

「改造」に「馬」
当選のころ
（撮影・北村信昭氏）

さて、落語家桂文福氏の総合司会に始まった当日の催しでは、赤阪委員長の「歴史に残る一日」という言葉に象徴されるように、圧縮された密度の濃い時間と空間とを共有することができたように思う。惜しむらくは（これは計画当初から予測されたが）、講演「地域の時代と方言」（硲宗夫）と演劇集団和歌山による「馬」上演の間に置かれたフォーラム「阪中正夫とその文学」には、俳優金田龍之介、劇作家人見嘉久彦、演出家道井直次ら六名が出席、設定された一時間では

桂文福氏の挨拶（撮影・半田郁人）

語り尽くせずの感があった。体調不良で出席未定の浜畑幸雄氏が館内放送で壇上に上るなど、コーディネーターを務めた和歌山放送恩田雅和氏の手腕は、発言者の特色を引き出すと共に、時間調節の為に、発揮された。

私もフォーラムに参加する機会を与えられたが、私以外は、生前の阪中を知る方々ばかりであり、それも阪中が再起を期して戦後の大阪に新天地を求めた時代の生き証人である。彼らに加えて、先日他界した毛利菊枝さんは、阪中と殆ど出発を同時期にもち、「馬」のぬいを演じた京都くるみ座の名優として知られた。彼らは、これまでにも、貧しかった阪中正夫の晩年を綴り、発言しているが、その周辺にいて、ともに演劇への熱い思いとともに忘れ難い青春を過ごしたのだ。

一方、阪中の青春を思えば、奈良の北村信昭氏（故人）を忘れてはならない。『改造』に掲載された阪中の写真は、彼が当時最新式のカメラで撮影したものだ。家業の写真館を継ぎ、文学に関心を寄せた北村氏のことは『奈良近代文学事典』（平成元年六月、和泉書院）にも記されるが、大正末年から昭和にかけての、志賀直哉とその周辺を彩り、また尾崎一雄、森敦、兵本善矩、池田小菊ら、それに詩人の松村又一らとの交流も、阪中正夫にとって、北村氏なくしては、もっと貧しいものとなっていただろう。

新刊の『阪中正夫文学選集』（平成一三年三月、和泉書院）に到る「阪中正夫年譜」の、大正から昭和初期にかけての、特に詩人として活動した阪中を押さえるためには、「阪中正夫と奈良」という課題は不可欠であり、今も、なお北村氏の学恩に支えられていることを思わずにはいられない。

この度の記念事業に参加し、「証言」者と「研究」者ということを感じさせられたが、今ひとつ、《作家の生育》を問題とする際、「生誕地」ならではの発見も有り得ることを記しておきたいと思う。前著『劇作家阪中正夫　伝記と資料』（昭和六三年五月、和泉書院）にも少し触れたが（一九頁）、それは大正四年三月に当時の安楽川（あらかわ）村神田（こうだ）の松山医院に開設されたキリスト教の日曜学校のことである。阪中らはよくここに通い、大正八年三月一三日には、阪中自身洗礼を受けている。院長の松山誠二夫人・雪枝は、当時としては珍しいピアノを弾き、敬虔なクリスチャンでもあったという。

阪中正夫フォーラム（撮影・半田郁人）

その松山医院とは、福沢諭吉と交わり、東京、横浜を舞台に、明治維新後の医学界に雄飛した松山棟庵の末裔。後を継いだ誠二は棟庵の甥であり、夫人は姪にあたる。誠二は日魯戦争が始まるころまで、東京の叔父のもとで働き、やがて帰郷する。日本橋区南茅場町で開業した松山医院のことは谷崎潤一郎「幼年時代」に描かれ、また松山棟庵その人は、森鷗外「渋江抽斎」に登場する。こうして、阪中正夫が幼少年期から青年期にかけて過ごした安楽川村の文化的風土は、様変わりする開化期の村の風景と重なる。森ひろし「松山棟庵と阪中正夫―桃山から〈近代〉を考える―」（『桃山町歴史の会々誌』第三〇号、平成一三年八月一〇日発行）は、その辺の事情を見事に解析するが、同氏によって書かれた『桃山町誌―歴史との対話―』（平成一四年三月、和歌山県桃山町）は、時代を牽引した人物と町の物語を、より詳細に語り尽くしてくれるであろう。

一体、各地で催される記念事業とは、阪中正夫に限らず、《今日》を生きる私たちと関わる事象として、《過去》の歴史を今に蘇生させる行為でもある。それは、そこに生きる私たちや、私自身の生き方を省み、歴史と自己との関係を定める行為に外ならない。地域のアイデンティティーを認識し、生への喜びや未来への希望を喚起させるのは、このような行動をおこす精神と無縁ではないようにも思われる。

今回の生誕百年の記念事業が齎した意義は、決して少なくはない。願わくは、このような精神が、引き継がれ、伝えられ、次代に受け継がれる世であり続けることを――。なお、これまでの阪中正夫関係の調査にあたり、坂中家及び坂中千秋氏から、全面的なご協力を頂いたことを特記して結びとする。

（「いずみ通信」二九号、二〇〇二年七月。原題「阪中正夫生誕百周年記念事業に参加して」二〇一六年一〇月一日補筆）

Ⅲ　熊野・伊勢

〈紀行・インタビュー・講演録〉

□ここには、紀行・エッセイ・インタビュー・講演の記録を収めました。
□内容、要旨の重複する箇所が見られますが、その折々の場での筆者の思いがあり、収録することにしました。
□紀伊半島の風土と、人びととの関わりを考えようとした、筆者のスケッチとして、お読み頂ければ幸いです。

〔ⅰ〕波及する近代、創造する熊野

一　熊野の文学に関する調査・研究

蓄積され、埋蔵された「熊野」を核とする紀伊半島の精神文化が、近・現代の文学にどのように関わったのか、そのような問題を考察するためには、まず熊野を映す作品の探索が当面の課題となる。これまでに、県別文学全集『ふるさと文学館』全五五巻（ぎょうせい）のうち、和歌山・三重・奈良の三県を対象としたそれぞれの作品集が刊行されている。だが、欲をいえば、将来『熊野文学全集』が編まれる日を鶴首しなければならない。紀伊半島・熊野には、記紀に描かれる東征神話以来、近世に至るまで、紀行文を含む多くの作品が生み出された。

また明治以降こんにちまで、すでに見るべき多彩な作品が生み出されて来ている。

これ等の作品を検索する手段として、事典類では、『奈良近代文学事典』（和泉書院、平成元年一月）、『紀伊半島近代文学事典　和歌山・三重』（和泉書院、平成一四年一二月）などがある。なかでも、「熊野」に関する有力な指針として、地元より刊行される総合的研究誌『熊野誌』（創刊は昭和三三年三月、熊野文化会〈新宮市立図書館内〉）がある。文学面では、同誌にもしばしば特集が組まれる佐藤春夫と中上健次、またその周辺の事項は当然のこととして、今ここに「近・現代文学と熊野」というテーマを設定するとき、あらためて出身者、訪問者、定住者の視点が必要となる。そして、彼らの行動（創作活動）を支えるメディアの果たす役割をも視野に入れなければならない。もちろん、なかには個人誌や同人誌を通じて、孜々として高質の特色ある作品が生み出されている場合もあるに違いない。

ところで、平成一二年に小倉肇氏を運営委員長とする「みえ熊野学研究会」が発足、翌年三月には『みえ熊野の歴史と文化シリーズ』（東紀州観光まちづくり公社）が発刊された。その第六号『熊野の文学と伝承』（二〇〇六年三月）に収められた第二章「熊野を愛した作家たち」には、七名の執筆者が〈熊野〉と近・現代の文学に関わる魅力的なテーマを掘り下げている。以下、そのタイトルだけを掲げる。

大井一郎「井上靖と二人の熊野人―紀州との不思議なつながり」、中田重顕「大逆事件紀州組の人たちと文学」、藤田明「森敦と尾鷲」、大内清司「中上文学にあらわれたる熊野の伝承譚」、川口祐二「野口雨情小唄紀行―木本から九鬼へ」、山崎泰「佐藤春夫と奥熊野の文学土壌―明治期の文芸誌を中心に」、三石学「熊野を訪れた作家たち―明治から現在まで」。特に三石学は、明治から現在までに「熊野を訪れた作家」として、明治期の伊良子清白、田山花袋、長塚節、北原白秋、吉井勇、與謝野寛（鉄幹）、與謝野晶子、茅野蕭々、大正期の折口信夫、梶井基次郎、昭和期の野口雨情、歌人の生方たつゑ、土屋文明、斎藤茂吉、佐佐木信綱、英文学者で作家の田部重治、「新・平家物語」の取材で当地を訪ね、車（トヨペット）で矢ノ川峠を越えた吉川英治、さらに俳人の水原秋桜子、山口誓子、作家の立原道造、伊藤桂一らを挙げ、また平成に入ってからでは、荒俣宏、神坂次郎、乃南アサ、黛まどか、山折哲雄、谷川健一、中上紀、宇江敏勝、新宮正春、甲斐﨑圭、立松和平、佐々木幸綱らを紹介している。

また、同じく地元熊野からの発信としては、あをりゐかの会（代表・大井一郎）のメンバーが中心となり、中日新聞牟婁版に二〇〇〇（平成一二）年から二〇〇三（平成一五）年にかけて連載した「熊野と文学」「続・熊野と文学」がある。地元から発信される調査や研究には、よく目がゆき届き、後学に益するものが多いが、これらの報告は、以て範とすべき内容であり、これまでの暗い部分に光りを当てた画期的な内容である。

単行本としては、早くに植村文夫・若松正一編『三重の文学』（昭和五二年一二月、桜楓社）があるが、伊勢を中心とし、志摩を含むそれ以北を対象としたもので、〈熊野〉は対象とはなっていない。また、藤田明『三重・文学を歩く』（一九八八年一二月、三重良書出版会）は、増補版（一九九七年七月）も出されたが、同書はゆかりの作家や作品をスケッチ風に点描したもので、文学のガイドマップとして便利である。だが、同書も、〈熊野〉の風土を意識して書かれたものではない。

藤田明責任編集による『ふるさと文学館第二八巻【三重】』（平成七年六月、ぎょうせい）は、全六部で構成され「第五部　ひがし紀ノ国」には、伊良子清白「八鬼山」「熊野の浦」、佐藤春夫「山妖海異」「鉄の熊野路を行く」、生方たつゑ「海の怪」「幼き日のメルヘン」、中上健次「熊野・アジア・わが文学」、宇江敏勝「わが出生の地〈尾鷲〉」が収録されている。同じく藤田明責任編集による同シリーズ『第三六巻【和歌山】』では、「第一部　熊野夢幻」として、中上健次「化粧」、三島由紀夫「三熊野詣」、司馬遼太郎「八咫烏」、岡本太郎「火・水・海賊―熊野文化論」、丸山静「熊野考（抄）」、松永伍一「那智の滝」、有吉佐和子「御幸の夢―青岸渡寺」馬場あき子「み熊野の浦の浜木綿」、斎藤茂吉「遍路」、伊東静雄「かの旅」「那智」が収録された。作品の配列や選択は、どのようになされたのか不明だが、面白いのは三重県側では、「ひがし」の「紀ノ国」とだけ表現され特別なコンテンツを示さないが、和歌山県側では、それらを「熊野夢幻」と表現したことである。「熊野」の「夢幻」とは何か。また「熊野」は「夢幻」のトポスなのか。ここに収録された作品を読み解き、読者はそれらの総体を捉えなければならない。

この「熊野夢幻」を初めて古代から現代のスパンで遠望したのが谷口智行『熊野、魂の系譜』（二〇一四年二月、書肆アルス）である。副題に「歌びとたちに描かれた熊野」とあり、いわゆる〈熊野居住者〉の視点から「歌びとたち」に継承された〈熊野の魂〉を検証しようとしたものである。著者自身が創作者（俳人）であり、言霊としての作品の分析が鮮やかであり、〈熊野〉が作品を通して浮かび上がる。ここには、記紀・万葉から日本霊異記、中世和歌、近世の浄瑠璃や物語までが「総論」として紹介され、列伝には、前登志夫、伊良子清白、與謝野寛、與謝野晶子、斎藤茂吉、釈迢空（折口信夫）、スサノヲ、梶井基次郎、伊東静雄、森敦、立原道造、中村苑子、三島由紀夫の一三名が対象となっている。また、「熊野三題」には「はまゆう考」「たちばな考」「熊野の舟考」が置かれて、作品とそれらの交織の模様が説明される。古典にも代表的な〈熊野〉の素材が文学に吸い寄せられる様相を分析したものである。

熊野はまた「故郷喪失」「さすらい」、そして中上健次を想起させる世界でもある。谷口智行氏は、作家論として伊東静雄、萩原朔太郎、蕪村、ヘルダーリンを加え、さらに立原道造を加えてデラシネや抒情と薄明の美を剔出する。そして、中上健次論では「健次が言わなかったこと」と題して、「俳句は決して華々しいものではない。敗北の詩、隠遁の文芸」だとする健次の俳句論を紹介している。俳人らしい著者の特色が出た書物の出現は〈熊野〉の文芸的表象として収穫のひとつであった。

先に紹介した三石学「熊野を訪れた作家たち」の末尾には、「しかし、どの時代にも共通していえるのは神々の坐す熊野の神秘性やそこに住む人々との交流が、熊野に足を運ばせる大きな要因であった」とあり、今後も「均一的な文化と没個性」の波に飲み込まれないこと、その独自性を保つことの必要性を説いている。谷口智行氏は、その著の「跋文」において、熊野を訪れる「目的はこの地の名所旧跡ではなく、彼らの実存を賭した生の探求であった」としるしている。私はかつて、彼らの行為を「自己の定位を探る」ことにあったと定義したことがあった（『紀伊半島をめぐる文人たち』その後『文人たちの紀伊半島』に増補）が、このような研究の成果を前にすると、出身者にだけではなく、風土は旅人や滞留者たちにも少なからず影響をあたえ、作品や作風に感化を及ぼしていることが確認できる。

二　作家に映じた《熊野》

ところで、「熊野」をどのように定義するか。それは、「地域」を学問の対象とするとき、常に浮上する問題である。たとえば佐藤春夫は、「わが故郷熊野地方といふのは現代の地方行政区画で云へば和歌山県下の東、西の両牟婁郡と三重県に属する南、北の牟婁郡を総括するものとして大過ないであらう。」（『熊野路』昭和一一年四月、小山書店）と記す。彼はまた、小説「山妖海異」（『新潮』昭和三一年三月）の冒頭で「熊野といふ地方は、古代では、もと一国であつたといふ。西は有馬皇子の結ぶ松で知られた岩代（田辺市に近い切目川と南部川との中間あたりにある）から、東は伊勢と国境を接して、荷坂峠から花坂峠を経て大台原山の稜線を吉野川の源のあたりまでつづいていた。」と書き記している。

　近代以降、繰り返される市町村合併という行政の施策の波は、旧名の有する歴史的文化的な内実を、惜しげもなく流し去る。それはともかく、佐藤春夫の目に映じる熊野は、紀伊半島南部の殆どを覆い、それは地形としては山と海、住人は漁者（ぎょしゃ）と樵者（しょうしゃ）、そして、その表象として「海妖と山異」とが蠢く土地であった。遡って、加納諸平（もろひら）の家集『柿園詠草』（安政元年）に収録される「熊野群作」の詞書には「熊野のむらむら海山をめぐりける時」とあり、彼の目にも、熊野は海と山との空間であったことを伺わせる。長い複雑な海岸線と、良質の木材資源に恵まれた「熊野」は、遠い時代から造船技術が発達し、人々の目と心を海上へと向かわせている。

　熊野を抱く紀伊半島は、近畿地方の南部、太平洋に突出した日本最大の半島である。和歌山県全域と奈良、三重両県の南半分を含み、総面積約九千九百平方キロ、海岸線は千二百キロに及ぶ。地理学的には、紀ノ川と櫛田川を結ぶ中央構造線以南の地域で、大部分は紀伊山地によって構成される。地形は、熊野に代表される壮年期の深山で、海岸段丘が海面に切り立つように聳えている。そして、ここに住む人びとの殆どが海岸部に集合する。平野は極めて少なく、櫛田川河口の伊勢平野と紀ノ川河口の和歌山平野が、代表的なものである。

　戦後、この地形の特色を視野に入れ、それを、みずからの文学の核とした作家に中上健次がいる。彼は、新宮を起点に紀伊半島を一周したルポルタージュの中で、「和歌山市内に入って妙に安堵した。県庁所在地であるこの土地が、海岸線にある土地のどこよりも広いからだろうか。」と記している。『紀州　木の国・根の国物語』（昭和五三年七月、朝日新聞社）に集約される中上の紀伊半島への思いは、すなわち「安堵」するには、あまりにも多い〈山〉の存在であり、点在するしかない〈平地〉の少なさである。紀伊半島が内蔵する《熊野》《吉野》《高野》《伊勢》—それらの地域は、それぞれに固有の精神文化を育み、古来幾多の人びとを引き付けた。京都、奈良は、紀伊半島を背景に隠し持つことによって成立した。半島なしに、かつての都はあり得たかとする中上文学の視点が、ここに芽生えている。

　神武東征以来、海岸線を一歩入れば、そこは山また山の半島であり、有間皇子や中将姫の物語をはじめ、雑賀孫市から大逆事件まで、紀伊半島は敗者を受け入れた「隠国」であり、「倒立した国家」であるとする、近代の作家による視点が投げかけられたのである。一方、坂口安吾のエッセイ「安吾・

伊勢神宮にゆく」（『文芸春秋』昭和二六年年三月）の中では、伊勢の国は「南海の果であるし、湾は深く入りくんで風浪をふせぎ、島は多く散在して海産物に恵まれている」と説明され、「彼らは歴史の変動にも殆ど影響をうけることがなかったようだ。」と記されている。中上が、多分に熊野を意識しつつ、半島を《負》の要素を抱え込む地域と考えたのに対して、坂口は伊勢の国を見据えて、彼独特の地域論を展開した。両者の見方は、むしろ逆のようにも見えるが、半島には時代を超えて、古来不変の要素が埋蔵されているという点に、共通するものがあると言えるだろう。中上もまた前著の中で、正史には登場しない、埋蔵されて在るものの豊かさを強調しているのである。

　また、東京生まれの画家で、幅広い評論活動を展開した岡本太郎は『神秘日本』（昭和三九年九月、中央公論社）収録の「火・水・海賊―熊野文化論」で、「ところで、熊野の何か深くしずまった暗い神秘を考えると、対照的に、伊勢神宮の平明さが心に浮かんでくる。（略）この二つの、日本の大きな信仰の中心が、これほど近い場所、そして互いに相似たロケーションにおかれている」と関心を示した上で、「伊勢は拡大する農耕経済を基盤とした天皇家とむすびつき、国家の祭祀として発達を遂げる。一方、熊野は早くから山伏の行場となり、密教がそこにおおいかぶさっている。」と分析する。岡本太郎によれば、「耕された沃野」と「山ひだの暗み」が、両者のそれぞれの精神を形成するという。そういえば、折口信夫「死者の書」（『日本評論』昭和一四年一月～三月）に、「深い闇」「常闇」が「光」に転じる〈場〉としての「伊勢の国」が想起されている。滋賀津彦（大津皇子がモデルとされる）が登場する冒頭に、それは描かれる。「彼の人の眠りは、徐かに覚めて行つた。まつ黒い夜の中に、更に冷え圧するものの澱んでゐるなかに、目のあいて来るのを、覚えたのである」。彼が永い眠りから覚めるのは、「を、さうだ」と呟き、「伊勢の国に居られる貴い巫女―おれの姉御」を想起したときであった。

　若くして歌集『縄文記』（昭和五二年一一月、白玉書房）で迢空賞を受賞した前登志夫は、吉野の風土を、みずからの文学的土壌とした随一の歌人だが、彼の幅広く息の長い創作活動の底辺には、折口文学のもつ翳と光とが交錯し、それが作品世界の脊梁となっている。「夜となりて山なみくろく聳ゆなり家族の睡りやままゆの睡り」「みあぐれは遠やまなみに風ひかりいづくの鳥か翳曳きわたる」。吉野に生まれ、吉野に定住した歌人にとって、背後に連綿と広がる熊野の風土は、その奥行きとして存在したのである。随筆『歌のコスモロジー』（平成一六年一二月、本阿弥書店）より引用する。

　雪の上に突き立てる杖はわれながらいささか神秘だった。聖なるエロスというべきか。たちまち喬い一本の樹になって、頭上の梢をそよがせるのであった。まもなくあたりは幽暗となる静けさ……。わたしもいつしか樹となって立ちそよぐしかあるまい。車で疾走すればするほど、その空間は単調であるのに比して、杖を突き立てた土地は、なんと豊かな表情をあらわし、その土地に固有の変化をみせることか―。

引用箇所が適切とは言えないかも知れない。しかし、ここには土地に固有のものを、みずからの文学世界として構築した前登志夫の、生の哲学が凝縮されているように思える。吉野は、伊勢と熊野に挟まれて体現する独特の風土であり、この歌人が捉え得た雪の明るさこそ、闇と光のあわいに実存する空間なのだ。『縄文記』の書名が暗示するように、吉野は、弥生文化に表象される農耕生活になじまない風土なのである。

詩人の松永伍一「那智の滝」（『短歌』昭和六一年五月）は、国宝「那智滝図」（根津美術館蔵）の一枚の絵に、「俗の一切を水の霊力で深く浄めて、過去・現在・未来へと音をつないでいる一枚の風景画」を感知する。海から山への逆コースの旅を続けた彼は、現実の那智の滝を眼前に、それを「天から落ちて来ながら、海の彼方の補陀落からやって来る慈悲の光明」と表現した。そして、あの絵の上方に描かれていた青い月輪は、信心深い中世の人びとにとって、「この那智の滝が本地垂迹の聖地である」ことを語らせていたのではないかと推測する。熊野の極点としての那智の滝。そこでこの詩人は、那智の火祭りを思い起こして、「水はもっとも火を憎み、もっとも慕っているのではないか」と気づくのである。滝を人格化し得る詩人の眼は、熊野の風土と人との融合を示唆する。

三　文人たちの訪れ

(1) 與謝野鉄幹らの一行

熊野地方への訪れが、当地に大きな影響を与えた一例として、明治末年の與謝野鉄幹らの足跡が挙げられる。彼は、明治三九年一一月、若い友人茅野蕭々、北原白秋、吉井勇とともに、伊勢から熊野を経由して、船路で和歌浦に着き、その後大阪、奈良、京都を見学して一八日に帰京している。いわば紀伊半島を一周する旅を実践したのだ。その行程は、「同人四人」の筆名による「同人遊記」（『明星』明治三九年一二月）にしるされ、その時のようすが伺われる。一行は、同年一一月二日に東京を発ち、伊勢神宮に参拝の後、鳥羽から海路で三重県木本町（現、熊野市）に到着。熊野川に遊び、七日から九日まで新宮に滞在している。この間、彼らの立ち寄った場は、懇親会や講演会の場となる。

鉄幹ら一行は、当地の文芸雑誌『はまゆふ』（明治三八年創刊）の編集者清水友猿らの出迎えを受け、清水宅に旅装を解く。九日までの新宮滞在中、鉄幹に面会した者は、大石禄亭（誠之助）、西村伊作、和貝夕潮ら、他に医師、弁護士、新聞記者、実業家、そして中学校長、教員、学生らを含めて「三十五名」と記録される。この旅行中、熊野での歓待ぶりが伝わる。他の旅先では、これほどの歓迎ぶりはしるされず、熊野は特別の場であったことがわかる。八日午後の速玉神社境内での記念撮影は、「紀伊新宮に於る新詩社同人一行歓迎会」との説明付きで『明星』（明治四〇年一月）に掲載されているが、同じ写真は『新宮市史』（昭和四七年一〇月）にも転載されており、「当時の新宮文化人ことごとくここに集まるの感がある」と付記されている。熊野に波及する近代は、鉄幹らの旅を通して、確実に浸透しつつあったといえるだろう。

明治末期の和歌山県下には、中央からの熱気を感じさせる数種の月刊誌の存在を確認することができるが、当時の南紀・新宮（熊野地方）には、もう少し明確な文壇的土壌の胚胎を指摘することができる。もともとこの地域は、海路を通じて江戸と結ばれ、豪放な材木商人たちは、早くから江戸庶民の洒脱で闊達な気風を受け継いでいたし、また歴代の城主は江戸詰の紀州藩家老であった。『丹鶴叢書』を編んだ第九代藩主・水野忠央（ただなか）は、帰郷後の晩年には、フランス式の兵法や蘭学の研究に積極的だったという。江戸文化の流れを早くから受け、進取の気風に富むこの地方の特質は、時代の波にも敏感に反応する豊かな感受性と大らかさとを持ち合わせている。

明治時代、当地で盛んだった「雑俳」の様相は、そのような風土を背景として説明されようが、その風土はまた、俳句や新派和歌の隆昌と無縁ではない。明治三八年年六月に発刊された総合文芸誌『はまゆふ』は、この地域の文化的特性をよく反映しているといえる。この雑誌は、当時最新の活版印刷を使用した本文三〇頁前後のもので、この地方の文学青年たちは、すべてここに結集されたかの観があったという（『新宮市史』）。ここには俳句結社「吹雪会」の幹部だった大野郊外、清水友猿、東旭子らが主唱者として集まり、短歌結社「うしほ会」の和貝夕潮、成江醒庵、鈴木夕雨らが加わった。当然、俳句と短歌とを軸として、評論、紀行、小説なども掲載されている。

沖野岩三郎とともに、寄稿者の一人だった大石誠之助は、禄亭永升の号を持つ雑俳の名手としても知られるが、彼はまた、この地に新聞雑誌縦覧所を開設して、中央からの息吹を伝えるに積極的であった。ここには『平民新聞』『火鞭』『直言』など、東京から出る社会主義系の出版物がとり揃えられていた。佐藤春夫は、後に「自分は学校の帰り途をいつも新聞雑誌閲覧所の方にして、ここに立ち寄つては『平民新聞』や『火鞭』その他その類の小雑誌に載つてゐた反省社の中央公論などを見た」としるし、「そのころ町に一軒しかなかつた本屋に立ち寄つては新刊の雑誌や文学書類を買ひあさる文学少年であつた。花袋の『文章世界』や西本波太の出していた『趣味』などは毎月買つて読んでいた。」（『青春期の自画像』昭和二三年八月、共立書房）と回想している。

雑誌『はまゆふ』の誕生と存続は、このような土壌の上に花開いた華麗な文化の象徴として捉えることができる。だが、明治四〇年一〇月、同誌は第二一号で廃刊。これを便宜上、第一期『はまゆふ』と呼称する。やがて、同四一年夏、和貝夕潮、佐藤春夫らの尽力で復刊される第二期『はまゆふ』が存在するが、これも第二号で早々と終刊となる。明治三九年に続く同四二年年八月の、二度の與謝野鉄幹ら一行の来遊を契機に、明星調に急傾斜する歌人たちの動向と、自然主義や社会主義といった時代の潮流につき動かされる人たちとの構図は、和貝と佐藤の間にも看取できるが、その対立的な構造のもたらす影響は、この雑誌の消長にも微妙な影を落としている。

その経緯については、辻本雄一「佐藤春夫、初期短歌の位置＝明治四十一、二年の〈新宮文化状況〉のなかから＝」(『熊野誌』第二八号《佐藤春夫特集号》昭和五七年一二月)その他に詳しいが、一方、この鉄幹一行の紀伊半島を巡る旅は、彼自身の主宰する『明星』終焉の時期とも重なっている点にも注目したい。明治四一年一一月、『明星』は百号で廃刊する。鉄幹は自らの文学を模索すべく、やがて四四年秋に渡欧、それは、二度目の新宮訪問から、わずか二年後のことであった。そしてこの年、大逆事件が総てを沈黙させた。佐藤春夫は、「千九百十一年一月二十三日／大石誠之助は殺されたり。」で始まる「愚者の死」を詠み、抑制した表現によって、犠牲者への追悼を吐露せずにはいられなかった。

最近の辻原登の小説『許されざる者』上・下(二〇〇九年六月二〇日、毎日新聞社)、辻本雄一の研究書『熊野・新宮の「大逆事件」前後』(二〇一四年二月二〇日、論創社)は、近代熊野の史的深層部を、克明に炙り出した労作である。

明治当時の雑誌『はまゆふ』の存在は、その内部での切磋、錬磨を通じて、例えば、佐藤春夫を初め奥榮一、下村悦夫ら、多感な青年たちに対する文学への自覚とともに、自己自身の覚醒への契機の形成を促したものとして記憶されよう。当時発行されていた地域の雑誌として、他に『菁莪(せいが)』(明治二八年年創刊)、『種ふくべ』(明治三三年年創刊)、『サンセット』(明治四三年年創刊)などが確認できる。

(2)　田山花袋、折口信夫らの足跡

無類の旅好き田山花袋は、全国各地を行脚し、膨大な紀行文を残している。明治三十一年二月、友人太田玉茗を津市に訪ねた彼は、翌月単身で伊勢・志摩から紀州への旅に出る。かつては、旅は陸路を歩き、輸送には回船が活躍した。当然、海岸線には港が栄え、江戸や長崎をはじめとする先進的な文化が、宿場町や海路を通じて流入した。一方、近代は鉄道の時代であり、高速化し延長された幹線が、かつての先進的な文化の入り口を閉ざした。さらに空路の充実が、文化情報の伝播を短縮し、迅速化する。

花袋は、志摩の浜島から紀伊長島まで沿岸を歩き、そこから汽船で新宮に出、熊野川、北山川を遡行し、玉置口から舟で瀞八丁に向かう。「紀州の山水」（『太平洋』明治三四年二月）に活写される「深さと美しさ」は、やはり熊野の深山に誘発されて表現されたものだ。後に『山水処々』（大正九年四月、博文館）に収められる「熊野の山水」や、「作者に取つてことに意義の深いものであつた」とその「序」に記す『南船北馬』（『花袋紀行集』第一輯、大正一一年一〇月、博文館）所収の「熊野紀行」など、孤独と遭遇とが織り成す心理の襞が、山間の暗渠の中に浮き出される。若い郵便脚夫との出会いや、白衣に檜木笠を冠った中年の道者との刹那の会話など、この旅は、花袋における自己探究の時空と重なり合っている。

地方の、都市化への潮流は、自然主義作家や民俗学者の関心を、非都市化する場へと向かわせている。何故か。消失するものへの愛惜の思いだけではなく、もっと本質的な何かが、彼らをつき動かしたのではないか。大正初期、田辺の南方熊楠を訪ねた柳田国男は、その道中記を「熊野路の現状」（『郷土研究』大正三年二月）に纏めている。和歌山―黒江―湯浅―御坊―田辺―新宮への旅。南北に長い熊野路を南下して、「県首府の勢力が次第に弱くなるものか、町に独立して新聞がある。田辺に行けば二つ、新宮になると四つ新聞を出して居る」と記している。当時、田辺には毛利柴庵（さいあん）の『牟婁新報』（明治三三年創刊）、新宮には『熊野新報』（明治二九年創刊）『熊野実業新聞』（明治三三年創刊）などの隔日紙があつた。因みに大正末の新宮には、月数回発刊のものを含め九紙の地域紙が発行されていた。反面、柳田は熊野の九十九王子の衰微を例に、古い国に来て古いものの無くなったのを見るのは、よい心持ちがせぬとも書き記している。

釈迢空の第一歌集『海やまのあひだ』（大正一四年五月、改造社）は、大正元年の夏、教え子二人を連れた伊勢志摩から熊野への旅の道中に出来た「安乗帖」百七十七首が基盤にある。そこに収録された「奥熊野」と題する歌群の中には、次のような作品がある。

天づたふ日の昏れゆけば、わたの原　蒼茫として　深き風吹く

山めぐり　二日人見ず　あるくまの蟻の孔に、ひた見入りつつ

この「奥熊野」の抄は自信作であったことを、後年の作者みずからが記しているが、実は、この作品の背景には、二日間も絶食して生死の間をさまよった体験があったことは、よく知られている。場所は、紀伊長島から大台ヶ原へ抜ける花抜峠付近。この生死が隣り合わせた旅の体験が、後に彼の文学と学問を支えることになる。

明治から大正にかけて、この土地を訪れた文人たちの多くは、決して名所旧跡を目的とする観光が、唯一の目的ではな

かった。すでに指摘されているように、そこには、実存を賭けた生の探究があり、やがてそれらは彼らの作品や為事の上に、何らかの影を落とすことになる。

四　作品に取り込まれた《熊野》

⑴ 詩歌―清白、芳水、寛、牧水ら

山路峯男作成の「伊良子清白年譜」（『伊良子清白研究』昭和五一年三月、木犀書房）によれば、明治二七年年五月ごろ、父の転居に伴い清白は三重県相賀村に移住、さらにその後南牟婁郡木本町（現熊野市）から和歌山県古座町など、転々としていたことがわかる。京都府立医学校（現府立医科大学）の学生だった彼は、夏休みにはしばしば南紀に帰省している。生前唯一の詩集『孔雀船』（明治三九年五月、左久良書房）に収められた長編「海の声」には「大海原と入海と／ここに迫りて海神が／こころなぐさや手すさびや／陸を細めし鑿の業／／今細雲の曳き渡し／紀路は遥けし三熊野や／白木綿咲ける海岸に／落つると見ゆる夕日かな」と歌っている。熊野街道の難所を詠んだ「八鬼山」（『文庫』明治三一年二月）は、都会の塵埃と対比させた聖なる熊野の清純さを、地方暮らしの友人を諭す形式で歌い上げた傑作である。

また、長く『日本少年』主筆を務めた有本芳水の詩も忘れ難い。『芳水詩集』は大正三年三月二五日初版発行、実業之日本社から出版された。以来、三〇〇版近く版を重ねたベストセラーである。装幀は同郷の竹久夢二、その序には「卿はこの集の中に、巡礼と赤き灯と脚絆と、すげ笠なる文字の餘りに多きに驚き給ふらむ。また旅といふ文字の餘りに多きに眉をやひそめたまふらむ。／しかれどもわれは旅人なり、つねに旅を好んで止まざるなり。」とある。みずからを巡礼者に準え、全国を行脚した中に「熊野浦」と題する一編がある。「伊勢路より来し虚無僧は／さくらの花を脊にうけて／口をしめして尺八を／ほろほろほろと吹き出でぬ。」「日は暖かに風かろし／鯨つく子は眉あげて／海の不思議を物がたり／とほき波路を指さしぬ。」「歩めばまたもはらはらと／桜散り来る菅笠や／笠のひまより打ち見れば／名もなつかしき那智の瀧。」

鉄幹は先の熊野への旅中、多くの作品を残した。それらは、後に歌集『相聞』（明治四三年三月、明治書院）に収録される。

悪形の妹伊邪那美をかいま見し夫のごとく牟婁の岩踏む
丹塗舟錨帆の網鱶の鰭にほふ日向にはまゆふの咲く
紀の峡に青き瀞見るつと思ふ君が髪よりそよかぜぞ吹く

明治三八年五月の『明星』から、彼は「鉄幹」の号を廃して、寛を使い始める。森鷗外の序を付した『相聞』は、『明星』後半期の集大成で、最初の単独歌集であった。

若山牧水の熊野への旅は、大正七年五月のことであった。京都、大阪を経て和歌の浦から乗船、勝浦、那智、鳥羽、伊

勢、名古屋を巡って、翌月に帰京している。その時の見聞や体験が、紀行文集『比叡と熊野』（大正八年九月、春陽堂）に纏められた。次のような作品がある。

　船にしていまは夜明つ小雨降りけぶれる崎の御熊野の見ゆ

　したたかにわれに食せよ名にし負ふ熊野が浦はいま鰹時

　末ちさく落ちゆく奈智の大滝のそのすゑつかたに湧ける霧雲

東京からの指名手配者と宿主に間違われたという、牧水の熊野紀行は、そこは鰹に表現されるように、豊かな海産物の有する風土であることを物語る。

　昭和に入り、『伊藤桂一詩集』（昭和五〇年四月、五月書房）に収録される「蟬の伝説」は、熊野市波田須でよまれ、徐福伝承が素材となる。波田須は徐福の上陸地とされる。「海を抱き込んだ漁村の／スリバチ型の風景を揺すって／いっせいに蟬の声が湧いていた／きいていると／テンダイ　ウーヤク／ジョーフク　ジョウリク／と　リズミカルにくり返しているのだ／節廻しもすっかり板についているのは／三千年も鳴きつづけてきたからだろう」で始まる。「テンダイウーヤク」（天台烏薬）は、始皇帝が求めた不老不死の妙薬の名前であり、徐福はそれを求めて日本に来たとされる。戦争を挟み、大和民族と大陸との関わりを象徴的に織り込んだ意味深い作品である。

　また、「木の国」が収録される『吉増剛造詩集』（昭和五三年一月、河出書房新社）や、吉増剛造・倉田昌紀『紀州・熊野詩集〜魂のふるさと、きのくに和歌山〜』（二〇〇六年六月、七月堂）など、さらに山内益次郎『見返り坂』（二〇〇〇年四月、私家版）に収録された「熊野古道」には、遥かな時空を超えて響く行脚僧の誦経に、詩心を呼び覚まされた自身の影が重なる。

　なお、齋藤茂吉の短歌や随筆「遍路」、北原白秋「青き花」、伊東静雄「那智」なども、熊野の風土に触発されて創作されたもので忘れることができない。

(2) 小説―三島由紀夫、井上靖と現代の作家たち

三島由紀夫「三熊野詣」（『新潮』昭和四〇年一月）は、生涯独身を通した国文学者藤宮先生を主人公とし、歌の弟子である常子に、これまで秘めてきた若い日の恋愛事件を告白するという小説である。先生は、歌人でもあり、詩人でもあり、また人と神との中間に立つ不思議な存在として弟子たちの尊敬を集めている。この作品の中で、熊野詣でを思い立つ晩年の藤宮先生こそ、作家三島由紀夫がモデルとして選んだ折口信夫（釋迢空）である。作中、常子の次のような問いかけの場面がある。

　「どこへ行くのでせうか？」

とはじめて常子は口を切つた。今舟は先生と常子を乗せ

て、無何有の郷へ進んでゆくやうに感じられ、永い艱難と辛苦のあとに、何の醜さもない世界へ近づいてゆくかの如くである。

藤宮先生が、近づこうとする「世界」とは、「無何有の郷」であり、ここでは現実の地としての「熊野」に設定される。すなわち「熊野」は、この作品では清浄の地として想起され、作品の舞台として作家に選択されたのである。そこは、「人と神」とが出会う場であり、聖域に埋めた三つの櫛によって象徴される、「香代子」との再会を託すにふわしい場としてあったのである。

井上靖「補陀落渡海記」（『群像』昭和三六年一〇月）は、補陀落寺の住職金光坊が六一歳を迎える年に、補陀落浄土を目指して船出する物語である。永禄八年一一月のこと、これまでの風習とはいえ、金光坊には未だ渡海する心境には達していなかった。作品の一節を引用する。

補陀落寺は確かにその寺名が示す通り補陀落信仰の根本道場である。往古からこの寺は観音浄土である南方の無垢世界補陀落山に相対すと謂われ、そのために補陀落山に生身の観音菩薩を拝し、その浄土に往生せんと願う者が、この熊野の南端の海岸を選んで生きながら舟に乗って海に出るようになったのである。

現住職の金光坊は何十年も修行を続け、早くから渡海の決意を表明する。世間もそのつもりで彼を見ているが、いよいよその時期が近づくにつれ、その覚悟が揺らぐのである。決意のつかぬままに読経に包まれ、無理やりに小舟に乗せられる金光坊の内面を通して、作家は、信仰への疑念と生への執着を描き出す。この作品を通して、旧習を難ずる近代作家の合理性の眼を指摘することは早計だろうと思う。井上靖の郷里、伊豆半島の山村に伝わる伝説から説き起こす「姨捨」（『文芸春秋』昭和三〇年一月）は、生者の側からの、別れの辛さを抉っている。「母を山へ棄てに行くという事柄の悲しみ」が、この作品の基底にあるが、「公」と「私」の違いはあっても、その「悲しみ」をみつめる眼差しは「補陀落渡海記」を描く作家の中に、榾火のぬくもりのように残っている。舞台としての熊野は、絶対的な信仰の場でありながら、近代作家の自由な精神の飛翔を可能にしたのである。つまり、金光坊は、六一歳にして未だ渡海への覚悟・悟達に至っていない。渡海に当たって、そのような現実もあったのではないか、井上靖は悟達に至らぬ人間のかなしさを描いたのである。

毎日新聞大阪本社の記者だった井上靖は、同僚で熊野市出身の竹本辰夫氏を訪ねてしばしば当地に赴いた。まだ紀勢本線が開通する以前の昭和一八（一九四三）年ごろから木本（現、熊野市）を訪ね、多くの作品を残している。その内容については、大井一郎「井上靖とふたりの熊野人─紀州との不思議なつながり─」（『熊野の文学と伝承』前掲）に詳しい。「ふたりの熊野人」とは、生涯にわたる無二の親友竹本辰夫と、佐藤春夫であった。佐藤春夫は、井上靖の文壇デビューのきっかけを作り、昭和二五年に「闘牛」が芥川賞を受賞した。

司馬遼太郎「八咫烏」(『小説新潮』昭和三六年一月)、水上勉「那智滝情死考」(『小説現代』(昭和三八年二月～翌年一月)、大路和子「補陀落山へ」(『歴史読本』昭和五七年五月)などの佳品がある。また中里介山『大菩薩峠』「竜神の巻」は、彼のいう「人間界の諸相を曲尽して、大乗遊戯の境に参入するカルマ曼陀羅」の背景として、紀伊山地の奥地が活用されており、これらの作品も逸することができない。

五　おわりに

熊野に居を移し、旺盛な執筆活動を開始した桐村英一郎『熊野鬼伝説』(平成二四年一月、三弥井書店)、『イザナミの王国　熊野―有馬から熊野三山へ』(二〇一三年七月、方丈堂出版)、『古代の禁じられた恋―古事記・日本書紀が紡ぐ物語』(二〇一四年一〇月、森話社)、またスケールの大きな『熊野からケルトの島へ』(平成二八年五月、三弥井書店)など、そしてまた熊野をふるさとにもち、叙情あふれる執筆活動を継続してきた中田重顕の小説『たそがれ、サムトの婆と』(二〇〇〇年五月、叢文社)、『観音浄土の海』(二〇一〇年一〇月、叢文社)、エッセイ集『みくまの便り』(二〇一四年一月、はる書房)などの仕事は、新しい熊野の文学を予兆させるにふさわしい。

これまで、熊野を象徴する近代の人物として、主に南方熊楠、佐藤春夫、そして戦後の芥川賞受賞作家中上健次などが対象として論じられてきた。熊楠は、生前はその正当な評価を日本で得ることが難しく、昭和一六年一二月二九日、七五歳で没したが、戦後和歌山県白浜町に記念館が開設され、『南方熊楠全集』全一〇巻・別巻二冊(昭和四六年二月～五〇年八月、平凡社)が出版された。その思想や行動は、近年エコロジー運動の拠りどころとして注目されてきた。和歌山市在住の作家神坂次郎『縛られた巨人　南方熊楠の生涯』(昭和六二年六月、新潮社)、津本陽『巨人伝』(平成元年七月、文藝春秋)は、人間熊楠を描くとともに、奇行のみが伝説的に先行する彼の、閉ざされた真価を照射する文学面からの挑戦だった。また鶴見和子の『南方熊楠―地球志向の比較学』(講談社学術文庫、一九八一年一月、講談社)等、熊楠に関する一連の仕事は、彼の根底に流れる思想構造を発見することにあった。

宮坂宥勝『空海』(昭和五九年六月、筑摩書房)は、空海密教の曼荼羅世界を解明する。そこに「単一の精神文化ではなく身体論や言語論を包含した人間存在の問題」を指摘した著者は、二極分化の哲学を超えて、それらを包摂・融合し、秩序と調和を具現する世界があるという。井上靖は、「南紀の海の潮の濃さと、海浜に散る陽の明るさ」(『南紀の海に魅せられて」『旅』昭和三五年七月）を指摘した。佐藤春夫もまた、南国の海と空の明るさを強調する。中上健次『紀州木の国・根の国物語』（昭和五三年七月、朝日新聞社）は、紀伊半島の山岳性と海洋性、落人伝説などの貴種流離譚説話、東征神話以来の物語性などを指摘し、熊野の抱える闇と光りを対極的に浮き彫りにしてみせた。そこは、まさに仏界でいう穢土と浄土が混在する「聖地」であり、それゆえにこそ「敗者」をも受け入れる器として存在したのである。

熊野曼荼羅を土壌とする文学（文芸）は、これからも多様な曼荼羅の世界を産出し続けるであろう。文学とは何か、という命題を担って…。ここは、まさにマジョリティー（多数派）とマイノリティー（少数派）とを併呑するトポス（場）なのである。

（林雅彦編『熊野　その信仰と文学・美術・自然』〈『国文学解釈と鑑賞別冊』平成一九年一月一日、至文堂〉。原題「熊野の文学（近・現代）―波及する近代、創造する熊野」）

〔ii〕今、なぜ熊野なのか。

はじめに

平成二〇（二〇〇八）年八月下旬、私たち近代・現代文学ゼミは、雨の熊野を歩いた。古道に通じる熊野の風景は、奥行きのある時間を私たちにもたらしてくれた。旅人となったのは、皇學館大学で国文学を専攻する四年生のゼミ学生有志十数人と私とである。卒業を前に、一度熊野を体感したいという。彼らのほとんどは、近くに住みながら、東紀州の山野や海岸をあまり知らなかったのである。

貸し切りの小型バスで伊勢から国道四二号線を南下する。矢の川峠を苦もなく通過する。昭和三四（一九五九）年に紀勢本線が全通するまで、木本、尾鷲間四五キロを二時間四五分で結んでいたのだという。トンネルの通じない矢の川峠は「もっとも難所」で「南国熊野とはいえ、冬は積雪し」、「それはまさに命がけの行程」であったことを中田重顕氏は伝えている。[1] 当時、鉄道省が運営していた省営バスは昭和一一（一九三六）年からであった。

私たちの二泊三日の熊野路の旅は、楽しい出会いと体験の時間の連続でもあった。しかし、一方で夕闇の迫る石段の急勾配や、痛いほどの驟雨、深い森の奥に潜む静寂など―それらは日常の生活を越えて、修行僧のような錯覚を私たちに覚えさせるに充分であった。お世話になった方々への謝意を込めて、その折々の見聞を思い出しながら、感じたことをしるしてみようと思う。

一　尾鷲から那智へ

古歌に詠まれた熊野(2)は、それぞれの土地の特色をよく表している。

　御食(みけ)つ国志摩の海人ならしみくまのの小船に乗りて奥(おく)へ漕ぐみゆ（『万葉集』一〇三三）

「みくまの」は「み熊野」。「真熊野(まくまの)」とも表記される。志摩の海人であろうか、小船に乗って沖の方に漕いでゆくのが見えるという意。また、次のような歌もある。

　わたの原波も一つにみくまのの浜の南は山の端(は)もなし（『新勅撰集』一三三一）

広大な海原が広がる熊野の風景。そこに古代の人たちは何を感じただろう。当時の都人は、周囲を山に囲まれた地に住み、海は珍しいものであったはずだ。その彼方に存在するだろう神秘な異国を想像したに違いない。

万葉歌に、釈迢空の歌にある妣(はは)が国へと向かう小船を重ねてみる。「御食つ国」で作られた船は当時も遠出に耐えられるものであったという。熊野は海と山の生活誌でもある。「みくまのの浜の南は山の端もなし」と古歌に詠まれた。重畳たる山々と果無しの大海原の織りなす郷国。良質の木材と技術。産出される良質の木材、そして海の力学。確たる信仰は、自然の熱量に支えられて誕生する。

　その熊野の材質を生かした三重県立熊野古道センター（尾鷲市・花尻薫センター長・当時）を訪ね、雄大豪壮な建築に驚嘆する。手持ちのデジカメには納まらない。同センターのパンフレットによれば、「熊野古道にふさわしい木造の建築とするため、尾鷲ヒノキ・熊野杉という地場産の材料を市場に流通する規格のまま使用」し、「トラス架構や集成材を使用せず、同一断面（一三五ミリ角）の芯持ち無垢材の集積による簡素な新しい木造の構造システムにより大空間を実現」したとある。しかも角材を束ねて作られる組柱・組棟・組壁で構成されるこの建物は、日本建築の伝統を守りながら、直線的な美と力強さを表現しているという。事務長を務める北川直人氏（当時）の説明を受ける。広大な建築空間には、熊野の自然・歴史・文化とそこに住む人々の生活が凝縮されているように思われた。熊野の入り口に建つこの建物は、まさに熊野の時空そのものであり、不思議な安らぎを与えてくれる。隣接の研究収蔵棟には篤学な老人が調べ物をしており、丁寧に挨拶を交わしてくれた。ここは、熊野学の拠点として機能するだろう。

　花の窟神社（熊野市有馬町）では三石学氏が出迎えてくだ

さる。人工的な技術の粋を終結した智の熊野が古道センターだと考えれば、巨大な花崗岩が聳えるここは古来そのものが佇立する熊野の原風景だろう。雨後の樹林は、冷気を漂わせていた。「昨夜からの雨で、やっと生気を取り戻したんですよ。今年の夏は暑くて雨が少なかったですからね」。三石氏の説明にうなずきながら進むと、眼前に御神体が現れる。現今の人気アニメの色彩も風格も、やはり自然の黙した存在感には及ばないと、つくづく思う。『日本書紀』巻第一・神代上〔第五段〕[3]に記載されるイザナミノミコトの「葬り」の場として、そこはふさわしいと思う。「土俗、此の神の魂を祭るには、花の時には亦花を以ちて祭る」と『日本書紀』にある。

熊野は、確かに森の国であり岩の国である。現在、花の窟は国道四二号線によって熊野灘とは遮られている。神社の境内には浜木綿をはじめ今も海岸の植物が息づいていた。「海からの気が薄くなっているんですね」。三石氏の言葉には説得力がある。私たちの足元は確かに砂地であり、その何層もの地下には、神産み時代の生物の遺骸が眠っているだろう。この岩の頂上で発見されたという光るキノコとは『別冊太陽・熊野異界への旅』[4]で紹介された「シイノトモシビタケ」のことだろうか。「原生林や海岸に保全された魚付き林が深くなると、この発光キノコのような生き物まで出現する」と解説にある。海の植物もこの光るキノコも、やはり太古の熊野の遺骸であり、人の努力によってこの世に蘇ったのである。

楯ケ崎にはどうしても行ってみたかったが、天候と道路の条件が整わず、地元の方の忠告で見送らざるを得なかった。巨大な柱状の大岸壁で自然地理学的には、一四〇〇万年前の火山活動により出現したという。『日本書紀』では、神武天皇が東征の際に熊野荒坂の津に上陸したと伝える。かねてより、ここを一度訪れ、できれば海側から眺めてみたいと私が思うにはそれなりの理由があった。『紀伊續風土記』[5]巻の三〇「那賀郡池田荘神領村」の項目に「海神社」の説明があり、それによれば熊野楯ケ崎にある鳥居を第一の鳥居とするとあるからである。「抑豊海神は本国神名帳に地祇の部に載せたり社伝に海神豊玉彦ノ尊熊野楯ケ崎に在すそれより此地に鎮り座せりといふ」。現在和歌山県紀の川市神領（旧那賀郡池田村神領）に鎮座する私のふるさとの氏神・海神社（山田秀重宮司）の起源が、「熊野・楯ケ崎」であるという奇縁。大阪に近い和泉山麓の、海からは程遠い鎮守の杜に「海神」が鎮座されることの意味を、私は深く追究せずに幼少期を過ごしたのである。

補陀落山寺蔵の千手観音立像の印象は忘れられない。平安時代の一木造りで重要文化財に指定されている。那智湾の真ん中に浮かぶ金光坊島（こんこぶ）――一六世紀末、不本意ながら補陀落渡海を決行した金光坊の物語りは作家井上靖の作品で知られる。ふくよかで合掌する瞑想姿の観音像の横顔は憤怒の様相に変貌するという。折角拝観の機会を与えられながら、私にはその変貌がよくわからなかった。正面からの印象があまりに強烈だったからだろうか。「補陀落山寺の本堂は千手堂といい、茅葺き五間四面の寄棟宝形造りで、白木の千手千眼観音が本尊として祀られていた。六尺六寸の均整のとれた立像で、三貌十一面、四十本の手にはそれぞれ法具を持ち、おだやかなやさしさを全身に表している。」（大路和子『補陀落山(ふだらくせん)へ』）。裏山の墓所にお参りする。霧のような雨が包み込むように降っている。

那智山にはいったのはもう参詣者が帰ろうとしているころであった。若山牧水の短歌を思い出す。那智は、歌人にもやはり滝が印象的だったらしい。牧水は、那智を「奈智」と表記する。

末ちさく落ちゆく奈智の大滝のそのすゑつかたに湧ける霧雲

暮れゆけば墨のいろなす群山の折り合へる奥にその滝かかる（若山牧水「熊野奈智山」）

二　大斎原(おおゆのはら)から古道へ

那智大社を霧雨の煙る夕闇に参拝。表参道をのぼり、帰りは石段を降りる。しばらくすると滝が現れる。今も牧水の見た情景は変わらずに私たちの眼前にあった。それを確かめられたことも、この旅の感激である。翌日、一番に速玉大社にお参りする。いつもここに参拝すると、私は十二支のお守りを求めることにしているが、今回は天然石で造られた亥のストラップにする。私は亥の年の生まれである。

佐藤春夫記念館では旧知の辻本雄一館長が出迎えてくださる。発送準備中の「佐藤春夫記念館だより」第一四号を全員が戴く。卒業論文に佐藤春夫研究を選んだ学生が数人おり、資料の閲覧の便宜もはかっていただき、喜びも殊の外。西村伊作旧宅にも案内して戴く。久しぶりに丹鶴城址に登る。江戸時代末期に丹鶴叢書を編んだ城主水野忠央(ただなか)の見識とエネルギーを想う。与謝野鉄幹の歌碑は雨に打たれて濡れていた。解説文は辻本氏がしるしたものである。

歩くほどに、新宮の街はやはり進取に富んだハイカラな風景を残していると感じる。まだ時間が早いので、辻本氏の勧めで湯の峰温泉に向かう。小雨の中、硫黄の臭いが漂っていた。近松門左衛門『当世小栗判官』で脚色されるが、小栗判官が湯治し蘇生したと伝えられる古来伝承の地である。即興の一首ができる。

湯の華のたちて霞みし熊野かな小栗判官現れ来たる

次のような古歌もある。

みくまのの湯垢離のまろをさす棹の拾ひゆくらしかくていとなし（『永久百首』）

熊野とは、海の国、山の国、岩の国、そして湧き立つ湯の国である。

大斎原の空からは糸のような雨が落ちていた。歩くにつれて雲間から木漏れ日のような日差しが足元を照らしてくれる。大鳥居の側から拝するかつての熊野坐社（熊野本宮の正式名称）は厳かに鎮まり、緊張感すら与えてくれる。それも何か心地よい。背筋を伸ばしながら合掌したい気持ちになる。本流熊野川と音無川、岩田川が合流する中洲に立つと、緊張感は高まりなぜか安堵した。上皇・法皇をはじめ中世の庶民の熊野詣は、この大斎原を目指したという。蛙が鳴き、樹木のざわめきが静寂な空間を満たしている。また、即興歌ができた。

雲間より神のみ魂の輝きて大斎原に木々の騒めく

昼真昼大斎原に一筋の光りは充ちて雲重なりぬ

このときなぜか、楯ケ崎沖の海中に沈んだと伝えられる神武天皇の兄たちのことが案じられる。地元の漁民がこのとき救助に向かったが、そのときの様子を再現した船漕ぎ祭りが、現在も古式ゆかしく執り行われるという。一度、ぜひその風景を見たいと思う。また、即興で一首が浮かぶ。

遠つ世の熊野の海に沈みたるはらから哀し楯ケ崎淵

明治二二年（一八八九）年、熊野川の氾濫で中洲に鎮座する熊野本宮大社は流出した。流されることを免れた社殿は、現在の本宮敷地にそのまま移築された。石段を登るころ、頭上に日がさし参拝者の影法師が映る。不思議な体験だった。遥か一千年前から続く熊野詣での終着点。大注連縄の門をくぐる人々の心に兆したのは、一種の安堵感だっただろうか、あるいは心地よい達成感であったのだろうか。熊野古道は紀伊半島のさまざまな入り口から、人々の魂の内実を窺いその真偽を試す通路であったのかも知れない。

小山靖憲著『熊野古道』（二〇〇〇年四月、岩波書店）に拠れば、伊勢路は平安時代以来の参詣道であった。ところが中世に至り紀伊路・中辺路が公式の通路となり、伊勢路は衰退する。しかし北伊勢の豪族藤原実重は月参りの聖や道者のために湯供養を行っており海路、陸路ともに伊勢路の利用者は存在したという。ふたたび伊勢路が活況を呈するのは、中世後半、地方の民衆が熊野信仰を自覚した蟻の熊野詣の時代と、江戸時代のお蔭参りの伊勢参宮参拝との関わりを看過することはできない。「伊勢参宮ののち、西国三十三所観音巡礼と連動して、熊野に向かうことが多い」（同著、一七九頁）ので、特に東国からの参詣者や巡礼者は伊勢路を利用することが多かったと考えられるのである。

明治以降も東京で学んだ多くの俊秀が、海路・陸路を利用し伊勢路を経由して熊野へ向かった。文学史を繙けば、与謝野鉄幹、田山花袋、伊良子清白、折口信夫など、まだ道路が整備されていないころの旅人である。これらの文人たちは、みずからの魂に感光した熊野を作品に仕立てて、世に残している。かつて作成した「三重近代文学史年表」（『伊勢志摩と近代文学』『紀伊半島近代文学事典』所収）を基に、私はいつか『熊野文学全集』を編んでみたいと夢のまた夢を見ている。時間的な余裕と同志の現れることを期待をもって待つことにしようと思う。機が熟さねば、何事も達成することはできないのだから。

　私たちの熊野紀行も終わりに近づいた。本宮参拝後、道の駅奥熊野古道ほんぐう支配人の大谷信吾氏に案内を乞うて近くの古道まで連れて行っていただく。車道が狭く、バスでは無理なので二台の乗用車に分乗して、まず九十九王子のひとつ発心門王子へ。態々私たちの後を追って、泉庄治社長がきてくださり、発心王子に関する懇切な説明を受ける。ここはいよいよ御山に入る入り口であり、私たちのコースは逆になってしまったが、気持ちはふたたび熊野権現へと向かう。

　霞のかかる朱塗りの社殿の前で説明を受ける。鳥居には靄がかかり、幽玄とはまさにこのような光景をさすのだろうか。命の蘇生、魂の回生という表現が誇大ではない。実感として、日常を超えた精神の復活を体験する。何よりも素直に、優しい気持ちに浸ることのできる瞬間であった。伏拝王子は、先程の大斎原が遠望できる地にある。熊野を去る貴人が、京に帰られる際、ここで熊野権現を伏し拝んだと伝えられる。

　苦難の末にここにたどり着いたとされる和泉式部の歌が掲げられている。

　　晴れやらぬ身の浮雲の棚びきて　月のさはりとなるぞ悲しき

熊野権現御託宣には「もろともに塵にまじはる神なれば月のさはりもなにかくるしき」とある。ここは、老若男女、貴賤を問わず、不浄清浄と考えられた総てを受け入れてきた場なのだ。中世以降、さまざまな伝承説話を生み出した和泉式部、また遠く宮城県名取市の「名取の老女」の説話など、多くの参詣曼荼羅の図像とともに、あらゆる事象を包含してきた熊野権現の実相を今日に伝えている。あらためて熊野の大きさを想い、その今日的な意義についても考えるところが大きかった。

　塵埃の総てを流し去り、生きとし生けるものの、根源的な生命のよりどころを示唆しつつ、厳然として佇立する熊野の神々。ここでは、自然に存在するあらゆるものが、神々しく輝いて見える。千年を超えて、また古人の口ずさむ響きが聞こえる。

　　千歳経る松のみ繁く見ゆるかな頼むみくまの山のかひには（『後鳥羽院御集』）

おわりに

文献に残された熊野。それらを学ぶことに終わるのでなく、私たちの生々しい実感を残したくて、それを目的とした今回の熊野紀行であった。折口信夫の峠越えには及ばなくても、それなりの収穫はあったと思う。それは観光パンフに導かれての、軽い気持ちの古道体験への気持ちはあっさりと否定されたことだ。雨にたたられてという、簡単な理由ではない。熊野は峻厳な場である。牧水の文章がふたたび思い出される。

　何しろおそろしい雨である。熊野路いったいは海岸から急にそびえ立った嶮山のために、大洋の気をうけて、つねに雨が多いのだそうだが、きょうの雨はまた別だ。いくらも歩かないうちに全身びしょびしょにぬれてしまった。(6)

　世界遺産として脚光を浴びた熊野古道。そこは単に「遺産」ではない。むしろいっそう今日において、そして未来においてもなお世界の人々の心の持ち方を、営々と示唆し続ける磁場である。文学の分野にあっても、これからも「作品」を通じた熊野は、新しい説話を紡ぎ続けるはずである。南方（みなかた）熊楠（くまくす）、佐藤春夫、中上健次らの、それぞれの曼荼羅図絵はそのような熊野の、潜在する熱量を暗示している。

　今、なぜ熊野なのか。私が今、あらためて熊野に心引かれるのは、そこは人を寄せ付けぬ鬼神の住まう地であり、横道（おうどう）を許さぬ峻厳な場であることを確認できるからである。また文明によって流謫（るたく）されたものを哀惜する神々の叫びが響く地であるからでもある。自然が包含する敬虔な畏れを人に思い出させ、人はまたそこに生かされてあるおのれの不思議を自覚する。まさに《熊野》は疲弊した現代社会と、そこに生きる人々を回生させ、蘇生させる装置を具備した風土なのかも知れないと思う。

注

（1）中田重顕「奥熊野に生きた人たち⑥『矢の川峠での吉川英治』」（『世界通信教育情報・三重版』第二二一二号、平成一九年五月一五日）。昭和二五年一二月一二日、新平家物語執筆中の吉川英治が尾鷲熊野間に聳える八〇八メートルの矢の川峠を、前夜宿泊した五丈旅館の主人、編集者の嘉治氏と雇った運転手とともにトヨペットで越えたことをしるしている。峠には湯をわかしキャラメルやみかんを売っている茶店があったという。

（2）吉原栄徳著『和歌の歌枕・地名大事典』（平成二〇年五月、おうふう）参照。本稿に引用の古歌はこの大事典に拠る。

（3）小島憲之・毛利正守ほか校注・訳『新編日本古典文学全集2　日本書紀①』（一九九四年四月、小学館）に拠る。引用は四一〜四二頁。

（4）山本殖生（しげお）構成『熊野　異界への旅』（『別冊太陽』二〇〇二年八月、平凡社）。「シイノトモシビタケ」の解説は後藤伸「森の熊野」に拠る。解説中の「魚付き林」とは、魚類の繁殖や保護の目的で設けられた海岸林のことで、かつて沿岸漁業を継続し海を守るために、漁師の方たちは山に木を植えてきたのである。

（5）『紀伊續風土記』第一輯（明治四三年七月、和歌山県神職取締所）。引用は臨川書店発行（平成二年一一月発行）

の復刻版に拠る。

（6）『牧水紀行』（『若山牧水選集』第二巻より引用。一九六一年一二月、春秋社）。『若山牧水全集補巻』（平成五年一二月、増進会出版社）に付された「年譜」に拠れば、牧水の熊野への旅は大正七年五月。京都から和歌山を経て、和歌の浦から乗船、熊野勝浦、那智に遊び鳥羽伊勢を経て、名古屋から帰京している。なお、本文中にもしるしたが、牧水は「那智」を「奈智」と表記する癖がある。

〔付記〕今回、執筆にあたり多くの識者の方々や文献のお世話になりました。文献上の表現、特に万葉以来、多くの古典和歌集に収録された和歌の表記の異同など、時代を経てなお色褪せぬ熊野のもつ色彩、あるいは特色が出て、多様な表記や表現が可能であることを教えられました。文学上からの熊野の探究も楽しいものであることを痛感します。旅の企画段階からアドバイスを頂きました宮原優様、後藤絵里子様、道中でご親切にして頂きました皆々様に心より御礼申し上げます。

（『熊野古道伊勢路の風景　周辺の史跡と名勝』〈みえ熊野の歴史と文化シリーズ⑨〉二〇〇九年三月一八日、みえ熊野学研究会）

〔iii〕伊勢神宮・宇治橋と文学

はじめに―神宮と相対化される場・古市―

《伊勢の大神宮様は日本一の神様、畏くも日本一の神様の宮居をその土地に持った伊勢人は、日本中の人間を膝下に引きつける特権を与えられたと同じことで、その余徳のうるおいは蓋し莫大なもので、伊勢は津で持つというけれども、神宮で持つというほうが、名聞にも事実にも叶うものでありましょう。》（中里介山『大菩薩峠』より）

大正二年から昭和一六年にかけて、『都新聞』に書き継がれた『大菩薩峠』の「間の山の巻」には、右のような文章がある。内宮と外宮の間にある「間の山」には伊勢音頭で名高い古市があり、旅館や見世物小屋が林立し、芸人たちが行き交う参詣者を相手に、その技を披露していた。伊勢詣での盛んだった江戸時代、ここには伊勢歌舞伎が興り『伊勢音頭恋寝刃』（寛政八年・一七九六）の舞台となった「油屋」もそのひとつである。

宇治橋に行くには古市を通らねばならない。そこは皇大神宮への通過地点であり、そこはまた「俗」の充満する相を象徴する「場」でなくてはならなかった。天照大神にまみえる人びとは、浮世で汚れたみずからの魂を自覚し、それゆえにいっそう五十鈴川に架かる宇治橋の存在は厳かに大きく輝きを発したはずである。

一　古歌に詠まれた五十鈴川と御裳濯川（みもすそがわ）

五十鈴川は御裳濯川とも呼ばれる。本来、天照大神の御裳裾の意であった。すなわち、宇治の里を流れる川を天照大神の傘下にある川と意識していたのである。ところが、後年の文献には「御裳洗」（『延喜式』）とあり、平安時代以降の歌人たちは「御裳濯川」と表記して、歌枕として広まってゆく。つまり、斎王が汚れた御裳を濯（すす）いで渡られる川という認識、その行為はまさに「禊（みそぎ）」としての意味を帯びてくることになる。

今日に伝わる古歌の一部を引用してみよう。

　みもすその広き流に照す日の遍き影は四方の海まで　後京極摂政

君が世は尽きじとぞ思ふ神風やみもすそ川の澄まむ限りは　民部郷経信

初春を隅なく照らす影を見て月に先づ知るみもすその岸　西行上人

水上は深き神路の山そこも　みもすそ川の流れにぞ知る　荒木田守藤

朝日さすみもすそ川と春のそらのどかなるべき世のけしき哉　後鳥羽院

次に、五十鈴川と表記された作品を列記してみる。

五十鈴河その水上を訪ぬれば神路の山に掛かる白雲　嘉陽門院越前

夜寒なるいすず河原の秋風に声ふりたてて鹿の鳴くらむ　民部卿為家

濁りなき御代の流れの五十鈴川波も昔にたちかへるらむ　荒木田延成

五十鈴川たえぬ流れの底清み神代かはらずすめる月影　伏見院

むかしより流れ絶えせぬ五十鈴川なほ万代も澄まむとぞ思ふ　明治天皇

これらの作品に通底する魂の響は明瞭である。透徹した清澄の世界は、まさに万代不易のいのちの継承を祈ってやまない。古歌に託された五十鈴川（御裳濯川）を読み返し、今あらためて、そのことを痛感させられる。

二　宇治橋の向こう側に

千早振るいすずの宮の真澄鏡曇らぬ御代を照らすとぞ聞く　大納言雅忠卿

何の木の花とはしらずにほひかな　芭蕉

右の芭蕉の句には「彼西行のかたじけなさにとよみけん涙の跡もなつかしければ、扇うちしき砂にかしらかたぶけながら」（『枇杷園随筆』）の前書きがある。外宮の森で作られた作品だが、西行の「何事のおはしますをば知らねどもかたじけなさの涙こぼるる」を踏まえていることは明かである。神宮の森に漂う神秘な気配。「曇らぬ御代を照らす」「真澄鏡」の存在を、時代を超えて人びとは無意識の中に感じ取っていた。

　小説の神様志賀直哉の『暗夜行路』には、「伊勢参りは思ったより面白かった。神馬という白い馬にお辞儀をさせられるという話を聴いていたが、まさかにそれは嘘だった。五十鈴川の清い流れ、完全に育った杉の大木など見てみなければわからぬ気持ちのいい所があった。」としるされている。志賀直哉門下で芥川賞作家の尾崎一雄は、五十鈴川のほとりで生まれ、幼少期の思い出を「父祖の地」（昭和一〇年）に書き留めている。

　五十鈴川を追懐する作品は、歌人の落合直文「村雨日記」にも見ることができる。「今よりは隅田川原の月を見て神路の山の秋をしのばむ」「朝夕に汲みし五十鈴の川水をいつかへりきてまたむすぶらん」。伊勢神宮教院の教師落合直亮の養子となった直文は、明治一〇年一七歳で神宮教院に入学、同一四年に院費を以て遊学を命ぜられて上京。その途次の紀行文集を「村雨日記」という。

　また与謝野晶子は神宮の杉に関心を示している。「伊勢の宮淡雪のごと注縄かけし春の杉こそなまめかしけれ」「天てらす神のいませる大宮の杉の枝鳴る元朝の風」（『新公論』大正三年一月）。晶子には「あかつきの五十鈴の河にみそぎしぬ共に詣でしをさなごのため」のような作品もある。

　近代作家における神宮を考える際に、横光利一の「秘色」（『中央公論』昭和一五年一月）は重要である。作品名は、中国唐代に産された磁器の名前「ひそく」に因んだと考えられる。昭和一二年一二月二一日、横光利一夫妻は伊勢神宮に参拝し、そこで郷里柘植の消防団員に出会う。「秘色」はそのときの体験が基にある。故郷を離れ、今では高利貸を営み東京の市会議員を勤める矢代老人が妻の柿乃とともに伊勢神宮に参拝するという話である。外宮の拝殿前では脱ぎ捨てたトンビを砂利の上に置き両膝を折って、頭を石に擦りつけるようにして拝礼する。「あまりに激しいひたむきな老人のその様子は、私は正しさを実行いたしたのでございます。お咎め下さいますな、お咎め下さいますな、と云ひつづけてゐるやうに見えた」。柿乃も同じように坐ってうやうやしく拝んだが、「老人は膝から石の冷えのぼつて来るのも罪のふかさの吸い取られてゆくやうな快感に感じた」のである。内宮の境内では、「外宮の厳しさとは違ひ何となく豊かに延びやかな心地がして、これこそ人間の罪の心もお咎めもないやうな自然なみ景色だと」思われた。その後、矢代老人は二見から鳥羽に出掛けるが、神前で受けた感動がほどよく全身に廻り「浮き浮きとした明るさで絶えず上機嫌だった」。

ところで、「秘色」よりほぼ半年早く書き始められ、その後約一〇年に及ぶ未刊の大作「旅愁」には神宮の大鳥居が登場し、また矢代の両親が伊勢神宮に参拝したことが描かれる。さらに古神道に傾斜してゆくみずからの思いを、横光利一は作中の人物矢代耕一郎に託して開陳する。ヨーロッパにいたときから「伊勢の大鳥居の黙然とした簡素鮮明な姿」はいつも矢代の頭に浮かんでいた。そして「かういふ有機物のいのちの原理を指し示して延び栄えてゐる自分の国柄のことを考へると、心もまた怨みなくなり、優美深遠な情緒をともなつてくるのを覚えた。」のであった。彼による《古神道》の理解は、日本人の信仰の根底に存在し、すべての宗教を融和するというものであった。大鳥居をくぐり宇治橋を渡る行為は、横光利一に「秘色」を書かせたのみならず、その思想の変転と形成とに大きく影響を与えたのである。

おわりに

平成二一年一一月に、伊勢神宮の宇治橋は、新しく生まれ変わった。そして平成二五年はご遷宮の年である。二〇年に一度のいのちの蘇り、その厳かな時の推移を、私たちは研ぎ澄ました心で見守りたいと思う。神宮における御遷宮とそれに先立つ宇治橋の架け替えには、次のような意義がある。

①　技術の伝承。②命の蘇り。③循環する世界。④自然・環境の保全。

遷宮に出会う私たちの意識と行動が、これらの認識を新たにするという意味である。神様が、二〇年経てば神威が衰えるというものではない。少なくとも二〇年に一度は、私たちは生きる原点を、大神宮の御前に見つめなおすという行為が大切なのである。

『日本書紀』によれば、「垂仁二十五年三月」の条に、倭姫命が天照大神の教えにより、斎宮を五十鈴川の川上に興てたとある。五十鈴川の水源は、内宮神域の南部にある神路山と、東部の島路山・逢坂山の二か所にある。両者は内宮御手洗場の上流で合流し、境内を流れて宇治橋の下をなだらかに通り過ぎてゆく。

その流れは、ふたたび分流して汐合橋（しおあいばし）からは勢田川（せたがわ）と合流、一方は二見から伊勢湾へと、それぞれが注ぎ込まれてゆく。分流と合流を繰り返す自然の営みは、私たちの現実を思い起こさせる。

時の流れとともに、五十鈴川の浄水は、やがて大海原を形成する。神域を呼吸して流れる水は、こうして参詣者すべての人びとの願いを抱きながら、永遠の宇宙を目指しているのである。ここはまさに、いのちの本質と根源を私たちに問いかけ、語らせる、永遠の時空なのである。

主な参考文献

岡田誠一著『伊勢歌枕考』（昭和四六年一二月一五日発行、三重県郷土資料刊行会）
中川竫梵著『増補伊勢の文学と歴史の散歩』（昭和五八年八月一日、古川書店）
前田透『落合直文―近代短歌の黎明―』（昭和六〇年一〇月一〇日、明治書院）
皇学館大学千束屋（ちつかや）資料調査委員会編『伊勢千束屋歌舞伎資料図録』（昭和六三年三月二一日、皇學館大学発行）
谷分道長著『神宮と歌人』（平成元年八月一八日、神宮庭燎短歌会発行）
伊藤正雄著『伊勢の文学』（平成元年七月一日《昭和二九年五月二五日第一刷》神宮文庫発行）
谷分道長『歌人佐佐木信綱とふるさと遊草』（平成九年七月一日、山文印刷）
濱川勝彦著『論攷横光利一』（平成一三年三月三〇日、和泉書院）
井上謙・神谷忠孝・羽鳥徹哉編『横光利一事典』（平成一四年一〇月一〇日、おうふう）
浦西和彦・半田美永編『紀伊半島近代文学事典』（平成一四年一二月二〇日、和泉書院）
西宮一民「五十鈴川と御裳濯川」（『皇學館大学文学部紀要』第四三輯、平成一七年三月三一日）
吉原栄徳著『和歌の歌枕・地名大事典』（平成二〇年五月二〇日、おうふう）
濱川勝彦監修・半田美永編『伊勢志摩と近代文学―映発する風土』（平成二一年九月二五日、和泉書院）
（『宇治橋ものがたり』平成二一年一〇月一日、伊勢文化舎）

〔Ⅳ〕熊野古道世界遺産登録一〇周年【インタビュー】

私は大学、大学院時代を通して明治時代の文学を専攻していました。それがどうして熊野に関心を持ったのか。そのお話しをするとき「熊野古道」と明治期の「近代化」という二つのキーワードに接点が生まれます。

明治時代、欧米文化を軸にした機械文明の思想がもたらされ、精神的には、文学、哲学、美学などが国民生活のうえにも大きな影響を与えました。その結果、個人主義の考え方や、自由民権運動なども起こり、国民も政治に参加するという新しい気運が出てきました。

そうした中、近代化を象徴したのが鉄道を主とした「交通網」です。それまで船を使った海上ルートで、九州から瀬戸内海、熊野灘、伊勢近辺を通って江戸に向かったのです。この辺りでいえば、尾鷲、引本、鳥羽などに港があり、三河に寄って江戸に向かうルートですから、船が停泊する地域に新しいものや考え方が集まり、栄えたわけです。伊勢湾の風待ち港（出港に適した天候を待つための港）として、渡鹿野島が有名で、文学の方面でも壺井栄の「伊勢の的矢の日和山」の舞台となっています。昭和初期には谷崎潤一郎がここを訪れて上山草人と映画のロケの舞台として計画していた話しが伝承されています。あの佐藤春夫と奥さんの〈譲渡事件〉が世間を騒がせる前後ですが、谷崎はその佐藤春夫をも誘って渡鹿野島の復興に力をいれようとしていたことが知られています。『伊勢志摩と近代文学』（和泉書院、一九九九年）に収録した「谷崎潤一郎の志州―草人漁荘のことなど―」に、私はそのあたりのことを記録しました。

　ところで、近代になり鉄道網が発達してくると、その沿線、特に駅周辺が栄え始めます。鉄道にも幹線が敷かれ、そこから外れた地域はやはり寂れてゆきました。「近代」という時代に光りを当てると、海上ルートの拠点だった尾鷲をはじめ熊野の地は寂れて近代化の速度に置いてゆかれるのは当然のなりゆきです。

◇　◇

　しかし、熊野という土地の特色に着眼する人たちも出てきます。「遅れる」ということは決して恥ずかしいことではありません。昔の文化を、その水準の高さをそのまま維持しているわけですから。近代という時代は、どんどん古いものを棄ててゆく時代、消費文化ですが、熊野の場合は近代化に乗り遅れたことが幸いし、古いものを保存してゆく文化が残ったのです。そしてそこには、悠久に受け継がれてきた質の高い精神文化が含まれていました。そこには、記紀万葉の世界はもちろん、それ以前のものも混在しています。比喩的に近代化が「陽」であれば、熊野は「陰」。そうした捉え方をする多くの文学者や民俗学者たちが、近代になってからも熊野を訪れるようになったのです。

　熊野に関わった人物として、私は民俗学者・国文学者そして詩人、歌人、作家としての折口信夫（釈迢空）に着目しました。なぜ折口なのか。そこを出生地とせず、伊勢や熊野に来た人物は大勢いますが、彼ほど〈伊勢〉〈熊野〉を自らの創作のエネルギーとした文学者を他に見つけられません。熊楠や佐藤春夫、或いは中上健次などは、熊野に地縁・血縁をもつ人物ですが、折口信夫はそうではありませんでした。大和に生の淵源を自覚したはずの折口信夫が、まだ自己を確定しない少壮の時代に、いわばデラシネとしての旅の方向が伊勢、熊野の方角を目指していることに私は関心を抱いたのです。

　彼は大阪の生まれですが、祖父は大和（奈良）飛鳥坐神社の飛鳥家の出で、生涯それを誇りとしました。大阪府立第五中学に学び、国学院大学に進みますが、中学の同窓には後に国文学者となる武田祐吉がいました。また、上京してからは、子規庵に出入りし、アララギ系の歌人たちと交流をもちます。大正から昭和にかけて、識者の多くは所謂〈オリエンタリズム〉の視線で東洋やアジアを眺めることが通常でしたが、そのような風潮の中で、むしろ折口信夫は、〈西洋〉の視線ではなく、〈古代〉の視線と心を有した近代人であったといえます。

　奈良當麻寺(たいまでら)には伝承上の姫とされる中将姫の伝説が残っています。中将姫は寺にこもり、写経をしながら、寺から見える二上山に沈む夕日への信仰を深めたといわれます。浄土を願ったこの時、山の谷間から阿弥陀如来が現れ、中将姫はその阿弥陀如来を刺繍に残したというのです。山越阿弥陀の来迎図がよく知られていますが、つまり西方浄土の信仰に基づくもので、平安中期からの熊野信仰とも深い関わりがあります。この信仰は〈日想観〉といい、夕陽を崇める日没信仰です。折口もまた明治三八年から九年にかけて、當麻寺中之坊に滞在していたとされ、行事のひとつである当時の〈練供養〉を回顧した歌が残されています。「ねりくやう　すぎてしづまる寺のには　はたとせまへを　かくしつつゐし」。昭和五年の作ですが、彼は中学卒業の頃に同寺に滞在し、中将姫と同じように二上山に沈む夕日を眺めていたのです。この日没信仰は太陽の神をまつる伊勢神宮とは対照的で、大和の闇の世界に対する光の伊勢という構図が浮かび上がってきます。

◇　◇

　かつてはお伊勢参りの後、白装束に着換え、巡礼者となって熊野を目指す人たちがいました。熊野は西方浄土への入口ですが、そこは信条、性別などはもちろん問わず、また罪を犯した人、病人、弱者をも受け入れ、貴人、庶民の身分に関係なく、すべてを包み込む癒しのトポス〈場〉であったのです。言い換えれば、ここは明治になり日本が近代化の装いを纏ってもなお、草や木が言問(こと)うアニマ〈原初の心〉を残す世界だったのです。そのような世界に折口信夫は立ち入りました。大正元年八月の約二週間、当時教壇に立っていた大阪の旧制中学の教え子二人を連れて伊勢と熊野に向かいます。伊勢を訪れた後、彼らは熊野に向かうため鳥羽に出ます。その後、引本で下船、熊野古道を歩き始めて奥深い熊野の山中で遭難します。山中で二日間人影を見ず、食べ物もないままに過ごすのです。この時の体験を基にした折口信夫の短歌「奥熊野」二三首ありますが、彼は自選年譜の中で、「教育の意義を痛感する」という文言を残しています。教育者としての自覚もこの時に芽生えたのでしょう。

　折口信夫以外にも、明治以降の早い時期に與謝野鉄幹、吉井勇、北原白秋ら一行や、田山花袋、長塚節、若山牧水らの少壮の歌人や作家が熊野に来ました。彼らの多くは、紀伊半

島を巡る旅程を選んでいます。風光明媚な熊野灘を眺め、幾重にも連なる山塊の懐に抱かれて、険しい難路を歩む苦行の中に多くの作品を残しました。それらの作品には、連綿と続く熊野の風土が、それぞれの個性を通して映しだされています。

熊野の地には近代以前の精神文化が残り、人びとの生活と信仰は同体だったのです。熊野に救いをもとめて訪れた人が行き倒れとなったとき、その土地の人たちは彼らを助け、食事や飲み物を与え、亡くなった方が出ると手厚く葬ったのです。そのような善根宿という無償の宿の史料が最近多量に発見されています。そこには老若男女全てを受け入れるもてなしの心、癒しがずっと昔からあったのです。

「紀伊山地の霊場と参詣道」が世界遺産に登録されて一〇周年を迎えます。世界に目を転じると、人権、環境、宗教、政治などのさまざまな問題や課題があり、全て私たちの生き方に関わってきます。その基本的な生き方がどうあるべきか。熊野の人びとの生活に根差した温かさ、思いやりが、そして決して贅沢ではないけれども、そのような基本的な生き方をなお今も持ち続けている場所として、これからも世界に注目されていくことでしょう。

（『伊勢新聞』二〇一四年一月一日、インタビュー記事を補筆。聞き手は菅亮輔記者）

〔Ⅴ〕中国・熊野・そして未来【インタビュー】

Q：勤務校の皇學館大学は伊勢神宮のお膝下、伊勢市にありますね。近鉄宇治山田駅から徒歩で二〇分ぐらいでしょうか。近くにはJR伊勢市駅もあります。半田先生のお生まれは、この近くですか。

A：私の生まれたのは和歌山県です。伊勢で和歌山県出身というと、よく熊野か那智勝浦辺りを想像されますが、大阪に近い紀の川市です。

Q：有吉佐和子の「紀ノ川」という作品がありますね。紀州の女性を描く作品ですが、地元では紀ノ川の流れに沿って嫁入りするのが風習だったのですね。

A：よくご存知ですね。ほかに世界で初めて麻酔薬を使って乳癌の手術をした華岡青洲の妻を描いた作品もあります。今は、青洲の実家が復元され、モデル人形を使った記念館になっています。

Q：先生が皇學館大学に赴任されたのはいつですか？

A：一九八四（昭和五九）年四月です。二六年間（注、取材当時）、この研究室を使わせてもらっています。

Q：いろんな出会いや研究が、この研究室であったんでしょうね。ご専門の分野について聞かせてください。

A：日本文学、特に近代文学が中心です。ゼミの学生は比較的近代の作家に関心が高いですから、毎年二〇名ぐらい、かつて多い時には四〇名ほどの卒業論文を指導させて頂いたこともあります。卒業論文を書き上げた皆さんは、大きく見えますね。社会に旅立つんだなあという感慨も湧いてきますね。

Q：皇學館大学は大学院もありますね。博士号を取得することもできるんですね。

A：博士（文学）の学位を取得することができます。国文学専攻では、中国からの私費留学生が過去に何人か取得しました。私の知っている人は帰国して、皆活躍してくれています。

Q：先生のご専門について、もう少し聞きたいんですが…。

A：公務が忙しくてあまり研究は進んでいません。ですが、伊勢の地に赴任して、ここでしかできない研究は何かと考えました。皇學館の伝統的な学風としては国学、古典（漢文）、歴史、神道ですよね。近代文学は、そもそも学問としての歴史が浅いですね。第一に、近代文学そのものが、東京を中心にして生まれました。出版事情も含めて、作家たちは東京に集まりましたね。研究も同じでした。地方からの視点という発想が、そこから生まれました。

Q：『紀伊半島をめぐる文人たち』『文人たちの紀伊半島『紀伊半島近代文学事典』『伊勢志摩と近代文学』などがそれですね。今も、紀伊半島にこだわっておられますか。

A：そういうわけではないのですが、伊勢や熊野、吉野、高野山など紀伊半島は宗教的な精神文化を有し、しかも日本最大の半島ですね。近代になってからもなお、古来の文化や風習を内蔵しているように思えたのです。欧米的に近代化できない土地のイメージですよね。そのような場に、近代の文人たちが目を向け始めた。西暦一九〇〇年前後でしょうか。明治三〇年代半ばですね。政治小説や翻訳物の時代を経て、東京以外の場が作品に描かれるようになります。日本の文学史では、自然主義と呼ばれる時代と重なります。その土地特有の風土や歴史が、小説や詩歌にどのように反映されているか。このような研究テーマに興味を持ったのです。紀伊半島の近代文学研究というテーマは、まだ誰も手をつけていませんでした。一九一〇年代初め、フランスから帰国した岸田國士に師事して、紀州弁で方言劇を書いた阪中正夫という劇作家を発掘して学界に紹介したのが私の研究者としての最初の仕事でした。

Q：学位論文は『佐藤春夫研究』ですね。詩人、作家で漢詩の翻案も多いですね。そう言えば、この方も熊野新宮の出身でしたね。

A：佐藤春夫は森鷗外を尊敬し、評価の低かった鷗外の『うた日記』の評釈を通じて、その詩歌を理解した点に関心を持ちました。学部の卒業論文は鷗外の歴史小説、大学院の修士論文は鷗外の評論でした。あまり、自慢できる内容ではありませんが、当時としては一生懸命に仕上げたつもりでした。だから、早くから佐藤春夫には関心があり、しかも和歌山県出身ですから、有吉佐和子とともに、同郷の佐藤春夫には早くから関心があり、作品も読んでいました。紀伊半島からの視点というわけではありませんが、これらの作家や詩人を、生れ故郷の風土との関連で読み解くことも必要でしょうね。

Q：最近出された歌集『中原の風』は、中国河南省から題名を取っていますね。中国とはどういう関わりでしたか？

A：校務で当時の上杉千郷（ちさと）理事長に随行して、二〇〇七（平成一九）年秋に、初めて中国の大地を踏み締めました。それがこの歌集が生まれたきっかけです。三〇年ほど前に、東京から故郷に帰った時に出した『帰郷』という歌集がありますが、それ以来の作品です。帰国して年末から正月にかけて二〇〇首ほどが湧き上がるようにして出て来ました。不思議でしたね。あれ以来、私のなかの歌の泉が枯れました（笑い）。この歌集『中原の風』については、上杉理事長が「笏を持たざる神主　還暦を記念し刊行」という見出しで、『神社新報』（平成二〇年六月九日。第二九三三号）に紹介してくださいました。有り難いことでした。

Q：さっき、おっしゃった校務とはどういう内容ですか。よかったら聞かせてください。

A：皇學館大学と学術協定を結んでいる河南大学からの招聘でした。毎年研究者が本学に研究員として来日、研鑽を積んでいました。あれから学生の編入制度ができ、文学部に数名在籍しています。日本でも珍しい両方の大学の卒業資格を取得できる制度ができました。ダブルディグリーという制度ですね。

Q：ほかの大学との協定はないのですか。

A：私の友人が日本語を教えていた河南師範大学にも招かれ、日本文学についての講演をしました。それがきっかけで河南師範大学からも大学院に進学する学生が出てきました。これから協定を結ぶ準備を進めていますが、受け入れる態勢が十分できていません（注・平成二二〈二〇一〇〉年に河南師範大学と学術交流協定締結）。国際交流は皇學館大学の大きな課題ですが、今後いっそう重要なことだと考えています。

Q：今、国際交流という言葉が出ましたが、これについてどのようにお考えですか？

A：自国の文化や歴史をしっかりと学んで世界に有用の人材を養成するのが本学の役目です。海外からも優秀な人材を受け入れ、万国に貢献できる人物を輩出します。そのために、異文化の理解が不可欠です。出来る限りの努力をして、可能な限りの国際交流は必要だと考えています。特に、日本は古代から多くのことを中国から学んできました。そのことを忘れてはなりません。故大庭脩（おおばおさむ）学長が試み、志半ばにして他界した遺志を継ぎ、皇學館大学の国際交流が、本格的に始まるのを期待しています。大庭学長は日中交流史の大家でした。惜しい人を亡くしました。

Q：また、客座教授の称号を河南大学から授与されたことを聞いていますが、いつのことですか？

A：去年春、思いがけないことでしたが、それ以来、学術交流の責任も担うようになりました。国際交流の重要な一環とする学術交流を推進するために、昨年（二〇〇九年）五月、本学国文学科の研究会の一つとして、日中比較文学研究会を創立しました。大学院の中国人留学生と日本人の学生が合同で、毎週一回活動を行っています。主な内容としては、中国文化、文学と関わりのある日本文学の研究を発表しあっています。研究会のメンバーたちはこれまでに、秋瑾の来日、佐藤春夫の中国短編集『玉簪花』、芥川龍之介の漢詩などについて、それぞれ研究発表をしました。そのことは本誌の二〇〇九年七・八月号に紹介されました。

研究会の一齣、隣は留学生・王倩さん
（撮影・玉田功氏）

Q：学術交流について、今後、何かご展望がありますか？

A：今年、日中比較文学研究会が母体となり、「日中比較文学検討会」が学外の研究者も加えて設立され、いっそう発展の兆しを見せています。将来は、文学の分野だけではなく芸術や歴史、文化一般を視野に入れて、両国の理解と友好に繋がることを期待しています。

Q：お忙しいところをありがとうございました。

A：ありがとうございました。

（『中日交流』一四号、二〇一〇年七、八月号。聞き手・中国語訳＝張　文宏。但し一部修正、中国語訳は省略。）

附：中国と日本——近代文学研究回顧——

伊藤虎丸・祖父江昭二・丸山昇編『近代文学における中国と日本』（昭和六一年一〇月、汲古書院）は、小野忍氏を中心に発足した研究会の一〇年以上の歳月をかけた集大成であり、わたくしは、かつてその魅力的な研究主題に圧倒されたことを思い出す。執筆者十五名、A5判六三四頁に及ぶ大冊である。やがて『文学』昭和六二年八月（第55号）に飯倉照平氏による書評が掲載され、その中で「最近の中国では、こんなに多くの日本研究者がいたのかとおどろくほど、日中関係をめぐる書物の刊行が相次いでいる。」としるされていたのが印象深い。同書の執筆者は全員が日本人研究者だが、「日中関係をめぐる書物」の著者には、もちろん多くの中国人研究者がいる。

また井上謙先生を中心に発足した研究誌『曙光』（平成二年、創刊。現在休刊中）は、日中両国の研究者が参加し、多くの実績を残した。彼らの研究の目的は一体どこにあるのだろうか。「この一〇年間に、日中の新時代は、私たちの予想をこえる速度で進行してきた。だが、友好や交流を説くことは易しくとも、真の友好は、確かな相互理解の上にしか築かれないだろう」（『近代文学における中国と日本』「まえがき」、九頁）と記し、『曙光』もまた同様に、「一つの国を理解するには、その国の言語、風土、文化、歴史そして人間を知らなくてはならず、それがあってこそ初めて相互理解と認識が生まれる。そしてその必要性は時代を越えて共通する課題でもある」（創刊の辞）と述べている。

ここに共通して説かれる「相互理解」を齎すものは何か。そして、そのことを可能にするものは何か。わたくしは、国境を超えてゆくもの、魂の根源を揺さぶるものの一例を、故人の著作に探ろうと思う。

吉川幸次郎、三好達治共著による『新唐詩選』（一九五二年八月、岩波書店）巻頭に杜甫が置かれ、「江碧鳥逾白／山青花欲然／今春看又過／何日是歸年」が引かれる。杜甫の伝記を繙けば、その作品に流れる《憂愁》の根底が、ある程度は理解されよう。しかし、「杜甫の詩の憂愁は、そればかりで生まれているのではない」、「その誠実な人格のゆえにこそ生まれる」という三好達治の理解は、やがて杜甫の人格を「偉大な誠実」と表現し、その「誠実さ」こそが「自然をうつすにあたっては、対象をつきとおす熟視となり、自然そのものと荘厳さを争う言語ともなった」という（引用は一九九一年九月刊、第69刷に拠る。三頁）。

杜甫の「人を驚かさずんば死すともやまず」を引く著者は、かれの「表現はいのちがけであった」ともいう。そのような中国詩人に対する日本近代詩人の認識があり、中国古典からの詩想の多くを受容した佐藤春夫などの実例を知るとき、今なお実証的な研究が等閑に付された現状に対して、わたくしたちは粘り強く個々の課題に挑戦する必要を感じている。芸術は、国境を超える。「誠実」は言語を克服し、やがては「確かな相互理解」を育むことになるであろう。

ここに題した「日本近代文学における中国」とは、もちろんその受容の様相を明らかにすることを想定したものである。しかし、魯迅や郁達夫（いくたつぷ）のように日本を受容した中国近代作家の存在することも忘れてはならない。そこに留学生諸君の将来を重ねて、両国の明るい国家像の構築を祈念するのである。
（『皇學館大学紀要』第五〇輯、平成二四年三月三一日、抄録。原題「日本近代文学における中国―日中比較文学検討会報告に代えて―」）

〔vi〕【講演録】近代作家の伊勢と熊野
―紀伊半島の文化と文学―

一　地方に目を向け始めた近代作家たち

数年前に共同執筆した『伊勢志摩と近代文学』（和泉書院）という本があります。その後、二〇〇九年に新装版（IZUMIBOOKUS・17）として再版されましたが、副題に「映発する風土」とあります。九名の研究者の協力を得て完成したもので、風土が作家に与える衝撃や印象、また作家がそれらをどのように掬い上げ、変容させているか、そのような「風土と作家」の根本的な関係を考えようとしたのです。伊勢志摩から作家や作品を考察した本ですが、三重近代文学史年表や、当地方に残る文学的なエピソード等も紹介しました。

例えば、現今の谷崎潤一郎年譜には、彼と伊勢との関わりは記録されていません。しかし、彼が伊勢地方を訪問したという痕跡があります。谷崎潤一郎の短冊が当地方の旧家に残されていたり、また、旧神宮皇學館（現在の皇學館大学）の館長で、伊勢在住の山田孝雄博士に校閲を依頼した谷崎が、所謂『谷崎源氏』を執筆中に、伊勢の山田孝雄博士宅を訪問したことが、当地の伝承として伝わっております（注）。また、それを裏付ける資料もあります。ところが、いわゆる中央での出版物には、そういう事跡が残らないということです。近代文学における〈地方の視点〉ということを、私は早くから提案しておりました。〈伊勢〉〈熊野〉も、近代の作家や作品を考える場合に、少なからず有力な視点・視座になるはずであります。

二〇一〇（平成二二）年六月、私は中国にいました。ここ数年、河南省にある大学へ学術交流で年に二回ほど行っております。帰国途上、上海経由で熊野の上空を飛びました。その日は、たまたま正午ぐらいに和歌山県白浜から斜めに横切って、常滑のセントレア空港に着陸しました。初めて上空から見た熊野の景色は壮大でした。上から見ると、山頂から道路のように道がついています。ところが車が一切ありません。これは、水源が枯れて水が流れていない水路だと気がつきました。それが無数の網の目のように見えます。ところどころに水源があって、日本で雨が一番多いとされる大台ケ原の辺りに湖が見えます。そこから流れ始めた水は、一つは、この紀伊半島の最南端の熊野川を形成します。伊勢方面には宮川が流れ、また吉野川は西に向かって、有吉佐和子の作品で有名になった紀ノ川と名称を変えて、和歌山県北部を流れます。紀伊半島を俯瞰すると、まさに水源は同じなのですね。

　熊野に行くには、東の伊勢道と、西の紀伊道があります。平安時代末から中世に至って身分の上下、老若男女にかかわらず、紀伊半島を南下して人々は熊野を目指しました。これが有名な蟻の熊野詣です。人の列が蟻の列を為すのに例えたものです。熊野の向こうには大きく開けた太平洋の海原があります。それは遥か極楽浄土の世界に続いているという考えがあります。所謂観音信仰ですね。

　なぜ私が熊野や伊勢に関心を持ち始めたのかということについて、まずお話をさせてください。私はもともと近代文学、近代の歴史に関心がありました。こちらの早稲田大学には有名な演劇博物館があります。その前庭に坪内逍遥の像があります。彼は英文学を専攻する早稲田の教授で、とりわけシェークスピア研究の大家でした。シェークスピアを日本に紹介した人でもあります。ドイツから帰国したばかりの森鷗外は、大家の逍遥に論争を挑みました。明治二〇年代のことです。文芸史上、有名な逍鷗論争です。理想や主観を没して客観的表現を旨とする逍遥の考え方に対して、理想派の鷗外が反論したもので、没理想論争とも言われています。

　明治になって、哲学も芸術も文学も、西欧から東京を経由して、〈近代〉というものの内実が、地方に伝わってきました。そしてその東京を日本近代の〈中央〉とすれば、いわゆる〈地方〉という、東京以外の地域は東京を経て近代化されていく。紀伊半島という〈地方〉も例外ではありません。この地方が、近代化されてゆく様相を、私は、文学の分野から検証してみようと思ったのです。

　ところで、全国的に鉄道が整備されてゆくのはいつごろでしょうか。やがて、新幹線が走り、空路が日常的なものになりますね。中央で名をなした作家たちが、地方に目を向け旅を始めるのは、この鉄道敷設の時期とほぼ重なります。島崎藤村や田山花袋など、自然主義と呼ばれる作家たちは、明治四十年代前後に、特に地方に関心を示すようになります。その対象は、自分の故郷（ふるさと）であったり、あるいはまだ近代化されていない土地であったりします。交通の幹線であった海路が衰退し、鉄道の発展によって、〈熊野〉も近代化に遅れた地域でした。そういうところに作家たちは関心をもち、そこを歩き始めるのです。

　そもそも近代文学は、先の坪内逍遥『小説神髄』（明治一八〜一九年）を起点とするというのは、文学史の常識です。小説というのは人情を深く掘り下げ、その機微を描くことだと逍遥は言います。そういう意味で、彼は、『源氏物語』を高く評価するのです。それは、本居宣長の〈もののあはれ〉に通じます。そして『源氏物語』は、すでに近代文学の要素をすでに持っていたというふうなことに私たちは気づかされます。この〈もののあはれ〉を描く近代作品の傑作として私たちは鷗外の『舞姫』（明治二三年）を知っております。彼の足かけ四年間の独逸留学体験を基にした作品ですが、勿論そこには、物語としての巧みな仕掛けが隠されているでしょう。その物語に秘められた虚実皮膜の冴えが、今も一二〇年の歳月を経て語りつがれる所以でしょうか。

このような近代文学を研究の対象としたとき、日本が近代化されてゆくなかでの、彼らの多くが何故に地方に目を向け始めたのか。そして、彼らは地方から何を掬い上げ、自らの作品の土壌としたのか。私の興味や関心はそこにありました。そして、紀伊半島を相対化したところに見えてくるものの実態や本質を考えてみたいと思うようになりました。

二　熊野の海

御食(みけ)つ国　志摩の海人ならし　ま熊野の　小船に乗りて
沖辺漕ぐみゆ　（万葉集　巻『第六』　一〇三三番）

これは『万葉集』に出てくる歌です。「御食つ国」は「みけつくに」と読みます。食糧を天皇に献上する国という意味です。ここでは伊勢の国志摩のことです。熊野の木材で作られた小舟に乗って、漁をする為に漁船を漕いでいく風景ですね。

わたの原　波も一つに　みくまのの　浜の南は　山の端
もなし　（新勅撰集）

一面が大海原。見渡すと山の切れ端も見えない。壮大な海の風景です。熊野は山が多い。その山のほかは、すべて海だというのです。他にさえぎるものはありません。そういう風景を想像していただくと宜しいかと思います。

このような古歌を参考にしながら、現代歌人・釈迢空の作品を見てみましょう。釈迢空は本名折口信夫、民俗学の大家です。国文学の研究でも一家を成しました。現在、歌壇でも大きな位置を占める「迢空賞」にその名が冠せられています。彼に「青うみにまかがやく日や。とほどほし　妣(はは)が国べゆ舟かへるらし」という作品があります。『海やまのあひだ』（大正一四年）に収録された作品です。この「妣が国」については彼の自説があります。

すなわち「妣」とは、亡くなった母、幻の母であり、その母が居る国への往還はできない幻の国であります。古来、日本人の意識下には、母の国を思慕するものがあって、その意識がわれわれ現代人の中に残っているのではないかという説です。異国から嫁いだ母が、土地の風習に馴染(なじ)まず幼子を残して帰国してしまう。子どもは母に会いたいと思うのが自然です。しかし、決して母の住む国へは行くことができない。これが「妣の国」です。

折口信夫は、若い頃、一時期大阪今宮中学の国語・漢文の先生をしていて、教え子二人を連れて熊野に旅したことがあります。元号が大正に改まった年のことです。伊勢参宮の後、志摩の安乗近くから乗船して、熊野引本(ひきもと)で下船、そして古道を歩いて行きました。そのとき、二日ほど山道に迷い、野宿した経験があります。まだ二〇歳代半ばのことです。この作品は、その途上に眺めた舟を幻視したときの歌です。あの船は「妣が国」の辺りに帰ってゆく船ではないだろうかというのです。実際には、漁船であったかも知れません。また、貨物船であったかも知れません。折口信夫は、現代の事象に古代を幻視する、特異な国文学者、民俗学者であり、そして歌人、詩人でもあります。また『死者の書』という古代に材を採った不思議な小説を残しました。このときの体験が、かれの学問や文学の基盤となったといえます。

　また、熊野の木材を用いた頑丈な船が、この志摩や熊野を航海していたという事実、そのことを、先の小舟の万葉歌は証明しているともいえるでしょう。これは熊野では、古代から造船技術が発達していたという考え方にもつながっていきます。

三　海と山と岩と湯と

　次に花の窟(いわや)神社に触れてみます。花の窟神社は熊野市有馬町にあります。巨大な花崗岩が佇立する御神体は、まさに熊野の原風景への東の入り口と表現してよいでしょう。『日本書紀』によれば、ここはイザナミノミコトの「葬り」の場所として記載されます。イザナミノミコトは火の神様をお産みになった時に火傷をして亡くなられた。それで、この紀伊の熊野の有馬の村に葬り申し上げたというのです。花の季節には、花を供えて、この神の霊魂をお祭りするのです。

　この御神体を拝していると、熊野は山の国であり、海の国であり、また岩の国であると思えてきます。その象徴がこの花の窟神社であると思います。南下する国道四二号線沿いの右側に屹立する巨岩であります。左側が海です。熊野灘につながっていく海です。この巨岩は、遠く熊野の海からも遠望されたでしょう。「岩壁は黄泉国との境界を意味する」と注釈書にあります。境内や岩の頂上には浜木綿や光るキノコ等、海浜の植物が残っています。境内が海岸続きだった名残でしょうか。

　さらに南下しますと、重要文化財の千手観音立像(せんじゅかんのんりつぞう)が安置する補陀洛山寺があります。作家の井上靖が『補陀落渡海記』に書いた主人公金光坊がかつて住職を務めたお寺です。彼は、還暦の齢に補陀洛山寺から船に乗って、浄土に行くことを一度は決心したのですが、その時期が近づくと、気持ちが変わります。ところが、村人たちは、これを許さない。彼らは、わずかな食料を用意して、読経しながら金光坊を送り出します。ところが、悪天候の海に彼の体は放り出されてしまいます。そして、舟の板子とも磯に打ち上げられたのです。それを途中まで同行した人たちに見つかり、また船に乗せられて送り出されます。その事件に因んで名づけられた島、それが那智湾に浮かぶ金光坊島(こんこぶとう)の名の由来だといわれています。なお、歴代の渡海上人の話は『熊野年代記』その他にしるされています。

その伝承を作品にする以前に、井上靖は『天平の甍』『楼蘭』『敦煌』等、中国西域を舞台とした世界に関心を持っていました。熊野と遥か彼方のシルクロードとが交差する、その作家の眼差しにも興味があります。補陀洛山寺の本堂は千手堂と言いますが、その千手観音について、作家の大路和子『補陀落山(ママ)へ』から引用させていただきましょう。

《補陀落山寺の本堂は千手堂(せんじゅ)といい、茅葺き五間四面の寄棟宝形造りで、白木の千手千眼観音が本尊として祀られていた。六尺六寸の均整のとれた立像で、三貌十一面、四十本の手にはそれぞれ法具を持ち、おだやかなやさしさを全身に表している。》

作中の金光坊を初め、渡海する住職たちは、この観音菩薩の前で、渾身の読経を唱えたのに違いありません。そして、船出した後、再び帰ることはなかったのです。因みに、この千手観音の両方の耳朶の後ろには、憤怒のお顔が刻まれております。

また、熊野は近松門左衛門『当世小栗判官』で脚色されるように、熊野川支流の渓谷にある湯治場として、湯の峰温泉が有名です。日本最古、開場一八〇〇年とされる、熊野詣での湯垢離場として栄えてきました。約六〇〇年前、戦いに敗れ死の世界をさまよった小栗判官がここで蘇生したと伝承される場所です。常陸の国から熊野への途上、照手姫との恋物語があります。また、十二薬師のご利益があるとされる川湯温泉もあります。いのちの蘇る湯の国としての熊野を忘れることはできません。

四　大齋原(おおゆのはら)をめざして

本流の熊野川、そして音無川、岩田川の合流するところ、そこは大齋原とよばれ、かつて熊野坐神社(くまのにますじんじゃ)がありました。しかし、一八八九（明治二二）年の大洪水で大部分が流されました。流されずに残った社殿は、現在の本宮敷地にそのまま移築されましたが、上皇、法皇を初め、中世の参詣者たちは、この大齋原をめざしたのです。熊野詣の終着点です。熊野坐神社とは、現在の熊野本宮大社の正式名称です。

熊野路を辿り、この大注連縄の門をくぐる人々の心に兆したのは、一種の安堵感だったのでしょうか。あるいは心地よい達成感だったのでしょうか。熊野古道は紀伊半島の様々な入り口から、人々の魂の内実を窺いその真偽を試す通路であったのかもしれません。熊野の神様は、ここに詣でる人々の心を試しているようにすら思えるからです。悪路、驟雨、自然を克服する命がけの信仰心、それが熊野詣でに求められた真実だったように思えるのです。現在、この大齋原には、かつての壮大な境内を偲ばせる大鳥居が建てられています。

小山靖憲著『熊野古道』（岩波書店）によれば、伊勢路は平安時代以来の参詣道でありました。ところが中世になって紀伊路、中辺路が公式の通路となり、伊勢路は衰退していきます。しかし北伊勢の豪族藤原実重は月参りの聖や道者のために湯供養を行っており、海路、陸路ともに伊勢路の利用者は細々ながら存在していました。伊勢路がふたたび活況を呈するのは、中世の後半から江戸時代にかけてのお蔭参りの隆盛が背景にあると指摘されています。

お蔭参りの民衆化とともに、道案内人を必要としなくなったことが伊勢路復活の起因ではないかと推測しておられるのです。つまり、伊勢参宮ののち、西国三十三所観音巡礼と連動して、熊野に向かうことが多かったのではないかというのです。遠く東北や関東から、そして宮城県、秋田県から江戸を通って、伊勢参宮をして熊野にお参りするというルートです。伊勢と熊野は、こうして切り離すことのできない信仰の場として、後代に受け継がれていきます。陸路、海路を問わず、伊勢から熊野への旅程のいたる所には、神々の魂が宿り、人々の心を支え続けてきたのだと思います。

五　文人墨客の訪れ—伊勢から熊野へ—

中里介山の長編小説『大菩薩峠』には、伊勢参宮への通路として、古市が出てきます。「間の山の巻」の一節を引用してみましょう。

《伊勢の大神宮様は日本一の神様、畏くも日本一の神様の宮居をその土地に持った伊勢人は、日本中の人間を膝下に引きつける特権を与えられたと同じことで、その余徳のうるおいは蓋し莫大なもので、伊勢は津で持つというけれども、神宮で持つというほうが、名聞にも叶うものでありましょう。》

御承知のように、内宮と外宮の間にある「間の山」には、旅館や見世物小屋が林立していました。伊勢詣での盛んだった江戸時代、この古市には伊勢歌舞伎が興りました。『伊勢音頭恋寝刃』（寛政八年・一七九六）の舞台となった「油屋」もその一つです。

伊勢神宮へお参りしますと、そこに宇治橋という橋があります。二〇〇九（平成二一）年一一月三日、二十年ぶりに橋は架け替えられました。その宇治橋を渡るという行為が、つまりみそぎなのです。昔は橋がありませんでした。五十鈴川は、「みもすそ川」とも言います。川の向こうの大神にお参りするために、御裳裾川、つまり五十鈴川で着物の裾をぬらして川を渡ったのです。それは、いわば、みそぎの行為なのです。だから、御裳裾川なのです。「裾」は「濯」の字を充てることもあります。それらは、和歌に詠まれ、歌枕として広まってゆきます。つまり、現在の宇治橋を渡るという行為そのものが、みそぎの行為と考えてよいのです。橋の向こう側は清浄の地であり、手前は俗の世界です。俗界から聖地への橋渡しをするのが宇治橋でした。

明治以降、与謝野鉄幹や若山牧水、晶子、田山花袋、伊良子清白、折口信夫など、多くの文人墨客が、伊勢から熊野を訪れています。まだ道路が十分整備されていない時代のことです。熊野古道がまだまだ大変険しかったころのお話です。これらの文人たちは、みずからの魂に感光した伊勢や熊野を作品に仕立てて、世に残しています。ここではそれらの作家や作品について、詳しく述べることができません。そのことについては、私は『文人たちの紀伊半島』という本の中で、少し触れておりますので、機会があれば御覧いただくとありがたく思います。

ところで、熊野への入り口、九十九王子（くじゅうくおうじ）の一つ発心門王子（ほっしんもんおうじ）を越えると、熊野古道から先ほどの大齋原が遠望できるようになります。そして伏拝王子（ふしおがみおうじ）跡に建てられた和泉式部の碑から、当時の古道の有様が伝わってきます。京の都からやっと辿り着いた式部が、大齋原を伏し拝んだとされる場所であります。伝承される和泉式部の歌を紹介しましょう。

晴れやらぬ　身の浮雲の　棚びきて　月のさはりと　なるぞ悲しき

苦難の果てに辿りついた和泉式部は、ここで「月の障り」となり、参詣を諦めたのです。しかしその夜に、熊野権現が夢枕に立ち、参詣を許されたというのです。伊勢神宮は不浄を厭う、聖域として考えられています。ところが古来、熊野はそうではありませんでした。熊野権現御託宣には「もろともに　塵にまじはる　神なれば　月のさはりも　なにかくるしき」と、全てを受け入れています。ですから、伊勢神宮があって、奥に熊野があるということは、非常に意味があります。そこは、すべてを受け入れる、いわば仏教でいう曼荼羅の世界を象徴しています。

私たちの宇宙観として、熊野権現御託宣というのは、やはり必要だったのだと思います。伊勢から熊野へ、そしてその西には吉野があります。吉野には修験道の世界がありますね。歌人の前登志夫は、特に吉野の風土を歌い上げた現代最高の歌人です。人生の悲傷も愛憎も、また歴史の陰影をも、この歌人は吉野の風土を文学的土壌として掬いあげました。西行法師の花、すなわち「願はくは　花のしたにて　春死なん」と詠った人の心と漂泊の世界を、この現代歌人は吉野に定住しながら、見事に表象変化させています。さらに向こうには空海・弘法大師の高野山があります。日本最大の紀伊半島は、伊勢と熊野だけではなく、吉野・高野山を包括し、現実世界の宇宙を体現させているように見えます。

近代以降、欧米文明の恩恵を受け、快適な生活空間を獲得した現代、そして、それによってもたらされた現代社会の負の遺産を、この信仰の空間は考えさせてくれます。例えば、熊野の山野を駆け巡った南方熊楠のエコロジーは、いま環境保全の大切さを思い起こさせてくれます。二〇年に一度の伊勢神宮のご遷宮は、その聖域の浄化とともに、万物の命の蘇り、とこしえの命の継承を象徴します。そこには、技術の継承と精神の蘇生、循環する自然への畏敬、神への敬虔な思いなど、私たちが生きる上で忘れてはならない大切で素直な心があるように思われます。今なお、毎日のように伝えられる混濁の世界の有様を思うとき、この聖なる空間から教えられるものの意義は大変大きいものです。

おわりに

伊勢、あるいは熊野を文献からみていくと、ここにお話しした以外にも、多くの記録が残されているでしょう。また、近代文学の分野だけでも、今も書き継がれている、そして後代に残される作品も少なくはないでしょう。それらを、注意深く見守りながら、これからも紀伊半島、「熊野・伊勢」の特質を考えてゆきたく思います。例えば、宮坂宥勝著『空海』（筑摩書房）は、空海密教の曼荼羅世界を解明していますが、その中で「単一の精神文化ではなく身体論や言語論を包含した人間存在」を指摘します。つまり、世界を二極分化して見るのではなく、それらを包摂、融合して、秩序と調和を具現する場、私は、それが紀伊半島の特質だと思うのです。

紀伊半島は、まさに死者と生者を包摂、融合する場であります。作家の中上健次が表現するように、ここは、「敗者」をも受け入れる器として存在していたのです。佐藤春夫と中上健次は、熊野を代表する現代の作家ですが、両者の文学世界の違いにも、この地域の特色を指摘することができます。折口信夫の感知した「光充つ」「まかがやく」伊勢と、「うす闇」の熊野（歌集『海やまのあひだ』）は、まさに、この風土の特質でもありました。彼らは、近代になってもなお伏流するこの土地のエネルギーを、自らの創作のエネルギーとしています。その風土は、蓄積された熱量を放電する場と言い換えることも出来るでしょう。

（注）宮本徳蔵『潤一郎ごのみ』（文藝春秋、平成一一年五月）に、山田孝雄宅を訪ねる谷崎潤一郎のことが活写されている。著者は、伊勢市生まれ、戦後新制の宇治山田高校在籍中、山田孝雄の子息山田英雄から歴史を学んだ。当時、よく伊勢市駅裏の山田邸に出かけたが、その頃谷崎は源氏の口語訳を進めており、山田孝雄を訪ねてきていたのであった。

参考文献

『新編日本古典文学全集　日本書紀』小島憲之・西宮一民・毛利正守他、校注・訳（小学館）
『紀州　木の国・根の国物語』中上健次（朝日新聞社）
『紀伊半島近代文学事典　和歌山・三重』浦西和彦・半田美永編（和泉書院）

『文人たちの紀伊半島―近代文学の余波と創造』半田美永著（皇學館出版部）
『熊野　その信仰と文学・美術・自然』林雅彦編（至文堂）
『別冊太陽　熊野　異界への旅』山本殖生構成（平凡社）

（『日本人の原風景Ⅱ　お伊勢参りと熊野詣』池田雅之・辻林浩編著、平成二五年一〇月七日、鎌倉春秋社。平成二二年六月一九日、早稲田大学エクステンションセンターでの講演録。原題「文学者たちの伊勢と熊野」。本書収録にあたり補筆。）

〔ⅶ〕近代文学と熊野学

熊野学とは何だろう。平成一一年（一九九九年）の初秋、国土庁、三重、和歌山、奈良三県などの主催で、「世界半島会議」なるものが、和歌山県那智勝浦町で開催された。当時の様子を伝える新聞記事などに拠れば、この会議にはイギリスなど海外からの参加者を含む約四百五十人が出席、各地からの事例報告をはじめ、活発な議論やパネルディスカッションが展開されたという。そこでは、政治・産業・工業・経済・文化・歴史・自然といった様々な分野での、それぞれの見解が交換されたに違いない。

「半島」――そもそも、この言葉には、どのような意味が込められているのであろうか。一体、紀伊半島とは、近畿地方の南部、太平洋に突出した日本最大の半島である。和歌山県全域と奈良、三重両県の南半分を含み、総面積約九千九百平方キロ、海岸線は千二百キロに及ぶ。地理学的には、紀ノ川と櫛田川を結ぶ中央構造線以南の地域で、大部分は紀伊山地によって構成される。地形は、熊野に代表される壮年期の深山で、海岸段丘が海面に切り立つように聳えている。そして、ここに住む人びとの殆どが海岸部に集合する。平野は極めて少なく、櫛田川河口の伊勢平野と紀ノ川河口の和歌山平野が、代表的なものである。

私は、かつて『紀伊半島をめぐる文人たち―近代和歌山の文学風土―』（昭和六二年一月、ゆのき書房）という書物を出版した。この書物の原型は『産経新聞』（和歌山版）に「和歌山ゆかりの文人たち」と題して連載されたものであった。紀州生え抜きの文人たちとともに、夏目漱石や若山牧水らの来訪者を視野に入れたとき、彼らの足取りは多く紀伊半島を覆っていることに気づいたのであった。「紀伊半島をめぐる」という書名は、そのような経緯を経て生まれたのであるが、今、その紀伊半島は、「高野山」「大峰・吉野」「熊野三山」それに「伊勢神宮」を加えた聖地（霊地）がその中核となり、精神文化を形成していることを改めて認識するようになった。そして、それらのベクトルはその奥行きとして

「熊野」を指しているのではないか。

　つまり「熊野学」とは、紀伊半島の精神文化の総体として捉えることが可能なのではないかということである。『国文学解釈と鑑賞』（至文堂）が「特集『熊野学』へのアプローチ」（平成一五年一〇月、第六八巻一〇号）、「特集続・『熊野学』へのアプローチ」（平成一六年三月、第六九巻三号）を編み、民俗・信仰・森林・植物・歴史・文学・自然などの分野から学術的なアプローチを試みている。近代文学もまた「熊野学」を構築する重要な分野のひとつであるに相違ない。

＊

　蓄積され、埋蔵された「熊野」の精神文化に触発され、作家は作品を紡ぎ出す。その様相を探り、作品成立のメカニズムを考究するのが、我々の当面の仕事ではないか。そのために、熊野を映す作品を発掘し、世に提出しなければならない。

　古くは『古事記』『日本書紀』『紀伊続風土記』『日本霊異記』『後鳥羽院熊野御幸記』『梁塵秘抄』などが知られよう。熊野はまた女性の参詣に寛大であったために、上皇に随従する女官たちの参加によって王朝文化の広まりという恩恵を齎したという。このような歴史的・文化的風土を背景とする熊野の文化を押さえながら、これから近代の作家たちの足跡を検証してゆきたいと思う。

　『紀伊半島近代文学事典―和歌山・三重』（平成一五年一二月、和泉書院・共編）は、そのような研究分野への足掛かりとして、有用に活用していただければ幸甚である。繰り返すことになるが、「熊野」の精神文化を視野に入れた、このような近代文学研究の分野は、今なお未開拓であり、未知なる分野であることに違いはない。付言すれば、明治以来「熊野」を目指す近代の文学者や学者は少なくはなく、また産出された作品の数も決して乏しくはない。「聖なる磁場」としての紀伊半島が内蔵する「熊野」には、相当豊かな文学地図が、描かれるはずである。

（「いずみ通信」33号、二〇〇五年一一月）

Ⅳ　阪中正夫作品【小説・放送台本】

——解題と本文——

〔一〕　小説「玉菊」とその本文

はじめに

阪中正夫の短編小説「玉菊」は、昭和一〇年三月一日発行の『若草』第三号に掲載された。掲載頁は、二五頁から三一頁。四百字詰原稿用紙に換算して、二〇枚弱の短編である。ところで、この雑誌は、大正一四年一〇月に創刊、東京の宝文館から発行された文芸雑誌として知られている。同社発行の『令女界』（大正一一年四月～昭和二五年九月、一時休刊期あり）の姉妹編として、若い女性を読者対象にして出発したが、やがて総合的な文芸雑誌として成長する。戦時下の、一時的な休刊期を除いて、昭和二五年二月までの刊行が確認される（講談社刊『日本近代文学大事典第五巻』等、参照）。

さて、「玉菊」の掲載された第三号には、巻頭に牧野信一「繰船で往く家」、次いで阪中正夫「玉菊」、那須辰造「杜の出来事」、坪田譲治「蟹」など短編小説七編と江馬修の中編「錬獄を行く」を掲げる。続いて萩原朔太郎の随筆「幸福とは？」と同じく森田たま「桜花扇」、そして堀口大学の詩「シュベルヴィエル二章」、同じく深尾須磨子「纏綿集」、吉井勇の短歌「春いづこ」、矢田挿雲の俳句「朧五句」の創作を載せている。さらに「私の頁」欄には、勝本清一郎、久野豊彦、飯島正、鈴木善太郎らの小文、巻末には、深田久彌の「文芸時評」、十返一の「大衆文学と知識階級の欲求」、山中徹の「散兵戦」、藤浦洸の「夫人を通して見た北村小松」、高田保の「新劇雑記」が収録されてい

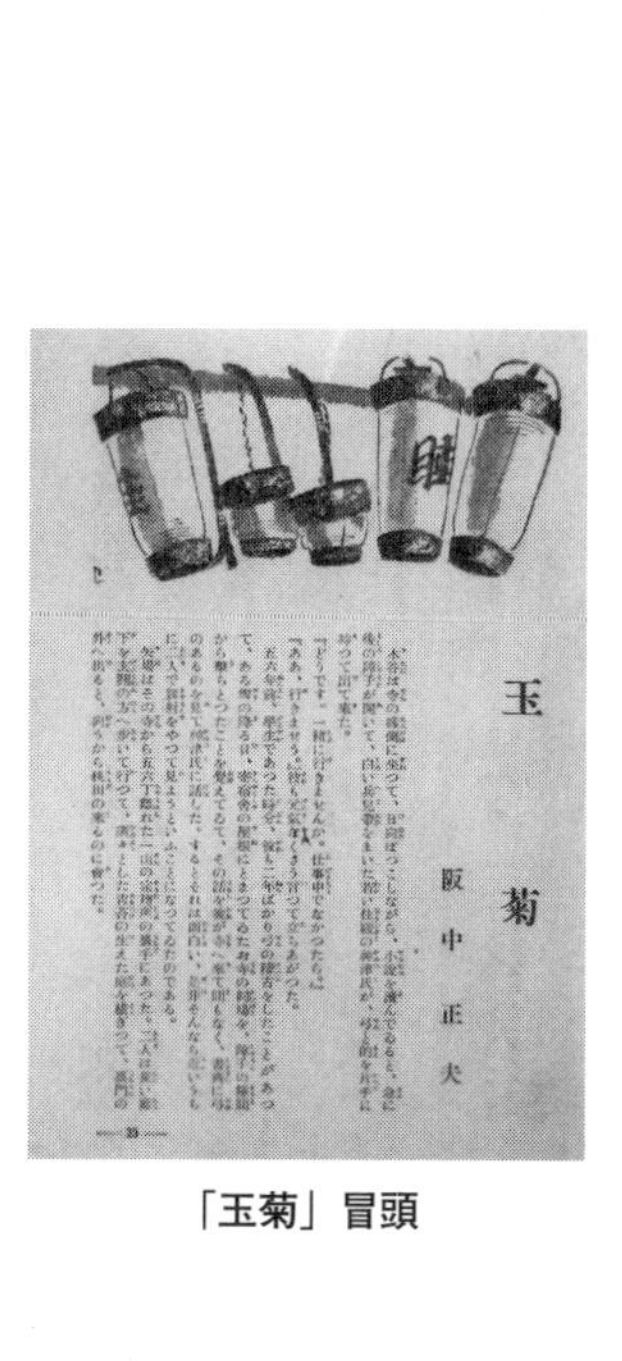
玉菊

阪中正夫

「玉菊」冒頭

る。

投書雑誌の性格をも反映して、同誌には「読者文芸」欄が設けられ、選者として堀口大学（詩）、太田水穂（うた）、前田夕暮（新興短歌）、萩原井泉水（俳句）、室伏高信（随筆・感想）らが担当している。

ここに掲載された阪中正夫の小説「玉菊」は、中央の文壇において、劇作家としての位置を確保した後の、彼における唯一と目される小説であり、当時の友人関係を含めて、その生活ぶりを伝える興味のある内容が窺われるので、この機会に全文を紹介しておきたい。

解　題

この作品に、要を得た最初の解説を付したのは、『奈良近代文学事典』（和泉書院、平成一年六月）において「阪中正夫」の項目を担当した永栄啓伸氏である。解説の部分を引用する。

◇奈良高畑族との交友がほほえましく描かれている。作中のモデルは、木谷が阪中、その友人で小説家志望の桃田が兵本善矩、東京を引き払って奈良へやってきた二人を世話する神津が上司海雲である。美しい年増芸者の玉菊は、貧困生活を続ける二人にとって心の友であり、安らげる母性としてある。

文中、「高畑族」とは、大正末から昭和初期にかけて、奈良高畑に滞在した志賀直哉の周辺人物を指す。なかでも、当時の阪中は、奈良県五条出身の兵本や、和歌山県出身の池田小菊らと親しくつきあった。また、東大寺管長上司海雲師は、彼らの良き理解者として、物心両面からの支援者であった。上司氏自身、「志賀先生」（『図書』二六八号、昭和四六年一二月）と題する文章の中で往事を回想するが、森敦の追想記「東大寺の日々」（『読売新聞』昭和五七年一二月二八日、大阪本社版。『証言阪中正夫』に抄録）や、『月山抄』（河出書房新社、昭和六〇年九月）にも、阪中正夫を含む濃密な交流の跡が偲ばれる。さらに、志賀直哉の周辺を描く池田小菊の「小説の神様」（遺稿。『関西文学』第一〇巻五号、昭和四七年五月刊、に全文が紹介された）も、当時の彼らとの交わりを通じた密度の濃い生活の雰囲気を濃厚に伝えている。小菊の「小説の神様」には、若い日々の人的な交流を回顧して、「成長するものには、これとても一つの竹のふしだったのである。」というさりげない言葉が刻まれているが、この心情は、いわゆる「高畑族」に属した人たちの共通の思いでもあったことが、当時のこれらの記述を併わせ読むことによって推測できる。

かつて、今村忠純氏は小著『劇作家阪中正夫伝記と資料』（和泉書院、昭和六三年五月）の書評（『日本近代文学』第四〇集、平成一年五月）の中で、作品を「伝記」に活かすことの必要性を説き、「玉菊」もまた、「人間阪中」を語る「好例」であると指摘している。尾崎一雄著『あの日この日下巻』（講談社、昭和五一年六月）で浮き彫りにされた奈良市高畑の文化的なサロンの実態や、楽しい苦節の日々を語る作家の肉声が、この「玉菊」にも聞かれよう。

なお、兵本善矩については、玉村禎祥著『兵本善矩の世界』（金陽雑誌第三一号、昭和四九年九月、私家版）、『兵本善矩遺作集』（五条市立図書館協力会、昭和五〇年八月）、池田小菊に関しては生田幸平編「池田小菊年譜」（『関西文学』同前）を初めとする一連の調査がある。また、阪中正夫と奈良との関わりに関しては、前記『劇作家阪中正夫伝記と資料』に記したが、厳密には「高畑族」との交流以前に存在する松村又一や北村信昭らを介した詩作の日々を指摘しなければならない。いずれにせよ、小説「玉菊」は、如上の文学的裏面史ともいえる遺産のひとつであるばかりでなく、志賀直哉から受けた感化の一例ともいえる私小説的な作風の存在を垣間見せ、その文学世界の屈折点を暗示している。

「玉菊」全文

凡例

一、本文は、『若草』掲載本文より採録した。
一、採録するに当たり、仮名遣いは原文のママとし、漢字の字体は原則として通行のものに改めた。
一、漢字に付されたルビは、適宜取捨した。
一、原文を尊重しつつ、今日より見て明らかに誤植・誤用と思われる字句は訂正した。
一、雑誌『若草』は、当時の高畑族と親密な交際をもった北村信昭氏所蔵本による。

玉菊

阪中正夫

木谷(きたに)は寺の縁側に坐つて、日向(ひなた)ぼつこしながら、小説を読んでゐると、急に後の障子が開いて、白い兵児帯(へこおび)をまいた若い住職の神津(かみつ)氏が、弓と的(まと)を片手に持つて出て来た。

『どうです。一緒に行きませんか。仕事中でなかつたら。』

『ああ、行きませう。』彼も元気なくさう言つて立ちあがつた。

五六年前、学生であつた時分、彼も二年ばかり弓の稽古をしたことがあつて、ある雪の降る日、寄宿舎の屋根にとまつてゐたお寺の飼鳩(かひばと)を、障子の隙間から撃ちとつたことを覚えてゐて、その話を彼が寺へ来て間もなく、書斎に弓のあるのを見て神津氏に話した。するとそれは面白い、是非そんな近いうちに二人で競射をやつて見ようといふことになつてゐたのである。

矢場はその寺から五六丁離れた一山の宗務所の裏手にあつた。二人は長い廊下を玄関の方へ歩いて行つて、廣々とした青苔の生えた庭を横ぎつて、裏門の外へ出ると、向うから桃田の来るのに会つた。

桃田は二人を見ると道のまん中に立ちどまつて、片手を懐から出すと、帽子のツバを持つて少し帽子をあみだに冠りなほした。それは彼の住職に対する挨拶である。

『おい、行かう。』

今度は木谷は元気よく彼に声をかけた。

『俺はひけないよ。』

『見てゐればいいさ。』

桃田は嫌な顔をして木谷を見た。それでも黙つて二人の後について来た。しかし何か言はんと胸がおさまらんと見えて暫くすると、

『木谷つて奴は、居候するのに都合いい隠し芸を俺より持つてくさる。』

と言つた。それは木谷が時々神津氏と町へ出て球を突いたりすることをいつてゐるのであつた。

神津氏は三人のうち一番先へ歩いて行きながら、それを聞くと笑つた。

しかし考へて見ると木谷は桃田に済まない気がした。彼が神津氏を知つたのは、最初桃田を通してであつた。

去年の初め頃まで、木谷も桃田も東京にゐた。二人は同じアパートで、隣り同志で半歳程暮らしてゐた。二人共小説家志望であつたが、何年経つても二人共食へさうもないので、桃田は春になつて東京を引きあげて奈良へ帰つた。帰るところのない木谷だけが、一年東京に踏みとゞまつてゐたわけであるが、桃田はその一年の間、神津氏の好意で、

寺で暮らしてゐた。

　神津氏は既に一寺の住職で、年は彼等二人より五つ上で、三十五歳であつた。たゞ背は五尺七寸からあるので、見たところ誰の目にも三十七八には見えた。氏の父は前の管長で、今でも他の寺にゐた。だから寺は雇ひの老夫婦と彼だけで、よくその寺へは奈良にゐる有名な小説家であるA氏や春陽会（しゆんやうくわい）の書家B氏達が遊びに見えるといふことであつた。

　そして神津氏もどちらかといへば、さうした人々との方が楽しく話せる側の人で、そんなところから、桃田を嗜きになり、桃田の困つてゐるのを見て、厚い好意を寄せるやうになつたのである。

　ところが桃田の友達である木谷が東京で困つてゐるといふことを、桃田から神津氏が聞いて、一二度は桃田の紹介で会つたことのあるところから、そんなら寺へ呼ぼうといふことに話が決まつてゐる処へ、ひよつこり木谷の方から都落ちをしてやつて来たのであつた。それは二十日ばかり前のことである。

　寒い雪の降る日、マントもなく、袖の破けた羽織をきて、折れた眼鏡を紺糸（こんいと）で結んだのをかけてゐる木谷を見た時、神津氏も気の毒な気がして、彼は婆やに言ひつけて、自分の着物と羽織を出して彼に着せ、眼鏡もまちへ出たついでに、買つて来て取り換えさせた。そして桃田と木谷と神津氏の三人の生活は暫く続いたのであるが、桃田と木谷が毎日、今度はこんなものを書くとか、今こんなものを書かうと思つてゐるんだとか、毎日そんな話ばかりをしてゐて、五日経つても十日経つてもそんな話ばかりしてゐて、一向二人共仕事にかからないので、是非一作宛（づつ）二人が書きあげるまでは、別になつてゐた方がいいだらうといふので、桃田は公園の中の奥中村屋（おくなかむらや）旅館へ、十日ばかり前から行つてゐるのであつた。

　三人は谷の間の道を登つて行くと、松の木の下の枯草の上で、白い扇のやうなお尻を見せて鹿は若芽をはんでゐる。木谷が鹿を見ると幾日経つても珍らしがつて、鹿に乗つて見たいと言ふ。

『阿呆！君が鹿に乗つたら大変なことになるよ。』

桃田は笑ひながらさう言ふ。それは木谷は「馬」といふ小説を書いて、一度ある雑誌にそれがのつたことがあるからである。

木谷もそれを知つてゐて『えらいものを書いたよ。』と言つて何時も笑ふ。

三人は矢場へつくと、神津氏は餘つ程、弓には自信があると見えて、弓に弦を張りながら、

『負けたら何をおごりませう。』と言つた。それを聞くと急に元気になつたのは、桃田で、土堤の上の草の上に蹲んだまま、『玉菊、玉菊、今晩玉菊に会はして貰はふよ。』

『どうします。木谷氏。』

『大いに賛成です。』木谷も玉菊つて聞くと急ににこにこし出した。

『ぢや負けたら、おごりませう。』と言ふことになつて、二本宛交代に射つて十射宛することになつた。まづ神津氏から二射することになつて、放なした二本はまんまとはづれた。大いによろこんだ桃田は、坐つてゐたのが、急に立ちあがつて、

『おい、しつかりやれよ。僕は声援の積りで矢拾いをしてやる。』

『よし来た。』

さう言つて木谷は足を開いてから慎重に構えて、思い切り弓をひきしぼり、最初の一矢を放すと、矢はヒューとうなりを立てゝ飛んで行つたが、どうしたことだ、矢場の上、二尺も高く飛んで遥か向うの土塀にあつた。

『これはいかん。』

彼はさう言ひながら、今度こそはと二の矢を放すと、これも矢つ張りまた先のよりは低かつたが、矢場の屋根を越して、向うの土塀へ飛んだ。

それを見た桃田は、急に心細さうな顔をして、情けない声で、

『どうも君、見込みがなささうだよ。』

『いや、大丈夫。』

『大丈夫つて、あんなところまで飛んで行つた矢を僕が拾ひに行くのかねえ。』

『済まん、済まん、もう大丈夫だよ。』

神津氏も笑ひながら、

『馴(な)れんからでせう。』と、言ふ。桃田も諦めたやうに、草つ原をとんとん飛んで行つて矢場の砂にささつてゐる二本の矢を引き抜くと、矢場を越えて向うの土塀の下に落ちてゐる木谷の放つた矢を拾つて帰つて来た。そして今度は彼が先にひくことになつて、矢を弓につがえると横から、

『もう君には望みはないよ。約束はしたんだから矢拾ひはしてやるから、せめて矢場に矢があたるやうにして呉れ。玉菊にも会へんで、見てゐるだけなら、まだしも、あんなところまで歩かされちやたまらん。でも折角、勝つたら会へる玉菊に会へんとは、惜しいなあ。実に君は脳なしだよ。口ばかり達者なくせに。小説だつて…』

桃田がさう言ひかけた時、何糞つと思つて木谷の放つた矢は、あたるもあたつた。的の黒星へさはやかな音をポンとさせてあたつた。

傍で見てゐた神津氏も思はずほうと歓声を出すと、桃田は桃田で、横から
『その調子！　その調子！』と急にまた元気になつた。次の一本は的から一尺ばかりの處へはづれた。しかし桃田はすつかり元気で、もう勝った積りで、今度は彼の方が『大丈夫』を続発して、『君も案外うまいんだねえ。』と言つて、『実に君は脳なしだよ。』と先に言つたのも忘れたやうに、けろりとしてゐる。

ところがその裏でまた神津氏も一本入れた。結局そして十射(しゃ)のうち、木谷は二回目に一本あたつたきりで、神津氏

は全部四本入れた。

その間、だんだん苦い顔をして行きながら矢拾いをしてゐた桃田は、十射が終ると急に、

『僕は帰るよ。』と言ひ出した。

『済まん、実際済まん。』木谷は桃田の怒つた顔を見て、本当に済まんと思つた。第一彼だつて玉菊には会ひたくて耐らんのである。だから彼も一生懸命になつてひいた積りである。彼は怒つてゐる桃田の顔を見ると、何遍もさう言つては謝まつた。そしてやつと彼をなだめて、それから神津氏のもう十射といふのを嫌々(いやいや)相手をして、兎(と)に角(かく)、三人で寺へ帰つて来た。

そして留守の間に、親爺(おやぢ)の沸かしてあつた風呂にかはるがはる這入つて、早目に三人は夕食を食つた。

その食膳に三人がならぶまで、神津氏は二人の喧嘩を笑つて見てゐるだけだつたが、三人が食膳に並ぶと、急に笑ひながら今晩、玉菊に会はしますよと言ひ出した。

『本当ですか?』

木谷は喰ひかけた飯の茶碗を胸のあたりまであげたままで思はず聞き返した。桃田はそれにもかゝはらず黙つて飯を喰つてゐる。それを見た神津氏は、

『桃田氏、会ひたくないですか?』

『いや、会ひたいです。』さう言つたままだ怒つてゐるやうな顔をしてゐる桃田は木谷は変な男だと思ひながら飯を喰つた。

木谷や桃田がそれ程会ひたがつてゐる玉菊といふのは、元林(もとばやし)の芸者で、二人共四五回会つたことがあつた。美しい年増芸者で、独身の二人は、その芸者に会つてゐると、何か甘いよろこばしさを感じるのであつた。若者といふより、女友達の気がしてゐた。

一度はひかされてレストラン・Bのマダムになつたこともあつて、神津氏はその頃からの知り合ひの間柄であつた。一時は官界の人々の宴会はすべて其のレストランで開かれた程、はやつたのであるが、夫の遊蕩はさうなると愈（いよいよ）つのつて、二年ばかり前、ある若い芸者をひかして、彼女に借財と二人の間に出来た女の児と、夫の両親二人を残して、大阪の方へ出て行つてしまつた。

彼女はレストラン・Bを人手に譲つて、またもとの左褄（ひだりづま）をとりながら、自分の女の児と夫の両親を今養つてゐるが、何時会つても彼女は夫のことは一言も言はなかつた。子供の話や親達の話をたまにするくらゐだつた。

酒を飲むとよく『おい、桃田氏、いい仕事しろよ。』と神津氏の口真似をした。しかしその言葉には不思議に真実がこもつてゐたから、何時でもなかなか負けてゐない桃田であるが、彼女にだけは、素直に『うん。するよ。』と言つた。

また彼女は桃田や木谷の貧乏してゐることもよく知つてゐた。そしてそれだけ二人に余計好意を持つて、何時かも神津氏と三人で彼女に会つた時、愈明日から二人は仕事をするんだと話したら『そんなら今晩はあたしが二人におごつてあげる。』と言つて、神津氏を先に帰して、彼等二人を柳茶屋（やなぎちやや）へ連れて行つた。

その時である。三人はすつかり酔つてゐたが、ふと桃田が『君の子供が見たいなあ。』と言つたら『うん、あんたたちなら、見せてあげてもいいわ。』と言つて、三人で彼女の家へ自動車で行つたことがある。

戸を開けに降りて来た母親に、戸の外から、

『遅く済みません。』と言つた。その言葉が如何にも真面目だつたので、二人共酒を飲んで来たのが、何か済まんやうな気がした。

戸を開けた六十過ぎた母は、二人の男の彼女の傍に立つてゐるのを見て吃驚（びつくり）したやうだつたが、彼女は『これは神津さんのお友達で、あたしの子供を見たいと言ふのでお連れして来たの。』と言つた。

するとその母は神津氏をよく知つてゐるらしく、急に『あら、さう。』と笑つた。三人は座敷へあがると、子供は母の声を聞くと眠むさうな眼をしながらも、顔によろこびを一杯たゞよはして起きて来た。枕元には玩具の三味線が置いてあつた。彼女は膝に子供を抱いたりした。そして遅くやかたへ帰る彼女を二人は猿澤池の傍まで送つて別れて寺へ帰つたことがあつた。

つまり玉菊といふのは二人にとつてはそんな心の友達の芸者であつた。

暗くなる頃、三人は連れて寺を出た。その頃になるとすつかり桃田も機嫌を直して、薄暗い公園の松の下の道をいそいそと歩きながら、

『君て奴は馬だけに乗つてれば弓だつてあたるのに、鹿に乗りたいなんてぬかすから、あたらないよ。』

『どうしてだえ。』

『だつて戦の神さんは八幡さんぢやないか。八幡さんは馬に乗つてるよ。』

『でも桃田氏も玉菊に会へればいいでせう。』

三人はそんなことを言つて笑つた。

（了）

（『皇学館大学文学部紀要』第三八輯、平成一一年一二月三一日）

〔二〕　放送台本「幽霊ヒョロ助物語」

解　題

この放送台本は、二〇〇二（平成一四）年五月一四日付け、塩津一太氏からの便により寄贈されたものである。藤沢桓夫所蔵本の中にあったものである。従弟の石浜恒夫の子息（？）が、このドラマのヒョロ助の父を演じた石浜祐次郎であり、そのつながりではないか、と推測されるという。放送日が、昭和二八年五月三日とある。阪中正夫は同年五月一二日に病に倒れたので、その直前の放送ということになる。これまでの阪中年譜に洩れていた放送台本であり、内容も興味深いものであるので紹介する。ここに、翻刻するにあたって、次のことを心がけた。

一、仮名遣い、漢字の字体は現行のものに統一した。

二、原文を尊重しつつ、明らかな誤字、誤用は訂正し、適宜、（ルビ）を付した。

三、放送台本の特色と雰囲気を残すため、できるだけ形式を原本のママとした。

なお、この放送台本の表紙には、色鉛筆で幽霊の絵が描かれ、裏表紙にも青鉛筆で香炉の絵が書かれている。企画小山賢市、演出　伊達兼三郎。アナウンサーの記名は無く、放送者　大阪放送児童劇団、大阪放送劇団とある。出演者が鉛筆書きされているので、判読できる範囲で記録する。ユーレイ子供1　山田隆志、ユーレイ2　中沢幸子、ユーレイ3　金井信子、ユーレイ4　川口透、ユーレイ5　萩原正見、ユーレイ6　高三壽次郎、ユーレイ7　金井光子、ユーレイおじさん　柳義孝、ヒョロ助　東尾雅夫、父　石浜祐次郎、母　津島（不明）子、女神　土佐林道子、男の子　田端成治、女の子　森川佳子、男の子　生島嘉文、ユミ子　長谷川紀子、母親　三木美智子。以上、歴史上の文献資料として、御尊名を記録させて頂いた。

阪中正夫の放送台本は、戦後のABC朝日放送からも多く流れたが、鬼内仙次や、後に作家になった庄野潤三らの尽力が大きかった。此の度の「幽霊ヒョロ助物語」の台本を大切に保管してくださった塩津一太氏も長く朝日放送に在職された方である。本文を翻刻させて頂くにあたり、ここにあらためて御礼申し上げる。

〔梗概〕気の優しい幽霊ヒョロ助は、地獄で幽霊の子供たちにいじめられている。実は、戸籍係のミスで、天国に行くはずのヒョロ助は、地獄に来てしまったのだった。ヒョロ助には病気の父がおり、人間の国へ行って、人の肝をとってこなければならない。それが、病気を治す妙薬だからだ。だが、気の優しいヒョロ助には、それができない。ある時、ヒョロ助の前に女神が現れる。阪中正夫の最後の放送台本となった、この作品には、現代にも通じる人間のあるべき姿が、風刺と哀しみの中に飄々と描かれている。

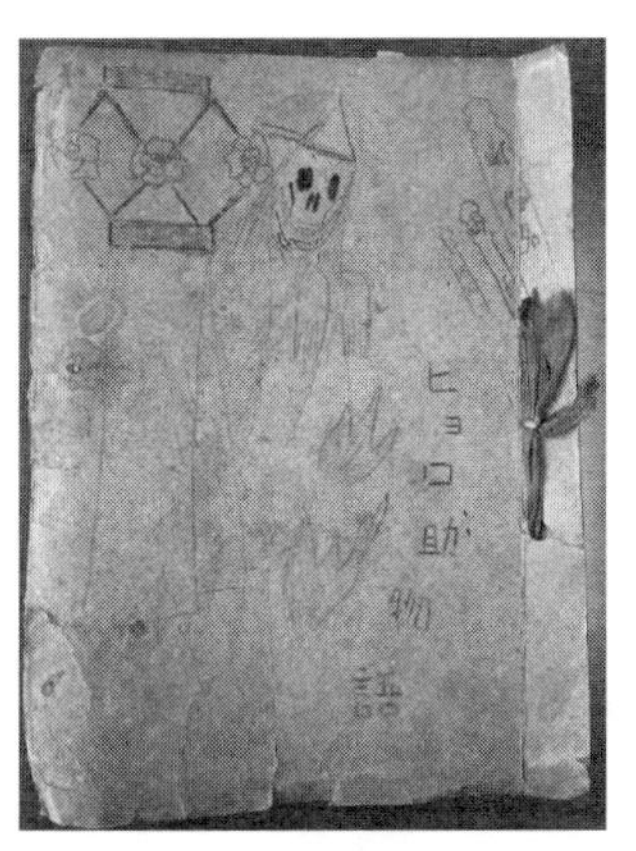
「幽霊ヒョロ助物語」台本表紙

同裏表紙

幽霊ヒョロ助物語

大阪中央放送局台本
昭和二十八年五月三日（日）

阪中正夫作

（地獄の広場
奥手は燃えあがる火の山と針の山
その前で幽霊の子供達が、蛍のように、小さな青い提灯を、てんでに背にぶらさげて、踊り歌っている。）

（唄）
ヒュウドロ、ヒュウドロ
僕等は、僕等は幽霊の子
ここは地獄の火の山
赤鬼さんよ、赤鬼さんよ
出て来んか
そして僕等と遊ばんか
ヒュウドロ、ヒュウドロ
あたしら、あたしら幽霊の子
ここは地獄の針の山
青鬼さんよ、青鬼さんよ
出ておいで
そしてあたしらと遊びましょ
ヒュウドロ、ヒュウドロ
ヒュヒュ、ドロドロ

（左手から背中に大きな青い提灯をぶらさげて、片手に赤い包みをぶらさげた幽霊のおじさん現れる。）

幽霊のおじさん　おや、おや、おまえたち　幽霊の子供たちや、今日はこんな地獄の広場へ来て遊んでいるのか。

子供達　やあ、幽霊のおじさんだ。おじさん帰って来たよ。見せてえ、見せてえ、いくつ取ってきた。

おじさん　いくつおじさん、人間の肝取って来た？　あーら、沢山とって来たわ。

　さあ、のいた。のいた。たった三つだよ。人間の国へ行って、三つ人間の肝、抜いて来たんだ。さあ、のいた、のいた。これからおじさん、おうちへ帰って、これ料理しなけれゃならんからな。おいしそうな色をしてるだろう。どら、この針の山を越えて帰ろう。よいしょ、よいしょ、よいしょっと。

（幽霊のおじさんは　針の山を越えて行く）

子供1　さあ、僕達また踊ろう。

子供2　ええ、踊りましょう。

（歌い始める）

（途中で「〔空白〕」を歌う美しい声が、横手奥の方から聞こえてくる）

子供3　あら！

子供4　あ、ヒョロ助だ！　ヒョロ助が歌ってるんだ。

（皆んなが踊るのをやめて）

子供5　阿奴っていまいましい奴だなあ。どうして阿奴ったら、人間の歌ばかり歌いやがるんだろう。ずうずうしいったら、ないよ。なあ、おい、そうだろ。この間、あれ程、こっぴどく、いじめてやったのに、もう忘れてやがるんだよ。怪しからんよ

子供6　あたい、あの唄を聞いた日には、御飯がのどにつまってしまうの。

子供7　そうだとも。そうだとも。

子供1　あたいだって幽霊だもの。

子供4　そうだとも、そうだとも。一つ皆んなでとっちめてやろうよ。この地獄で一番弱虫の幽霊のくせに、俺達の一番きらいな人間の歌を歌うなんて、阿奴生意気千万だよ。ヒョロ助め。

子供2　本当よ。本当よ。

（右手へ走って行って、奥へ向かって）

子供達　やーい、ヒョロ助、どうしてそんな僕達幽霊の一番嫌がる歌を歌いやがるんだ！

　さあ、来い！　やーい、ヒョロ助、こっちへ来ねえか！

子供3　（突然、美しい歌声がやむ。）
　　　　（笑いながら）あらあら、ヒョロ助ったら、あの木の蔭へにげこんだわ。
子供2　ほんと、おしり突出して、ぶるぶるふるえてるわ。あんな木の蔭で。
子供1　ハッハ……見ろよ。頭かくして尻かくさずだ。
　　　　（幽霊の子供達、声を揃えて笑う。）
子供5　どうだい、ひとつ今日こそ、あのヒョロ助をこの火の山で連れて来て、も一度思い切り、焼き直してやろうじゃないか。
　　　　そしたら、阿奴だって、ちっとは幽霊の子らしくなるかも知れんぜ。
子供1　ああ、それがいい。
子供3　でも、余(あ)んまりなことしたら、死んでしまやしないかしら。ヒョロ助。
子供2　ふん、馬鹿だなあ。僕達は幽霊だぜ。幽霊は死ぬもんか。僕達は人間の肝さえ食べてれゃ、百万年でも千万年でも、この地獄で生きていられるんだぜ。
子供4　ああ、そうだよ。仙人がかすみを食って生きてるって、僕達が聞いてるようにねえ。兎に角、阿奴を何としても今日は思い切り、いじめてやることだよ。火の山で坐らせてやろう。この日の山へさ。
子供6　ハッハ……。それあ面白いよ。
子供7　でも火の山へなんか坐らせたら、身体中真赤になるわよ。そしたらヒョロ助のお父さん、あたい等(ら)のこと、エンマ様に云いつけるに違いないわ。そしたらあたい等エンマ様に叱られるわよ。
子供5　なに構うもんか。もうヒョロ助の家なんかもう何時つぶれたっていいって、エンマ様だっておっしゃってるんだからねえ。
　　　　ヒョロ助のお父さんが病気をしているのに、ヒョロ助が、ちっとも人間の肝をとりに行かないもんだから。
子供3　あら、そう。エンマ様までそうおっしゃってるの。そんならいいわ。
子供2　ええ。あたいだって、ヒョロ助みたいな気の小さい幽霊の子なんか嫌いよ。いじめてやるのは面白いわ。いじめてやりましょうよ。

子供6　この間は裸にして、針の山ころがしてやったのも面白かったけど、今日は火の中へ坐らせてやるのも面白いぞ。ハッハ……。随分阿奴め、暑がるだろうなあ。さあおい、僕達であいつを引っ張って来ようよ。さあ、あんたはこの打扇(うちわ)でどんどん火をあおぐんだ。よく燃えるように。いいかい。

子供7　じゃ、あたいはこの打扇で、この火をあおぐの。

子供1　そうだ、そうだ、力一杯な。

（幽霊の子供7　とてつもない大きな打扇で燃えている火を力一杯あおぐ）

子供4　さあ、おっと、これが油壺だ。油をあけるぜ。

（大きな油壺を持って来て油をあける真似をする。）

ハッハ……。どうだい。よく燃えるだろう。これだけ燃えれや、天国からでも、一目でこの火が見えるぞ。地獄中が燃えてるみたいだ。

子供1　人間の国からだって、西の空で何か燃えてるんだろうと思うに違いないよ。さあ二人でヒョロ助を引っ張って来ようよ。

子供6　よし来た。

（二人は横奥手へ入って行く）

子供の声　こら、ヒョロ助め。

子供の声　こら、ヒョロ助めって云ってるのにこっちへ来い！

子供の声　来んか、こら！

子供6　こら、来いと云うのに。

ヒョロ助　嫌だよ！……嫌だよ！

子供1　ええい、来いと云うんだ。

ヒョロ助　嫌だよ！……嫌だよ。

（無理にヒョロ助が引っ張られて来る様子。やがて横奥手から二人に引きずられてヒョロ助出て来る。）

子供1　さあ、来い！　弱虫のヒョロ助め！

子供6　さあ、来い。……おい、ヒョロ助、引っ張って来たぞ。

子供達　やーい、ヒョロ助の馬鹿！　ヒョロ助の弱虫！

ヒョロ助　（ふるえながら）あの……あの、僕、本当に悪かったよ。御免よ。あの、あの、僕、本当に悪かったよ。

子供1　そんなら、何が悪かったか知ってるか。

ヒョロ助　僕、僕、何だか解らないけど……。でも君達が怒っているんだから、きっと僕、よくないことしたんだ。

子供6　ふん、こいつったら、こんな馬鹿な奴なんだ。

子供達　馬鹿やーい、ヒョロ助。馬鹿やーい、ヒョロ助！

子供6　おまえは自分のしたことも解らないのか。おまえは今、人間の歌を、またこの地獄で歌っていたじゃないか。

ヒョロ助　え?……あ、あの歌、歌ったらいけなかったんだね。僕忘れてたんだよ。

子供6　これまで何度、僕達皆んなが、歌っちゃいけないって云ったか知れやしないんだぞ。それにすぐおまえは忘れてしまって歌うんだ。おまえは弱虫のくせに頭も悪いや。そんなことも知らんのか。

ヒョロ助　ご免ん。ご免ん。つい、僕忘れてしまってたんだ。たったさっき、綺麗なお月さまが、針の山の向うにのぼってたんだけど、その顔が、あんまり悲しそうにしてたんで、つい僕も悲しくなって、いつの間にか、僕、歌い出したんだよ。

子供1　そうか、よし。そんなら、なあ、ヒョロ助、これからは地獄の歌しか歌えんように、僕達みんなでしてやら。さあ、ヒョロ助、この火の中へ飛びこめ。

ヒョロ助　嫌だよ。熱いよ。嫌だよ。

子供4　弱虫！　熱いくらい何だ。さあ、飛びこめ、さあ、皆んなで放りこめ！

ヒョロ助　嫌だい！……嫌だい！　神様、助けて！

子供達　ハッハ……。さあ、飛びこめ！　そら、飛びこめ！　さあ、行け！

ヒョロ助　（火の中へ放りこまれて）熱い！　熱い！……熱い！　熱い！

子供達　ハッハ……。飛びこんじゃった！　飛びこんじゃった。ハッハ……。いも虫のように、熱い、熱い云って、踊り廻ってるよ。あら、気絶しちゃったわ。

子供1　ああ、本当だ！　弱虫め！　逃げてしまおう。

子供達　うん。逃げてしまおう。逃げてしまおう。

（皆んな逃げ去る。）

二

（ヒョロ助倒れたまま。

やがて雷の音

ひどい雨の音

地獄の火が小さくなる

　音楽

女神、皆んなの逃げた反対側から現われる。）

女神　今神様の名を呼んだ子だ。ここに倒れているのは。この子だ。間違えて、地獄へ来てしまった子は起きなさい……起きなさい。ヒョロ助さん。

ヒョロ助　（気づいて）おや、誰か今僕の名を呼んだようだ。ここは何処だろう。……ああ地獄の火の山だ。（這い出して来て）ああ、熱かった。まだ、身体中燃えてるようだ。どうしてこんなに皆んなが僕をいじめるんだろう。

女神　ヒョロ助さん。わたしが見えませんか。

ヒョロ助　おや、あなたは誰ですか。あなたは地獄の人じゃありませんねえ。

女神　わたしは天国の女神です。あなたが神様ってお呼びになった、その神様のお使いです。

ヒョロ助　え！　あなたは天国の女神さんですか。よくこの地獄へ天国から道もないのに来られましたねえ。

女神　わたしは風に乗って来ました。あなたが神様の名をお呼びになったから。

ヒョロ助　でも地獄の入口で赤鬼や青鬼が門番して立っていたでしょう。

女神　ええ。でも雷の稲光りで目がくらんで、わたしには気がつきませんでした。

ヒョロ助　でも何のためにこんなところへいらしたんです。

女神　それはあなたに天国へ来るようにと云う神様の御言葉の、その使いに来たのです。
ヒョロ助　僕に天国へ、それ本当ですか？
女神　そうです。あなたは神様の思し召し(おぼ)では天国へ連れて来る事になっていたのですよ。ところが、神様の戸籍係が間違ってあなたを地獄へ連れて来てしまったのです。あなたはずっと昔、人間の世界に居た頃、大変いい行ないをしたのですから、当然天国へ行けるはずなのです。あなたは貧乏や、病気で困っている人を、随分たくさん助けてあげているのですから。
ヒョロ助　ああ、天国！　素敵だなあ。僕夢を見て居るんじゃないのかなあ。ねえ、女神さん、そんならすぐ連れて行って下さい。
女神　（笑って）そんなにヒョロ助さん、急なこと言ったって、いけません。
ヒョロ助　だって僕、ここに居ると、皆んなに毎日いじめられてばかりいるんです。だから一日だって早く行った方がいいんです。
女神　そりゃ、あなたは天国のこと、何にも知らないからです。天国はとても綺麗なところですから、今そんなヒョロ助さんの風じゃ這入(はい)れないんです。
ヒョロ助　この着物じゃ行けないんですか。
女神　着物より、そのあなたのからだについている地獄の垢ですよ。それを落して来なければ、天国へは這入れないんです。だからそれを落して来るようにとの、神様の御言葉なんです。
ヒョロ助　地獄の釜へ這入って洗えばいいんでしょう。僕、毎日這入ってるんだけど。
女神　いいえ。あそこでは地獄の垢は落ちません。それを落すには、地上へ行って、たった一つでいいから、いい事をするんです。そしたら落ちるんです。
ヒョロ助　（がっかりして）ああ、人間の国へ行くんですか。それなら僕駄目ですよ。僕人間の国へ行くのは怖いんです。
女神　どうして怖いんです。

ヒョロ助　だって皆んながあそこへ肝をとりに行くからです。僕そんなことするの怖いんです。今晩だってそうです。僕お父さんに云いつかって出て来たのに、この辺まで来たらもう行く気になれないのです。あそこへ行くより死んだ方がいいって気になってしまうんです。ねえ、女神さん。そんなことしないで天国へ行けないんですか。

女神　あなたも随分地獄へ来てから変わりましたねえ。地上にいた頃はそんなあなたじゃありませんでした。しなけりやならんことは、どんな辛いことでもしました。神様はあなたのために、わざわざこうして、わたしを使いにまで来させたんです。そのことをお考えなさい。

ヒョロ助　ああそうですねえ。僕、悪うございました。じゃ僕、これから家へ帰ってお父さん達に話して、今晩、人間の国へ行きます。

女神　おや、そうなさい。じゃわたしは帰ります。左様なら。

ヒョロ助　（見送って）左様なら。

三

封建的
格式張る〔この二行は、手書き書き込み〕
（幽霊の子ヒョロ助の家
父の幽霊は病気で苦しんでいる
その傍に母の幽霊。）

父の幽霊　（苦しそうに）うー、うー。こら、肝を呉れ。人間の肝だぞ。ああ、苦しい。死んでしまう。

母の幽霊　（おろおろして）ええ、ええ。今すぐ。でももう暫く、牛の肝で辛抱しなさい。（壺から出して）はい。これ、牛の肝ですよ。

父の幽霊　（バリバリ音をさせて食べ、大きな息をつく。）ふー。ああ、どうやら少しこれで俺も幽霊らしくなった。だが、牛の肝ではすぐまた発作が起きる。ヒョロ助めどうした。まだ帰って来んのか。

母の幽霊　ええ、……でも今夜はきっとうまいぐあいに、

父の幽霊　あの子だって、人間の肝をとって来るでしょう。
母の幽霊　ええ糞め、今夜失敗(しくじ)って帰って来ようものなら、もう阿奴は勘当だ。永久に家へ入れてやるものか。赤鬼にでも阿奴を食わしてしもてやる。
父の幽霊　まあ、そんなにお怒りにならないで、余計悪くなりますよ。
母の幽霊　なっても、構わん。どうせ人間の肝がなけれゃ、後一日くらいしか、俺の生命だってもたんのだ。
父の幽霊　大丈夫ですよ。きっとヒョロ助だって、今夜は持って帰って来ますよ。
母の幽霊　どうしてあんな弱虫の幽霊が俺達の子供になったんだろう。祖先代々この家はすべて英雄ばかりだった。俺のお祖父さんなぞ、十二時間の間に十二人の人間をキャーッと気絶させて、その十二人から肝を抜いて来て、コンクールで一等を取っている程だ。それにひきかえ、ヒョロ助ったら、人間の赤ん坊を見てさえぶるぶるふるえとる。
母の幽霊　でもまだあの子はほんの子供ですもの。
父の幽霊　子供子供って、隣のダラ子さんを見ろ。阿奴より二つも下で、ちゃんと人間の国へ行って、肝をとって来ているじゃないか。障子の蔭へ出たり、枕元へ立ったり、便所のところへしゃがんで居たり。いろいろ方法を立てて、人間の肝を抜いて来ているそうじゃ。それにヒョロ助ったら、男の子のくせに、人間の国へ行くのさえ怖がっとる。
（この時ヒョロ助帰って来る。）
ヒョロ助　（力なく）ただ今。
父の幽霊　こら、ヒョロ助か。肝をとって来たか。
ヒョロ助　ええ……僕……。
母の幽霊　とって来たでしょう？
ヒョロ助　あの僕……。
父の幽霊　何をもじもじしてるんだ。はっきり云え。云わんか。とって来たのか、来なかったのか。
母の幽霊　まあ、まあ、お父さん。そう叱らないで……。

ヒョロ助　ねえ、ヒョロ助とって来たでしょう。（思い切って）忘れちゃったの。ごめんよ、お父さん。僕、火の山で皆んなに今までいじめられてたんだよ。

父の幽霊　馬鹿。おまえは何と云う情ない奴なんだ。この俺の病気を知らんのか。これも皆貴様のせいだぞ。年寄った俺等に代って、貴様が働く事になっていながら。一寸も働きに貴様出んからじゃ。

母の幽霊　ねえ、ヒョロ助。おまえだってこのお父さんのことを考えてごらんよ。何時までもそんな弱虫でどうするんです。お父さんが死んでもいいのかい。おまえにゃ。

父の幽霊　さあ、これから行って来い。まだ遅くない。今晩こそとって来なけりゃもう許さんぞ。

ヒョロ助　そんなら僕、これから行って来ます。本当は僕、天国へ行かして貰おうと思って戻って来たんですけど。

父の幽霊　天国？

ヒョロ助　ええ。

父の幽霊　そんならおまえは、この地獄でお父さん達と一緒にいるのが嫌だと云うのか。これゃ、いよいよ、うちにも、不幸者が出来たぞ。

母の幽霊　そうですよ。ヒョロ助。天国なんてところは、お母さん達には、おそろしい国ぢゃありませんか。

ヒョロ助　でも僕皆んなに火の山でいじめられて気絶していたら、女神さんが来て僕に天国へ行っていいって云って呉れたんです。この地獄の垢さえ落したら。で、僕すっかり嬉しくなって、お父さん達に許して貰おうと思って大急ぎで帰って来たんですけど、表まで来たら、お父さんに云われた肝のこと思い出し、だいぶん長い間表で立ってたんです。ごめんよ。お父さん。僕矢っ張りお父さんのために、肝とりに行って来ますから。

父の幽霊　うんそうか。そんならもう一度だけ許してやる。それより幽霊の提灯はどうした。

ヒョロ助　持ってます。
父の幽霊　じゃおい、俺の大きな提灯と代えてやれ。灯の大きい方が人間共が余計吃驚（びっくり）するから、いつか人間の前へ立つ時は、出来るだけ灯を大きくともすんぢゃ。
ヒョロ助　はい。
母の幽霊　さあ、そんならこれ持って行き。これはお父さんの生命より大切な提灯だから大事にしなけれゃいけませんよ。
ヒョロ助　はい。じゃ行って来ます。
父の幽霊　うん、行って来い。
ヒョロ助　（表へ出ながら）これゃとんだ事になってしまった。天国へ行かして貰う積りで帰って来たら、また肝をとりに行くことになってしまった。天国へ行きたいけど、肝をとったら天国へ行けないだろう。でも肝をとらなければ、お父さんは死んでしまうに違いない。こうしてお父さんの提灯まで持って来たんだから、兎に角どっちにしても人間の国へ行くんだ。道々よく考えて見よう。

四

（森の中
大きな木の根のところに、ヒョロ助青い提灯をともして立っている。）

ヒョロ助　やっと人間の住んでいる国へ来たなあ。ここは森の中だなあ。あれは墓場か。色々途中で考えたけど、やっぱり人間の肝をとることに決めた。お父さんのためだ。天国へも行きたいが、自分よりお父さんのためにするのが本当だ。それに僕だって幽霊なんだもの。人間の住む国へ来た以上、やっぱりキャーッと人間をびっくりさせて、肝を抜いてしまうのが、本当のような気がする。

（遠くで男の子の歌う唄。）

おや、あれ、人間の声だぞ。ぶるぶる。おう、こわ。おう、寒む！　どうしてこんなに慄えるんだろう。ここへかくれていよう。
（ヒョロ助、木の向う側へかくれる。やがて元気よく歌を歌いながら男の子が現れる。風がさーっと吹く。）

男の子 （歌をやめて） おう、ぶるぶる。ふん、怖いことなんかあるもんか。
誰か木の葉をがさがさ させたんにきまってる。ふん、これくらいのことで今夜の肝だめしに負けてたまるか。
（男の子、木の側へ行く。ヒョロ助、あわてて男の子の後へかくれる。）

男の子 やーい。何がこんなことぐらい、怖いことあるもんかい。
（男の子、空威張りの唄を歌って去って行こうとする。ヒョロ助、後から何回か男の子をおどかそうとするが、自分の方が怖くてようしない〔出来ない〕。しかし最後に決心して、後ろから呼びかける。）

ヒョロ助 ヒュウ、ドロドロ、お化けだぞ。うらめしや。
（男の子、キャァァッ！と叫んで、腰を抜かす。同時に、ヒョロ助も木にかじりつく。男の子、立とうとするが、腰が立たず、叫ぼうとしても、声が出ない。ヒョロ助、男の子に近づいて）

ヒョロ助 ごめんよ、ごめんよ。僕、つい君を……。もうおどかさないから。
怒らんでねえ。僕と仲良しになっておくれよ。

男の子 き、き、きみは？

ヒョロ助 僕、ヒョロ助っていうお化けだよ。

男の子 お、お化け！……。じゃ、あの本物の……。わァー！ その青い提灯、た、たすけてー！ 本物だ。

ヒョロ助 ね、君。そんな大きな声出さないでよ。……さ、手を引っぱってあげよう。お立ちよ。

男の子 いいよ！ ……傍（そば）へ、傍へ来るなよ！

ヒョロ助 ごめんよ、だから、もうおどかしゃしないと云ってるんだよ。さあ立ち給えよ。
（ヒョロ助、無理やりに男の子の手を取って立たす。男の子、いきなりヒョロ助を突きとばし）

男の子 このお化け野郎。

（一目散に逃げて行く。）

ヒョロ助　あ、君、君、これ落し物だよ、手拭。おーい、あ、もう墓場の向こうまで行ってしもうた。困ったなあ。何処か、忘れ物係りはいないかな。あ、僕も、肝とるの忘れてた。ヒュウドロドロ、うらめしや、お化けだぞ。……あ、もう向うへ逃げて行ってしまって、手おくれだ。

（子供の話し声遠くからする。）

ヒョロ助　ああ、来た、来た。やっぱりここへかくれていよう。

（やがて違った男の子と女の子が現れる。）

女の子　ねえ、もう帰りましょうよ。こわいわ。こんなに真っ暗で。

男の子　だからはじめに云っただろ。女の子は肝だめしなんかについて来るなって。ここまで来たら、引き返せないよ。さあ、元気を出して、この森さえ抜けたら、ゴールに着くんだから。

女の子　でも、何だかこの辺り、気味が悪いわ。そこにお墓があるし。その辺から、本物のお化けが、うわって出て来やしない？

男の子　うわ！

女の子　（悲鳴をあげて男の子にとびつく）

男の子　ハッハ……。僕だよ。

女の子　嫌だーびっくりした。意地悪！

男の子　こんなとこで、本当のお化けなんか出やしないさ。さっきの白いお化けだって、健ちゃんが白い布団のシーツを頭からかぶって立っていたんだし、肝だめしってのは、皆んな誰かが先行(さきい)ってかくれているのさ。

（ヒョロ助、さすがに慄えながらも出て来る。一生懸命である。提灯の柄を首にさして、両手をまげて）

ヒョロ助　ヒュー　ドロドロ。……ヒュー、ドロドロ、お化けだぞー……。ヒュー、ドロドロ。

女の子　（また、きゃあっと云って、男の子にしがみつく。）

ヒョロ助　ヒュー、ドロドロ。……ヒュー、ドロドロ。

女の子　怖い、……怖い。はなしちゃいやよ。

男の子　ハッハ……今度は頬かぶりしてギャングのお化

ヒョロ助　　けか。何だい、これゃ五郎ちゃんじゃないか。
ヒョロ助　（一生懸命になって）ヒュー、ドロドロ。ヒュー、ドロドロ、ヒュー、ドロドロ……。ヒュー、ドロドロ……。
男の子　何だ、五郎ちゃん。ちっともそれじゃ、怖くないじゃないか。
ヒョロ助　ヒュー、ドロドロ！　うらめしやあ。
男の子　（笑って）そんな、五郎ちゃん、ヒョロヒョロのお化けってあるもんか。下手だなあ、君は。
ヒョロ助　（思わず）ヒョロヒョロ？　君どうして、僕の名前知ってるんだ？
男の子　へん、とぼけんなよ。
女の子　あれ、これ、五郎ちゃんなの？
ヒョロ助　五郎ちゃんじゃないぞ。幽霊のヒョロ助だぞ。お前達の肝とりに来たんだぞ。
女の子　ふーん、もうちっとも、そんなこと云ったって、あたし怖くない。
ヒョロ助　だって僕、本物のお化けだぞ。
男の子　君。お化けってのはねえ。もっとこんな風に手をだらりとさげて、すごい目で相手をにらむんだよ。（お化けを真似て）ヒョロヒョロの五郎……ヒュー……うらめしやあ……ドロドロ……
ヒョロ助　きやあっ！　ああ助けて……助けて……。神様……助けて……。
（ヒョロ助、逃げ出す。男の子と女の子笑う。）
男の子　五郎ちゃんの奴、逃げて行きよった。
（二人は奥手へ去る。暫くして、ヒョロ助舞台の端へ姿を出す）
ヒョロ助　なんて云う今のは怖い奴だろう。もう一寸で僕肝をとられるところだった。人間がお化けの肝をとるなんて、あべこべだよ。今度はもっと用心して相手を考えよう。さて、どこへ行こうかなあ。
（間）
うん、森の向こうの丘に家が二軒立っている。あの家に行くとしよう。

五

（ユミ子の家
ユミ子とその母
ユミ子五歳ぐらい）

ユミ子　うそ、うそ。母ちゃんの嘘つき。

母親　これ、ユミちゃん、あんたはどうしてそんなに聞きわけのない児なんです。さあ、もう、ねんねしなさい。あんただって昨日、お隣でお葬式のあったの、ようく知っているでしょう。一夫ちゃんはもう遠い遠いところへ行ってしまったの。あんただって母ちゃんの云うこと気かなかったら、くっく〔靴のことか〕痛くなって、一人で遠いところへ行かなけれやなりませんよ。

ユミ子　うそ、うそ。さっき一夫ちゃんの声、表でしてた。この汽車、一夫ちゃんになおして貰うの。

母親　駄目ねえ。あんたも。どうして、母ちゃんの云うこと、そんなに聞けないの。さあ、ねんねしな。あんたおめめ見えないからでしょ。もうみんな、ねんねしてしまってるんですよ。

ユミ子　あたい、今夜、ねんねしない。

母親　そんな我儘云ったら、母ちゃん何もできませんよ。あんたのおべべだって縫ってあげられませんよ。いいですか。

ユミ子　いや、いや、あたい今夜ねんねしない。この汽車、一夫ちゃんに直して貰うの。

母親　だって、母ちゃん、云ってあげたじゃないの。もう一夫ちゃん遠いところへ、皆んなに送られて行ってしまったって。

ユミ子　一夫ちゃん、直してあげるって云うた。

母親　でも一夫さんだって、ポンポン悪なってから、遊びに来なかったでしょう。あんまり我儘云うんだったら、母ちゃんはあんただけを残して、今度は、母ちゃんが一人で遠いところへ行ってしまいますよ。母ちゃんがあんたのお父ちゃんのいるところへ、一人で行ってしまいますよ。

ユミ子　（泣き出して）いや、いや。

母親　そんなら、さあ、大人しくねんねしなさい。
ユミ子　（泣きながら）いや、いや、この汽車、一夫ちゃんに直して貰うの。
母親　どうして今夜は、そんなにあんたは聞きわけがないんです。じゃもう勝手になさい。母さん知りません。（立つ）
ユミ子　（急に、はげしく泣く）
母親　じや、母さんの云うことを聞きますか。
ユミ子　いや、いや。この汽車、直して貰うの。
母親　そんなら、もう知りません。
（怒って母親奥へ去る。やがて、ヒョロ助、縁側に現れる。）泣く。ユミ子、足をバタつかせて
ヒョロ助　さっきの森ではひどい目に会ったけど、今度は僕にだって吃驚させてやれそうだ。うまい具合に泣いているとこだし、女の子をおどかすなんて卑怯だけど、僕だって弱虫の幽霊だから仕様がない。
ユミ子　（急に嬉しそうに、泣きやんで縁側の方を向いて、勿論盲目である。）
　あら、一夫ちゃん、此処に来ているの。
ヒョロ助　おや、また間違えられた。さっきは五郎ちゃんで、今度は一夫ちゃんだ。僕一夫ちゃんじゃないよ。（お化けの真似をして）ヒュー、ドロドロ……。うらめしや、お化けだぞ。……ヒュー
ユミ子　（笑う）
ヒョロ助　あれ、笑ってる。どうしたんだろう。（また背伸びをして、お化けの真似をし）ヒュードロドロ……。お化けじゃぞ……。ヒュー……。おまえの肝を取りに来た……。ヒュー。
ユミ子　（笑う）
ヒョロ助　あれ、どうしたんだろ。僕達が出ると皆んな気絶すると云ってるのに、僕いくらやっても気絶しない。ああ、汗が出て来た。ここらで肝取れなかったらどうしよう。もう一度やって見よう。（同じように真似をして）ヒュー、ドロドロ……お化けだぞ……。ヒュー。
ユミ子　ふふ……。一夫ちゃんったら、駄目よ。いくら変な声を出したって。あたい目が見えなくたっ

て、ちゃんと解ってんのよ。
ヒョロ助　何だ君、目、見えないのかい。
ユミ子　あたいおめめ無いの。一夫ちゃんよく知ってんのに。
ヒョロ助　僕ここへ来たのは初めてだよ。僕一夫ちゃんじゃないよ。
ユミ子　だれ、あんた？　そんなら。
ヒョロ助　僕、幽霊だよ。ここへ坐るぜ。
ユミ子　え、幽霊って誰なの？
ヒョロ助　死んだ人の魂だよ。
ユミ子　あら、そう、あたいのお父ちゃんも死んじゃったの。そんならあんたあたいのお父ちゃんと同じことねえ。お墓の中にいるんでしょう。一寸待って、母ちゃんにお父ちゃんと同じ人来てるからって教えて来てあげるから。母ちゃん喜ぶわ。
ヒョロ助　（立って）嫌だよ、嫌だよ。僕君のお母さん来たら逃げてしまうぜ。
ユミ子　あら、どうして？
ヒョロ助　だって僕君のお母さん怖いよ。君だけならここにいてあげられるけど。ねえ君、一夫ちゃんと云う児と君仲いいのかい。
ユミ子　とってもいいの。
ヒョロ助　僕は何時も一人ぽっちなんだ。僕地獄にいても友達ないからつまらないよ。
ユミ子　あーら、お友達、誰もないの？
ヒョロ助　うん。
ユミ子　どうして無いの？　誰もあんたみたいな人いないのー。
ヒョロ助　いいや、いるけど皆んな僕を弱虫だと云って遊んでくれないんだよ。今日だって地獄の谷で僕、唄、歌っていて皆んなで僕火の山へ連れて行かれたんだ。
ユミ子　あら、唄、歌ったら火の山へ連れて行かれるの。
ヒョロ助　エンマ様の歌や、火の山の歌ならいいんだよ。僕そんな歌きらいだから、あんた達の歌う歌、歌ったんだ。でも君僕とこうしていて一寸も怖くないかい。

ユミ子　ええ。ちっともあたい怖くないわ。

ヒョロ助　僕、ヒュー、ドロドロって云ってもかい。

ユミ子　ええ。でもあんたあたいとこへ、何しに来たの、今夜。

ヒョロ助　ああそうだ。僕すっかり肝のこと忘れていた。僕本当はあんたの肝とりに来たんだよ。だって僕、君ってまだ知らなかったんだから。知ってたら、君の肝なんかとりに来やしなかったんだけど。だって僕、今夜肝とって帰らなけりゃ、お父さんに家出されちゃうんだから。

ユミ子　そしたらあたいとこへ来たらいいわ。

ヒョロ助　僕のような幽霊。こんなとこに住めないさ。僕手に力あったら、君のその汽車、僕だって直してあげるんだけどなあ。僕そんなら代わりに君に歌、歌ってあげようか。

ユミ子　ええ、歌って。歌って。

ヒョロ助　いい月だから、庭で歌うよ。

（ヒョロ助、庭へ出て、木陰で「〔空白〕」を歌う。歌い始めて暫くすると、ユミ子の母親、女神の姿になって、部屋の入口のところに立っている。）

あとがき

恩師・重松信弘先生は、昭和五八（一九八三）年一一月一三日に亡くなられた。私が、皇學館大学に赴任したのは、その翌年である。先生は、明治三〇年二月二四日に、愛媛県松山市の豊田宗且の三男として生れ、大正九年一月九日に、同市内重松小太郎の養嗣子となった。妻となったみよの実父は太郎といい、みよは、その弟小太郎の養女として入籍していたのである（重松みよ著『藍と紫とえのころ草』昭和六〇年、私家版）。学生時代、重松先生からは、主に近世国学者の歌論を中心に演習や講義を受けた。満州建国大学の教員をされたこともあり、大陸から引き揚げる際の艱難辛苦の御様子は、『藝文』第一六号（昭和五九年、重松信弘博士追悼号）に収録された奥様の「日僑俘覚書」等に活写されている。

ところで、伊勢に赴任する前々年、すなわち昭和五七年の一一月六日、松蔭女子学院大学で日本近代文学会関西支部の秋季大会が開催された。和田繁二郎氏の御講演があり、「舞姫」に関するシンポジュウムがあった。講演は、川上眉山、三宅花圃に関する内容だったと記憶する。創作の根源となる心の劇（ドラマ）を分析する内容は興味深かった。シンポジュウムの司会は谷沢永一氏で、発言者は嘉部嘉隆氏、山崎國紀氏、それに長谷川泉氏であった。嘉部氏の「舞姫」の本文批評と、山崎氏による作者の心の嵐を鑑賞する立場、またモデルに話題の比重を置き、鷗外の創作の機微を説く長谷川氏の個性は、それぞれに文学研究の手本として、学ぶところが多かった。また、個性的な研究者の特色を分析する谷沢先生の個性もまた、絶妙な空間を演出した。

その帰路、私は、神戸市内にお住まいの足立巻一さん（先輩のよしみでさんと呼ばせて頂く）を訪ねた。足立さんは

重松信弘先生喜寿の頃

当時、『竹中郁全集』の年譜を作成しておられ、伝記や年譜の作り方が話題になった。「皇學館の出身者であなたのような、近代文学をやる後輩が出るとは思いもよりませんでした」と笑っておられたのを思い出す。その頃の私は、岸田國士の門下で紀州出身の劇作家阪中正夫のことを調べていたのである。阪中は、詩人として出発した。足立巻一さんは、かつて阪中のふるさと（桃山町・現在、紀の川市）を訪ね、その詩の風景を確かめて、エッセイに書き留めておられる。「阪中さんのことは徹底的に調べてください」と、そのときに励ましてくださった。力を籠めて発せられた「徹底的に」という表現は、今も鮮やかに私の心に刻まれている。『やちまた』の著者の言葉である。肝に銘じて今も忘れることはない。雨の中をわざわざ玄関先まで見送ってくださったその日が、今生の別れとなったが、その後、淡路阪神大震災があり、御家族は東京に越されたと聞く。

その翌年、恩師・重松信弘先生が亡くなられたのである。重松先生を囲む「藝文の会」（『藝文』第一六号、昭和五九年一〇月一〇日）は、「追悼号」を編み、そこには拙文「重松信弘先生、そして人生の探究者」が掲載されているので、ここでは繰り返さない。それから、三〇有余年が過ぎた。時は移り、目に映る風景は変わるが、私の心の残像は、いっそう鮮やかに、人生の一齣一齣を描き出す。父も母も、師も、幾人かの友人や教え子たちも、この世を去ってしまった現実がある。しかし、その現実をしっかりと受け止め、さらに前進しなければならないと思う。それが、わたくし自身の選んだ道なのだから。

＊

皇學館大学に赴任し、近代文学関連の講座を担当するようになり、紀伊半島「熊野」も研究対象とするようになった。そして、私のように日本近代文学を専攻する者が、熊野をどのようにとり込むのか。私の「熊野学研究」は「紀伊山地の霊場と参詣道」の世界遺産登録とは、全く無縁であったといっていい。それは、安藤精一監修の下に進められていた『和歌山県史』（通史編・Ⅰ・Ⅱ、人物編）との関わりであり、梅渓昇先生の指示で始まった、紀伊半島と文人たちとの関わりという、未知の分野への挑戦でもあった。

明治期の諭吉、鷗外、子規らの上京組、漱石、露伴らの江戸（東京）組との対比は、日本の近代化を文学分野から考える好材料であった。静謐で清浄な気に包まれた伊勢神宮の森と川、そして時には足を運びたくなるスサノオの熊野。そこに足を運ぶ文人・画人の関心は何だったのか。茫茫と流れた時間と、神仏の御魂（みたま）とが、いつしか私自身に課された問題として浮かびあがってきたのである。

後に、国際熊野学会（代表・林雅彦）が発足し、みえ熊野学研究会（委員長・小倉肇）も活動を始め、私は、その研究仲間に加えて頂いた。そのことは、また私にとって、学的な大きな糧となって、現在に至っている。

一方、私は、重松信弘先生の『古代思想の研究』（昭和五三年四月、皇學館大學出版部）に点綴された章句を、繰り返し思い起こした。其の一は「源氏物語が平安時代に出たのは、この時代にそれが生まれるべき時代思潮とか、時代精神とか云うべきものがあったためである。」（三七三頁）。其の二は、「近世の国学が文学を研究して、国学的意義を持つに至ったのは、一つは今述べたその文学に国家文化としての意義を認めたことであるが、今一つはその認識の基礎となる研究が、文献学的であったことである。」（三七五頁）。「文学に国家文化としての意義を認めた」というのは、我が国固有の文学的価値の真義を深く探究するという意味であり、それは近年鼓舞されるアイデンティティーを剔出することでもあり、新鮮な提言であったのである。また、その研究の基本は文献学であり、「語句・文章の註釈的研究が厳密に要請される」とある。

重松先生の源氏研究の目的は、そのような学問的基盤をもち、宣長の注目した「物のあわれ」と云う「物語の魂」

重松信弘「源氏物語のこころ」（『藝文』第６号、昭和49年11月１日所収）

の探究にあった。同書でも触れられているように、例えば源氏物語の夏季講座のカルチャー等では、著名な学者が、時代・成立・文体・批評史・仏教・紫式部などを語り、「文学として」の源氏物語研究をおろそかにしている点を、しばしば当時の先生はよく話題にされたのであった。

坪内逍遥「小説神髄」（明治一八年）に宣長の『源氏物語玉の小櫛』の一節を引用した箇所がある。物語とは、「人の有様心を」様々に書き写したものであるという箇所であり、その人の心の動きが「物のあはれ」であり、それは「善悪」とは切り離して考えなければならないというものである。すなわち、勧善懲悪の思想によって、人のこころの動きを裁いてはならないと主張した箇所であり、逍遥の文学論の骨子になる部分である。宣長は、その「物のあはれ」のよく描かれた作品として源氏物語を挙げていることはあまねく知られている。

重松信弘『古代思想の研究』（前掲）では、「宣長が源氏物語を古今世界に比類のないものだとしたのはよいが、だからと云って、源氏物語には物のあわれの限りが描き尽してあると云うのは、誤りである。」と述べ、以下のように指摘されている。

> 宣長の物のあわれ（ママ）は中古の和歌物語を対象として、考えられたものであるが、中古の和歌物語だけが、わが国の文学ではない。源氏物語には軍記物語の壮烈な闘争の感動も、草庵文学の閑寂枯淡の味も、芭蕉俳諧の塵外の風雅に生きる潔さもない。そして悪くすれば、好色惰弱のすすめとなると云う譏りも受けかねない。（三七六頁～三七七頁）

源氏物語を中心に、思想・文芸研究の大家と目される重松先生の目は、冷徹に宣長を観察している。源氏物語に

「物のあはれ」のすべてが描き尽されているのではないと。さらに付言すれば、それ以前の万葉歌にも、「あはれ」を感じさせる作品はある。また、私は鷗外や佐藤春夫の詩歌を読み、小説を読み、随筆にも関心を持ちながら、「あはれ」やそれに近い感情が湧出するのを覚えて来た。現代文学にも、例えば生母や実父や祖母を執拗に描きながら、親鸞の実人生と思想に近づいた丹羽文雄文学を思い起こすことができる。

日本人にとって、「物のあはれ」はその感情や心の基調に流れているが、中国周代から宋代の多くの漢詩などにも、それは描かれている。作品は、読者の鑑賞によって、多様な世界を見せるものなのだという、当然のことを、今さらのように思うのである。重松先生は、さらに、戦後「異常に源氏物語が迎えられたのは、戦時の殺伐、戦後の興廃に心がすさびつづけていた国民が、それと対照的な源氏物語の優にやさしい世界に、日本人の心の古里とでも云うべきものを、見出す思いがしたためではないかと思う」（三七八頁）としるされている。

白智立氏と北京大学キャンパスにて
2007 年 10 月 15 日（撮影・趙剛氏）

＊

いま、この「あとがき」を書きしるしながら、これまでに出会った多くの師友の面影が浮かんで来る。学窓を巣立って以来、ご指導を頂いた解釈学会の創設者・山口正先生をはじめ、井上謙先生、羽鳥徹哉先生など、諸先生方の多くは故人となられた。出会いとは、まさに神からの賜り物だと思う。お会いしたくても、もうお会いすることもできない。小著をお目にかけて、お教えを乞うこともできないのだ。

平成一九（二〇〇七）年一〇月、当時の上杉千郷理事長に随行して、学術協定を結んでいる中国社会科学院（北京）を訪れたときのことである。同学院に勤務するかつての教え子のひとり趙剛君（彼は『林羅山研究』で皇學館大学から博士の学位を授与された）に案内されて北京大学を訪ねたことがあった。玄関先で待っていると、笑顔で階段を降りてくる学者風の青年がいた。白智立君であった。一八年ぶりの再会であった。彼は、かつての皇學館大学で、「鷗外の歴史小説」で論文を仕上げ、母校の内蒙古大学を卒業した文学青年であった。

伊勢を離れてから、彼は、どういう経緯を生きて来たのか、その人生の節々に届けられた手簡が、何通かわたくしの手元にあるが、詳しくは知らない。東京の大学で政治学を修め、博士の学位を取得し、いま、北京大学の政府管理学院の副院長として活躍している。平成二二（二〇一〇）年九月には、国際交流基金のフェローとして、京都大学法学研究科で半年間、彼は日本に滞在した。そのとき、訪日中の趙剛君とともに、帰国前の年度末に伊勢で会うことを約したが、約束の三月下旬に、私の母が逝去し、急遽の帰省となったため、それは実現しなかった。母が世を去ったのは、三月二五日。ちょうど英文学専攻の池田久代教授、国際交流担当の玉田功氏とイギリスのケント大学を訪問して帰国した日の夜であった。３・１１の直後の訪英で、成田空港が混乱していた。母の入院先から訃報が届いたその日、わたくしは妻と深夜の大和を越えて母の居る和歌山へ車を走らせたのであった。伊勢と紀伊とを隔てる大和の山の、これほど険しいと感じたことはなかった。

人生における出会いと別離、そして再会。それは人知では図り難いものである。しかし、その刹那が不朽の記憶として、また生きる者の糧として、長く生き続けることがある。白智立君との出会いも、わたくしにおける、そのような一例である。

＊

ここに、松本道介氏の近著『極楽鳥の愁い』（二〇一〇年三月、鳥影社）がある。そしてもう一冊、同氏による『小説の再生』（二〇一四年八月、鳥影社）がある。独逸文学を専攻する学者の、日本語と欧米語、日本と欧米の文明の差異が、そして日本文学を分析する手法が、なんと鮮やかに説かれていることか。「西洋には無が存在しない」。近代の我が国では、自我を主張することの美学が説かれ、おのれを無にすることの否定的な面のみが強調されてきたのであった。わたくしの尊敬する歌人のひとり、吉野の前登志夫氏は、早くからこの伝統的な我が国の「無」の精神をうたっている。松本氏の表現を借りれば、「生きとし生けるものは人間のために造られているのでは―ない―」と。

畏友秦昌弘氏との御縁で、丹羽文雄に筆を染め、晩年の大河内昭爾氏と出会い、そしてまた、この二冊の書物に出会うことができたのであった。歴史を作る人物は、真の表現者である。そして、文学は表現者を鍛え、ひとをつくる。ひとはまた、歴史を構築するのである。

なぜ、教育の現場に、文学研究に対する逆風が吹くのだろうか。

母校であり、職場でもある皇學館大学には、快適な教育と研究の場を与えて頂いた。わたくしにとって、これほど有り難いことはない。大学入学以来、歩むべき方向を示唆してくださった、当時の国文学科主任西宮一民先生（後学長）をはじめ、多くの恩師と友人に恵まれたことに、ただただ感謝するばかりである。小著の完成までには、国立国会図書館、日本近代文学館、和歌山県立図書館、新宮市立図書館、佐藤春夫記念館、名古屋大学図書館、皇學館大学図書館、三重県立図書館をはじめ、多くの機関のお世話になった。各章の後に付記した先学以外にも、誘掖を賜った方々は少なくない。大桑教育文化振興財団、岡田文化財団、皇學館大学津田学術振興基金、みえ熊野学研究会、子規研究の会、三重近代文学会等をはじめ、関係皆様に支えられた幸せな日々を思い出す。

執筆を終わるにあたり、研究の環境を整え、蒐書の手伝いをしてくれた妻と娘に感謝する。大阪と東京に住む長男と次男の家族にも支えられた。そしてまた、書き上げたばかりの原稿に対して、率直な感想を述べてくれる旧友や同僚や、そして留学生を含む若い友人たちに、どれほど励まされ、勇気づけられてきたことか。海外から、研究上の貴重な示唆を与えてくださった劉徳潤先生（中国）、呉敬子先生（韓国）、姚巧梅先生（台湾）、張文宏先生（中国）をはじめとする、諸先生方から受けた学恩も、決して忘れることはできない。

最後に、大変お世話になりました、和泉書院廣橋研三社長とスタッフの皆さまに、心からお礼を申し上げます。

平成二九（二〇一七）年立春　庭に咲く侘助の花を眺めつつ。

半田美永

索　引

凡　例

この索引は、Ⅰ人名・Ⅱ事項・Ⅲ書名に分け、五十音順に配列した。

Ⅰ　人名に関しては、原則として、フルネームで記載した（例・漱石→夏目漱石、愚庵→天田愚庵、芭蕉→松尾芭蕉、等）、同一人物の場合は、折口信夫（釈迢空）、天田愚庵（甘田五郎）のように記載した。

Ⅱ　事項には、雑誌、新聞、及び文学・歴史事項のうち、必要と思われる項目を取捨した。

Ⅲ　書名には、単行本、全集（叢書を含む）、事典（辞典）、作品、論文等を収録した。

＊作品中の人名は除き、書名のサブタイトルは原則として省いた。

人　名

あ 行

か 行

さ 行

た 行

な 行

は 行

や 行

ら 行

わ 行

事　項

あ 行

か 行

さ 行

た 行

な 行

は 行

ま 行

や 行

ら 行

わ 行

書　名

あ 行

か 行

さ 行

た 行

ま 行

や　行

ら　行

わ　行

■著者略歴

半田 美永（はんだ よしなが）

1947年8月、和歌山県生れ。和歌山県立那賀高等学校を経て、皇學館大学大学院文学研究科博士課程修了（国文学専攻）。『佐藤春夫研究』で博士（文学）（論文博第9号、2003年）取得。

主要単著『劇作家阪中正夫―伝記と資料』（1988年、和泉書院）、『佐藤春夫研究』（2002年、双文社出版）、『文人たちの紀伊半島』（2005年、皇學館出版部）。編著『証言阪中正夫』（1996年、和泉書院）、『伊勢志摩と近代文学』（1999年、和泉書院）、『阪中正夫文学選集』（2001年、和泉書院）等。共編著『紀伊半島近代文学事典』（浦西和彦・2002年、和泉書院）、『有吉佐和子の世界』（井上謙・宮内淳子・2004年、翰林書房）、『丹羽文雄文藝事典』（秦昌弘・2013年、和泉書院）、他共同執筆、論文、エッセイ、講演等多数。歌集『中原の風』（2008年、短歌研究社）等。

智辯学園和歌山中学・高等学校教諭等を経て、1984年4月、皇學館大学に専任講師として赴任。助教授、教授を経て、2013年3月、文学部長を最後に定年退職。

現在、皇學館大学文学部特別教授。中国河南大学、河南師範大学客座教授。放送大学非常勤講師。

国際熊野学会常任委員、解釈学会常任委員、子規研究の会代表理事（会長）等を務める。森鷗外記念會、昭和文学会会員。

近代文学研究叢刊 61

近代作家の基層
―文学の〈生成〉と〈再生〉・序説―

二〇一七年三月三〇日初版第一刷発行
（検印省略）

著者 半田美永
発行者 廣橋研三
印刷・製本 太洋社
発行所 有限会社 和泉書院
大阪市天王寺区上之宮町七－六
〒五四三－〇〇三七
電話 〇六－六七七一－一四六七
振替 〇〇九七〇－八－一五〇四三

装訂 仁井谷伴子

ISBN978-4-7576-0829-0 C3395

近代文学研究叢刊

作品より長い作品論　名作鑑賞の試み　細江　光著　41　一五〇〇〇円
芥川作品の方法　紫檀の机から　奥野久美子著　42　七五〇〇円
石川淳後期作品解読　畦地芳弘著　43　一四〇〇〇円
樋口一葉　豊饒なる世界へ　山本欣司著　44　七〇〇〇円
賢治考証　工藤哲夫著　45　九〇〇〇円
日野啓三　意識と身体の作家　相馬庸郎著　46　八〇〇〇円
太宰治の表現空間　相馬明文著　47　四〇〇〇円
文学・一九三〇年前後　〈私〉の行方　梅本宣之著　48　七〇〇〇円
安部公房文学の研究　田中裕之著　49　六五〇〇円
大江健三郎・志賀直哉・ノンフィクション　虚実の往還　一條孝夫著　50　六〇〇〇円

（価格は税別）